Sherko Fatah

Schwarzer September

Der Autor dankt dem Deutschen Literaturfonds
Darmstadt für die Unterstützung der Arbeit
an diesem Roman.

Auch wenn die hier geschilderten Ereignisse auf vielerlei historische Begebenheiten Bezug nehmen, so handelt es sich bei diesem Werk doch um einen Roman. Sämtliche Figuren, seien sie auch zeitgeschichtlich verbürgt, sind hier Teil einer mehr oder weniger fiktiven Geschichte und damit ihrerseits mehr oder weniger fiktiv.

»Besonders sind Jünglinge diese neuen Ritter, die sich durch den Weltlauf, der sich statt ihrer Ideale realisiert, durchschlagen müssen und es nun für ein Unglück halten, daß es überhaupt Familie, bürgerliche Gesellschaft, Staat, Gesetze, Berufsgeschäfte usf. gibt, weil diese substantiellen Lebensbeziehungen sich mit ihren Schranken grausam den Idealen und dem unendlichen Rechte des Herzens entgegensetzen. Nun gilt es, ein Loch in diese Ordnung der Dinge hineinzustoßen, die Welt zu verändern, zu verbessern oder ihr zum Trotz sich wenigstens einen Himmel auf Erden herauszuschneiden (...). Diese Kämpfe nun aber sind in der modernen Welt nichts Weiteres als die Lehrjahre, die Erziehung des Individuums an der vorhandenen Wirklichkeit, und erhalten dadurch ihren wahren Sinn.«

G. W. F. Hegel,
Vorlesungen über die Ästhetik

Erster Teil

Ende November 1971 schritt der jordanische Premierminister gemessen auf den Eingang des Sheraton Hotels in Kairo zu. Er befand sich in Begleitung seiner Leibwächter. Der Himmel über der Stadt war verhangen, mattes Sonnenlicht fiel auf die Steine, und ein leichter Wind ließ die trockenen Blätter der Straßensträucher rascheln. Vom nahen Nil her vernahm der Premierminister das Motorengeknatter der kleinen Boote, Stimmen und das Hupen von Autos wurden herangeweht.

Der Premierminister war ein stattlicher Mann von gut fünfzig Jahren. Ein ereignisreiches und oft genug gefährliches Leben lag hinter ihm, diente er doch während des Zweiten Weltkrieges in der britischen Armee, danach auf der Seite der Araber gegen die Israelis. Jetzt, angekommen bei den Mächtigen der Welt, kannte er bereits viele wichtige und sich wichtig nehmende Spieler, konnte sich einen engen Vertrauten seines haschemitischen Königs nennen und einen, in dessen Händen nicht selten die Entscheidung über Leben und Tod lag. Gerade kam er von einem Treffen der Arabischen Liga hier in Kairo.

Harte Monate lagen hinter ihm, eine Zeit, in der er seine Entscheidungen oft genug nicht nur zu fällen, sondern auch gegen heftige Kritik zu verteidigen hatte. Die PLO aus Jordanien zu vertreiben, so wie im Vorjahr geschehen, war das eine, dies vor den versammelten Heuchlern der Arabischen

Liga zu rechtfertigen, von denen kein einziger einen Finger gerührt hatte, etwas anderes.

Der Premierminister blieb kurz stehen, wandte sich um und genoss den Anblick des großen alten Stroms, an dessen Ufern sich die staubgrauen Gebäude türmten, ohne ihm etwas von seiner Bedeutung zu nehmen. Wie der Nil müsste man sein, dachte er, schüttelte aber gleich den Kopf und lächelte über sich, der gerade im Begriff war, auch noch ein Dichter zu werden.

Auch wenn manche das anders sahen, er hatte keine Freude an dem Blutbad in den Slums von Amman gehabt. Die Palästinenser aus Jordanien zu vertreiben war für den Staat eine Frage des Überlebens gewesen. Die vielen Beobachter aus der Ferne hinter ihren Teleobjektiven und Fernsehkameras konnten das nicht verstehen. Diese bewaffnete und immerfort wachsende Volksgruppe stellte die Mehrheit und hätte, auch wenn dies nur das Ziel ihrer extremistischen Politiker war, letztendlich den jordanischen Staat zerstört. Er hatte zu allen Mitteln gegriffen, Napalm, Panzer, Geheimpolizei. Man nährt nicht freiwillig ein Geschwür, so dachte er noch immer.

Wieder schaute er auf den träge dahinströmenden Fluss. Er verspürte keine Reue, nur das seltsame Gefühl, all das, die niedrigen Sessel im Foyer, die langen Teppiche auf dem Marmorboden, das milchige Sonnenlicht und der sandfarbene Fluss wären weit von ihm entfernt, als erinnerte er sich daran mit dem Abstand von Jahren, obwohl es in diesem Augenblick in seiner Nähe war.

Seine Leibwächter waren mit ihm stehen geblieben und blickten verstohlen zu ihm, wenn sie glaubten, er bemerkte es nicht. Der Premierminister dachte an seine Frau, die im

Hotel speiste und auf ihn wartete. Langsam ging er weiter. Es waren nur noch wenige Meter bis zum Eingang, und er freute sich auf eine nachmittägliche Ruhestunde. Die gläsernen Türen waren von einer feinen Staubschicht bedeckt, die das Sonnenlicht verschluckte. Die Säulen am Eingang strahlten kaum Hitze ab, und als seine Leibwächter ihm die Türen öffneten, glitt der Blick des Premierministers über die Ecken des Foyers, zurück zur Rezeption und nieder zum spiegelglatten Marmorboden, auf dem die Teppichläufer zu schweben schienen.

Als hätte er etwas vergessen, hielt er inne, die Leibwächter bereits drei Schritte vor sich. Wie unter einem Zwang wollte er sich noch einmal dem Nil zuwenden, Abschied nehmen vielleicht oder ihn sich einprägen. Doch hatte er sich noch nicht halb umgewandt, als vier junge Männer aus dem Nichts dieses stillen, späten Nachmittags auftauchten. Einer stand direkt hinter ihm auf der Treppe, öffnete die Glastür und richtete die Pistole auf ihn, drei andere stürmten aus dem Foyer heran und drängten die Leibwächter ab.

Blitzschnell griff der Premierminister nach der Waffe in seinem Schulterholster, doch das Revers des Sakkos war im Weg, seine Hand erreichte den nur Zentimeter entfernten Verschluss nicht mehr, und die vielen Kugeln, die er kaum hörte und spürte, warfen ihn zu Boden, wo sich sein Inneres auszubreiten und jedes Geräusch von außen zu verschlucken schien. Er wollte sich auf den Rücken drehen, doch ob es ihm gelang, nahm er nicht mehr wahr.

Nach den Schüssen herrschte kurz Stille, die Szenerie war erstarrt, niemand rührte sich, nicht die Gäste im Foyer oder die hinter die Tresen geduckten Hotelangestellten und nicht einmal die Leibwächter des Premierministers. Die vier Männer standen um den Toten herum, einer von ihnen kniff die Augen zusammen, um sie an das Dämmerlicht im Innenraum zu gewöhnen. Als wäre der Schrecken auch in sie gefahren, bewegten sie sich zunächst nicht, hielten nur die Pistolen wie zur Ablieferung vor sich. Einer der Leibwächter, ein Beduine, begann leise zu klagen, er drehte die Handflächen nach oben und legte den Kopf in den Nacken. Er beschimpfte die jungen Männer, von denen er wusste, wessen Handlanger sie waren, und verstummte erst, als er einen der Attentäter sich der Leiche nähern sah. Der Mann hatte die Pistole in den Hosenbund gesteckt und stellte sich neben den Premierminister. Er blickte in die Runde und musterte die Leibwächter, die sich noch immer nicht rührten, starrte auf den Toten hinab und ging schließlich auf die Knie. Der Beduine glaubte seinen Augen nicht zu trauen: Auf allen vieren bewegte sich dieser Mann voran, senkte in der Nähe des Leichnams den Kopf zum Boden und leckte das in langen Rinnsalen aus ihm hervorsickernde Blut vom Marmorboden. Er tat das mehrmals, sodass jeder es sehen konnte, und als er sich endlich erhob, war sein Mund rot wie der eines schlecht geschminkten Clowns. Er wischte sich nicht über die Lippen, sondern sprach zu den Anwesenden, monoton, ohne Leidenschaft. Er war wohl zufrieden.

Wenn es wirklich so gewesen sein sollte, dachte Victor, dann handelte es sich um eine Show. Dieser Mord muss ihnen so unglaublich wichtig gewesen sein, dass sie bei der Ausführung zu Hochform aufliefen. Sie vergaßen weder den Namen der verantwortlichen Unterorganisation zu nennen noch den Premierminister des eigenhändigen Mordes an einem ihrer Mitglieder zu bezichtigen. Und das alles mit dessen Blut an den Lippen.

Victor warf sich in seinen Bürosessel zurück und verschränkte die Arme hinter dem Kopf. Er mochte das schmale, bis zum Boden reichende Fenster in seinem Büro, durch das er seinen Blick über die Straße schweifen lassen konnte, immer wieder erstaunt darüber, wie wenig er sich an diesen Massen vorübergehender Passanten, den langsam fahrenden Autos, den Eselskarren und Lastenträgern sattsehen konnte. Das wäre meine Stadt, dachte er, so voller Leben und verschiedener Menschen von überallher, die richtige Größe und nah am Meer.

Gleich darauf fiel ihm Amos ein, und der Gedanke an ihn warf einen Schatten auf alles, was er sah. Das ärgerte ihn. Er hatte diesen neuen Star der Agentur, der vor ein paar Monaten aus dem Jemen angereist war, ignorieren wollen, hatte sich selbst Gleichgültigkeit vorgespielt. Aber er war in aller Munde. Seine neuen Methoden, von denen Victor wie auch manch anderer seiner Kollegen nichts hielt, kamen gut an bei einigen Oberen. Wir sind dabei, einen schier endlosen Scheißkrieg in Südostasien nun endlich zu verlieren, dachte Victor, da sind moderne, weiche Methoden, Verständnis, Kungelei und Anschmiegsamkeit genau das, was die Agentur braucht.

Amos war ein ausgemachter Experte für den arabischen Raum, sprach sehr gut Arabisch, war immerfort bemüht, es noch zu verbessern und schien mit jedem, den er hier auf der Straße oder im Café traf, vertraut. Er war unbürokratisch bis zur Schlampigkeit. Jemand müsste ihn daran erinnern, was wir hier eigentlich tun, hatte Heller einmal bemerkt und Victor konnte ihm darin nur zustimmen. Aber noch schien diese neue Herangehensweise an ein altes Problem niemanden zu stören. Amos umwehte der Hauch des Abenteuers, und wäre er nicht ein so vorbildlicher Familienmensch gewesen, Vater von fünf, bald sechs Kindern, ein Kirchgänger und Basketballspieler, dann hätte man ihn wahrscheinlich noch für einen amerikanischen Lawrence von Arabien gehalten. So aber war er für viele nur der gute Amerikaner, auf den alle hier gewartet hatten, einer, von dem die Einheimischen hofften, dass er sie verstand.

Alles schön und gut, sagte sich Victor, aber sind wir wirklich hier, um jemanden zu verstehen? Wir horchen die Leute aus und kaufen sie, wenn wir sie brauchen können, danach fertigen wir darüber Berichte an. Ihm war bewusst, dass er sich vor allem deshalb so an der Anwesenheit des Neuen störte, weil sie seine Methoden, seine in Jahren trainierte Herangehensweise, ja, sein gesamtes Denken infrage stellte.

Seit einem halben Jahr war Heller sein einziger Trost, der erfolglose Heller, stets übergangen und doch schon länger im Mittleren Osten unterwegs als dieser Amos denken konnte. Heller sah alle Seiten, konnte ihm, Victor, erklären, welche

Möglichkeiten jemand wie Amos der Agentur hier in Beirut eröffnete, einfach durch seine Fähigkeit, Freundschaften zu schließen zu Leuten, die jedem Amerikaner in der Stadt misstrauten. Und Heller sah die Gefahr, die in dieser Art, einen gefährlichen Job zu machen, bestand. »Das kann schiefgehen, ohne dass jemand es bemerkt«, hatte er einmal gesagt. »Freundschaften sind in dieser Gegend Bündnisse.« An diese Worte hatte Victor oft denken müssen; vorgetragen wie eine sachliche Feststellung hallten sie als Warnung nach.

Victor erhob sich und trat vor das Fenster. Als kleiner Falloffizier hätten ihm die Spiele der Großen eigentlich gleichgültig sein können, er hatte keinen Einfluss darauf und war froh darüber. Nach allem, was man hörte, gingen Amos' Berichte über einen nur kurzen Umweg direkt bis ins Außenministerium. Es war nicht vermessen zu glauben, dass Kissinger selbst sie las.

Einer alten Gewohnheit folgend, schnürte sich Victor, während er vor dem Fenster stand, den Gürtel enger. Immer wenn er sich morgens die Hosen anzog, wählte er für den Gürtel das vorletzte Loch, um im Laufe des Tages festzustellen, dass er dünner war als er glaubte. Und jedes Mal grinste er bei dem Gedanken an den Tick, der sich hinter diesem Verhalten verbergen mochte.

Jedenfalls landeten seine Berichte nicht auf dem Tisch des Außenministers. Was er tat, war im Grunde Routinearbeit, allerdings an einem besonderen Ort. Sein bester Kontakt in diesem Jahr war Massud, ein Polizist, bodenständig und fast unarabisch in seiner Direktheit. Dieser Mann war ein Glücksgriff gewesen, denn er kannte Gott und die Welt. Das Wichtigste aber: Er war, anders als die vielen lockeren Kontakte unseres neuen Genies, eingeschrieben, das heißt, er arbeitete für die Agentur und war damit in einem nicht zu unterschätzenden Maß auch kontrollierbar.

Das war es, worauf Heller immer wieder hinwies: Kontrolle, auch wenn sie verdeckt ist, bedeutet Macht. Und unter ihrem Schirm lässt sich sogar so etwas wie Vertrauen aufbauen. Alles andere waren in Hellers Augen Experimente von literarisch gebildeten Collegeboys, Abenteuer des Geistes ohne Blut, Mühsal, Tränen und Schweiß – aber nicht ohne Risiko. Denn wer kontrollierte jemanden, der an einem Tag seine Zustimmung zur Zusammenarbeit gab, am nächsten allerdings seine Meinung änderte? Die Lohnliste, das heißt das faktische Wissen beider Seiten von der Verpflichtung für die Agentur, erlaubte Kontrolle.

»Die Informationen, die wir beschaffen, entscheiden möglicherweise über Leben und Tod«, hatte Heller gesagt. »Wir sollten sie nicht der Qualität des Wetters, der guten Laune unseres Gegenübers verdanken. Amos mag ein Genie sein, und vielleicht ist sein bedeutendster Kontakt so sensationell wie alle glauben, aber der Idealismus, der darin steckt zu glauben, man könnte Freundschaft zur Basis einer Zusammenarbeit machen, ist beängstigend. Du weißt, wir haben den künftigen starken Mann der Christen. Aber ist Bashir Gemayel deshalb unser Freund?«

Victor ging zum Schreibtisch zurück und begann mit seinem Bericht über die letzte Zusammenkunft mit Massud. Dem war ein junger Kerl namens Ziad ins Netz gegangen, Treibgut vom Lande, einer von diesen vielen Jugendlichen, die nichts zu verlieren hatten. Dieser Ziad war frei und würde, gut geführt, nützlich sein können. Es war ein kurzer Bericht, und Victor lehnte sich zufrieden zurück, bis der Gedanke an Amos ihn wieder nervös machte.

Wie schon oft zuvor hatte er damals in der Bar des Fleurs darüber nachgedacht, was ihn zur indirekten Zusammenarbeit mit den Amerikanern getrieben hatte. Ausgerechnet die verhasstesten Ausländer waren auch die am meisten umworbenen. Das galt für die ganze Region. Ziad führte das Teeglas an die Lippen und nickte bei jedem Schluck. Er wusste, dass ihn dies nicht entlastete. In den Augen mancher war und blieb er ein Verräter.

Sein Blick schweifte über die leeren Tische des Nachtclubs, der jetzt, am frühen Abend, entzaubert wirkte wie ein hell erleuchteter Kinosaal. Die Tischplatten waren fleckig und voller Krümel, Zigarettenkippen lagen am Boden, und am Tresen lehnte ein Reisigbesen.

Ziad staunte gerade noch über die Schäbigkeit dieses allgemein als Ausländertreffpunkt geltenden Etablissements, da zog ein Schatten hinter einem der dunklen Fenster seine Aufmerksamkeit auf sich. Wie immer in solchen Situationen machte sich Ziad klein, atmete aus und ließ die Schultern hängen. Seiner privaten Mythologie zufolge ließ ihn dies ein wenig mehr verschmelzen mit dem jeweiligen Hintergrund, vor dem er saß oder stand. Unauffälligkeit war wichtig in einer Stadt voller Verschwörer und Bombenleger, zumal, wenn man für die Amerikaner arbeitete. Ziad lächelte. Arbeiten, das hörte sich weitaus bedeutender an, als es war. Tote Briefkästen leeren, Leute ausspionieren, Botengänge machen. Nichts davon war aufregend, aber alles gefährlich.

Der Schatten im Fenster bewegte sich erneut. Diesmal glaubte Ziad, ruckartige Bewegungen wahrgenommen zu haben, er stellte sich vor, jemand suchte etwas in seiner Manteltasche. Gleich darauf war der Schatten wieder verschwunden, das Fenster leer, als hätte es nie eine Bewegung darin gegeben. Er blickte sich noch einmal im Raum um. Das tat er häufig, bevor er eine Entscheidung traf. Es zwang ihn, sich ganz auf die Situation zu konzentrieren, lenkte ihn auch, zum Guten oder zum Schlechten, vom Bevorstehenden ab.

Hinter dem langen schwarzen Tresen mit den aufwendig verzierten Zapfhähnen und vor der schimmernden Wand aus zumeist französischen Schnapsflaschen wischte ein junger Mann den Fußboden. Er war so dünn, dass sein Hemd tatsächlich leer wirkte. Leicht nach vorn gebeugt, fielen ihm pechschwarze Haarsträhnen ins Gesicht, wahrscheinlich war er ein Asiate. Auf der anderen Seite, weiter hinten im Raum, lungerten drei junge Männer auf Polstersesseln herum. Die Nische lag im Halbdunkel, an der Wand darüber war der gemalte, wohlgeformte nackte Körper einer Frau gerade noch zu erkennen.

Ziad beobachtete die drei ein paar Sekunden lang. Sie saßen mit dem Rücken zu ihm und wirkten unbeteiligt und nur miteinander beschäftigt. Er hielt sie für Botenjungen oder Lieferanten, die dort auf ihren nächsten Auftrag warteten.

Noch einmal ging er alles durch. Am frühen Abend hatte das Telefon geklingelt, lange und durchdringend, bis er endlich abgehoben und Massuds vertraute Stimme gehört hatte. Er schickte ihn ins Fleurs, um dort jemanden zu treffen. Es sei nicht ganz sicher, ob es klappen würde, aber den Versuch wert, sagte Massud. Solcherlei nebulöse Aufträge waren nicht selten, und jedes Mal ärgerte er sich sehr darüber, denn sie reduzierten ihn auf die Bedeutung jener Botenjungen dort drüben, mit denen man ähnlich umsprang. Jetzt aber ließ er sich nicht dazu hinreißen, innerlich darüber zu fluchen, dass man über ihn und seine Zeit nach Belieben verfügen konnte. Vielmehr rekapitulierte er innerhalb der nächsten Sekunden, was er über Massud wusste. Er hegte keinen wirklichen Verdacht, es war eher ein Was-wäre-wenn-Spiel, eine kurze Selbstvergewisserung.

Er lehnte sich zurück und starrte in das kalte Licht der Neonröhren, die über der Bar befestigt waren. Er betrachtete die großen Lampenschirme aus Ziegenleder in der Mitte der Raumdecke und dachte an das verführerische rötliche Dämmerlicht, das sie entstehen ließen, wenn sich gegen neun Uhr abends der Saal mit Gästen zu füllen begann. Jetzt war das alles weit entfernt, weder das glänzende Metall der Zapfhähne noch die vielen übereinanderstehenden Flaschen, noch nicht einmal der süßliche, scharfe Geruch im Raum konnten der sachlichen Vorabendstimmung etwas anhaben.

Kaum wiederzuerkennen war die Bühne. Der dicke Teppich, der sie bedeckte, war fleckig und grau. Nur mit Mühe konnte Ziad sich vorstellen, wie die Herrin der Hunde dort spät am Abend ihre Nummer aufführte. Halb nackt, in rotes Licht getaucht, streckte sie die Brüste vor und schwenkte die Hüften. Vor allem aber stolzierte sie barfuß umher, und allein schon, wie sie die Füße aufsetzte, sich umwandte und, vom Licht geblendet, herrisch sich umblickte, elektrisierte die anwesenden Männer. Das jedenfalls bildete Ziad sich ein.

Für ihn war sie die europäische Traumfrau, hell und hochgewachsen, Hure und Beute in einem, Herrin und unerreichbares Traumgebilde im anderen Moment, ganz wie sie es wollte. Der Anblick der jetzt schmutzigen Bühne ernüchterte Ziad. Kurz machte er sich bewusst, wie billig diese Inszenierung aus ein paar Bühnenstrahlern und lauter Musik war – und wie wirkungsvoll. Gleich darauf hatte er wieder die Tänzerin vor sich, ihre beweglichen Hüften, die wohlgeformten Schultern und den tiefrot geschminkten Mund.

Beim Gedanken an sie wurde ihm heiß, und, wie immer in solchen Momenten, verachtete er sich für diese jugendliche Geilheit, diese überbordende Leidenschaft, die so stark werden konnte, dass sie ihm den Atem nahm. Er dachte an die Europäer und Amerikaner, an Touristen und Leute, die er aus der Ferne von der Agentur her kannte, an diese Männer in Jeans und Freizeithemden oder auch in Leinenanzügen. Im Vergleich zu ihm waren das rational denkende Erwachsene, sie waren planvoll und zuverlässig, jedenfalls gaben sie das vor. Allem, was sie taten, schien Überlegung vorausgegangen zu sein, und ihre dauernde höfliche Distanz konnte hier leicht als Kälte und Berechnung missdeutet werden. Ihnen gegenüber kam sich Ziad vor wie ein Tier, ungezügelt und unberechenbar. Der Gedanke, dass diese Westler ihre Lüsternheit nur besser verbargen, tröstete ihn nicht, denn im Verbergen lag ja ihre Stärke. Etwas stimmt mit uns nicht, dachte er, wir sind zu heißblütig. Dachte er an die Tänzerin, an ihre leicht emporgereckten Zehen, wenn sie zu Beginn ihrer Nummer die spitzen Pantoffeln von ihren Füßen warf, dann wurde ihm der Mund trocken. Er wollte sich vor ihr niederwerfen und sie im gleichen Moment beherrschen, unter und über ihr sein. Diese Vorstellung aber erzeugte in seinem Geist eine Dissonanz, die ihn sich seufzend die Stirn wischen ließ. Vielleicht stimmt auch nur etwas mit mir nicht, dachte er und zwang sich zur Konzentration.

Er war, das wusste Ziad, auch hier, gerade hier in Gefahr. Selbst wenn er Massud nicht ernsthaft unterstellte, etwas gegen ihn im Schilde zu führen, so konnte doch immer noch etwas schiefgegangen sein. Wie hatte er es formuliert: »Tu mir den Gefallen, mein Freund, es ist keine große Sache. Bleib einfach, wo du bist, bis er kommt. – Ich muss heute noch viele Informationen auswerten. Du verstehst, alles wichtig, eilig – wie die Oberen eben sind.« Es war das Übliche, erst die Zumutung, dann der Trost durch Vertraulichkeit.

Ziad sah auf die Uhr. Er war jetzt seit einer halben Stunde hier und niemand schien ihn bemerkt zu haben. Der Raum war offen und betretbar wie eine Bahnhofshalle, und zu Ziads Verwunderung hatte sich niemand gerührt, nachdem er sich an einen der Tische gesetzt hatte.

Hinter ihm knarrte eine Tür, dort, wo zwischen zwei überlebensgroßen Porzellanhunden ein dunkler Gang zu den Toiletten führte. Er lehnte sich vor und stützte die Ellenbogen auf den Tisch. Momente später stand tatsächlich ein hochgewachsener Mann bei ihm. Ziad sah ihn aus dem Augenwinkel und rührte sich nicht.

»In den Bergen hat es gestern geregnet«, sagte der Mann auf Englisch.

»Am Schwarzen Horn oder im Schuf?«, sagte Ziad leise.

Der Mann schwieg unangenehm lange und kramte einen Briefumschlag aus seiner Manteltasche hervor. Unbeholfen setzte er sich schließlich Ziad gegenüber, legte die flache

Hand auf den Umschlag und schob ihn über die Tischplatte zu ihm.

Ziad schmunzelte.

»Ich muss es einfach fragen«, sagte er, als würde er zu sich selbst sprechen, »warum ausgerechnet hier?«

»Der einzige Ort, den ich in Beirut kenne.« Der Mann blickte sich andeutungsweise um. »Sorry«, fügte er noch an.

Er erhob sich, zupfte den Mantel zurecht und ging. Ziad blickte ihm nach, beobachtete, wie er in den gewaltigen Windfang und von dort ins Licht der Straße trat. Er spürte den Umschlag unter seiner Hand und fragte sich, ob dieser Mann, der aussah, als käme er aus dem Süden des Landes und möglicherweise ein Schiit war, tatsächlich die ganze Zeit über in der Toilette auf ihn gewartet hatte. In solchen Momenten sah er alles, was er tat, von außen. Doch die Lächerlichkeit des Spiels konnte ihn nicht amüsieren, sie erschreckte ihn. War das auf den höheren Etagen der Agentur möglicherweise anders, gab es dort einen Grad von Professionalität, der Szenen wie diese nicht zuließ? Wer weiß, dachte er, vielleicht ist auch das eine Illusion.

Er wartete noch fünf Minuten, fing einen stumpfen, missmutigen Blick des Asiaten auf, der nichts als Überdruss zum Ausdruck brachte. Dann prüfte er kurz den Stapel Banknoten im Umschlag und erhob sich. Kurz vor dem Windfang blickte er noch einmal zu den drei Männern und bemerkte, dass es vier waren. Einer saß so tief im Schatten, dass er dunkelblau wirkte. Ziad öffnete die Tür, trat hinaus und atmete tief ein. Er spielte mit dem Umschlag in seiner Tasche herum, war erleichtert und bog auf den Boulevard ein.

Einige Meter weiter blieb er stehen. Er hatte sich gegen den Gedanken gewehrt, vielleicht einfach nur aus Trägheit.

Jetzt aber, im frischen Abendwind, umbraust vom Vorabendverkehr, stand das dunkelblaue Gesicht des Mannes im Schatten klar vor ihm. Wenn das ein Zufall war, dachte Ziad, dann einer von jenen, die einen nicht mehr an Zufälle glauben lassen. Er machte kehrt und ging zum Fleurs zurück.

Vor dem Eingang bewunderte er wieder einmal den für diese Region untypischen Schaukasten. Wo vor einem Kino Aushangfotos befestigt gewesen wären, gab es hier nur einen kleinen, schwach beleuchteten, karmesinroten Vorhang. Ganz unten teilte er sich, und in dem dunklen Spalt stand ein Paar weißer Damenschuhe, hochhackig, spitz und mit Riemenverschluss, winzig wie das Zubehör für eine Puppe. Zwischen den Schuhen, ebenso klein, lag der Kopf eines abgewetzten Stoffhundes, niedlich und bedrohlich zugleich. Das war alles, kein Schild, kein Schriftzug, nur dieses Arrangement, das für Ziad fremdartig und verrucht war, der Eingang in eine Lasterhöhle.

Er griff nach der eisernen Klinke und drückte sie nieder. Der Eingang war noch immer offen und unbewacht. Im letzten Moment überlegte er es sich anders, schloss die Tür wieder und drehte sich um. Er eilte an den Straßenrand und wartete auf eine Lücke im Verkehr. Angestrengt blickte er sich um und machte schließlich drei Blocks weiter eine Telefonzelle aus. Er überquerte die Straße, ging schnell und erreichte das Telefon, bevor ein anderer es in Beschlag nehmen konnte. Erleichtert atmete er aus, fingerte die Münzen aus seiner Hosentasche hervor und rief Massud an.

Es dauerte lange, doch schließlich hob sein Kontaktmann ab. Wieder schnaufte Ziad erleichtert.

»Was ist los, mein Freund? Hat alles geklappt?«

»Ja, er hat mir etwas gegeben.«

»Gut, gut«, sagte Massud nach einer kurzen Pause. »Du bringst es mir, wenn ich es sage. – Was willst du?«

»Der Schwarze ist hier. Weißt du etwas darüber?«

Zu Ziads Beruhigung entstand diesmal keine Pause.

»Nein. Bist du sicher? Wo hast du ihn gesehen?«

»Im Fleurs.«

»Was denkst du, Bruder, was denkst du nur?«

»Ich weiß nicht, was ich denken soll. Sag du es mir.«

»Denk nicht, sondern geh dort weg. Sollte er es wirklich sein, dann hat es nichts mit dir zu tun. Kümmere dich nicht darum.«

»Du weißt es jetzt.«

»Ja. Geh einfach weg.«

Massud legte auf, Ziad hielt den schweren Hörer noch einen Moment lang in der Hand, bevor er einhängte. Was hast du anderes erwartet, sagte er sich und wusste, dass ihm seine Redseligkeit am Telefon wieder einmal Ärger einbringen würde. Er hatte zu viele Worte gemacht, unnötige Worte.

Mild und salzig wehte der Wind vom Meer heran, und noch durch die kleinen fleckigen Scheiben der Telefonzelle war das auf den hellen Hausmauern spielende Licht der Laternen und Autoscheinwerfer Anzeichen für einen schönen Frühsommerabend, der vor der Stadt lag.

Ziad schüttelte den Kopf, um aus seinen Träumereien zu erwachen, wandte sich um und wich zurück. Vor ihm stand der Mann aus dem Fleurs, jener, über den er gerade gesprochen hatte, nur durch die Tür der Telefonzelle von ihm getrennt.

Raissa hielt den Wagen, einen recht neuen Ford Taunus, nicht unmittelbar vor dem Haus an, sondern ein paar hundert Meter weiter. Das tat sie immer, weil ihr Mann Massud es ihr eingeschärft hatte. Aus Sicherheitsgründen, hatte er gesagt, und sie befolgte seine Anweisungen, immerhin arbeitete er auch für die Fremden. Doch sie tat es immer widerwilliger, seit sich ihr Mann, natürlich nur beruflich, mit den europäischen Huren aus dem Fleurs beschäftigte. Niemand, schon gar nicht ein Mann, konnte ihr erklären, welchen Sinn es haben sollte, sich in diesen Kreisen herumzutreiben.

Ihre beiden Jungen schliefen auf dem Rücksitz. Sie stellte den Motor ab, wandte sich um und weckte sie sanft. Wieder einmal konnte sie ihren Ärger nur mühsam unterdrücken, lächelte aber tapfer, als die Jungen sich die Augen rieben und in jammerndem Tonfall nach ihrem Vater zu fragen begannen.

»Gleich sind wir zu Hause«, sagte Raissa, »steigt aus und seid leise.«

Draußen nahm sie jeden an einer Hand, griff fest zu, damit sie es spürten, und ging auf das Haus zu.

Hinter einem Baum trat ein Mann hervor und stellte sich ihnen in den Weg. Er war groß und dunkel, wahrscheinlich ein Nordafrikaner. Raissa packte die Hände ihrer Jungen so fest, dass die beiden wieder zu jammern begannen. Sofort blickte sie sich hilfesuchend um, doch die Straße war leer, ausgerechnet in diesem Moment waren keine herumstreunenden Jugendlichen, kein Straßenhändler und nicht einmal ein Auto zu sehen.

»Ruhig. Bleib stehen«, sagte der Mann vor ihr.

Seine Stimme klang sanft, sein Arabisch fremd. Er streckte die Hand vor, trat nah an Raissa heran, berührte den Kopf von Khaled zuerst, danach den von Mohammed, tat einen unbeholfenen Schritt zurück und sagte:

»Deine Jungen werden heranwachsen.«

»Was willst du?«, sagte Raissa aufgebracht.

»Deine Jungen werden heranwachsen«, wiederholte der Mann langsam und eindringlich. »Wenn du dort entlang gehst.«

Er nickte bei den letzten Worten.

Raissa blickte in das versteinerte Gesicht, in seine dunklen Augen und auf seinen schmallippigen Mund. Sie sah ihr beleuchtetes Haus. Oben, aus Massuds Arbeitszimmer, drang Lampenschein. Im nächsten Moment füllten sich ihre Augen mit Tränen, die Jungen rissen an ihren Händen, Raissa senkte den Kopf, wandte sich um und zog sie die Straße entlang in die entgegengesetzte Richtung.

Zu oft stand sich Massud im Weg. Seit seiner Zeit an der Amerikanischen Schule von Beirut war ihm das klar. Er war kein Hitzkopf wie dieser von ihm angeworbene Ziad, der oft Mühe hatte, sich zu kontrollieren, er war auch nicht wie einer dieser anderen Herumtreiber allzu rasch bereit, einen neuen Arbeitgeber, also Zahlmeister, zu suchen. Diese Jungen hatten in den seltensten Fällen mehr als einen unbestimmten Kindertraum von Amerika.

Aber auch er wusste um seine Probleme mit sich selbst,

etwa seinen Mangel an Aufmerksamkeit. Immer wieder ließ er sich einlullen von der Gastfreundschaft, sei es bei Muslimen, Maroniten oder den lebensfrohen syrischen Christen, allesamt Leute, denen man nicht trauen sollte, sobald man ihr Haus verließ. Die Einzigen, auf die hier Verlass war, waren Ausländer, Amerikaner, Franzosen, Briten, Deutsche, allerdings nur, solange sie einen brauchten. Danach war man wieder in Gottes Hand.

Massud warf drei Stück Zucker in sein Teeglas und rührte hastig um. Nachdenklich blickte er zum Fenster hinaus. Das Haus stand an einer Hügelflanke, daher hatte er einen schönen Blick auf Gemmayzeh, eine Nachbarschaft der Mittelklasse, geschaffen für Leute wie ihn, Händler und Regierungsbeamte, Aufsteiger, die auf der Hälfte des Weges stehen geblieben waren.

Der Tee munterte ihn auf. Wahrscheinlich hat dieser kleine Idiot Gespenster gesehen, sagte er sich. Die Bäume bewegten sich im Wind, gaben Laternen- und Fensterlichter frei und verdeckten sie wieder. Was aber, dieser Gedanke nagte an ihm, wenn der Schwarze wirklich in der Stadt war? Warum sollte ihm Ziad dies auf eine so unprofessionelle Weise am Telefon mitteilen, wenn er nicht außer sich gewesen wäre? Doch es ergab keinen Sinn. Der Libyer konnte von dieser kleinen Geldübergabe im Fleurs nichts gewusst haben, sie war zu unbedeutend.

Massud kam zu dem Schluss, dass es sich um einen Zufall handeln musste, wenn auch einen seltsamen. »Aber warum im Fleurs?«, murmelte er vor sich hin und rieb sich die tiefe Falte zwischen seinen Augen. Er überlegte, ob er jemanden von der Agentur kontaktieren sollte. Aber die Furcht vor Victors Missbilligung, vor seinen abschätzigen Kommentaren, welche er nie persönlich von ihm hörte, immer aber zugetragen bekam, hielt ihn kurz davon ab. Schließlich tat er es doch und erreichte den Amerikaner sogar. Dessen gleichmütige Stimme beruhigte ihn. Sie hielten das Gespräch kurz.

Unten waren Geräusche vernehmbar, Raissa kam nach Hause, seine Königin, die er noch mehr liebte, seit sie ihm die beiden Jungen geschenkt hatte. Sie waren sein ganzer Stolz, selbst wenn er sie Tage nicht sah, hatte er sie immer bei sich, als wären sie mit seinem Körper verwachsen. Er trank den Tee aus und stand auf.

Die Jungen waren auf der Treppe zu hören, doch anstatt zur Tür zu gehen, wandte sich Massud um und schaute noch einmal zum Fenster hinaus. Hinter dem nächsten Hügel, zum Meer hin, schienen die letzten, kaum noch erkennbaren Reste des Himmelsblaus von der Dunkelheit verschlungen zu werden. Der Lärm der Straßenhändler, Autohupen und von irgendwoher auch Musik drangen zu ihm herauf.

Beirut könnte ein Paradies sein, dachte er, wenn es nicht so viele fremde Mächte gäbe, die ausgerechnet den Libanon zu ihrem Operationsgebiet gemacht hatten. Es muss daran liegen, dachte er weiter, dass dieser Ort von so verschiedenen Religionen, politischen Parteien und Clans beansprucht wurde. So hatte er sich zu einem Magneten entwickelt, der nun auch weltweit die unterschiedlichsten Gestalten anzog. Welch ein Ort, sagte er sich, so voller Hass und dabei so friedlich, kein Tourist würde es je bemerken. Zumindest war das jetzt noch so.

Wieder rieb sich Massud seine Stirnfalte. Wenn sich all die Befürchtungen bewahrheiteten, die es seit dem Anschlag in München gab, dann waren dies vielleicht die letzten friedlichen Sommerabende für eine lange Zeit. Hätte er geahnt, dass sich die Dinge so entwickeln würden, dann hätte er sich vor zehn Jahren nicht anwerben lassen. Dieser Victor mochte sein Handwerk verstehen, doch offen war er nie, auch nicht jenen gegenüber, die er in Gefahr brachte. Amerikaner, dachte er, sind immer einem anderen, weit entfernten Herrn verpflichtet, nie sind sie wirklich hier. Sie arbeiten, als hätten sie einen Mikrofonstöpsel im Ohr, mit dem sie in ständigem Kontakt mit Übersee stünden. Die Franzosen, korrupte Selbstdarsteller allesamt, verlogene, vorgeblich diplomatische Kolonialisten. Sie kamen hierher, nahmen sich ein schönes Haus in den Bergen und während ihre Frauen nichts anderes zu tun hatten, als sich den nächstbesten Araber ins Bett zu ziehen, ließen ihre Männer nichts unversucht, die einflussreichsten Leute vor Ort zu bestechen.

Am ehesten Verlass war noch auf die Deutschen, die jetzt vermehrt auftauchten. Bei Allah, dachte Massud, wie konnte ein Volk, das noch vor ein paar Jahrzehnten die ganze Welt in einen jahrelangen Krieg gestürzt hatte, während seiner Olympischen Spiele bei acht Palästinensern so versagen. Nicht einmal ihre Gewehre hatten funktioniert. Was war nur mit diesen Leuten los, dachte er, wie desorganisiert mussten sie sein? Eine Handvoll Palästinenser tanzte ihnen vor den Augen der Welt auf der Nase herum, man munkelte sogar, sie hätten sich an einem der israelischen Athleten sexuell vergangen. Die Gedemütigten sind oft besonders einfallsreich, wenn es darum geht, andere zu entehren, und gerade die Israelis müssten wissen, dass dies zur Wahrheit gehört. Bei Allah, dachte Massud wieder, Bauern waren das, gewalttätig, primitiv, aber in der Lage, den einmal gefassten Plan auf Biegen und Brechen auszuführen. An Entschlossenheit, dachte er, mangelte es ihnen nicht, wenn auch an vielem anderen.

Er öffnete die Tür, war kurz verwundert, nichts mehr von den Jungen zu hören. Wo waren ihre Stimmen, ihr Gelächter, das Gepolter auf der Treppe? Im Foyer unten brannte das Licht, das wunderbare Medaillon des Keshan-Teppichs schien sich ein paar Zentimeter vom Boden zu heben, so überdeutlich wurde es angestrahlt. Massud machte abrupt kehrt und ging ins Arbeitszimmer zurück, steuerte auf den Schreibtisch zu und öffnete die Schublade. Manchmal, es ist selten, aber es kommt vor, versagen alle unsere Schutzmechanismen. Massud hörte die Worte Victors, als stünde er im Raum, sie erfüllten seinen Kopf, als er die Mauser entsicherte.

»Es gibt Mitarbeiter, die das im Laufe ihrer Karriere nie erlebt haben, und es gibt welche, die gleich mehrmals in eine solche Situation geraten sind. Für diesen besonderen Augenblick gilt: Selbstschutz. Alle Vorschriften, alle Maßregeln sind vergessen, es gibt kein Netz, das euch auffängt. Wir nennen das einen ernsten Zwischenfall, aber ihr müsst wissen, dies ist der Moment, in dem ihr allein seid.«

Massud wollte den Gedanken nicht zulassen, zu geruhsam war dieser Abend, an dem außer dem Anruf von Ziad nichts geschehen war. Ein schöner, ein erholsamer Abend mit ein, zwei Stunden für ihn selbst. Wie wohl ihm das Nachdenken getan hatte, wie gerne er hier gesessen hatte mit seinem Tee, an diesem schönen Fenster, in seinem Haus. Er, hier, mitten im Leben, wie gut ihm das getan hatte. In der Fensterscheibe sah er die gespiegelte Zimmertür sich öffnen. Er war fest entschlossen gewesen zu schießen, doch die Pistole hing nur schwer an seinem Arm, als ihn die Schüsse in Salven trafen, das Fenster vor ihm zersprang und eine ungeheure, tonlose Dunkelheit hereinstürzte.

Ziad. Erste Sitzung

Das Ausbildungslager bedeutete Verlorenheit. Er war ständig hungrig und fürchtete das Gebrüll der Ausbilder. Ziad hatte ein körperliches Training erwartet, vielleicht Übungen mit Waffen. Doch er erlebte Gehirnwäsche: ständig mussten sie ganze Sätze nachsprechen, mussten über den Sinn wichtiger Aussagen von wichtigen Männern referieren, abgehetzt, bedeckt von Wüstenstaub. Immerfort, bei jeder sich bietenden Gelegenheit wurden sie getestet, wurde ihr Denken in eine bestimmte Richtung gelenkt, sodass jeder der Anwärter unwillkürlich all seine Konzentration darauf verwandte, den nächsten Test zu bestehen. Sei es aus Furcht vor den Ausbildern oder doch eher vor den möglichen Strafen, jeder von ihnen gab sein Bestes, bis sie wie Automaten auf neue Schikanen reagierten.

Das Schreiben war eine der Aufgaben, die sie alle zwei oder drei Wochen erfüllen mussten. Dabei ging es nicht um Schulbildung. Jeder sollte einfach nur sein Leben erzählen, so gut er es erinnerte. Alles, was die Ausbilder von ihnen verlangten, war absolute Ehrlichkeit, und Ziad ahnte damals bereits, dass es hier um rückhaltlose Preisgabe ging, welche die Anwärter noch verwundbarer machen sollte.

Ziad starrte auf das Blatt, betrachtete die Schatten, die darauf zu wandern schienen. Er nahm den Stift, den sie ihm hingelegt hatten, seine Fingerkuppen waren so feucht, dass er fürchtete, er könnte ihn zum Schreiben nicht halten. Trotz der Schmerzen und der Furcht zu versagen, wollte er ehrlich sein. Widerwillig gestand er es sich ein: Ihre brutalen Methoden bewirkten etwas. Es war, als gebe es in all dem Schmerz und der Verzweiflung, in die er versunken war, einen glühenden, reinen Kern. Er hatte in seiner Situation einfach keinen Grund mehr zu lügen und zu täuschen und glaubte bald tatsächlich daran, seiner Qual nur durch die Wahrheit ein Ende bereiten zu können.

Also begann er zu schreiben, langsam und unbeholfen, und der Stift drohte ihm aus den Fingern zu gleiten. Ziad blickte kurz um sich, doch konnte er außerhalb des Lampenscheins kaum etwas erkennen. Er wusste nicht, ob jemand hinter ihm im Raum war oder ob sie ihn für die Lebensbeichte einfach allein gelassen hatten. Schließlich war er kein Gefangener, sondern ein Aspirant auf die Mitgliedschaft, also zukünftig einer von ihnen.

Allmählich lockerte sich sein Handgelenk, und sein Atem beruhigte sich. Er schrieb, begann mit seiner Ankunft in Marseille, wo er nach einer schrecklichen, von Seekrankheit bestimmten Überfahrt ankam. Er schrieb nicht, wie er seinem Vater das Geld für die Überfahrt gestohlen hatte, wie er in einem unbeobachteten Moment ins Schlafzimmer geschlichen war, die Schubfächer durchsucht und alles mitgenommen hatte, was er dort fand. Diese Tat war seine ewige Schmach, über die er schweigen wollte bis zum Grab. Er war zum Dieb an seiner eigenen Familie geworden, weil er an den Wänden seiner französischen Schule die großen Fotos französischer Landschaften und Städte gesehen hatte. So verheißungsvoll erschien ihm dieses gar nicht so ferne Land, dass er eines Tages aus seinem Dorf dorthin floh und dafür sogar seine Familie und seine Ehre als Sohn zurückließ.

Er schrieb, wie er, mit zitternden Knien und der Bewusstlosigkeit nahe, in einem der Hotels am Alten Hafen Unterschlupf fand. Sehr deutlich erinnerte er sich noch daran, wie er auf den dunklen Eingang zuwankte, in dem nichts als die Glut einer Zigarette aufleuchtete, wie er, an den Türrahmen gelehnt, auf einen Unsichtbaren einredete, bis dieser ihm seinen Rauch entgegenblies, als er sagte: »Complet«.

Ziad taumelte weiter, und es schien ihm, als hätte er ein Dutzend solcher Türen und noch mehr Rezeptionen im Dämmerlicht gesehen, bevor er endlich ein Hotel mit einem freien Zimmer fand. Dort, im dritten Stock, auf einem knarzenden Drahtbett mit durchgelegener Matratze, schwand das Fieber seiner Seekrankheit allmählich, kam sein Kreislauf zur Ruhe. Die Übelkeit ließ nach und wich einer tiefen Erschöpfung. Er schlief lange bei offenem Fenster, der Lärm von Stimmen und Autos, das Geschrei von Kindern und Musik aus einem Radio weckten ihn. Er richtete sich im Bett auf, legte die Hand an die Stirn und verspürte Erleichterung. Er war wieder gesund.

Ziad sollte sein bisheriges Leben aufschreiben, und die Furcht ließ ihn auch Jahreszahlen, Ereignisse, die für ihn wichtig gewesen waren, Menschen und Orte sich vergegenwärtigen, ja zusammenraffen. Doch immer, wenn er auf das Papier starrte, lösten sich die harten Fakten auf in den Erinnerungen an seine traurige europäische Odyssee.

Traurig war sie vor allem, weil er beinahe mittellos war. Das gestohlene Geld reichte kaum für die erste Woche. Danach war er eigentlich unaufhörlich unterwegs, dachte sehnsüchtig an die ersten Frühstücke im Straßencafé vor dem Hotel zurück, wenn er in einem Hauseingang, einem Park oder auf der Festungsinsel vor dem Alten Hafen übernachtete. Er durchstreifte diese seltsame Stadt, die, je weiter der Abend voranschritt, an vielen Orten immer arabischer, an anderen immer afrikanischer wurde.

Er war auf der Suche nach Arbeit. Nachdem er auf verschiedenen Baustellen kein Glück hatte, versuchte er es mit den arabischen Restaurants. Vielleicht lag es an seiner ungepflegten Erscheinung, die Restaurantbesitzer zögerten sogar, ihn als Tellerwäscher einzustellen. Und wenn sie doch dazu bereit waren, wollten sie ihm so gut wie nichts bezahlen. So kam es, dass er wochenlang im Freien schlief. Ich bin beinahe jedem begegnet auf dieser Reise, dachte Ziad, der es ausnutzen konnte, dass ich allein und mittellos war. Er seufzte und schrieb diesen Satz auf den Zettel, um ihn sogleich wieder durchzustreichen.

In Marseille gab es wie in Beirut Jugendbanden, vor denen man sich in Acht nehmen musste. Anders als in Beirut aber waren sie hier schwerer zu erkennen, sie streunten herum oder kauerten in Hauseingängen, harmlos plaudernd, bis sie einen bemerkten. Mehrmals musste Ziad vor ihnen davonlaufen und immer, wenn er außer Atem und in Sicherheit war, fragte er sich, was sie eigentlich von ihm, der nichts besaß, wollten. Er vermutete, sie nutzten einfach nur die Gelegenheit zur Jagd, es ging um nichts, und das war im Grunde deprimierender als die Tatsache, dass man diese Eckensteher nicht einmal in Europa loswerden konnte.

Nachts an der Mole auf der Festungsinsel beobachtete er die Schwulen bei ihren Treffen. Es dauerte nicht lange, bis ihn ein in seinen Augen älterer Mann ansprach, Typ Professor oder Lehrer mit Brille, ungepflegtem Bart und einem auffälligen Halstuch. Der Mann wich nicht von seiner Seite, sprach unaufhörlich auf ihn ein, hakte sich bei ihm unter und drängte ihn von dem schmalen Sandweg in Richtung der Oleanderbüsche. Das Meer war unruhig an diesem Abend, recht heftig brachen sich die Wellen in der weiten Bucht. Die Gier schien den Mann mit der Brille völlig zu beherrschen, seine knorrigen Finger krallten sich unterhalb der Rippen in Ziads Körper, und während er auf ihn einsprach, bespuckte ihn der Mann, da ihm der Mund tatsächlich wässrig geworden war. Ziads Schlag gegen sein Kinn gelang ihm aus Versehen so präzise, dass der Mann zu Boden ging, in die Büsche fiel und sich nicht mehr regte. Schuldbewusst blickte er um sich, doch niemand von den Spaziergängern und den Paaren in der Nähe der Türme schien etwas gehört zu haben. Er starrte auf sein Opfer nieder, von dem nur der Hintern und die Beine zu sehen waren, erkannte die Umrisse der Brieftasche in der Gesäßtasche und griff ohne zu zögern zu. Genau in diesem Moment erwachte der Mann. Er tastete mit beiden Händen nach der Brille, die ihm von der Nase gefallen war. Ziad hockte sich über ihn und schlug ihm mit der Faust ins Gesicht, bis er sich nicht mehr rührte. Er genoss jeden Schlag, fühlte sich befreit dabei, nur das Blut ekelte ihn. Er erhob sich rasch und blickte schnaufend über die Büsche hinweg um sich. So war er inmitten von Meeresrauschen und Oleanderduft erneut zum Dieb geworden, ein Straßenräuber wie jene, die ihn zum Spaß jagten.

Noch im Davongehen zählte er das Geld und war zufrieden. Wieder suchte er sich ein Hotelzimmer in der Nähe des Hafens und wiederholte sein kleines Glück der Ankunft in Europa, inklusive Baguette und Milchcafé am Morgen.

War es das, was sie wissen wollten? Ziad hob den Kopf und beobachtete den Tanz der Mücken und Motten an der nackten Neonleuchte. Das feine Summen dieser Lampe machte ihn wahnsinnig, er steckte sich das Ende des Stifts in den Mund und rieb sich die Hände. Dann schrieb er:

Ich heiße … wurde dann und dann geboren, meine Eltern waren … mein Vater … meine Mutter … Es las sich sehr förmlich, und als er darüber nachdachte, mit welchem bedeutenden Tag in seinem Leben er beginnen sollte, fiel ihm der 6. September 1970 ein, er war gerade fünfzehn Jahre alt und saß in seinem Dorf am Radio. Die Flugzeugentführungen, das wird ihnen gefallen, dachte Ziad. An jenem Tag gab es gleich mehrere zugleich, eine Schweizer Maschine war dabei und eine britische. Und zu seinem großen Erstaunen war eine Frau beteiligt. Sie hieß Leila Chaled und wurde später weithin berühmt.

Damals aber fragte Ziad seinen Vater, wie es sein könne, dass eine Frau solche Dinge tat. Seine Schwestern waren noch nicht geboren, und alle Frauen, die Ziad bis dahin kennengelernt hatte, seine Mutter, Madame Perot, seine strenge Lehrerin in der französischen Schule, und die Mädchen im Dorf waren völlig anders als diese Leila. Zu seiner Überraschung wurde sein Vater wütend, entriss ihm das Kofferradio, packte ihn im Nacken und zog ihn hinaus auf die Dorfstraße. Ziad erinnerte sich noch gut an die Schmerzen, die er noch Tage nach diesem Griff an seinem Hals verspürte. Sein Vater war ein starker Mann, der seit Jahren auf Straßenbaustellen arbeitete. »Schau dich um«, sagte er zu seinem Sohn. »Hier müssen wir leben, weil wir Flüchtlinge sind, gottesfürchtig oder nicht, wir sind Flüchtlinge. Als du noch ein kleines Kind warst, sind wir in dieses Land gekommen, weil wir mussten. Vorher hat man uns alles genommen. Deine französische Madame in der Schule und vielleicht noch einige reiche Christenfrauen in Beirut können es sich leisten, seltsame Dinge zu tun. Wenn eine von uns sich dazu entscheidet, dann aus Not. Es ist nur ein Zeichen unserer Verzweiflung, dass die jungen Frauen unseres Volkes zum Gewehr greifen und Soldaten werden. Die ganze Welt ist gegen uns oder sie hat uns vergessen. Merk dir das: Für uns können die Gesetze dieser Welt nicht gelten, denn diese Gesetze sind gegen uns gerichtet. Ich bin froh, dass diese Frau in dem Flugzeug nicht meine Tochter ist, aber ich bewundere sie und würde ihr die Füße küssen, wenn ich könnte. Wahrscheinlich kommt sie auch aus einem Ort wie diesem, daran kannst du erkennen, wie manchmal aus etwas Kleinem, ganz Verlorenem, etwas wirklich Großes wird, das die Welt nicht mehr übersehen kann.«

Ziad erinnerte sich gut an den Anblick, den das Dorf an diesem Nachmittag bot. Es sah aus wie der abgelegenste Ort der Erde, bereit, im Boden zu versinken, sobald jemand nur fest genug mit dem Fuß auftrat. Madame Perot aber, die mit ihrer Strenge in den Jungen seiner Klasse eine Begierde danach auslöste, von ihr mit dem Stock oder der bloßen Hand bestraft zu werden, diese europäische Frau stand für ihn gleichberechtigt neben jener bewaffneten Heldin Leila.

Er schrieb und schrieb, bis er endlich auch erklärt hatte, wie es ihm gelang, in einem der arabischen Restaurants einen Job als Kellner zu finden. Wie er dem Mann, den er nur als Imad kannte, bei einem Abendessen begegnete. Er war mit einer Familie dort, die offensichtlich nicht seine eigene war, und verwickelte Ziad in ein kurzes Gespräch, fragte, woher er käme, was ihn nach Marseille geführt hätte und schickte ihn dann mit einer kurzen Handbewegung fort. Den ganzen Abend über ließ er Ziad nicht aus den Augen. Wenn dieser mit dem Tablett aus der Küche kam oder die Bestellzettel einsah – immer fing er den Blick Imads auf.

In dem Lokal gab es einen Flipperautomaten, an dem die Jugendlichen Lärm machten. Am späteren Abend, kurz vor Küchenschluss, stand Imad dort und winkte Ziad zu sich. Während er spielte, sprach er zu ihm, und Ziad hörte schweigend zu. Er konnte den Blick kaum lösen von der rothaarigen, mit einem feuerroten Slip bekleideten Frau, die ein Plastikgewehr hielt und der Aufschrift auf dem Display zufolge Barbarella hieß.

Imad sagte, sie würden sich zwar nicht kennen, aber er habe dennoch Vertrauen zu ihm. Ziad wunderte sich darüber, hielt es aber für angebracht, ein vertrauensseliges Gesicht zu machen. Imad zog einen zusammengefalteten Zettel aus der Tasche und gab ihn Ziad. Er sagte, ein paar Landsleute und andere träfen sich jeden Donnerstag im Café du Souk, in der Nähe des Bahnhofs Saint Charles. Er solle dorthin kommen, fügte Imad hinzu, beendete das Spiel und blickte Ziad eindringlich an. In dieser Stadt sei es nicht gut, zu lange allein zu sein, sagte er. Er legte ihm die Hand auf die Schulter und bekräftigte, er sei sich ziemlich sicher, Ziad könne ein paar Freunde gebrauchen.

Er wollte es auslassen, doch der Gedanke an jenen Abend, an dem er sich einfand, wohin Imad ihn bestellt hatte, ließ ihn nicht los. Vielleicht lag es an dem fensterlosen Raum, an seinem Hunger und diesem elenden Gefühl in der Magengrube, während eine Motte mit staubtrockenem Flattern gegen die heiße Lampe stieß; Ziad verlor sich in der Erinnerung an die schwere hölzerne Haustür, vor der er damals stand.

Die bürgerliche Pracht des großen Mietshauses war noch immer zu erkennen, obwohl sie an vielen Stellen bereits abblätterte. Als er den muffig riechenden Hausflur betrat, fühlte er sich, als würde er ein Gefäß betreten, das eine ihm völlig fremde Vergangenheit aufbewahrte. Es gab kaum noch zu erkennende Wandmalereien, verzierte Wandleisten und dunkel angelaufenen Stuck. Jede Treppenstufe, wahrscheinlich bis hoch in den fünften Stock, schien an der Stirnseite rechts und links von je einer winzigen Säule gestützt. Der alte Fahrstuhl, unsichtbar in seinem Gehäuse irgendwo oben im Aufzugschacht, beeindruckte ihn am meisten. Das dicke schwarze Aufzugseil hing fast bis zu ihm herab.

Ziad musste dieses Überbleibsel einer alten Zeit einfach ausprobieren. Er drückte den Knopf und erinnerte sich ganz genau an das Ächzen und Knarren, unter dem sich das müde Ungeheuer in Bewegung setzte, als der geheimnisvolle Impuls irgendwann oben ankam. Er stieg in die Kabine und schloss die Tür hinter sich. Ihn umgab das gedämpfte Licht einer Bar, und obwohl die Kabine so eng war, dass er kaum zu atmen wagte, fühlte er sich behütet, als Stockwerk für Stockwerk an ihm vorbei nach unten glitt.

Das änderte sich sofort, nachdem er die Wohnung betreten hatte. Es roch nach Rauch, er hörte viele Stimmen, und leichte Übermäntel hingen so dicht zu beiden Seiten des engen Flures, dass er sich hindurchzwängen musste. Der Mann, der ihn eingelassen hatte, schob ihn in ein weiträumiges Wohnzimmer. Ziad erinnerte sich an die vielen schwarz verhängten Fenster des prachtvollen Erkers und die gewaltige Sitzlandschaft davor, auf der mindestens acht Männer Platz genommen hatten, die alle Hemden und Jacketts trugen, als wären sie Geschäftsleute. Das schüchterte Ziad sofort ein, er fühlte sich fremd und schwach und wäre imstande gewesen, kehrtzumachen und aus der Wohnung zu fliehen, wenn ihn Imad nicht aus einer dunkleren Ecke des Zimmers zu sich gerufen hätte.

Schon beim ersten kurzen Blick in die Runde fiel Ziad auf, dass fast alle Anwesenden bewaffnet waren. Sie schienen die Schulterholster unter den offenen Jacketts zu präsentieren, während sie harmlos, das Weinglas in der Hand, parlierten. Imad stellte ihn einem fülligen Mann vor, der seine kurzen Arme vor der Brust verschränkt hielt und ihn durch seine Gelehrtenbrille mit goldenem Rand misstrauisch betrachtete. Nur andeutungsweise erzählte Imad dem anderen von Ziads Herkunft aus dem Libanon, was die Sache noch verschlimmerte. Der dicke Mann, der sich Abu Hamsa nannte, trat von einem Bein auf das andere und strich sich übers Kinn. Schließlich sagte er:

»Ihr Palästinenser seid zwar unsere Brüder, aber wie der übrigen Welt macht ihr auch uns Angst.«

Sein Lächeln dabei löste in Ziad Unbehagen aus.

Es blieb ihm an diesem Abend nicht viel mehr übrig, als Imads Anweisungen zu folgen. Er stand in der Ecke und betrachtete den Raum voller Menschen. Der Rauch wurde immer dichter, Ziad fing Diskussionsfetzen auf; das meiste davon drehte sich um Palästina und die politische Situation im Mittleren Osten. Zum Spaß verglich er eine uralte, verzierte Kommode mit dem marmornen Zimmerkamin in einer anderen Ecke, wollte ermitteln, ob das Kaminsims hier die gleiche Höhe hatte wie die geschnitzte kauernde Dame dort. Er wurde den ganzen Abend über nicht wieder angesprochen und hatte doch das Gefühl, nicht entlassen worden zu sein.

So sollte es für die nächsten Monate bleiben. Er führte die Botengänge aus, mit denen er beauftragt wurde, indem jemand im Restaurant aufkreuzte und ihm wortlos einen Zettel mit einer Adresse zuschob. Ziad holte irgendwo kleine Pakete oder Umschläge ab und brachte sie zu einer anderen Adresse. All das tat er in seiner Freizeit, nur um jemanden in dieser fremden Stadt zu kennen. Nach den ersten drei Gängen allerdings ließ sich auch Imad wieder sehen und steckte ihm ein Trinkgeld zu, das Ziads Lohn bei Weitem überstieg. Das war eine Hilfe und ein Beginn.

Mit Imad wurde das Leben für Ziad einfacher. Nicht nur wegen des Geldes, das er ihm gab, er nahm ihn auch mit auf Spaziergänge, immer gegen Abend, wenn Ziad noch vor seiner Schicht im Restaurant am einsamsten war.

Sie schlenderten durch den Markt von Noailles, folgten den engen Gassen südwärts bis zu den Ägyptern und Libanesen, die dort im Schatten ihrer Auslagen hockten oder auf Mauern und Steinen kauerten und ihre Wasserpfeifen rauchten. Ziad schien es, als starrten sie alle ihn an mit den Blicken Verirrter, die nicht heimkehren konnten. Er wollte das nicht verstehen, aber er sah sich selbst in ihren Gesichtern.

Manchmal setzten sie sich im Alten Hafen auf eine Bank und beobachteten das Treiben auf dem Fischmarkt. Frauen schnitten die großen Fischleiber der Länge nach auf, Gedärm flog durch die Luft und klatschte in die Eimer neben den Holztischen, an deren Kanten Perlenschnüre aus Blutstropfen hingen. Imad und Ziad saßen da und rauchten und sprachen manchmal für lange Zeit gar nicht miteinander. Imad aber wusste, wie viel Ziad diese Begegnungen bedeuteten.

Nach ein, zwei Wochen begann er, von seinen Plänen mit ihm zu erzählen. Ziad verstand zunächst nicht recht, worum es ging. Imad erzählte ihm, dass er zuerst nach Paris und danach nach Frankfurt in Deutschland reisen müsse. Es gehe um die Koordinierung von einigen Aktionen der Organisation, für die er arbeite. Ziad sah das Messer einer der Frauen im klaren Sonnenlicht so aufblitzen, dass es ihn blendete. Mit einem Hieb schnitt sie dem noch zappelnden Fisch den Kopf ab, schlitzte ihn auf und räumte seine Gedärme aus, noch bevor der Fischschwanz zur Ruhe gekommen war.

Was für eine Organisation das sei, fragte er zaghaft. Eine politische Organisation, bekam er zur Antwort. Imad ließ einige Zeit verstreichen, Ziad schwieg. Dann fragte Imad, ob er wisse, dass ein berühmter amerikanischer Kriminalfilm zum Teil genau hier spiele. Ziad verneinte, blickte sich aber um und versuchte es sich vorzustellen. Genau in diesem Moment raste hinter ihnen ein Wagen der Gendarmerie mit lauter Sirene vorüber, und Ziad lächelte. Der Held jage einen Drogenhändler, sagte Imad, und genau hier ende das Ganze. Weil der Held ihn nicht kriegen könne, erschieße er ihn von hier aus auf seinem Boot. Wieder entstand eine Pause zwischen ihnen.

»Du könntest mich begleiten«, sagte Imad plötzlich.

»Wohin?«

»Das sagte ich dir bereits.«

Ziad nahm das nicht ernst, träumte vor sich hin.

»Was ist?«, kam es so scharf von Imad, dass Ziad erschrak.

»Wie soll das gehen? Ich habe kein Geld, das weißt du.«

»Mach dir darum keine Sorgen. Es ist für alles gesorgt. Ich will nur wissen, ob du Ja sagst?«

Ziad sah eine der schönen Yachten in offene Meer hinausfahren, sehr langsam, ihre Besitzer schienen alle Zeit der Welt zu haben. Auf dem Vorderdeck stand eine schlanke, wahrscheinlich sehr schöne Frau. Sie trug einen weißen Hut und winkte jemandem auf der anderen Seite des Hafens zu. Die Yacht näherte sich der Festungsinsel, passierte sie schließlich, und Ziad hatte noch immer nicht geantwortet.

Imad wartete geduldig. Er war sich zwar nicht sicher, ob der Junge die Tragweite seiner Entscheidung überblickte, doch er wollte ihn nicht drängen. Ziad spürte, er war im Begriff, sich in Gefahr zu begeben. Ihm selbst war nicht klar, woher er das wusste. Er dachte an sein Dorf zurück, bekam Sehnsucht nach seiner Mutter und seinen kleinen Schwestern, und wusste doch, dass er nicht zurückkehren konnte. Jedenfalls nicht, solange er mittellos war, verloren und ohne jede Aussicht, seine Lage zu verbessern. Er, der Dieb, musste etwas erreichen, etwas vorweisen können, und Imad bot ihm eine Möglichkeit dazu. Er wollte gerade antworten, da legte ihm sein älterer Freund die Hand auf den Arm.

»Überlege es dir gut, denn du wirst nicht einfach wieder aussteigen können.«

Ziad nickte.

»Ja, ich weiß. Trotzdem möchte ich mitkommen«, sagte er schließlich.

Für ihn war das neue Arrangement eine Befreiung. Er wurde endlich den Küchendunst los, den er sich nachts im Hotel kaum von der Haut waschen konnte. Die Aussicht auf andere fremde Städte in Europa elektrisierte ihn. Er dachte an sein Dorf zurück, in dem nicht einmal der Schulbus hielt, sodass die Kinder jeden Tag zu Fuß zur Schule und zurück gehen mussten. Diesen Ort im Nichts, die staubigen Straßen, auf denen die Ziegenherden den ohnehin spärlichen Verkehr blockierten, wo jeder Transportlaster ein Ereignis war, sah er jetzt vor sich und war stolz darauf, ihm bis hierher entflohen zu sein.

Eine Woche später machte er sich zusammen mit Imad auf den Weg. Im Zug fuhren sie nach Paris. Ziad wusste, dass er das Meer vermissen würde. Er starrte aus dem Abteilfenster, fühlte sich vom unablässig rauchenden Imad beobachtet, und versuchte, sich die vorüberziehende französische Landschaft einzuprägen. Waldstücke, weitläufige Bauernhöfe und immer wieder einsam aufragende Häuser in der Nähe der Bahndämme; modern und alt zugleich erschien ihm dieses Land. Manchmal sah er Gruppen von Frauen, die kaum Kleidung, dafür aber gerollte Handtücher und Picknickkörbe trugen, rauchten und zwanglos mit jungen Männern redeten. Nie sah er einen Bewaffneten, der Frieden hier schien so sicher zu sein, dass er ihn beunruhigte.

Die Abteiltür wurde geöffnet, scheppernder Lärm vom Gang drang herein. Der Schaffner kontrollierte ihre Tickets, und Ziad ließ ihn nicht aus den Augen. Seine Aufregung legte sich erst, als sich der Mann mit einem freundlichen Lächeln von ihnen verabschiedete und die Abteiltür hinter sich zuzog. Imad, die Zigarette im Mundwinkel, lächelte ihm zu.

»Wirst dich daran gewöhnen müssen«, sagte er. »Hier ist alles ruhig, bei Kontrollen gibt es selten Schwierigkeiten.«

In Paris angekommen, stiegen sie nicht in einem Hotel ab, sondern in einem »Sicheren Haus«, wie Imad es nannte. Das kleine Apartment lag im obersten Stock eines alten Hauses, vom Stehbalkon aus konnte man über die Straße sehen. Dafür blieb Ziad nicht viel Zeit. Sie hatten noch keine halbe Stunde auf den Betten gelegen, da mussten sie schon wieder los. Imad sagte ihm nicht, was er vorhatte, und Ziad fragte nicht danach. Sie nahmen die Metro, fuhren recht weit und stiegen am Montmartre aus. Nach wenigen Minuten zu Fuß waren sie am Ziel. Imad postierte Ziad als Wächter vor einem Haus auf der gegenüberliegenden Straßenseite in Sichtweite der Eingangstür und wies ihn an, die Straße im Auge zu behalten und sich nicht von der Stelle zu rühren, bis er wiederkäme.

Ich bin weit gekommen, dachte er, als er dort stand und die Abenddämmerung erwartete. So wenig es war, was er von der Stadt bisher gesehen hatte, er war bereits beeindruckt. Beirut war nichts im Vergleich zu Paris. Gut, hier fehlte das Meer, aber diese Stadt war so gewaltig, von so herrschaftlicher Eleganz und so weit hingestreckt wie eine von kunstsüchtigen Menschen ersonnene Landschaft. Ziad glaubte, sich auf einem fremden Planeten zu befinden, sich verirrt zu haben in einer Welt, für die er nicht gemacht war. Doch die Fremdheit, die er hier empfand, beflügelte ihn auch. Ich bin weit gekommen, sagte er sich wieder, blickte den Boulevard entlang, sah die beleuchteten Schaufenster und wünschte sich, jetzt und hier etwas für seine Mutter und seine Schwestern kaufen zu können. Er stellte sich vor, ihnen von dieser großen Stadt zu erzählen, die cremefarbenen, im Abendlicht aufleuchtenden Häuser zu beschreiben, die Auslagen der Buchläden und die pompösen Brunnen mit den nackten Steinfiguren. Davon wollte er ihnen berichten, während sie ihre Geschenke auspackten und ihm lauschten wie einem heimgekehrten Entdecker.

Kurz nach Einbruch der Dunkelheit näherte sich langsam ein schwarzer Peugeot. Ziad begriff, dass sie auf dieses Fahrzeug gewartet hatten. Er blickte zum obersten Stock des Hauses hinauf und sah jemanden hinter dem Fenster stehen, wahrscheinlich Imad. Er gab ihm ein unauffälliges Zeichen.

Der Wagen hielt vor dem Haus, die Türen öffneten sich, und drei Männer stiegen aus, der Fahrer blieb sitzen. Die Männer gingen zum Haus, der mittlere war der größte von ihnen, er trug einen Kurzmantel und eine Sonnenbrille, sein volles dunkles Haar glänzte fettig und türmte sich über der Stirn zu einer Tolle. Ziad war sofort klar, dass dies der Rote Prinz war, über den er noch im Libanon einiges in den Zeitungen gelesen hatte. Niemand wusste genau, was er wirklich getan hatte, aber Vermutungen und Gerüchte genügten, ihm die Aura eines Terrorfürsten zu geben. Im Gegensatz zu vielen anderen hatte er die unabhängig voneinander operierenden Mordkommandos des Mossad jahrelang in die Irre geführt, hatte Anschläge überlebt und bewegte sich hier in Europa noch immer frei.

Dass Imad ihn kannte, wunderte Ziad nicht. Er hatte sich längst damit abgefunden, Teil der Politik geworden zu sein. Eine Rechtfertigung dafür brauchte er nicht. Nicht einmal die Tatsache, dass er, um sein Leben zu verbessern, keine Wahl gehabt hatte, war bedeutsam. Er hatte eine Entscheidung getroffen, an der er festhalten würde, was immer es ihn auch kosten mochte. Seine Unerfahrenheit verunsicherte ihn zwar, aber er wischte alle Ängste beiseite.

Die Männer verschwanden im Haus, und Nieselregen setzte ein, vor dem er in einem Hauseingang Schutz suchte. Hier verbrachte er die nächsten drei Stunden. Im Fenster oben sah er Licht und versuchte sich vorzustellen, wie dieses geheime Treffen ablief. Doch ihm fehlte dafür die Fantasie. Der Fahrer im Wagen zündete sich eine Zigarette an. Er hatte Ziad nicht bemerkt, der ihn nicht aus den Augen ließ, selbst als ein Passant seinen Staffordshire an ihm schnüffeln ließ.

Während er wartete, dachte er über Imads Entscheidung nach, ihn mit auf die Reise zu nehmen. Er fragte sich, warum er ihn dafür ausgewählt hatte, und kam zu dem Schluss, dass es die sicherste Wahl war. Bei ihm konnte er gewiss sein, dass es keinerlei Verbindungen nach außen gab. Dafür war er zu isoliert. Menschen wie ich, dachte Ziad, sind unverdächtig, weil sie arm und deshalb einsam sind.

Victor stand am Fenster seines Büros in einem unauffälligen alten Haus in Ashrafiyeh, nicht weit entfernt vom Sassine Square. Unten drängten sich die Mittelstandsfamilien Beiruts, der frühe Abend war ihre Zeit. Die Sonne war bereits untergegangen, das warme Abendlicht verwandelte die staubigen Straßen in dicht bevölkerte Promenaden. Autos fuhren langsamer, Gespräche wurden durch die heruntergekurbelten Fenster und an Straßenecken geführt, Wasserpfeifen aus den Teehäusern und Restaurants auf die Gehsteige hinausgetragen, und all diese Menschen schienen unberührt von der Furcht, die sich in der Stadt verbreitet hatte.

Als Mitarbeiter der Agentur, offiziell ein Berater für die amerikanische Botschaft in Beirut, hatte Victor nichts anderes zu tun, als zu warten. So auch heute wieder, als wäre er ein Angler, der Stunde um Stunde auf einen See starrt, damit ihm nicht das leiseste Rucken an seinem Köder entgeht. Das war der Preis dafür, dass er Leute führen durfte und nicht mehr selbst in dieses Chaos hinabsteigen musste, in dem man Freund und Feind kaum mehr auseinanderhalten konnte.

Er wandte sich um, warf einen sehnsüchtigen Blick auf das Telefon, dann auf die Tür und seufzte leise. Jemandem in seiner Position hätte man weitaus mehr Kaltblütigkeit zugetraut, doch gerade in solchen Situationen zeigte sich Victors unduldsame, beinahe nervöse Seite. Alles in ihm rebellierte gegen das Warten und die Ungewissheit.

Um überhaupt etwas zu tun, setzte er sich an den Schreibtisch, breitete aus, was er hatte, und ging noch einmal die Fakten durch. Er begann mit den Fotos. Was ihm die Puzzler, die Leute von der Auswertung, geschickt hatten, waren Aufnahmen von verschiedenen, zumeist mürrisch dreinblickenden Arabern im Alter zwischen dreißig und fünfzig Jahren. Die Fotos zeigten sie an Straßenecken, in Hauseingängen, einer saß in einem Auto und ein anderer sogar in einem Fischerboot. Wenn Teleobjektive im Spiel waren, sahen die schlecht rasierten, verschwitzten Gesichter platt aus wie die von Comicfiguren. Und auf einigen der großen Abzüge gab es sogar Sprechblasen. Das allerdings waren die hingekritzelten Kommentare Hassan Alis vom libanesischen Geheimdienst. Alle Fotografierten hatten Beziehungen zu Bombenbastlern oder waren selbst welche, tätig im Großraum Beirut.

Diese Tatsache allein hätte Victors Aufmerksamkeit nicht auf sich ziehen können. Das Bombenbasteln hatte in dieser Stadt Tradition. Doch seit einiger Zeit spezialisierten sich neue Leute auf diese Tätigkeit. Nun ging es darum herauszufinden, in wessen Auftrag. Seit der Vertreibung der Palästinenser aus Jordanien schien die Tektonik des Libanon ins Wanken geraten zu sein. Allgemein wurde erwartet, dass die Palästinenser ihren Krieg in dieses Land tragen würden, und die Taten des Schwarzen September schienen das zu belegen.

Es klopfte an der Tür, und Hilda kam herein, wie immer in einem strengen dunklen Damenkostüm, die schwere Brille zu weit vorn auf der Nase. Victor warf sich in den gefederten Ledersessel zurück, war kurz versucht, die Beine auf den Tisch zu legen, ließ es dann aber bleiben.

»Was gibt's?«, fragte er mit sanfter Stimme.

»Ärger«, erwiderte Hilda, und sofort saß Victor wieder kerzengerade in seinem Sessel.

»Die Polizei sagt etwas von einer Schießerei.«

»Wer?«

Hilda schob die Brille hoch und schluckte.

»Dem Ort nach zu urteilen, muss es Massud sein«, sagte sie.

Victor lehnte sich nach vorn und legte das Gesicht in die Hände. Das war, worauf ich den ganzen Tag gewartet habe, dachte er, eine trostlose Nachricht, verbunden mit unabsehbarem Schaden. Ohne das Gesicht aus den Händen zu heben, wandte er den Blick zu Hilda, schaute sie durch die Finger hindurch an. Für sie sah er in diesem Moment wie ein verängstigtes Kind aus. Sie überlegte, was sie noch sagen könnte, schwieg aber.

»Es ist gut«, flüsterte Victor. Er presste die Worte in seine Handflächen. »Halte mich auf dem Laufenden.«

Damit ließ er sich wieder in den Sessel zurückfallen, und für Hilda war dies das Signal, den Raum zu verlassen.

Victor starrte an die fleckenübersäte Zimmerdecke, und dieser nüchterne, für einen auf Reinlichkeit bedachten Menschen wie ihn deprimierende Anblick spiegelte treffend seine Gemütslage wider. Mit der massenhaften Einwanderung der Palästinenser war ein bis dahin halbwegs stabiles Gebilde zusammengebrochen und hatte sich in ein unüberschaubares Wirrwarr aus Kammern, Hohlwegen und Trümmerwüsten verwandelt, jeder Winkel behaust von neuen Mitspielern, deren schiere Zahl es unmöglich machte, den Überblick zu behalten. Weder der libanesische noch der syrische Geheimdienst, weder die französische Sûreté, der Mossad noch die

Agentur konnte sagen, wer genau der Gegner war und auf wen man sich verlassen konnte.

Mit dieser Dynamisierung der Szene, mit der Möglichkeit einer so rasend schnellen Rekrutierung neuer Kämpfer hatte er nicht gerechnet. Sein Beirut war übersichtlich gewesen. Sie kannten jeden einzelnen Finsterling und konnten ihn beschatten, wann immer sie wollten. Als er Mitte 1972 ankam, hatte der Job durch diese Situation beinahe etwas Unprofessionelles. Im Vergleich zu jetzt war es einfach gewesen, manchmal zu einfach, an Informationen zu kommen, es schien, als hätten Informationen über Leute hier keinen wirklichen Wert. Jeder tratschte über jeden, und zur Not halfen die Dollars.

Sicher, es hatte München gegeben und danach die Unruhe hier. Aber immer wusste man, wer, wann, wo und warum, meist schon im Voraus. Es gab ein gut gespanntes Netz zwischen den Diensten, nichts von Relevanz fiel durch die Maschen. Die Agentur erfuhr alsbald vom Schwarzen September, von Golda Meirs Mordkommandos, die dessen Mitglieder im Mittleren Osten und in Europa jagten, und beschäftigte sich routiniert weiter mit den Sowjets, mit Vietnam und Putschgeneralen überall auf der Welt. Vielleicht war das ein goldenes Zeitalter, eine Epoche der verdeckten Kontrolle und Einflussnahme bis hin zu Staatsstreichen, etwas, von dem jemand wie er in seinem Job träumte.

Das ist vorbei, dachte Victor, und diese Feststellung erzeugte einen Schmerz hinter seiner Stirn, als wäre der Gedanke scharfkantig. Dank der unermüdlichen Arbeit von Zeitungsleuten und Provinzsenatoren und natürlich mithilfe einer Regierung, die den Auslandsgeheimdienst zu allem benutzte, was sie gerade für angebracht hielt, kam an die Öffentlichkeit, was dort nicht hingehörte. Die Agentur befand sich in einer Krise, das wusste Victor und dachte an einen Ausspruch Nixons, wonach die USA ein paar tausend Leute überall auf der Welt hätten, die nicht mehr täten, als Zeitung lesen. Dieser Idiot meinte die Analytiker. Zumindest im Fall des Jom-Kippur-Krieges aber hatte er recht. Die Israelis hatten geschlafen und mit ihnen alle westlichen Dienste, die in der Region aktiv waren. Ein paar geglückte Attentate auf Fatah-Repräsentanten in Europa sowie die selige Erinnerung an den Sieg im Sechstagekrieg hatten genügt, sich unverwundbar zu wähnen. Aus irgendeinem Grund musste Victor in diesem Moment an Henderson in Saigon denken und trieb sich gleich darauf selbst zur Arbeit an.

Wieder blickte er auf die ausgebreiteten Fotos, raffte sie unwillig zu einem Stapel zusammen und schob diesen von sich. Er legte die Beine auf den Tisch, lehnte sich weit zurück und blickte zum Fenster. Mit Mühe sammelte er seine Gedanken. Was er von Massud am Telefon gehört hatte, war der Hinweis auf die seltsame Beobachtung eines seiner Rekruten. »Ich habe einen Gast«, hatte Massud gesagt, »unerwartet und für diese Gegend etwas dunkel gekleidet.«

Victor grübelte darüber nach, ob er auf der richtigen Fährte war. Möglicherweise gab es zwischen der Information Massuds und dem, was da vor ihm auf dem Tisch lag, keine direkte Verbindung. Allerdings sind Zufälle etwas für brave Bürger. Er nahm die Beine vom Tisch, stürzte beinahe vorwärts, griff nach dem Telefon und rief Hassan Ali an. Wie zu erwarten, war er nicht zu erreichen. Nur um das quälende Warten auf einen Anruf zu unterbrechen, rief er nach Hilda.

Sie kam herein, und kurz erhaschte er einen Blick in den Raum am anderen Ende des Korridors. Heller telefonierte und gestikulierte dabei aufgeregt, ein weiterer Mitarbeiter hastete am Türspalt vorbei. Alles wies auf hektische Aktivität hin, war aber nur sinnlose Selbstbeschäftigung. Hilda stand vor seinem Schreibtisch, diesmal ohne Brille, ihr Lidschatten war verwischt.

»Es ist traurig, ja«, sagte Victor. »Was hältst du davon?«

Hilda kannte die Angewohnheit ihres Chefs, sie in wichtigen Angelegenheiten nach ihrer Meinung zu fragen. Anfangs war ihr das angenehm gewesen. Doch seit sich die Stimmung mehr und mehr verdüsterte, peinigte es sie nur noch. Sie hob die Schultern und ließ dann die Arme hängen, griff mit der linken nach dem Daumen der rechten Hand, stand da wie ein Schulmädchen.

»Nimm bitte Platz«, sagte Victor leise.

Sie gehorchte, saß vor ihm und schüttelte leicht den Kopf.

»Sollten wir ihn verloren haben«, sagte sie, »dann muss es von außen gekommen sein.«

»Warum glaubst du das?«

Wie zu einer Klage anhebend öffnete sie den Mund, und mit zwei Sekunden Verzögerung kamen ihre Worte:

»Es ist Massud. Jemand, von denen, die wir kennen...«

»Kann Zufall sein«, sagte Victor, und es klang beinahe scherzhaft. »Spielschulden, Verwicklungen durch eine heimliche Affäre...«

»Es war Massud«, sagte Hilda mit gequältem Gesichtsausdruck, »der, den wir kennen. Er hatte keine Spielschulden. Außerdem...«

»Was?«

»Es ist nicht sicher, aber nach allem, was wir hören, waren automatische Waffen im Spiel.«

Victor schloss kurz die Augen. Ihm brummte der Schädel,

als hätte er einen Kater. Einen Mörder auf einen Mann wie Massud anzusetzen, war einfach unangemessen.

»Warum hat er geglaubt, jemand hätte den Libyer auf ihn angesetzt?«, murmelte Victor.

»Woher weißt du, dass er das glaubte?«

Victor blickte auf.

»Er hat mich gestern noch angerufen. Das hätte er nicht getan, wenn er nicht Gefahr gewittert hätte. Verstehst du, Hilda, dieser Anruf nach Feierabend, das ist nicht einfach so passiert. Wenn ihm einer seiner Zuträger etwas mitteilt, muss er es nicht an mich weiterleiten, jedenfalls nicht am selben Abend.«

»Er hat also etwas geahnt?« Hilda kniff die Augen zusammen, ein Zeichen für ihre eben wiedererwachte professionelle Neugier. »Aber wie konnte er?«

Victor nickte und fragte sich, ob Massud ihm etwas verheimlicht haben könnte, etwas, das er mit sich herumgetragen hatte, einen Verdacht, vielleicht mehr. Unwillkürlich schüttelte er den Kopf. Das war nicht seine Art.

»Massud war inzwischen ein alter Hase, er hätte so etwas nicht zurückgehalten«, sagte er.

»Also ist er überrascht worden«, stellte Hilda fest. »Wie wir.«

»Das geschieht uns in letzter Zeit zu häufig«, sagte Victor.

Es klopfte, und ohne auf Antwort zu warten, kam Heller herein. Obwohl er es hinter einem Zettel zu verstecken suchte, sah Victor sein helles Schuljungengesicht von grundloser Scham gerötet.

»Was gibt es?«, fragte er.

»Es ist unser Mann«, sagte Heller hörbar ausatmend. »Sie haben ihn förmlich durchsiebt.«

»Und die Familie?«

»Ist wohlbehalten. Sie haben sie drei Straßen weiter aufgelesen.«

Victor nickte wieder, und es sah für Hilda fast anerkennend aus.

»Noch etwas?«

Heller bejahte.

»Da ist ein junger Araber. Er scheint verletzt zu sein und will zu dir.«

»Zu mir?«

»Ja, er steht unten vor dem Haus und will sich nicht von der Stelle rühren.«

Victor erhob sich augenblicklich, und Hilda tat es ihm nach. Er griff nach seinem Sakko, überprüfte kurz die Waffe, steckte sie ein und wandte sich an Hilda.

»Du bleibst hier, hörst du? Ganz genau hier.«

Er ging nicht, bevor er ihre Zustimmung bekam.

Ziad zwang sich, an alles zu denken. Er mied die Hauptstraßen, humpelte stattdessen auf schmalen Gehsteigen die Gassen entlang. Hin und wieder verschnaufte er an einem der hölzernen Leitungsmasten oder setzte sich auf den Rand eines großen Pflanzenkübels, von denen es in diesem besseren Viertel einige gab. Dann schleppte er sich weiter durch Innenhöfe, entlang an kunstvoll geschmiedeten Metallzäunen, musste steinerne Treppen überwinden und auf den Gassen ein ums andere Mal den Autos ausweichen. All das unter Schmerzen bei jedem Schritt, den er tat; wenn er nicht mehr weiterkonnte, blickte er zu den Balkonreihen hinauf und stellte sich das Leben der Leute vor, die dort verblichene Sonnenschirme stehen hatten oder Kartonstapel auftürmten.

Trotz allem blieb er darauf bedacht, eventuelle Verfolger auszumachen.

Die finstere Gestalt an der Telefonzelle hatte ihn am Ärmel gepackt und zu einem Auto gezerrt. Sie fuhren südwärts nach Schatila. All das geschah wortlos; Anweisungen gab der Libyer nur mittels Handzeichen. Im hinteren Teil einer Ladenwohnung, die wirkte wie soeben verlassen – Ziad sah umherliegende Sitzkissen und auf den Tellern am Boden Essensreste –, stießen sie ihn zu Boden. Der Fahrer drehte ihm die Hände auf den Rücken, während ihm der Libyer die Schuhe auszog und, vielleicht mit einem Gürtel, auf seine nackten Füße zu schlagen begann.

»Was wollt ihr?«, brüllte Ziad immer wieder, lauter und lauter, doch niemand antwortete ihm.

Die beiden verrichteten schweigend ihre Arbeit im Lärm der Straße, der durch eine offene Luke in das Hinterzimmer drang. Endlose Minuten schlug der Libyer auf seine Füße ein, doch das war erst der Anfang. Sie drehten ihn um, fixierten ihn auf dem Rücken, und Ziad konnte beobachten, wie sich der Libyer eine Zigarette anzündete. Derweil saß der Fahrer auf Ziads Bauch.

»Sagt endlich, was ihr wollt.« Mit allem Nachdruck, den er noch aufbringen konnte, versuchte er die beiden zum Reden zu bewegen. »Ich habe nichts getan, ihr kennt mich nicht, sagt mir wenigstens, worum es geht.«

Das Gesicht des Libyers blieb regungslos. Er warf die halb gerauchte Zigarette auf den Boden und trat sie aus, hob sein Schlaginstrument – kein Gürtel, wie Ziad jetzt erkannte, sondern ein abgeschnittenes Stromkabel – und schlug seinem Opfer damit auf die Zehen. Der Schmerz war kaum zu ertragen, Ziad wand sich, grunzte zunächst und schrie schließlich so laut, dass der Libyer innehielt.

Ziad humpelte weiter, das »Kleine Haus«, wie es von denen genannt wurde, die überhaupt davon wussten, war nur noch ein paar hundert Meter entfernt. Mit Mühe legte er die Strecke zurück, und sah dabei aus, als würde er barfuß über glitschige Steine gehen. Nie zuvor war er dort gewesen, hätte auch im Traum nicht daran gedacht, dorthin zu gehen. Doch als der Libyer sein Schweigen schließlich brach, hatte er ihn zu genau diesem Ort geschickt. Er beschrieb ihm sogar den Weg, und während sich Ziad zitternd und keuchend die Schuhe anzog, gab er ihm eine Nachricht für den Amerikaner mit. Zwar waren viele Amerikaner in der Stadt, aber jener im Kleinen Haus konnte nur Victor sein.

Es gab keinen Bewacher am Eingang, sobald Ziad jedoch die hölzerne Eingangstür berührt hatte, kam aus dem Menschenstrom in der Gasse ein westlich gekleideter, harmlos aussehender Libanese auf ihn zu, trat dicht an ihn heran, zögerte kurz und legte schließlich den Arm um ihn. Ziad sagte, was er wusste, immer darauf bedacht, sich so allgemein wie möglich zu halten. Er zog eines seiner Hosenbeine hoch, um dem Mann die offenen, blutverschmierten Schnürsenkel zu zeigen. Der unauffällige Wächter zog ihn ein paar Meter weiter bis zur Auslage eines Gewürzshops. Hier, im Duft von Nelken und Safran, ließ er ihn stehen.

Victor bemühte sich, nicht allzu hektisch zu wirken. Er ließ die Pistole im Sakko verschwinden und strich im Gehen das Revers glatt. Im anderen Raum waren noch drei Leute von der Observation, die alle die Köpfe hoben und ihm nachschauten, als hätte er eine dumme Bemerkung gemacht.

Erst im engen, schmutzigen Treppenhaus beschleunigte Victor, und wie schon oft zuvor betrat er die hölzernen Stiegen zu schnell, kippte beinahe vornüber. Er breitete die Arme aus, berührte mit den Handflächen die gelblichen Wände und stieg so vorsichtig wie möglich hinab. Seine Knie waren weich, und er ärgerte sich darüber, beruhigte sich aber damit, dass es immerhin um den Tod eines Kollegen ging, eines Mitarbeiters, den er vermissen würde.

Unten angekommen, riss er die Holztür auf und versetzte ihr mit dem Hacken einen Tritt, um auf der Straße sogleich harmlos zu tun. Abdel, der Wächter, schlenderte, die Hände in den Taschen, auf ihn zu und wies kaum wahrnehmbar mit dem Kopf auf einen jungen Mann, der ein paar Schritte weiter gebeugt wie ein Greis an der Hauswand lehnte. Victor bewegte sich langsam zu ihm hinüber, während Abdel die Eingangstür öffnete und im Hausflur verschwand.

»Was ist?«, flüsterte Victor, nachdem er sich neben Ziad an die Hauswand gelehnt hatte.

Er betrachtete die Passanten, seinen Mund umspielte ein gemütliches, selbstzufriedenes Lächeln.

Ziad keuchte, die Schmerzen in seinen Füßen ließen nicht nach, im Gegenteil, mit jeder Minute schienen sie stärker zu werden. Er hatte das dringende Bedürfnis, sich auf den Boden zu setzen, gleich hier neben dem Gewürzstand.

»Es waren zwei«, stieß er hervor, »einer bewaffnet, der andere ein Fahrer.«

Victor schwieg einen Moment lang, ohne die Vorübergehenden aus den Augen zu lassen.

»Sie haben dir ziemlich zugesetzt.«

»Ich kann nicht mehr lange stehen«, sagte Ziad.

»Du musst«, erwiderte Victor kalt. »Was wollten sie?«

»Ich weiß es nicht«, seufzte Ziad, »ich habe sie hundertmal gefragt. Am Schluss hat er mich zu dir geschickt.«

»Zu mir?«

Ziad nickte.

»Ich habe Massud Bescheid gegeben, aber es war schon zu spät.«

»Ich weiß«, sagte Victor, »lass uns ein paar Schritte gehen. Dort drüben ist ein Café.«

»Ich kann nicht gehen, sieht man das nicht?«

»Du musst.«

Victors Tonfall war bestimmt, Ziad humpelte neben ihm her.

Das Lächeln wich nicht aus Victors Gesicht, bis sie im Café waren, wo sie sich auf zwei Holzbänke weit hinten setzten, in eine Ecke nahe dem Abtritt.

Victor bestellte Tee, Ziad legte den Kopf auf den Unterarm.

»Reiß dich zusammen, Junge. Was hast du Massud gesagt?«

»Dass der Schwarze in der Stadt ist. So nennen wir den Libyer«, sagte Ziad und hob den Kopf. »Er ist ein Mietkiller, viele in der Stadt kennen ihn, aber niemand gibt es zu.«

»Im Fleurs, ja? «

»Ja«, erwiderte Ziad.

»Da hast du ihn gesehen?«

»Ja.«

Ein Mann, der in seinem fleckigen Oberhemd aussah wie ein schmieriger Koch, brachte ihnen den Tee. Als er fort war, wurde Victor ungeduldig.

»Also?«, sagte er leise, während er in das Teeglas blies.

Ziad schloss kurz die Augen. Der Gedanke an das, was er überstanden hatte, überwältigte ihn. Es war, als würden ihn die Schmerzen in seinen Füßen schweren Schritts zurückgehen lassen in jenes Hinterzimmer, welches ihm in der Erinnerung so eng schien, dass er nicht hineinpassen wollte. Er riss die Augen auf, als er seine eigenen Schreie hörte.

»Nur ein Wort«, sagte er, »ein Name, das ist die Botschaft: ›Harun‹.«

Victor schlürfte seinen Tee bedächtig. Er ließ sich nichts anmerken, doch in seinem Inneren tobte es. Kurz darauf ging ein Zucken durch seinen Körper, als hätte er sich verschluckt. Sein Gesichtsausdruck aber blieb unverändert, als er sagte:

»Das war es also. Du kommst nicht wieder hierher. Wir melden uns. Und: Ruf Massud nicht mehr an, hörst du?«

Ziad blickte ihn mit Unverständnis an, als der Amerikaner das Geld auf den Tisch legte.

»Du rufst ihn nie mehr an, weil es nicht mehr geht.«

Erst nach einiger Zeit des Schweigens zwischen ihnen bemerkte Ziad, dass der Amerikaner die Unterredung beendet hatte. Zurückgelehnt schaute Victor auf die Straße hinaus, und mit einem kaum wahrnehmbaren Nicken verabschiedete er seinen Informanten.

Ziad schleppte sich bis zur nächsten Straßenecke und blickte von dort zurück zum Café. Er sah Victor nicht mehr, denn der Kellner mit dem schmutzigen Hemd saß nun auf dem Platz, den er, Ziad, gerade geräumt hatte, und verdeckte die Sicht. Eine weitere Unterredung, dachte er. Und plötzlich überkam ihn eine Art Eifersucht. Er fragte sich, was ein kleiner Kellner wie dieser an Informationen liefern konnte, die jemanden wie den Amerikaner interessieren konnten. Er fühlte sich elend. Schließlich hatte man ihn misshandelt, er war den weiten Weg mit schmerzenden Füßen hierher gegangen, um seine Nachricht zu überbringen. Und zum Dank wurde er fortgeschickt wie ein Schuljunge, und dieser Kellner, der sitzen blieb, als sich der Amerikaner jetzt erhob, schien plötzlich wichtiger zu sein als er.

Gemächlich verließ Victor das Café, nachdem er sich das Haar zurechtgestrichen und sein feines Lächeln aufgesetzt hatte. Ziad blickte ihm lange nach, und Neid mischte sich in seinen Groll. Für die demütigende Anziehungskraft, die er auf ihn hatte, hasste er den Amerikaner.

Als Victor zurück im Kleinen Haus war, kam Heller in sein Büro und setzte sich ihm gegenüber, ohne ein Wort zu sagen. Victor erzählte von seiner Begegnung. Heller schaute ihn aus zusammengekniffenen Augen an. Diesen Blick hasste er an seinem Mitarbeiter, er war weder nachdenklich noch kritisch, vielmehr brachte er Hellers Unzufriedenheit zum Ausdruck.

»Es ist mir unangenehm, wenn du so schaust. Sag einfach, was du denkst.«

Heller zögerte.

»Mit allem Respekt, ich halte das für ein Hirngespinst.«

Victor überraschte Hellers Entschiedenheit.

»Aber wir haben einen klaren Hinweis, der Junge hat es gesagt.«

Heller hob die Schultern.

»Und wenn schon, er kann sich verhört haben. Wer ist der überhaupt?«

Victor winkte ab, erhob sich und ging zum Fenster.

»Er ist einer von meinen. Noch nicht lange dabei, aber bisher zuverlässig. Es gibt keinen Grund zu ignorieren, was er sagt. Zumal, nachdem sie ihn so geprügelt haben.«

»Er ist irgendein Araber, die erzählen viel …«

Ruckartig wandte Victor sich um.

»Warum willst du mich blockieren? Die Dinge liegen doch klar.«

»Was ist klar, deiner Meinung nach?«

»Während du über deinen Observierungsberichten hockst, nähert sich uns jemand. Er hat nicht weit entfernt angefangen, und jetzt ist er schon beinahe hier bei uns.«

»Wer?«

Victor antwortete nicht, drehte sich wieder zum Fenster und blickte auf die Straße hinunter.

»Pass auf, Victor«, sagte Heller bestimmt und erhob sich aus dem Stuhl, »ich weiß nicht, was es mit ›Harun‹ auf sich hat. Für mich ist das so lange ein Hirngespinst, bis ich klare Hinweise in Händen halte. Wie ich dich kenne, wirst du an der Sache dranbleiben. Aber veranstalte keine Gespensterjagd, sonst endet das so wie bei Henderson, mein Freund.«

Victor beobachtete die Straße, doch hörte seinem Kollegen aufmerksam zu. Er wusste, dass dieser von einer realen Gefahr sprach. Längst war es offenbar, dass die US-Regierung Vietnam sehr bald vollständig aufzugeben plante. Und doch saß Botschafter Henderson in seinem Büro in Saigon und fantasierte von einer erneuten Mobilisierung der südvietnamesischen Truppen, die noch eine Wende bringen könnte. Nach über zehn Jahren Krieg war er nicht in der Lage einzusehen, dass es vorbei war. Wie es aussah, wurde es Monat für Monat schlimmer mit ihm. Er bombardierte nicht nur Langley mit immer neuen Berichten, mit Einschätzungen seiner Gewährsmänner und Spitzel, mit Lagebeschreibungen fern der Realität. Henderson hatte sich verirrt in einem Labyrinth aus Informationen, Fehlinformationen und Wunschvorstellungen, in dem er das eine vom anderen nicht mehr unterscheiden konnte. Vor allem aber war ihm das passiert, was jeder Abgesandte der Agentur tunlichst zu vermeiden suchen musste: Seine Isolation in dem fremden Land hatte begonnen, ihm den Blick auf die Realität zu verstellen. Er hatte die Kontrolle verloren und war intern zu einer Witzfigur geworden.

Victor wandte sich nicht um, als seine Stimmung im nächsten Moment umschlug. Ihm wurde klar, dass er etwas brauchte, etwas Zusammenhängendes, an dem er arbeiten, nein, das er vorweisen konnte. Der Gedanke an Amos begann ihn wieder zu plagen. Ein jüngerer Mann, neue Methoden und am Ende vielleicht sogar Erfolge – das war es, wovon er sich wirklich bedroht fühlte. Für Momente beherrschte ihn diese Idee, und wieder einmal fiel ihm Nixons Wort von den paar tausend Zeitung lesenden Nichtsnutzen in aller Welt ein. Ich brauche eine größere Sache, ein paar Teile muss ich in diesem Chaos zusammensetzen können, sonst kann ich meinen Hut nehmen.

Jetzt drehte er sich um und ging auf Heller zu.

»Wir suchen nach Zusammenhängen«, sagte er. »Und manchmal konstruieren wir etwas, probehalber. Wir entziffern Hieroglyphen. Hast du mir das nicht vor langer Zeit einmal gesagt? Warum hast du jetzt so viel Angst davor?«

Wieder kniff Heller die Augen zusammen.

»Es wäre dir egal, ob da etwas ist. Das willst du mir sagen, oder?«

Victor schwieg.

»Hör zu, mach die Sache sicherer, bring mir irgendetwas. Bis dahin schweigen wir davon. Und geh mal an die frische Luft, du siehst wirklich krank aus.«

Er erhob sich, eilte zur Tür und gab Hilda die Klinke in die Hand. Sie brachte die Nachricht, dass jemand im Zusammenhang mit Massuds Ermordung festgenommen worden war.

Oft dachte Ziad an sein im Norden gelegenes Dorf am Fuße des Mount Libanon. Früher hatte dort ein Mann namens Abu Moussa gelebt. Im Grunde seines Herzens war er ein liberaler Sunnit, der seinen Ältesten immerhin nach dem Propheten der Christen benannt hatte. Er führte einen Kramladen an der Landstraße in Richtung Byblos und züchtete in seiner Freizeit Esel. Es muss in seinem Leben einen Moment gegeben haben, in dem für ihn die Zeit stehen geblieben war. Er selbst alterte zwar weiter, aber seine Umgebung schien für Abu Moussa so unbegreiflich geworden zu sein, dass er nur noch das wahrzunehmen bereit war, was er kannte.

So war es sein größter Traum, aus seinem schäbigen kleinen Shop und den paar halb verhungerten Eseln eine Karawanserei zu machen. Jeder im Dorf wies ihn darauf hin, dass die Zeit der Karawanen längst vorbei war, Autos beherrschten die Welt, neue mit Allradantrieb waren auch auf üblen Buckelpisten viel schneller unterwegs als seine Esel. Doch das interessierte Abu Moussa nicht, er hielt an seinem Traum fest, für ihn lag kein Heil in neumodischen westlichen Dingen, auch wenn Autos so neu eigentlich nicht mehr waren. Selbst aktuelle Limonadenmarken, die seine Kinder in die Regale des Shops einsortieren, waren ihm verdächtig. In den vielen Jahren, die er hinter seinem Ladentresen verbracht hatte, brütete er etwas aus, einen Wahn, der, als er offen zutage trat, für kurze Zeit das ganze Dorf terrorisierte.

Ziad konnte sich nur noch mit Mühe an das schmale, sonnenverbrannte Gesicht Abu Moussas erinnern, seine kleinen Augen mit dem stets umherwandernden Blick waren ihm hingegen noch immer sehr präsent. Es war, als suchte der Alte etwas im längst leeren Raum vor sich, als hätte er vor langer Zeit etwas Wertvolles verloren. Zugleich aber wurde man bei ihm das Gefühl nicht los, er erinnere sich selbst nicht mehr daran, was es gewesen sein könnte.

Er begann den Koran zu lesen, und die Unruhe schwand aus seinen Augen, sein Blick wurde starr, zuweilen entschlossen. Ein imposanter grauer Bart begann sein Gesicht zu verändern. Anfangs nahm niemand im Dorf Notiz davon; Abu Moussa kam in die Jahre, und so war es nicht ungewöhnlich, dass er die Religion für sich entdeckte. Das Leben ging weiter, neue Limonadenmarken füllten die Regale, anstelle einer Karawanserei wurde ein paar Meter weiter eine Tankstelle gebaut.

Abu Moussa verhielt sich immer seltsamer. Er begann auf der Straße zu predigen, was zu einigen Streitereien mit dem Imam des Dorfes führte. Er sei nicht mehr als ein Vorbeter, warf ihm Abu Moussa allen Ernstes vor, was der Imam zunächst kaum verstand, bis er sich schließlich darauf versteifte, darin die Anmaßung eines Ungläubigen erkennen zu müssen. Abu Moussa lauerte dem Imam auf, und jedes Mal kam es zu einem lautstarken Wortwechsel zwischen den beiden, der die Dorfbewohner zusammenlaufen ließ.

Ob aus Einsicht in die Verwirrung Abu Moussas oder um größeren Ärger zu vermeiden, der Imam tat das alles schließlich als Posse und seinen Widersacher als Verrückten ab. Dennoch gelang es Abu Moussa, ein paar der Dorfleute für sich zu gewinnen, zumeist ältere: zwei unglückliche Witwen, einen heimlichen Trinker und einen Tagedieb, den er Jahre zuvor hartnäckig beschuldigt hatte, sich an einem seiner Esel vergangen zu haben. Jetzt bildeten sie den Kern seiner Gemeinde. Sie saßen bei ihm im Laden, lauschten für mehrere Stunden am Tag seinen Worten. Er schien ihnen Trost zu spenden, und sie gaben ihm etwas, was er bis dahin nicht gekannt hatte, eine Bedeutung und Selbstbewusstsein.

Ziad erinnerte sich gut, wie der Alte laut rezitierend über die Dorfstraße schlurfte und jedem, dem er begegnete, seine Predigten hielt. Nein, er war kein schöner Anblick. Allmählich wucherte ihm ein struppiger grauer Bart im ganzen Gesicht, seine Augenbrauen wuchsen so stark, dass sie sich mit dem Backenbart zu verbinden schienen, und sogar aus seinen Ohren standen Haare ab wie seltsame Antennen. Eigentlich wirkte er wie ein Bettler, wäre da nicht die Glut in seinen Augen gewesen, die Überzeugung in seinen Worten und die unübersehbare Dringlichkeit seines Anliegens.

Eine Folge seines religiösen Eifers war, dass er sein Geld nicht mehr zur Bank brachte, sondern bei sich behielt, nah bei sich. Er nähte sich zusätzliche Taschen in seine Hosen und in das Futter der beiden Jacken, die er besaß, und stopfte das Geld hinein. Seine Frau wies ihn darauf hin, dass er auf diese Weise keine Zinsen bekommen würde. Aber Abu Moussa schüttelte nur wissend den Kopf und entgegnete, sein Geld werde sich mehren, auf wundersame Weise, auch ohne eine gottlose Bank. Er sollte recht behalten.

Ziad musste noch heute beim Gedanken daran lächeln. Eines Tages, inzwischen hatte sich die Sache mit Abu Moussa und dem Geld weit herumgesprochen, waren Fremde im

Dorf. Ein religiöser Feiertag war der Grund für ihre Reise. Sie machten einen Zwischenstopp und fragten nach dem Mann mit dem Geld.

Es war gegen Abend, Abu Moussa hatte seinen Laden bereits geschlossen und machte sich auf den Weg zum Feld. Die Geheimtaschen in seiner Kleidung waren allmählich zu klein geworden, darum vergrub er sein Papiergeld dort an einem geheimen Ort. Argwöhnisch wie immer blickte er sich um, diesmal beschleunigte er seinen leicht humpelnden Gang, um die neugierigen Blicke der Fremden abzuschütteln, die ihn gefunden hatten und ihm in ihren Autos langsam folgten, als wären sie auf einer Safari und beobachteten ein interessantes Tier.

Einige der Dorfbewohner, darunter auch Ziads Vater, bemerkten es und liefen hinaus, um Abu Moussa zu beschützen. Bei einer Gruppe von Fremden konnte man zwar nicht sicher sein, im Grunde aber ging es nur darum, dem Alten sicheres Geleit zu geben. Dieser jedoch floh vor ihnen, als er sie herannahen sah. Er begann zu schreien und zu klagen, beschuldigte jeden, hinter ihm her zu sein, um ihn zu bestehlen.

Zunächst amüsierten sich seine Verfolger darüber, die Dorfbewohner ebenso wie die Fremden. Im milden Abendlicht, das, so hatte es Ziad von seinem Vater gehört, wie ein Nebel auf den Hügeln lag, sahen sie Abu Moussa wie eine zum Leben erwachte Vogelscheuche über den felsigen Acker hasten. Er lief und lief, erst im Zickzack, dann zum Dorf zurück, die hupenden Autos der Besucher hinter sich. Er stürzte in seinen Laden, man konnte hören, wie Glas zerschlagen wurde, und kam zum Hintereingang wieder heraus. Dann sahen es alle: Abu Moussa trieb seine mageren Esel auf die Straße und hob in ihrer Deckung sein Gewehr.

Der erste Schuss traf den Kühler eines brandneuen Subaru Leone, der ihn verfolgt hatte, der zweite pfiff dicht am Ohr von Ziads Vater vorbei. Es dauerte nicht lange, bis die fremden Besucher das Feuer aus den heruntergekurbelten Fenstern erwiderten. Es begann eine wilde Schießerei, während der zwei der Esel getroffen wurden. Abu Moussa aber stand aufrecht wie ein Westernheld im Staub der Straße, feuerte Schuss um Schuss ab und ging schließlich sogar ohne Hast ins Haus zurück, um Munition zu holen.

Das war der Augenblick, in dem ihn Ziads Vater und ein paar andere Männer aus dem Dorf an der Hintertür abfangen, packen und zu Boden reißen konnten. Danach dauerte es geschlagene zwei Stunden, bis man die Fremden dazu bewegt hatte, den Ort zu verlassen. Die Männer kündigten an, mit mehr Bewaffneten zurückzukommen, und das war nach Meinung aller Dorfbewohner keine leere Drohung.

So wurde am nächsten Tag die Polizei verständigt. Abu Moussa bezichtigte jedermann gleichermaßen des versuchten Diebstahls. Die Polizisten waren ratlos, ließen sich aber von dem Alten die eingenähten Geldvorräte in seiner Jacke zeigen. Letztlich nahmen sie ihn und einige von ihm ausgesuchte »Rädelsführer« mit.

Es kam zu einer Verhandlung. Der Richter betrachtete den kleinen alten Mann, der den Verlust seiner Esel beklagte, sah die aufgerissenen Augen in dem beinahe zugewachsenen Gesicht, den unablässig zitternden Unterkiefer und die miteinander ringenden Hände. Er sah auch die eine Träne, die vom linken Auge des Alten ihren langen Weg durch den grauen Bart antrat und an den Haaren unter dem Kinn hing, bis sie schließlich zu Boden tropfte. Zur großen Überraschung aller gab er dem Alten recht und verurteilte die

Bewohner beider Dörfer dazu, Abu Moussa eine Entschädigung zu zahlen. Noch im Gerichtssaal kam es zum Tumult, der Besitzer des Subaru Leone schwor blutige Rache und musste von den Saalwächtern hinausgetragen werden.

Abu Moussa aber trug seinen zerschlissenen Turban von nun an sehr hoch, denn tatsächlich hatte sich sein Geld vermehrt. Sein Ruf jedoch hatte gelitten. Das schien ihm allerdings nicht viel auszumachen; er lebte und predigte noch viele Jahre im Dorf, nicht mehr nur gemieden von fast allen, sondern nun auch gefürchtet.

Ziad saß in der Stadtwohnung, die Imad ihm zugewiesen hatte. Ganz in der Nähe befand sich eines der wilden Flüchtlingscamps. Der Stimmenlärm der Vertriebenen, das Klappern ihrer Töpfe und das Gejohle der Kinder drangen durch die geschlossenen Fenster herein. Eine rote Leuchtreklame, deren Schriftzug in Intervallen von fünf Sekunden ein- und ausgeschaltet wurde, erhellte das dunkle, verwohnte Apartment. Ziad war froh, endlich wieder hier zu sein. Die bandagierten Füße von sich gestreckt, döste er vor sich hin.

Eigentlich mochte er diese kleine Wohnung, zumal es ein Luxus war, als junger, alleinstehender Mann über so viel Platz verfügen zu können. Alle seine Freunde im Dorf beneideten ihn darum. Jetzt allerdings hatte er Angst. Er ließ den Blick über die kahlen Wände schweifen, schloss die Augen, wenn das rote Licht der Reklame erlosch und öffnete sie nach ein paar Sekunden wieder. Er fragte sich, was er nun tun sollte. Wenn Massud tot war, dann hatte er auf der anderen Seite keinen direkten Ansprechpartner mehr.

Vieles hatte er bereits ertragen müssen, aber nach der Misshandlung durch den Libyer fühlte er sich, als wäre er ins Leere gestürzt. Seine eigenen Leute taten ihm das an, nun gab es niemanden mehr, dem er vertrauen konnte.

Angestrengt rief er sich die Worte Massuds ins Gedächtnis, Ratschläge, Anweisungen. Doch nie hatte sein Kontaktmann über eine solche Situation gesprochen und damit dafür gesorgt, dass sie undenkbar blieb. Bis heute. Ziad fragte sich, ob er die Stadt verlassen, für eine Weile in sein Dorf zurückkehren sollte. Aber das war unmöglich. Die Oberen – er zögerte bei dem Gedanken, es könnten seine Leute sein –, jene, für die er den Kontakt zu den Amerikanern überhaupt gesucht hatte, würden ihn nicht gehen lassen. Nach dem Tod Massuds und der Sache mit dem Libyer war er ihnen ausgeliefert. Es war eine schöne Illusion gewesen, nach seiner Rückkehr aus Europa halbwegs frei in der Stadt leben zu können. Menschen wie ich, dachte er, sind niemals frei, es gibt immer jemanden, der sie benutzen will.

Er wischte sich mit beiden Händen über das heiße Gesicht wie um den Gedanken beiseitezuschieben. Ich verdanke ihnen viel, dachte er, sie haben mich buchstäblich von der Straße aufgelesen. Jetzt bin ich einer ihrer Kanäle zu den Amerikanern, und ich werde es bleiben müssen, solange sie wollen. Er fragte sich, ob der Mann aus dem Kleinen Haus wohl etwas ahnte. Immerhin war er ein Profi. Doch auch diesen Gedanken wischte er fort: Im Augenblick füttern wir ihn, dachte er, nicht ohne Genugtuung. Die Amerikaner würden ganz sicher doch noch mit ihm sprechen wollen, denn sie mussten herausbekommen, was genau geschehen war.

Das rote Licht fiel auf seine Bandagen. Noch einmal spürte er den brennenden Schmerz in seinen Zehen, die verwundet und nutzlos vor ihm in den Raum ragten. Er wand sich beim Gedanken an jenes Hinterzimmer und die Qualen, welche er ausgestanden hatte, umschlossen vom trostlosen Alltagslärm. Nie hatte er sich verlorener gefühlt als in diesen unerträglich langen Minuten und nie einsamer als jetzt. Der Tod Massuds bewegte ihn überraschend wenig. Es gab ein Risiko, das war jedem klar, nicht einmal die Routine der ewigen Botengänge konnte das Bewusstsein der Gefahr in ihm abtöten. Und doch, wenn sie so unvermittelt auftrat wie in Gestalt des Libyers, dann zerriss sie etwas im Menschen, das schwer wieder zusammenzuflicken war.

Er ist ein Nachtwächter«, sagte Heller, »einer von denen, die hier von irgendwem in Hauseingängen aufgestellt werden, damit sie Augen und Ohren offen halten. Lass das die Leute vom libanesischen Geheimdienst machen. Du zeigst dich zu sehr, ich habe dir das schon oft gesagt.«

Victor schwieg geistesabwesend, nahm gerade noch wahr, was der andere ihm sagte. Heller war der Meinung, das Informationensammeln, das Beobachten und das Zusammenführen der Ergebnisse seien Teile der eigentlichen Tätigkeit, die im Verborgenen ausgeübt werden sollte, gleichsam schwebend über dem Tagesgeschehen. Victor sah das anders, für ihn waren all das getrennte Bereiche und jeder erforderte spezielle Maßnahmen. Er wollte nicht schweben, nicht um jeden Preis unsichtbar bleiben. Für ihn war es wichtig, die Leute zu sehen, die befragt wurden, ihre Stimmen zu hören, dabei auf Feinheiten zu achten und dadurch vielleicht Hinweise auf unbeachtete Zusammenhänge zu erhalten. In Hellers Augen ging er unnötige Risiken ein. Mehrmals hatten sie sich darüber gestritten, und Victor fürchtete zuweilen, Heller würde es nach oben melden. Aber wie sollte man eine ohnehin gegebene Gefahr durch Isolation begrenzen? Zuverlässige Netzwerke und Informanten, das Anheuern von Beratern, kombinierte Diensteinsätze, Lageberichte auf Meetings und Telexaustausch mit der Heimatbasis waren gut und schön, all das aber genügte Victor nicht.

Immer wieder kam er auf Henderson in Saigon zurück, den seine *splendid isolation* inmitten des Sturms nicht davor bewahrt hatte, Phantomen nachzujagen, wie er erst heute Morgen wieder feststellen konnte. In einem über Umwege an ihn weitergeleiteten Bericht aus Vietnam ließ der Botschafter verlauten, er stünde kurz vor einem Durchbruch in den Verhandlungen mit einem äußerst einflussreichen südvietnamesischen General, dessen Familie sich bis in die höchsten Regierungskreise verzweigte. Der Botschafter hatte es mit einer Clique aus verwestlichten, dekadenten Kriegsgewinnlern und Günstlingen des Regimes zu tun, die ihm alles erzählen würden, um die Amerikaner im Land zu halten. Immerhin hing ihr eigenes Schicksal davon ab.

Jemand wie Henderson wusste das natürlich, aber er wollte es nicht wahrhaben. Alle seine Gewährsleute waren wohlgenährte, schmuckbehangene Männer und Frauen von gestern, die ihr Geld längst in die Schweiz geschafft hatten und für die jene Botschaftsempfänge, die Henderson noch immer organisierte, nur Gelegenheiten waren, Unmengen der heiß geliebten amerikanischen Eiscreme zu vertilgen. Eine Tragödie, und nur seine tiefe Liebe zu Tragödien aller Art, auch den selbstbereiteten, war dafür verantwortlich, dass Victor diese Berichte noch immer an sich weiterleiten ließ.

»Ich werde hingehen«, sagte er barsch. »Du weißt doch, wie das läuft, Heller: Diese uniformierten Bauern von der libanesischen Sûreté schaffen es gerade einmal, einen Knoten in ein Handtuch zu machen und dem Kerl damit die Eier zu bearbeiten. Sie stellen ihm zehnmal die gleiche Frage und gehen dann Tee trinken.«

»Und, was willst du tun? Es hat doch bisher immer funktioniert, oder?«

»Ja«, brummte Victor, »bis jetzt. Aber nun stottert der Motor, merkst du das nicht selbst?«

Heller griff sich an die Stirn und atmete hörbar aus.

»Was ist mit dir los?«, fragte er wieder einmal und wirkte dabei ehrlich besorgt. »Du brütest etwas aus. Manchmal habe ich den Eindruck, du willst, dass es ihn gibt, deinen Mann ohne Gesicht und, nebenbei gesagt, auch ohne jeden Akteneintrag.«

»Lassen wir das jetzt«, winkte Victor ab. »Danke für deine Geduld, ich muss los.«

Das Geheimdienstgebäude, zu dem er fuhr, sah aus wie ein normales, mehrstöckiges Wohnhaus. Bei genauerer Betrachtung war nur das Spalier säulenartiger Betonpoller vor dem Eingang auffällig. Victor stellte den Wagen vier Straßen weiter auf einer ungepflasterten Brache ab, die als öffentlicher Parkplatz und Müllhalde zugleich genutzt wurde. Hassan Ali empfing ihn am Eingang, umschloss seine ausgestreckte Rechte mit beiden Händen und zog ihn sogleich ins Gebäude.

»Wir haben ihn seit einer Stunde hier, aber er will nicht reden.«

»Was habt ihr mit ihm angestellt?«, fragte Victor beunruhigt.

Hassan Ali hob theatralisch die Hände.

»Ihr Amerikaner, immer in Sorge um den guten Ruf, nicht wahr? Niemand hat ihn angerührt. Das Warten auf eine Zigarette ist das Schlimmste, was ihm hier passiert ist.«

Hassan Ali war ein europäisch gebildeter, christlicher Libanese, der, nach Jahren in Großbritannien und den USA, gezwungen gewesen war, die hiesigen Sitten wieder anzunehmen. Das hatte ihn wie so manchen seiner Sorte ironisch, ja zuweilen zynisch werden lassen. Victor mochte ihn dafür, zudem hielt er ihn für zuverlässig. Hassan Ali redete nicht viel herum, und was er, im Rahmen seiner Möglichkeiten, zusicherte, das lieferte er auch.

Sie schritten den himmelblau gestrichenen Hauptgang entlang, vorbei an Plastikstühlen und schmutzigen Tischen. Das Klappern von Schreibmaschinen lag in der Luft, aus manchen Räumen drangen Rauch und Stimmen, wer immer ihnen begegnete, grüßte kurz und zog dann demütig den Kopf ein. Am Ende des Ganges stiegen sie eine steinerne Treppe hinab. Victor kannte den Keller des Gebäudes, die unverputzten Mauern der fensterlosen Zellen, den Verhörraum, eine von Neonlicht erleuchtete Glasbox. In den am Boden festgeschraubten Verhörtisch war eine Vorrichtung mit Ketten und Handschellen integriert, ein amerikanisches Patent. Wer immer hier saß, hatte zwar noch nicht viel hinter sich, ahnte aber, was ihm noch bevorstehen könnte.

Der Mann blickte ängstlich zu ihnen heraus, um sogleich von seinem Vernehmer geohrfeigt zu werden.

»Da ist dein Nachtwächter«, sagte Hassan Ali.

»Was meinst du?«

Hassan Ali zupfte mit zwei Fingern an den Enden seines Schnurrbarts.

»Ich bin nicht sicher. Er versucht es mit der Kleiner-armer-Mann-Masche. Ganze zehn Minuten hat er geschwiegen, dann fing er an zu heulen, noch drei weitere Minuten, und er brachte Allah ins Spiel.« Hassan Ali wiegte den Kopf. »Aber er könnte etwas wissen.«

»Warum glaubst du das?«

Hassan Ali kramte seine Zigaretten hervor, hielt Victor

die Schachtel hin, und dieser lehnte wie immer ab. Als er rauchte, räusperte sich der Libanese und hob die Hand mit der Zigarette.

»Massuds Ehefrau …«

»Raissa«, sagte Victor, »ich kenne sie.«

»Sie hat diesen Mann vor ihrem Haus gesehen. Seit zwei Wochen etwa trieb er sich dort herum, und sie konnte uns nicht sagen, was genau er tat. Er war nur dort. Gegen Abend spazierte er die Straße auf und ab und verschwand dann wieder.«

Hassan Ali wies auf die grünlich leuchtende Glasbox.

»Das ist alles. Und dieser Idiot sagt gar nichts.«

Alles in Victor sträubte sich dagegen, doch er wusste, dass Hassan Ali die Sache richtig anging. Wie so oft waren die Verdächtigen verstockt, selbst wenn das, was sie hätten sagen können, ohne Belang war. Als würde die Tortur der Sache erst die nötige Bedeutung geben. Das Gerede und die Befragung davor genügten ihnen nie. Nachdenklich blickte er zu den Verhörzellen, von denen drei belegt waren.

»Ja, wir haben heute noch einiges zu tun«, sagte Hassan Ali. »Und wir müssen jetzt eine Entscheidung treffen. Lassen wir ihn gehen oder willst du mehr wissen?«

Victor überlegte kurz.

»Ich versuche es. Fünf Minuten, okay?«

Hassan Ali hob die Schultern und machte ein gleichgültiges Gesicht. Er gab dem Vernehmer in der Glasbox ein Zeichen. Dieser erhob sich sofort und kam heraus. Er war schweißnass und offensichtlich erleichtert. Vor Hassan Ali blieb er stehen.

»Was sagt er?«, fragte sein Chef.

Der junge Mann schaute unglücklich drein.

»Nichts, außer, er habe Angst.«

»Hält er uns hin?«

»Ich weiß es nicht …«

Hassan Alis Ton wurde überraschend streng.

»Du musst so etwas wissen, dazu bist du hier. Was sagt dir dein Gefühl?«

Der Mann druckste sekundenlang herum, dann begann er leicht zu nicken und sagte schließlich:

»Ja, er hält uns hin.«

Victor ließ die beiden stehen und ging zu der gläsernen Zelle. Vorsichtig öffnete er die Tür. Drinnen setzte er sich nicht und stellte sich dem anderen als Angehöriger der amerikanischen Botschaft vor. Zwischen seinen Sätzen machte er wohlgesetzte Pausen und war die Freundlichkeit in Person. Der Nachtwächter starrte ihn ängstlich an, glaubte aber bereits, das Blatt habe sich zum Guten gewendet.

Victor verschränkte die Arme und bemühte sich, die Andeutung eines Lächelns um seine Lippen spielen zu lassen. Die Handschellen rasselten, als der Nachtwächter den Kopf in die Hände stützte. Er machte viele Worte, das meiste davon waren Beteuerungen, zwischendurch entschuldigte er sich für irgendetwas und bat den Amerikaner, ihm zu glauben. Victor nickte stumm.

»Was hast du vor dem Haus getan?«

»Nichts«, versicherte der Mann. »Ich bin nur spazieren gegangen.«

»Hast du etwas gesehen?«

Er schüttelte heftig den Kopf.

»Die Familie war manchmal da.«

»Welche Familie?«

Jetzt betrachtete Victor den anderen genauer. Der Nachtwächter schwieg für ein paar Sekunden, als versuchte er sich zu erinnern.

»Ich weiß es nicht«, stöhnte er verzweifelt und ließ wieder seine Ketten rasseln.

»Warum sagst du es dann?«

Der Mann schwieg.

»Warum sagst du es dann?«

In einer Mischung aus Verzweiflung und Wut rutschte er auf seinem Stuhl herum und blickte aus der Glasbox hinaus.

»Schau mich an«, sagte Victor kalt. »Warum redest du von der Familie?«

Der Mann schwieg weiter.

Wie gut, dachte Victor, dass der libanesische Nachwuchsbeamte so ausdauernd Vorarbeit geleistet hat. Die Erschöpfung war dem Nachtwächter deutlich anzusehen.

»Warum?«, wiederholte er und wartete geduldig.

Der Mann hielt es nicht mehr aus. Er senkte den Kopf und stieß die Stirn gegen die Tischplatte.

»Jeder kennt die Familie«, wimmerte er.

Victor sprang plötzlich vor und schlug dicht neben dem Kopf des Mannes auf den Tisch, so heftig, dass dieser aufschrak und ihn entsetzt anstarrte.

»Hab nur geschaut.«

»Geschaut also – und in wessen Auftrag?«

Victor richtete sich auf und blickte kurz zu Hassan Ali. Der lächelte anerkennend. Er hob die Hände, und Victor machte eine nur ihnen vertraute Handbewegung, woraufhin der andere nach den Mechanikern rief. Der Nachtwächter hörte es und hob das Gesicht.

»Bitte«, sagte er, »zwinge mich nicht, einen Namen zu sagen. Ich würde lügen.«

Victor dachte nach. Der Mann hatte recht, was nützte ihm ein Name. Eben noch war er sich sicher gewesen, eine greifbare Spur zu haben. Ein Blick in das Gesicht dieses Mannes jedoch gemahnte ihn, dass er jetzt noch nachgeben konnte. Keine Auskunft von ihm wäre verlässlich genug gewesen. Plötzlich musste er an seine Tochter Natalie denken. Das geschah ihm zum ersten Mal. Nie hatten ihn ihre ewigen Einwände gegen seine Arbeit, von der sie so gut wie nichts wusste, wirklich beeinflusst. Jetzt aber fragte er sich für einen Moment, ob er diesen Mann seinen Peinigern ausliefern sollte. In Anbetracht von Massuds Tod war dies allerdings eine so unprofessionelle Herangehensweise, dass Victor den Zweifel sofort wieder verwarf und sich jeden Gedanken in diese Richtung verbot. Jede Auskunft dieses Mannes konnte ihn weiterbringen – und sollte er nichts gewusst haben, wäre es den Versuch wert gewesen.

Die Tür zur Zelle wurde geöffnet, die beiden Mechaniker trugen den armlangen elektrischen Viehtreiber, einen Import von den Gauchos in Argentinien, einen gefüllten Wassereimer und Lappen herein. Die Ketten rasselten wieder, als der Gefangene zurückzuweichen suchte.

»Er weiß etwas«, sagte Victor. »Ich denke, wir sollten ihm eine kleine Pause gönnen.«

»Wenn du meinst«, erwiderte Hassan Ali maliziös. »Hätten wir Zeit genug, dann könnten wir ihn für ein, zwei Tage in die Stehzelle bringen.«

»Ein, zwei Tage …«, murmelte Victor.

»Wir haben auch welche mit Ventilatoren. Wir machen ihn immer wieder nass, damit er friert. Das beschleunigt sein Denken. Wenn es aber schnell gehen muss, hilft nur der Viehtreiber.«

Victor nickte.

»Er wird lügen, solange er kann.«

Hassan Ali schickte die Mechaniker hinaus und löste dem Nachtwächter die Handschellen.

»Solange er kann«, wiederholte er und betrachtete den Mann, der seine Arme um sich schlang, als müsse er sich selbst festhalten.

Ziad. Zweite Sitzung

An Paris erinnerte er sich gern an das Quartier Latin und das kleine, in einer Seitenstraße versteckte Theater. Auch wenn Ziad es unter diesen Bedingungen tun musste, in diesem trostlosen Raum, ihm fiel das Erinnern leicht, denn dieser Teil seines europäischen Abenteuers war zwar nicht für die Leute, die ihn hier zu schreiben zwangen, aber für ihn selbst der wichtigste.

Er schrieb es nicht auf, aber dachte daran, wie er die Regeln des Spiels damals zu verstehen begonnen hatte. Die Anführer der in Europa operierenden Kämpfer sowie wiederum deren Kommandeure, die ab und an in Paris, in Rom, in Lissabon, in Berlin, in Athen oder auch in Stockholm auftauchten, verfügten über Tickets und Reisepässe jeder Art. Und sie hatten Geld, viel Geld; stets stiegen sie in teuren Hotels ab, fuhren große, komfortable Leihwagen, in denen sie zuweilen Sprengstoff oder Waffen transportierten. Es war ein reges Treiben, und mehr als einmal war Ziad erstaunt darüber, wie frei sich die Kämpfer in Europa bewegen konnten.

Noch stärker beeindruckte ihn die Lebensart jener, die in Europa operierten. Einer von ihnen war Adil, der Leiter jenes kleinen Theaters im Quartier Latin. Diesen Mann sah Ziad zum ersten Mal tatsächlich auf der Bühne. Vielleicht war es eine Probe, vielleicht aber auch nur Adils seltsame Art, seine Besucher zu begrüßen. Er stand allein in einem matten Lichtkreis, seine Haut wirkte grau. Die Hände wie zum Gebet vor sich haltend, sagte er:

»Leidvolle Männer, Volk und Söhne Roms, / Getrennt durch Aufruhr, wie ein Vogelschwarm, / Zerstreut durch Sturm und Wetterschlag – / O hört, wie ihr von Neuem binden mögt / In *eine* Garbe dies zerstreute Korn, / In *einen* Körper die zerstückten Glieder, / Dass Rom sich nicht am eignen Gift vernichte, / Das Reich, dem mächt'ge Zepter sich geneigt, / Ehrlosen, ausgestoßnen Sündern gleich, / Nicht Mord, verzweifelnd, an sich selbst vollziehe!«

Ziad verstand davon kein Wort, erst später erfuhr er von Imad, aus welchem Stück des in Europa berühmten Shakespeare diese Zeilen stammten. Er las und sprach sie mit Mühe nach.

Seine Aufmerksamkeit im Theater richtete sich jedoch ganz auf die Gestalt Adils, seine schmalen, feingliedrigen Hände, die großen Augen und seinen Gesichtsausdruck, den er von einem Moment auf den nächsten so stark verändern konnte, als trüge er eine Maske aus Fleisch und Blut.

Dieser Eindruck von ihm schwand auch nicht, nachdem er ihn später mit Imad und ein paar anderen in einem kleinen Café um die Ecke näher kennengelernt hatte. Adil war ein Mann mit vielen Gesichtern, und dass er hier in Europa eine recht wichtige Funktion innehatte, meinte Ziad an der Rechnung für die Rotweinflaschen erkennen zu können, die er zu Ehren seiner Besucher aus der Provence öffnen ließ.

Jetzt, da er genötigt wurde, aufzuschreiben, wem er auf seiner Reise durch Europa begegnet war, amüsierte es Ziad, wie viele Details seiner Begegnungen er besser verschwieg. Etwa die zweifelhafte Ehre, die es bedeutete, im Café den Stuhl direkt neben Adil zugewiesen zu bekommen. Keine fünf Minuten, nachdem er Platz genommen hatte, spürte er die unruhige Hand des Schauspielers und Stückeschreibers auf seinem Oberschenkel. Anders als in Marseille konnte er sich hier nicht dagegen wehren. Den ganzen Abend über knetete und tätschelte diese Hand nun seinen Schenkel, und alles, was Ziad zu tun übrig blieb, war, sie zurückzudrängen, wenn sie sich aufwärts bewegte wie ein vielbeiniges Tier.

Es wurde viel über Nebensächlichkeiten geredet, nur manche, kaum verständliche Sätze, schienen eine besondere Bedeutung zu haben. Erstaunt war er, als gegen zehn Uhr abends eine schöne, hochschwangere Frau das Café betrat, um Adil abzuholen. Sofort löste sich dessen Hand von Ziads inzwischen glühendem Oberschenkel. Es gab Küsse auf beide Wangen, wobei die Frau ihren Babybauch hielt, als könnte er herabfallen. Man verabschiedete sich voneinander, Ziad wurde von Adil heftig umarmt, danach legte dieser den Arm um die Frau und verließ mit ihr das Lokal.

Imad und die anderen setzten sich wieder. Ziad erinnerte sich noch gut, wie Imad ihn amüsiert anstarrte und schließlich etwas Seltsames sagte:

»Das ist Europa, mein kleiner Freund. Hier leben die Kinder des Olymp.«

Er ohrfeigte Ziad sachte.

»Du aber vergisst besser nicht das elende, dreckige Dorf, aus dem du stammst.«

Die Männer lachten, und Ziad verspürte Scham und Wut zugleich, heftig wie nie zuvor. Doch auch seine Selbstbeherrschung war stärker denn je.

In der Folgezeit folgte er dem Rat Imads. Er hielt innerlich Abstand von der Stadt und den Leuten, denen er begegnete. Jedenfalls versuchte er es. Für ein paar Tage waren sie im Hotel Louisiane in Saint-Germain-des-Prés abgestiegen, wo die Fotos amerikanischer Jazzmusiker die Wände zierten. Sie alle waren berühmt und hatten hier gewohnt, teilweise für längere Zeit. Ziad hatte nie in seinem Leben Jazz gehört. Erst jetzt begegnete er dieser Musik auf einem seiner abendlichen Spaziergänge, zu denen er sich aus dem Hotel schlich, wenn Imad eines seiner Hippiemädchen bei sich hatte oder einfach nur schlief.

Nicht sehr weit vom Hotel entfernt stieß er auf eine Gruppe junger Leute, die vor einer Bar auf der Straße standen, rauchend, trinkend und unausgesetzt schwatzend. Ziad gesellte sich schüchtern dazu, betrachtete die vielen aufreizend gekleideten Frauen, achtete jedoch darauf, nicht zu aufdringlich zu starren. Musik drang aus dem ständig sich öffnenden und schließenden Eingang, sie wirkte auf ihn ruhelos und ungreifbar, ganz so wie diese riesige Stadt.

In seiner ausgebeulten Stoffhose und dem alten, kurzärmeligen Hemd fühlte sich Ziad schlecht angezogen. Er wich allmählich zurück und war doch schon bemerkt worden. Eine Frau etwa in seinem Alter sprang plötzlich auf ihn zu und ergriff seinen Arm. Er erstarrte und wartete überrumpelt ab, bis sie ihm ihren Zigarettenrauch ins Gesicht geblasen hatte.

»Ich bin Denise, wie heißt du?«

In wackligem Französisch stellte sich Ziad ihr vor, Denise aber wartete seine Antwort kaum ab und zog ihn mit sich in die Bar. Sie betraten eine Art Höhle, einen Raum mit dunklen Wänden, in dem der Rauch dicht wie Nebel stand, durchdrungen nur vom matten Licht winziger Lampen auf den runden Metalltischchen, an denen die Gäste saßen. Doch es waren mehr Zuhörer da als der Raum fassen konnte. Sie hockten am Boden, standen in den Ecken und alle, Männer wie Frauen, rauchten. Wie bei uns, dachte Ziad noch, bevor sein Blick auf die vier Musiker fiel, die den Raum mit ihrer seltsamen, weder melancholischen noch fröhlichen Musik erfüllten. Die Bühne war nicht größer als jene in Adils Theater.

Denise ließ seinen Arm nicht los. Immer, wenn er meinte, sie bemerke es nicht, musterte er sie, betrachtete das helle Gesicht und die aschblonden Haare, die sie zu einem Stummelzopf gebunden hatte. Er spürte ihre Fingernägel an seinem Arm, und während eines sehr langen Saxofonsolos fragte er sich, was sie von ihm wollen könnte.

Denn er misstraute ihr. Was die Oberen vormachten, war ihm nicht gestattet. Auch wenn Ziad inzwischen schon häufig gesehen hatte, wie Imad den Champagner bestellte, wenn er seine Besucherinnen erwartete, so hielt er sich doch an das ungeschriebene Gesetz, selbst niemanden kennenzulernen. Es war wie in der Familie; die Regeln mussten nicht unbedingt ausgesprochen werden, um zu gelten. Als er jedoch sah, wie viele junge Männer und Frauen Denise in dieser Bar kannte, die sie alle mit Umarmungen und Küssen begrüßte, verflüchtigte sich sein Misstrauen beinahe. Nur ihre Hand an seinem Arm, deren Griff sie nicht lockerte, machte ihn nervös.

Der Saxofonist auf der Bühne, ein schlaksiger Mann, gut gekleidet und offenbar auch gut gelaunt, setzte sich lässig auf einen Hocker und zündete sich eine Zigarette an. Im Licht der Scheinwerfer glänzte das Saxofon wie ein riesiges Schmuckstück. Der Rauch, den der Mann genussvoll ausstieß, umströmte ihn hell und schien eine Aura um ihn entstehen zu lassen. Ziad griff nach der Hand von Denise und löste sie von seinem Arm. Sie fuhr herum und blickte ihn mit großen Augen an.

»Willst du gehen?«, fragte sie laut, aber freundlich.

Er sagte Nein, nachdem er, wie er selbst bemerkte, unangemessen lange gezögert hatte. Er musste sich dazu überreden, Denise zu vertrauen und vermied den Gedanken daran, wie er sein nächtliches Ausbleiben erklären würde.

In dieser Nacht lernte er Yvette, Martin, Tomas und Maria kennen, alle Freunde von Denise und alle anscheinend besser über die aktuelle Lage in Palästina informiert als er selbst. In einer Brasserie nahe der Bar saßen sie um Ziad herum und lauschten ihm erwartungsvoll, wenn er von seinem elenden Dorf erzählte. Nach einiger Zeit gaben sie ihm das Gefühl, er würde nur die Geschichten eines Touristen erzählen, wenn er nicht bald zum Wesentlichen käme. Ziad hatte zu viel getrunken, sein Kopf schien doppelt so schwer wie sonst. Er sollte über das politische Unrecht reden und versuchte, es so unverfänglich wie möglich zu tun.

Noch immer saß er vor der Frage nach seinen Begegnungen in Europa. Er starrte auf den Zettel und listete schließlich sämtliche Namen auf, an die er sich erinnerte. Hinter jedem vermerkte er in Stichworten, was er über die Gesinnung und die Betätigung der jeweiligen Person wusste. Bei Denise schrieb er: Studentin, politisch aktiv, reist gern. Er stützte das Kinn in die Hand und erinnerte sich an das Ende jener langen Nacht in Paris.

Damals erwachte er zur Morgendämmerung in einem Hotelzimmer. Der Schädel brummte ihm, und zunächst konnte er sich an nichts erinnern, weder wie er in diesen Raum gekommen war noch an das, was er mit Denise angestellt hatte. Das große hohe Fenster stand offen, und aus dem engen Hinterhof drang das Gurren der Tauben herein. Ziad blickte zur Seite und sah die schlafende Denise neben sich. Sacht legte er ihr die Hand auf den Rücken, ließ sie hinabgleiten wie um Gewissheit zu haben, dass sie wirklich dort war. Sie atmete gleichmäßig.

Sein Blick fiel auf den schief stehenden Kleiderschrank in einer Ecke des kleinen Raumes. Am Boden vor dem Bett lagen seine und ihre Kleider und der bunte Stoffbeutel, den sie den ganzen Abend bei sich hatte. Vorsichtig erhob er sich, kramte die Zigaretten aus dem Beutel hervor und trat ans Fenster. Er befand sich im obersten Stockwerk des alten Hauses, die weißen Fassaden der Nachbargebäude standen so eng, dass er in einen hellen Schacht blickte. Kurz wurde ihm schwindlig, dann landeten zwei Tauben auf dem Fensterbrett, ihre Krallen erzeugten kratzende Geräusche, während sie am Fenster entlangspazierten und in das Zimmer äugten.

Beim Rauchen fiel Ziad der in seiner Aura aus Rauch illuminierte Jazzmusiker ein. Beiläufig befühlte er seinen Körper, weil er glaubte, Kratzer zu haben. Doch er fand nichts, nur sein Unterkiefer fühlte sich an wie ausgeleiert, sein Schwanz wie wundgerieben. Trotz seines schweren Kopfes und seiner Furcht vor dem heraufziehenden Tag, fühlte er sich zum ersten Mal auf dieser Reise frei; er war angekommen, nicht an einem Ort, sondern bei jemandem. Diese Nähe habe ich vermisst, ohne es zu wissen, dachte er. Er blickte zum Bett, betrachtete im grauen Morgenlicht die Silhouette seiner schlafenden Gefährtin. Und sofort spürte er den Schmerz darüber, sie und dieses Zimmer außerhalb der Welt verlassen zu müssen.

Noch am Nachmittag desselben Tages musste sich Ziad vor Imad rechtfertigen. In den Augen seines Mentors gab es keine Entschuldigung dafür, ein solches Risiko einzugehen. Imad wollte unbedingt wissen, wer diese Denise war, doch Ziad konnte es ihm nicht sagen. Überhaupt gab er nur widerwillig Auskunft, zu sehr schämte er sich dafür, nicht einmal auf den Gedanken gekommen zu sein, mehr über diese Frau und ihre Freunde zu erfahren. Und es war ihm, als würde er wie in der Kindheit Erwachsene dabei beobachten, wie sie unruhig wurden, schließlich sogar Angst zeigten. Das alles hatte er ohne es zu wollen ausgelöst, und gerade darin zeigte sich seine Dummheit.

Imad brachte ihn spät am Abend zu zwei Freunden Adils, Fuad und Ali, die in einer winzigen, ebenerdigen Hinterhofwohnung im Marais hausten. Eine ihrer Aufgaben war es, für die Sicherheit Adils zu sorgen. Das pockennarbige Gesicht Fuads, sein besorgter, strenger Blick und nicht zuletzt seine dunkel behaarten Hände genügten vollauf, um Ziad den Ernst der Lage begreifen zu lassen.

Das Gespräch drehte sich ausschließlich um Denise und die jungen Studenten, die er durch sie kennengelernt hatte, und jetzt, da er sich daran erinnerte, hier über diesem Zettel voller Fragen, die er zu beantworten hatte, stellte Ziad fest, dass die Zeit der endlosen Befragungen wohl an jenem Abend in Paris begonnen hatte.

Während der folgenden Tage musste er im Zimmer bleiben. Er wartete auf das Essen, das Imad ihm mitbrachte, und stand am Fenster, blickte auf die Straße hinunter zu den Leuten, beobachtete sie in ihrem Alltag und sah den Tag über den Dächern verdämmern. Es begann zu regnen, das gleichmäßige Geräusch der Tropfen am Fenster und der vom Laternenlicht schimmernde Asphalt trübten Ziads Stimmung.

Aus den Gesprächen der Sicherheitsleute erfuhr er, dass

sie versuchten, Näheres über jene Denise zu erfahren und erfolglos herumfragten. Der Verdacht, in eine Falle gegangen zu sein, kam ihm spät, zu groß und chaotisch war diese Stadt, als dass er sich hätte vorstellen können, hier ausgesucht worden zu sein, zu nah war ihm Denise gewesen, als dass er all das für eine Komödie hätte halten können. Dennoch nistete sich das Misstrauen in seine Gedanken ein. Allmählich vergaß er ihr schönes helles Gesicht und ihren unersättlichen kleinen Mund. Nur ihre graublauen Augen blieben ihm, die ihn noch jetzt anzustarren schienen wie in jener Nacht im Hotel, wach und erwartungsvoll. Vielleicht aber geschah das alles auch nur, weil er zu lange vor diesem dunklen Fenster stand und durch sein eigenes Spiegelbild hindurch die regennassen Fassaden der Häuser betrachtete mit den wie durch einen Abgrund von ihm entfernten, beleuchteten Fenstern all der anderen.

Als er sich endlich wieder frei bewegen durfte, war keine Rede mehr von Denise und ihren Freunden. Aber die Stimmung hatte sich grundlegend geändert. Adil schien in Gefahr zu sein, doch niemand wusste Genaues. Von Imad, der nur noch selten das Hotel verließ, erfuhr Ziad, dass Adil sich eigentlich hätte verstecken oder besonders schützen lassen müssen. Dieser aber weigerte sich, vorsichtig zu sein. Er hatte immer mehrere Freundinnen in Paris und besuchte am selben Abend eine nach der anderen.

»Aber die revolutionäre Jugend, zu der diese Frauen sicherlich gehören, wird ihn nicht schützen vor jenen, die Vergeltung wollen«, sagte Imad nachdenklich.

Sie saßen einander im Hotelzimmer gegenüber und tranken Tee. Der Regen schlug noch immer gegen die Fenster, die Stimmung war gedrückt.

»Vergeltung?«, fragte Ziad.

»Vergeltung.«

Imad musterte ihn, als überlegte er, ob er fortfahren sollte.

»Du hast von München gehört, nehme ich an.«

»Hatte er damit zu tun?«

Imad hob die Hand, um Ziad zu bremsen.

»Egal«, sagte er. »Es genügt, wenn sie das glauben. Wir müssen sehr vorsichtig sein.«

Imad kratzte sich sein stoppeliges Kinn. Ziad trank seinen Tee und nickte stumm. Imad zündete sich eine Zigarette an und instruierte ihn sodann.

Da sie wohl grundsätzlich auch die kleinste Aktion gemeinsam unternahmen, holten ihn Fuad und der wortkarge Ali spät am Abend im Hotel ab und brachten ihn zu der Adresse jener Dame, die Adil gerade zu besuchen plante. Für den Fall weiterer Besuche sollte Ziad die nächste Telefonzelle aufsuchen und die beiden Sicherheitsmänner, deren Begleitung Adil strikt ablehnte, anrufen, auch wenn er sie aus den Betten klingeln musste. Sie würden dann kommen und ihn, Ziad, zum nächsten Ort bringen. Sie kannten Namen und Adressen aller gegenwärtigen Freundinnen des Theatermannes, und im Augenblick waren es glücklicherweise nur zwei. Die eine war eine Studentin, welche Adil auf einem Kongress kennengelernt hatte, die andere eine ehrgeizige junge Schauspielerin, die in seinem Theater vorsprach. Letztere hatte zwar noch einen außerordentlich hübschen Bruder, auf den Adil ebenfalls ein Auge geworfen hatte, aber der junge Mann war sich bezüglich seiner sexuellen Orientierung noch nicht sicher.

»Hamdullah«, seufzte Imad und drehte die Handflächen nach oben. »Bei dreien hätten wir würfeln müssen, und es gab Zeiten, da hatte er gleichzeitig vier.«

Ziad blickte sich im Raum um, streckte die Arme von sich und fühlte sich mit den Fliegen und Faltern, die noch immer gegen die Lampe prallten, seltsam verbunden. Er sollte alle seine Tätigkeiten in Europa beschreiben und grübelte darüber nach, wie er das in einfache Worte fassen könnte. Er schrieb nicht, dass sich das Gefühl der Befreiung rasch in Enttäuschung verwandelte, als er sich, ausgesetzt auf den nächtlichen Straßen, zu den Nachtschichten verdammt sah. Viele Stunden behielt er das Haus im Auge, in dem Adil verschwunden war. Er sah die Lichter in der Wohnung oben verlöschen, fantasierte über das, was dort nun geschehen mochte.

Immer aber blieb er aufmerksam. Er hatte Anweisung, vor allem in den frühen Morgenstunden Adils Citroën 2CV und den Eingang des Hauses nicht aus den Augen zu lassen. Außerdem sollte er jeden, ob Mann oder Frau, der sich nachts auf der Straße bewegte, genau beobachten. Sobald er etwas Verdächtiges bemerkte, hatte er anzurufen. Ziad musste als Einziger in dieser riesigen, schlafenden Stadt wachbleiben, völlig übermüdet spät heimkehrende Partygäste von Clochards unterscheiden, sowie Betrunkenen und Polizisten aus dem Weg gehen. Zweimal sah er im Morgengrauen etwas groß gewachsene Frauen das jeweilige Haus verlassen und in Adils Auto steigen. Aufgeschreckt kramte er in seiner Tasche nach den Münzen für das Telefonat, bis er begriff und lachen musste über die Verkleidungskünste des Algeriers.

Er erinnerte sich an die nächtlichen Pariser Straßen, auf denen er so viel Zeit verbracht hatte, an das Gefühl, mit jeder vergehenden Stunde weiter herabzusinken in der Hierarchie dieser europäischen Gesellschaft. Nach den Betrunkenen und den Polizisten begegnete er nur noch Lumpensammlern, Leuten, die an der Straße Abfallsäcke aus den Küchen der Restaurants durchsuchten oder Zeitungen und Kartonreste aufsammelten, um sich damit in den Parks schlafen zu legen. Er beobachtete zwei Männer dabei, wie sie sich auszogen, ihre Arme und Beine mit Zeitungspapier umwickelten und sich danach wieder anzogen. Es war recht kühl in den Nächten, doch zum Glück für sie und ihn hatte es inzwischen aufgehört zu regnen.

Manchmal sah er seltsame Leute sehr spät in der Nacht oder sehr früh am Morgen. Zumeist waren es Männer, einmal war eine Frau dabei. Sie sahen aus wie Touristen, die ziellos herumstreunten. Merkwürdig war, dass sie kaum je miteinander sprachen. Ziad war sich nicht sicher, ob sie ihn bemerkt hatten, und nach all der Beunruhigung der letzten Tage fragte er sich, ob diese Gruppe möglicherweise zu Denise gehörte. Inzwischen traute er seiner Gespielin, die vom Erdboden verschluckt zu sein schien, alles zu. Das war der Grund dafür, dass er Fuad und Ali nicht benachrichtigte. Er hoffte, alles würde ruhig bleiben und sein Leichtsinn mit dieser Frau folgenlos bleiben.

Zu seiner Erleichterung entschloss sich Adil kurz darauf, statt des Autos die Metro zu benutzen. Dank seiner Verkleidungen konnte er in der Menschenmenge untertauchen, und so wurde die besondere Bewachung seines Autos überflüssig. Die Zeit der chronischen Übermüdung hatte ein Ende.

Bis zu jenem Tag, an dem Adil eine neue Freundin kennengelernt hatte. Ziad und Imad sahen ihn im Theater, wo er nach den Proben zu einem sehr deprimierenden Stück eines gewissen Samuel Beckett beschwingt und mit funkelnden Augen zu ihnen kam und ankündigte, seine neueste Eroberung noch an diesem Abend besuchen zu wollen. Imads Stimmung verdüsterte sich sofort, unablässig schüttelte er den Kopf und versuchte Adil davon abzubringen. Doch der Theatermann war wie im Rausch. Er zitterte vor Aufregung und konnte kaum stillstehen. Und zu allem Unglück wollte er auch noch das Auto nehmen.

»Wir müssen ihn gehen lassen«, sagte Imad am Ende resigniert. »Du wirst auf ihn aufpassen.«

In dieser Nacht versagte Ziad. Während der langen Pause hatte sich sein Schlafrhythmus normalisiert, und so konnte er in der Rue des Fossés Saint-Bernard bereits um Mitternacht die Augen nicht mehr offen halten. Er kauerte sich in einen Hauseingang, nachdem oben das Licht ausgeschaltet worden war, und schlief ein. Ihm träumte von Denises ungewöhnlich muskulösen Schenkeln und ihrem durchdringenden Blick. Zugleich fühlte er sich verfolgt, sah Adil grinsend neben dem Bett stehen und sich mit der rechten Hand fast zärtlich den gestutzten Kinnbart streicheln. Dann erwachte er mit steif gewordenen Gliedern und erhob sich fröstelnd. Beim nächsten Mal, sagte er sich, werde ich es den Pennern gleichtun und mir Zeitungspapier unter die Kleidung stopfen.

Der Morgen dämmerte bereits. Keine zwanzig Minuten später verließ Adil das Haus. Seine Haare waren zerzaust, Hemd und Jackett in Unordnung. Er hatte es offenbar eilig, ging zu seinem Wagen, umkreiste ihn, hockte sich nieder und schaute von beiden Seiten darunter, öffnete sogar die Motorhaube. Trotz seines hastigen Aufbruchs tat er dies gewissenhaft und routiniert.

Als er eingestiegen war und den Motor gestartet hatte, wandte sich Ziad kurz ab und blickte die Straße entlang.

Ein paar hundert Meter weiter erblickte er einen kräftigen älteren Mann mit Schiebermütze, der hinter sich blickte, als würde er auf seinen Hund warten. Aber ein Hund war nirgends zu sehen. Ziad fiel noch die für diesen Mann unpassende dunkelgrüne Windjacke auf, und gerade noch überlegte er, ob das nun verdächtig genug sei, da zerfetzte eine Explosion den Wagen Adils. Trümmer flogen umher, und aus der Öffnung der geborstenen Windschutzscheibe schlugen Flammen. Unter dem kohlschwarzen Rauch sah das Auto wie zerquetscht aus. Ziad hatte sich instinktiv geduckt und erhob sich nun, langsam zurückweichend. Der Mann mit der Schiebermütze war verschwunden.

Ziads größte Befürchtung, den anderen nun sein Versagen gestehen zu müssen, erwies sich als unbegründet. Es herrschte Aufregung, und nach einer durchwachten Nacht verließen Imad und er mit zwei hastig gepackten Koffern Paris und fuhren mit dem Zug nach Frankfurt am Main.

Diese deutsche Stadt überraschte Ziad. Im Grunde hatte er keinerlei Vorstellung von Deutschland und wusste nichts über die Deutschen, außer dass sie die Nazis hervorgebracht und versucht hatten, die Juden zu vernichten. Unter den Arabern, die sie allerdings kaum kannten, waren die Deutschen beliebter als Briten, Amerikaner oder Franzosen. Und aus irgendeinem Grund herrschte allgemein die Vorstellung, ihr Land sei sehr sauber, modern und straff organisiert.

Frankfurt aber war das Gegenteil davon. Sie kamen in eine relativ kleine Stadt, deren Zentrum von riesigen Baustellen verwüstet schien. Von Imad erfuhr Ziad, dass die Stadt während der Luftangriffe im Zweiten Weltkrieg großflächig zerstört worden war. Jetzt wurde an einem U-Bahnnetz gebaut, verwitterte alte Häuser standen inmitten von

Neubauten und breiten Straßen, Bürotürme neben traurig wirkenden Grundstücken, die verlassen schienen. Auf einer großen Einkaufsstraße sah Ziad viele ältere Leute, Frauen mit hellen Kopftüchern, Männer mit Gehstock und krummer Zigarre.

Ziad lehnte sich zurück. Erneut richtete er den Blick auf das Stück Papier und las die Frage nach den Leuten, die er in Europa getroffen hatte. Sie war noch immer nicht vollständig beantwortet. Ziad legte den Kugelschreiber beiseite und rieb sich das Gesicht. Sie werden mich hier schmoren lassen, bis ich meinen vollständigen Bericht geschrieben habe, sagte er sich resigniert. Ab und an vernahm er vom Gang draußen Schritte, konnte aber nicht sicher sein, ob sie wirklich von einem Bewacher stammten. In einem Camp wie diesem gab es immer Leute, die man nicht wirklich kannte, Personen, die schattenhaft blieben, mal ständig vor Ort waren, dann wieder für längere Zeit verschwanden. Und Fragen stellte man nicht, das wusste er längst. Er war durstig, hungrig und müde, daher zwang er sich weiterzuschreiben, mühevoll, Wort für Wort, Satz für Satz, und immer wieder seinen sehr lebendigen Erinnerungen nachsinnend.

Durch die große Universität war die seltsame Stadt am Main auch voller junger Leute. Ziad hörte sie diesen Ort »Junkfurt« nennen. In den Straßen rund um den Bahnhof und sogar in den Grünanlagen im Zentrum versammelten sich die Drogensüchtigen, wenn sie nicht einfach nur am Straßenrand oder in Hauseingängen lagen. Obwohl diese Stadt an vielen Stellen im Aufbau befindlich war, bedurfte es nur wenig Fantasie, um ihren Zustand als Zerfall wahrzunehmen. Und, soweit Ziad es verstehen konnte, taten die jungen Leute, die hier studierten, feierten und demonstrierten, genau das.

In einem überfüllten, bis hinauf zur niedrigen Decke holzgetäfelten Restaurant verzehrte Ziad durchaus mit Appetit ein Gericht, das aus einer großen, zarten Rinderzunge und einem grünen, faserigen Brei bestand. Die Leute um sie lärmten, als würden sie etwas feiern, ab und an ging ein Wogen durch die Gruppe an ihrem eng besetzten Tisch, sodass Imad und Ziad unwillkürlich mitschunkeln mussten. Ziad war recht lange mit seiner riesigen Mahlzeit beschäftigt und betrachtete dabei die seltsamen Bilder an den Wänden, von denen eines Mützen tragende Zwerge in einer Waldlandschaft zeigte. Hier, wo Imad und er auf ihren Kontaktmann warteten, der sie zur »Nummer Eins«, wie Imad sagte, bringen würde, hatte die Umgebung für Ziad etwas Märchenhaftes. Er fühlte sich wie in einem der Märchen der Gebrüder Grimm, von denen er in der Schule gehört hatte.

Der Verbindungsmann kam spät. Er war nicht viel älter als Ziad und ein Schiit aus der Bekaa-Ebene, einer der ärmsten und am meisten vernachlässigten Gegenden des Libanon. Unter den Vertrauten der Nummer Eins hätte Ziad einen Schiiten nicht vermutet. Khaled war nervös und rauchte viel, wobei ihm seine feingelockten Haare ständig in die Zigarettenglut gerieten. An jenem Abend trug er unter dem Jackett ein schmuddeliges Hemd mit riesigen, spitz zulaufenden Kragenenden und dazu einen kleinen Stoffhut, der ihm wohl ein europäisches Aussehen verleihen sollte. Allerdings sah man hier in Europa außer alten Männern kaum noch jemanden Hüte tragen, ein Umstand, der Khaled offenbar entgangen war.

In einem alten, schmutzigen Peugeot fuhren sie nach Bockenheim. Die Stadt war dunkel und schien unbelebt, Ziad konnte nicht anders als wieder Vergleiche mit Paris anzustellen. Putzige Häuschen mit kleinen Fenstern wechselten ab mit Baustellen und Riesengebäuden, deren endlose Fensterreihen gleichmäßig wie Kettenglieder um sie geschlungen schienen. Dann wurde es dunkler und grün, hier und da strahlten lustige Kneipenschilder in den Seitenfenstern, in der Frontscheibe aber öffnete sich nur die leere deutsche Nacht.

Wieder kam er in eine dieser großen Wohnungen voller Menschen und taumelte durch den dichten Zigarettenqualm wie durch einen Nebel. Fast wäre er über das improvisierte Buffet gestürzt, erst die auf die hölzerne Tischplatte geklebten Plastikblumen warnten ihn.

Hier nun endlich traf Imad seine eigentliche Gefährtin, eine Deutsche namens Theresa. Sie war eine große, schlanke Frau, sprang Imad förmlich in die Arme und überragte ihn dabei, ihr zu einem Pferdeschwanz gebundenes Haar fegte durch die Rauchschwaden, als sie ihm die Wangen küsste.

An seinen beiden jungen, aufmerksam umherschauenden Leibwächtern leicht zu erkennen, thronte auf einem Stoffsessel mit hoher Rückenlehne die Nummer Eins. Lässig saß er da, sah schmal aus in diesem monströsen Sitzmöbel, mit der Linken strich er sich über die langen buschigen Koteletten, während er mit der anderen Hand eine Schachtel Marlboro geschickt wie ein Kartenspieler mit den Fingern bewegte. Wenn auch alle anderen in Gruppen beieinanderstanden, vertieft in Gespräche waren oder sich wie Imad und Theresa in den Armen lagen, so war Salameh, der Rote Prinz, doch das Zentrum des Raumes. Alles drehte sich um ihn, jeder der Anwesenden behielt ihn im Auge, was auch immer an diesem Abend noch geschehen mochte, es würde von ihm ausgehen.

Doch an den Rest des Abends konnte sich Ziad nur lückenhaft erinnern. Er hatte zu viel von dem billigen Rotwein getrunken, der ihm ständig nachgeschenkt wurde aus einer großen, bauchigen Flasche, die aussah, als steckte sie in einem Korb. Es muss Stunden später gewesen sein, als Salameh ihn wie einen Schuljungen zur Rede stellte. Sie waren an einem anderen Ort, vielleicht in einem Hotel oder einer Privatwohnung. Die Fenster standen offen, und das Gebrüll von Wildtieren wurde hereingeweht, Ziad glaubte Pfauenschreie zu hören. Khaled und Imad hielten ihn fest, weil er schwankte, als er dem bequem auf einem Sofa sitzenden Salameh gegenüberstand.

»Du bist also unser neuer Mann – von der Straße aufgelesen.«

Ziad schwieg.

»Vermutlich hast du begriffen, dass man uns jagt.«

Ein lang gezogenes Knurren von draußen ließ Ziad unwillkürlich zum Fenster blicken. Imad legte ihm die Hand auf die Wange und schob sein Gesicht wieder in Richtung des Gesprächspartners.

»Das kommt vom Zoo, lass dich davon nicht erschrecken«, sagte er.

»Wir werden also gejagt«, fuhr Salameh fort. »Was willst du dagegen tun?«

»Mich wehren«, lallte Ziad.

Ein Lächeln huschte über das Gesicht Salamehs.

»Unser Gegner ist uns weit überlegen, wie du in Paris gesehen hast. Wir müssen schlau sein, um zu überleben.«

Eine Pause entstand, während Ziad darauf konzentriert war, seinen Schwindel zu beherrschen.

»Schlau und wachsam. Bist du schlau und wachsam?«

Die Frage traf ihn wie ein Schlag. Bisher hatte niemand ein Wort verloren über sein Versagen in jener Nacht in Paris. Jetzt aber sollte er sich rechtfertigen und war zu betrunken dazu. So schüttelte er nur den Kopf und beließ es dabei.

Zu seiner Verwunderung beendete die Nummer Eins die Befragung hier. Stattdessen erfuhr Ziad, dass Salameh plante, ein neues, recht kleines und mobiles Kommando zu gründen. Es sollte sowohl in der Heimat als auch in Europa, nötigenfalls in der ganzen Welt operieren und aus neuen Männern bestehen.

»Unbekannte«, sagte Salameh, »und Heimatlose.«

Er blickte zu ihm, Ziad, der zwischen Imad und Khaled hing wie eine schlaffe Puppe, dann zu dem Schiiten.

»In jeder Hinsicht Heimatlose«, sagte er abschließend.

Der kurze Trompetenstoß eines Elefanten hallte durch die Nacht. Und das ausgerechnet in Deutschland, dachte Ziad und sah wieder das offene Fenster vor sich, die graue Nacht und darin die fernen, kalten Lichter von Baukränen.

Es gibt immer einen, der den noch größeren Zusammenhang sieht, dachte Victor. Als er Amos bei der Unterredung im Café nahe dem Strand beobachtete, sah er Folgendes: Hinter den auf einem Betonsockel platzierten Metalltischen und der respektgebietenden Gestalt ihres Vorgesetzten kopulierten zwei Hunde im müllübersäten Sand, inmitten von Betonfragmenten und Verschalungsdrähten. Schaute man über sie hinweg, sah man den Rauch, der meerwärts zog; irgendetwas brannte hier immer.

Amos sprach ruhig und überlegt, bewegte kaum einmal seinen Kopf, der durch die hohe Stirn noch größer wirkte. Er war kein Büromensch, aber auch kein Soldat, etwas dazwischen, nicht leicht zu erfassen. Jedenfalls ließ es ihn interessant wirken. Die Kollegen hingen an seinen Lippen, als er ihnen in Andeutungen seine Quelle als einzigartige Möglichkeit beschrieb, bis in die Führungsebene der PLO und wahrscheinlich sogar des Schwarzen September zu kommunizieren und damit den Gang der Ereignisse hier maßgeblich mitzubestimmen. Auch wenn er es hinter allgemeinen Formulierungen verbarg, so wusste doch jeder, wovon er sprach.

Victor betrachtete ihn. Ich setze aus Informationsfetzen ein Bild zusammen, und er sieht in diesem Bild das Teilstück eines noch viel größeren Bildes, das wiederum er zusammensetzt. Wo endet das, dachte Victor. Er lächelte beim

Gedanken an die beinahe fromme Lebensweise seines Vorgesetzten und gab sich die Antwort: Es endet bei Gott.

Amos besaß auch trockenen Humor, den man schätzen konnte, wenn man Geschichten über die Vergeblichkeit allen menschlichen Tuns amüsant fand. Heller jedenfalls nickte lächelnd, während Amos eine seiner Anekdoten zum Besten gab, die für Victor und manchen anderen in der Gruppe wie eine Warnung klang.

»Was ist das hier«, flüsterte Victor und neigte sich zu Heller hinüber, »präsentiert er die halbe Abteilung auf einem Silbertablett?«

Zwar waren aus Sicherheitsgründen nicht alle zum Meeting eingeladen worden, aber nach Victors Einschätzung erlaubte es die Sicherheitslage nicht, sich in der Öffentlichkeit zu versammeln.

»Das ist die neue Sichtbarkeit, eine Transparenz, die keine ist«, erwiderte Heller.

»Was soll das?«

»Er setzt uns einem höheren Risiko aus«, sagte Heller. »Ich vermute, in bester Absicht.«

Victor blickte sich um und erkannte ein paar kaum zu übersehende Leibwächter, die in der Nähe des Cafés herumlungerten. Einer von ihnen stand bis zu den Knöcheln im Sand und blickte versonnen aufs Meer hinaus. Zumindest dieser würde erst reagieren können, wenn es zu spät war.

»Was will er?«, stieß Victor missmutig hervor.

»Vertrauen schaffen, Teil der Landschaft werden, vielleicht die ganze Agentur revolutionieren, ihr neue Wege weisen.«

Nach einem Schluck Tee fuhr Heller fort:

»Er ist ein Pionier, weißt du, hat neue Ideen im Kopf. Wir bezahlen nur die Rechnung dafür.«

Das Café galt als sicher, aber was hieß das schon in dieser Stadt. Wenn etwa die Bombenleger hier nur einen Sympathisanten hatten, dann wussten sie von diesem Nachmittag an, mit wem sie es zu tun hatten. Victor starrte Amos an, der sich gerade streckte, seine mächtige Brust der Sonne darbot und sich ganz offensichtlich wohlfühlte. Manchmal sind verheißungsvolle neue Leute gefährlich, dachte Victor, und dies ist so ein Fall.

Der abgeklärte Heller war für ihn keine große Hilfe. Doch seine Beunruhigung durch die Veränderungen im Inneren der Agentur hielt an. Zwei Tage später betrat Victor zufällig den Buchladen in der Nähe der Amerikanischen Universität. Er suchte nichts Bestimmtes, stöberte nur etwas in den Stapeln, die sich neben den übervollen Regalen auftürmten. Routiniert ließ er den Blick durch den Raum schweifen, sah einen der beiden alten Buchhändler, die den Laden führten, an seinem gewaltigen, von Büchern und Zeitschriften bedeckten Schreibtisch sitzen. Er war ein maronitischer Christ, der am liebsten in seiner von Büchern ummauerten Nische hockte und, die große Brille auf der Nasenspitze, las, ohne dabei den Raum aus den Augen zu lassen. Ihre Blicke trafen sich, und Victor nickte. Der Buchhändler kniff kurz die Augen zusammen und vertiefte sich wieder in die Lektüre.

Vor dem von Sand und Schmutz grauen Fenster im hinteren Teil des Ladens erkannte Victor die Gestalt Fishers. Ein Mann vom »Bodenpersonal«, verdeckte Operationen, viel unterwegs auf den Straßen. Victor ging zu ihm hinüber, stellte sich vor das Regal, ließ das Geschrei eines Händlers verklingen, der seinen Handkarren vor dem Laden vorbeizog, und brummte etwas zur Begrüßung. Fisher warf ihm einen gelangweilten Seitenblick zu.

»Wie geht's?«, fragte er.

»Gut, und selbst?«

Fisher antwortete nicht. Sie hatten nie viel miteinander zu tun gehabt, wahrscheinlich hätten sie sich auch nichts zu sagen gehabt. Victor kannte die Vorurteile von Leuten wie Fisher gegenüber den Bürohengsten, denen sie ihre Informationen zuleiteten, um sie in verwandelter Form, nämlich als neue Anweisungen, zurückzubekommen. Die ausgeprägten Hierarchien in der Agentur ließen keinen Raum für Freundschaften. Victor zögerte kurz, sagte es schließlich aber doch:

»Ich möchte dich etwas fragen, geht das?«

Jetzt war Fisher überrascht, kratzte sich den dunklen Vollbart und wandte sich dem anderen nach einem Seitenblick auf den alten Buchhändler zu.

»Hier und jetzt?«

»Wir könnten auch ins Uncle Sam's gehen«, erwiderte Victor.

»Nichts dagegen«, murmelte Fisher.

Er hielt ein Buch über OSS-Einsätze im Zweiten Weltkrieg in der Hand, wedelte unschlüssig damit herum, bevor er es wieder ins Regal stellte.

Als die beiden Amerikaner auf ihn zukamen, zeigte sich im Gesicht des Buchhändlers jene gespannte Aufmerksamkeit, in der sich für Victor Erfahrung mit latenten Bedrohungen ausdrückte. Als Fisher seine große Hand schwer auf einen der Bücherstapel legte und sich auf Arabisch verabschiedete, lächelte der alte Mann gequält und zog für seine dankende Antwort die Schultern zusammen, um sich kleiner zu machen als er war.

»Guter Mann, der Alte«, sagte Fisher. »Wann immer man Übersetzungsarbeiten oder Informationen über die Vergangenheit gewisser Familien in Beirut braucht, kann man zu ihm gehen. Er weiß so gut wie alles.«

Sie überquerten die Rue Bliss, passierten das Eingangstor der Amerikanischen Universität, und Victor überlegte noch immer, was ihm der andere damit hatte sagen wollen. Leute wie er überzeugten ihre Informanten mit Drohungen und Geld – am besten einer Kombination aus beidem. Wahrscheinlich war Fisher einer dieser Niemande aus dem Mittleren Westen, die hier landeten und nicht genug bekommen konnten von der Macht auch noch über die kleinsten Leute. Er sah jedenfalls danach aus, dachte Victor, biss sich auf die Unterlippe und beschloss, dem anderen keine einzige Frage zu seiner Herkunft oder seinen Motiven für die Arbeit hier zu stellen. Nichts, wirklich gar nichts wollte er von ihm wissen, nur sein Anliegen vortragen und ihn dann am besten nie wiedersehen, auch wenn das unrealistisch war.

Bei Uncle Sam's Bar angekommen, mieden sie in stillem Einverständnis die Tische auf der Straße, gingen hinein und setzten sich in eine der hinteren Ecken, nicht ohne im Vorbeigehen Tee bestellt zu haben. Seinem Vorsatz folgend, begann Victor ohne Umschweife:

»Wir kennen uns kaum, Fisher, und ich will offen sein. Du weißt sicher von dem neuen, wichtigen Mann …«

Fisher zündete sich eine Zigarette an und nickte.

»Was hältst du von ihm?«, sagte Victor, ohne ihn anzuschauen, in dem vergeblichen Versuch, der Frage etwas Beiläufiges zu geben.

»Ich kenne ihn nicht«, erwiderte Fisher und blickte verwundert.

»Hast du etwas über ihn gehört, Bemerkungen, Tratsch, das übliche Gerede?«

Fisher nahm seinen Tee entgegen, bedankte sich wortreich und gab sich gelassen.

»Er war längere Zeit im Jemen, hat sich dort viele Freunde gemacht. Schlauerweise nicht nur bei den Einheimischen, sondern auf beiden Seiten. Zum Dank dafür ist er jetzt hier, bewohnt eine wunderschöne Wohnung in der Nähe der Corniche. Mit Blick auf den Leuchtturm. Kommt mit großer Hingabe und entsprechenden Ergebnissen seinen ehelichen Pflichten nach. Wie viele Kinder hat er jetzt?«

»Fünf, ein sechstes ist unterwegs«, murmelte Victor.

»Wo liegt das Problem?«, fragte Fisher nach einer längeren Pause.

»Ich weiß es nicht«, sagte Victor und schnaufte leise dabei, versuchte den Überforderten zu spielen, der einen Rat brauchte.

Er drehte die Lehne des Stuhls zur Wand, um besser durch den Eingang auf die Straße blicken zu können, und schwieg wieder vielsagend.

»Du magst ihn nicht, ist es das?«, sagte Fisher. »Wenn ich auf so etwas so reagieren würde wie du, hätte ich eine Menge Nachmittage in Bars zu verbringen.«

»Es geht um mehr als das. Es braut sich etwas zusammen, aber nicht so wie sonst. Es steht unmittelbar bevor. Ich habe einen toten Informanten. Nun kommt dieser Kerl und beginnt seine Freundschaftsoffensive genau jetzt, da es heiß wird.«

»Was könnte er schon anrichten?«

»Er könnte leichtsinnig werden, etwas übersehen und die Folgen nicht tragen müssen.«

Fisher lächelte breit.

»In meinen Augen das Übliche. Aber im Ernst: In solchen Fällen ist es meiner Erfahrung nach am besten, nicht zu viel preiszugeben von dem, was am Boden geschieht. Dieser Kerl ist fixiert auf Salameh, und wahrscheinlich holt er dabei sogar viel für uns heraus. Aber ansonsten geht es um hohe Politik, bedeutungsvolle Gesten – all das, was Politikern gefällt. Es wäre gut, ihn genau zu beobachten und ihn das, was er tut, weiterhin tun zu lassen. Das und nicht mehr.«

»So machst du das also«, sagte Victor, und es klang enttäuscht.

»So machen das alle Straßenköter.«

»Wozu gibt es euch überhaupt?«

Bis zum Ende des Gespräches wurde Fisher das Gefühl nicht los, der andere würde um den heißen Brei herumreden. Vielleicht hatte er es sich anders überlegt, jetzt, da sie einander gegenübersaßen. Möglicherweise wollte er ihn aber auch nur abklopfen, herausfinden, ob er ihn überhaupt brauchen konnte. Nicht ungünstig jedenfalls, diesen Knaben kennengelernt zu haben, dachte Fisher, diese Abteilung ist normalerweise sehr verschwiegen.

Etwas später bereits wusste er, dass dieser Victor, vermutlich von Loyalitätskonflikten geplagt, nicht mehr mit der Wahrheit herausrücken würde. Dennoch zeigte Fisher bis zum Schluss keinerlei Unruhe, wartete geduldig die langen Denkpausen des anderen ab und ließ ihn dann ausreden.

Später, als er allein zum Hotel ging, wusste er, dass sie zu einer Übereinkunft gekommen waren, ohne ein Wort darüber zu verlieren. Alles war nur ein Irrtum gewesen: Zwei Männer von derselben Agentur, und einer hätte den anderen beinahe als Informanten rekrutiert, diesmal ganz besonders informell, denn in den Büchern geführt wurden sie ja ohnehin. Fisher lächelte vor sich hin, als er die Corniche entlangging. Das Meer war unruhig an diesem frühen Abend, mit schwacher Gischt schwappten die Wellen hörbar gegen den Fels, schmutzig und ruhelos.

Heller packte seine Sachen zusammen. Er war nach Bagdad kommandiert worden, sein Flug ging am übernächsten Tag. Das Büro im Kleinen Haus war schon beinahe gänzlich verlassen, die Sicherheitsleute lugten ab und an ungeduldig zur Tür herein. Heller räumte das klassifizierte Material in den Sicherheitsschrank, übergab die Schlüssel und griff nach seinen eigenen Notizen.

Nichts von dem, was in der Kladde stand, hätte für einen fremden Leser Sinn ergeben. Für Heller aber war es ein kompletter Bericht zum Stand ihrer Untersuchungen der Aktivitäten des Schwarzen September in Beirut. Da innerhalb der Fatah niemand etwas von der Existenz dieser Untergruppe wissen wollte, hatten sie nicht viel. Im Grunde lebten sie von den Erkenntnissen des Mossad. Eine eigene Abteilung lieferte ausländischen Geheimdiensten Informationen. Sie trug den Namen »Tevel«, was so viel wie »Welt« bedeutet, und das, dachte Heller, ist bezeichnend: Sie tun so, als würden sie von einem anderen Planeten aus agieren. Von dort aus versorgen sie uns und alle anderen mit ihren Einschätzungen von Beteiligungen an Anschlägen, Schuld, Unschuld und finanziellen Verstrickungen, und niemand kann irgendetwas davon überprüfen, bis es schließlich den Weg in die Nachrichten gefunden hat.

Die Agentur verfügte früher nur über einige unsichere Informanten. Und was immer Victor davon halten mochte, gestand sich Heller widerwillig ein, das hatte Amos gründlich geändert: Nie zuvor hatten wir für den Mittleren Osten so gute und sichere Informationen – und das alles nur, weil der Abteilungsleiter das Verhalten der Agentur gegenüber den Informanten und vor allem gegenüber seinem Hauptkontakt verändert hatte.

Ansonsten blieben nur die Unmengen strategisch platzierter Übermittlungen aus den Reihen der christlichen Falangisten und der Maroniten. Auf diese stetig wachsende Sammlung von Fotos, Observationsprotokollen und Gerüchten gab er nicht viel. Das war Politik, gelenkte Information an der Grenze zur Desinformation. Anstatt jedem dieser »Hinweise« nachzugehen, hatte Heller seine Leute im Büro beauftragt, die wenigen sicheren Informanten herauszufiltern und ihre Hintergründe und Kontakte zu beleuchten. Alle seine Aufzeichnungen bezogen sich auf diesen Vorgang.

Er klemmte sich die Aktentasche unter den Arm, verabschiedete sich von Kramer, seinem Observationsspezialisten, und von Hilda.

Sobald er das Haus verlassen und sich die leichte, helle Mütze, die er seit ein paar Monaten gegen die Sonne trug, wie er sagte, tiefer ins Gesicht gezogen hatte, überkam es ihn wieder. Mit dem Abendwind schien die mediterrane Leichtigkeit von allen Bewohnern der Stadt Besitz zu ergreifen, sie leichtsinnig, risikobereit, ja aggressiv zu machen. Dieses kleine, von einigen alteingesessenen Familien beherrschte Land hatte sein glühendes Zentrum in Beirut, hier, wo niemand wusste, was der nächste Tag bringen würde und jeder versuchte, die Zeit, die ihm blieb, zu nutzen. Die Untergangsstimmung in Verbindung mit der lieblichen Mittelmeerlage erzeugte die unglaubliche, erotisch aufreizende Abendstimmung. Das zeigte sich auch an der endlosen Reihe von Clubs und Etablissements, die den Uferstreifen säumten. Nicht wenige Gäste kamen und gingen per Boot, weil sie anonym bleiben wollten und wohl auch gute Gründe dafür hatten. »In Beirut geschieht wirklich alles«, sagte einmal ein Barmann zu ihm, »man merkt es nur nicht gleich.« Inzwischen hatte Heller es bemerkt, mehr als das, er war ein Teil davon geworden.

Bis zu seinem Wagen war es ein gutes Stück zu Fuß. Er hatte ihn nicht nur in sicherer Entfernung geparkt, sondern beinahe schon versteckt. Als er in der Gasse vor dem Auto stand, hielt er in ein paar Metern Entfernung inne und suchte von dort aus nach Spuren der Veränderung. Selbst der neue Taubendreck auf Motorhaube und Wagendach entging ihm nicht. Er wartete einen günstigen Moment ab, ging hinüber zu einem Hauseingang nahe dem Wagen und hockte sich nieder, um unter das Auto schauen zu können. Er erhob sich und noch bevor er die Wagentür aufschloss, ging er auf alle viere und untersuchte mit raschem Griff den Bereich um den Vorderreifen. Er tat das nicht täglich, aber heute schien es ihm angebracht.

Während der Fahrt zu seiner Wohnung dachte er noch einmal an das Gespräch mit Victor zurück. Seine Argumente und Hinweise waren nicht sehr stark, seine Beunruhigung über den Tod Massuds hingegen schon, geradezu ansteckend. Beinahe bereute er seine Skepsis gegen Victors Verdacht, beruhigte sich aber damit, dass, selbst wenn es mit Harun etwas auf sich hatte, alles darauf ankam, die Übersicht zu behalten. Im Falle des Mordanschlages auf Massud kamen ihm die Straßengangs in den Sinn. Sehr wahrscheinlich hatte es der Polizist öfter mit ihnen zu tun bekommen. All diese jungen Kerle vom Land und Gott weiß woher brauchten Geld, wenn sie ankamen, und gerieten so an Banden, die den Drogenhandel kontrollierten und im Auftrag wechselnder Herren arbeiteten, je nachdem, wer genug bezahlte. Natürlich standen auch hinter ihnen wieder die Clans, aber die Straßenbanden hatten gewisse Freiräume. Zwischen ihnen kam es immer wieder zu Rivalitäten, die Tote forderten, und es wäre nicht das erste Mal, dass ein Außenstehender wie Masud da hineingeraten wäre.

Weit genug von seiner Wohnung parkte er den Wagen, schaltete Motor und Licht aus und wartete eine Minute. Die Straßen waren leer, es war Freitag, die Zeit des Gebets in der Moschee, und zugleich läuteten Kirchenglocken in der Ferne. Heller stieg aus und schlenderte zu seiner Wohnung. Er betrat den Hausflur, schloss die Tür hinter sich und blieb ein paar Sekunden lang im Dunkeln stehen. Dies waren seine eigenen, höchst privaten Sicherheitsvorkehrungen, nur zu seiner Beruhigung. Schließlich schaltete er das Licht ein, ging hinüber zu dem großen Fahrstuhlkäfig und drückte den Knopf. Heller lauschte auf das Krachen und Surren, mit dem er sich in Bewegung setzte, nur um sich letztlich doch für die Treppe zu entscheiden. An der Wohnungstür überprüfte er den winzigen Papierfetzen im Türwinkel, bevor er aufschloss.

Er stellte die Aktentasche ab, ging gleich zum Balkon und öffnete die Glastür, um einen tiefen Atemzug zu nehmen. Gleich darauf trat er hinaus und genoss den herrlichen Blick auf die Stadt im Zwielicht der Dämmerung, die funkelnden Lichter bis hinunter zum Meer und die Corniche entlang, die lang gezogenen Gebetsrufe aus verschiedenen Richtungen und, in den Atempausen, das leise Glockengeläut. Das war Beirut, wie er es liebte. Eine Stadt, immer kurz vor dem Untergang und eben einer dieser Orte, an denen nicht nur alles geschieht, sondern auch möglich ist. Heller spürte, wie er erwachte. Das Blut pochte in seinen Schläfen, er hoffte, sein sonst so blasses Gesicht färbe sich dunkler, und schaute auf seine Hände: Tatsächlich, die Verwandlung hat begonnen, dachte er lächelnd.

Er mixte sich einen Drink, rauchte eine Zigarette und ging dann unter die Dusche, ein klappriges, von Rostblüten übersätes Ding, welches ächzend seine Wohltat über ihn ergoss. Danach tupfte sich Heller mit dem Handtuch nur ab und ließ sich nackt vor dem geöffneten Kleiderschrank vom Wind trocknen. Das Abendrot glühte im Fenster, so sehr, dass er das Licht im Raum löschte, um es zu genießen und, beinahe blind, seine Ausgehgarderobe auszusuchen.

Als er fertig war, hatte er das Gefühl, seine Verwandlung sei vollendet. Mit einer winzigen Menge Gel strich er sich das Haar zurück. Im Spiegel sah er einen noch immer zu blassen Amerikaner mit irisch-niederländischen Wurzeln, jemanden, den er nicht besonders mochte, der ihn jetzt aber versöhnlich anschaute und bereit war, das elende Tagwerk hinter sich zu lassen. Die kleine Verwandlung gab Heller auch Sicherheit, draußen würde ihn kaum jemand wiedererkennen. Eine Illusion, gewiss, aber doch so wirksam, dass er sich in der neuen Rolle anders benahm. Nun war er eher ein Dandy, bereit, sich seinen Teil der Nacht zu holen, und das war leicht in einer Stadt wie dieser.

Er hielt sich in Richtung Zentrum und tauchte ein in das abendliche Treiben. Die Straßen waren von Flaneuren und Eckenstehern so bevölkert, dass sich Heller sofort unsichtbar wähnte. Zwar trafen ihn ab und an Blicke, aber er war nur einer von vielen merkwürdig gekleideten Ausländern. Möglicherweise ein Tourist – vielleicht aber auch ein Geschäftemacher, Waffenschieber, Drogenhändler, Flüchtling, jemand, der nicht erkannt werden wollte von seinen Feinden, seinen Gläubigern oder der Polizei und lieber dort verschwand, wo sich die Kulturen, die Interessen der verborgenen und der sichtbaren Mächte kreuzten. Die sandfarbenen Mauern der alten Häuser waren noch vom allmählich verlöschenden Abendrot überzogen, es schwand von ihnen, als würde es forttrocknen. In den horizontnahen Wolken über dem Meer klaffte eine gewaltige graublaue Spalte.

Hellers Herz schlug schneller, immer erfüllten ihn diese verheißungsvollen Abende mit Spannung. Geheimniskrämerei war sein Beruf, aber in anderer Hinsicht auch seine Lust. Im Zentrum präsentierten die Straßenbanden ihre Autos. Sie bevorzugten deutsche Wagen, Daimler, BMW, Porsche. Sie gaben Gas und bremsten, nur um sogleich wieder zu starten, der Staub des vergangenen Tages wurde von den Reifen aufgewirbelt und stand grau wie schwebende Asche zwischen den Häusern. An Abenden wie diesen demonstrierten die Gangs ihre Macht, und niemand hätte gewagt, sie zur Ordnung zu rufen. Die Straße gehörte ihnen – mehr aber auch nicht. Das wussten diese Jungs, aber es war für sie kein Grund, sich zu zügeln, im Gegenteil: Je länger man sie beobachtete, desto mehr hatte man den Eindruck, jeder Einzelne von ihnen sei genau da, wo er immer schon hinwollte. Wenn Kontaktleute mit einem von ihnen zu tun hatten, was eher selten vorkam, dann berichteten sie immer von dem zur Schau gestellten Selbstbewusstsein dieser jungen Männer. Und schon oft hatte sich Heller gefragt, ob diese rebellische

Ziellosigkeit nicht das Beste war, womit man seine mittellose Jugend hier verschwenden konnte. Früh genug würden sie an der unüberwindbaren Macht scheitern, würden in die Schranken gewiesen von jenen, die das Land wahrhaftig beherrschten. Wozu also warten, warum nicht in Cowboystiefeln, mit Elvis-Tolle und offenem Hemd diese teuren ausländischen Wagen malträtieren?

Heller lächelte, als er die Straße überquerte und Kurs nahm auf das *Rod*, von dem der Besitzer hartnäckig behauptete, es sei nach dem Sänger Rod Stewart benannt. Am Eingang des prachtvollen, aber heruntergekommenen Kolonialgebäudes passierte Heller ohne Schwierigkeiten den Türsteher, nicht ohne ihm zehn Dollar zwischen die verschwitzten Finger zu schieben. Der Mann kannte ihn, inzwischen genügte ihm ein Blick auf die Schuhe des Amerikaners, um ihn durchzuwinken und dabei geschickt die Hand aufzuhalten.

Heller trat ein in den ehemaligen Speisesaal eines vor Zeiten berühmten Beiruter Restaurants, dessen Besitzerfamilie die Schutzgeldzahlungen leid wurde und nach Paris zog, wo sie hoffentlich davon verschont geblieben war. Der Raum war dunkel gehalten, in der Nähe des Tresens standen drei winzige Lampen mit niedrigen Schirmen, die aussahen wie niedergedrückt und jedem dort Sitzenden das Gesicht unheimlich von unten beleuchteten. Hier waren die Honeymoon-Nischen zu Kabinen ausgebaut worden, in denen man für die meist kurze Zeit, die es dauerte, verschwinden konnte. Gewischt wurde bei laufendem Betrieb; die zumeist älteren Männer schlichen mit Lappen und Eimer durch die Gruppen junger Männer und versuchten dabei, unsichtbar zu bleiben. In dieser Umgebung waren sie so unpassend, dass sich Heller jedes Mal zwang, sie zu übersehen, ansonsten hätten sie ihm die Stimmung verdorben.

Er setzte sich an die Bar, bestellte einen Martini und wartete. Ungewöhnlich genug an diesem Abend, tönte aus den Boxen »Make love to me«, gesungen von Astrud Gilberto, fast eine Hommage an vergangene Zeiten, obwohl hier jeder gegenwärtig sein wollte. Heller schreckte auf, als ihm Nafi seine schwere Hand auf die Schulter legte.

»Schön, dich zu sehen«, sagte der vierschrötige Araber auf Englisch. »Ich möchte dir jemanden vorstellen.«

Heller griff nach seinem Glas, stellte es dann jedoch wieder ab, stand auf und folgte Nafi in einen der hinteren Räume, von denen zwei fast so groß waren wie der Hauptsaal. Hierher kam man, um unter sich zu sein, nicht der Geheimnisse, sondern der Atmosphäre wegen. Das leise Rattern und Rauschen eines Deckenventilators übertönte das zuweilen aus den Ecken dringende Grunzen und Stöhnen, das auch hier noch von Astrud Gilbertos sehnsuchtsvoller Klage verschluckt wurde. Der Raum lag im Dämmerlicht, Nafi führte Heller direkt zum kleineren Chambre de Plaisir. Es hatte Heller einige Zeit gekostet, bis ihm ein so unkomplizierter Zutritt zu diesen verbotenen Räumen gewährt wurde. Niemand hier kannte seine Identität, aber einige kannten seine Vorlieben.

»Du kennst ihn, aber für heute Abend musste ich ihn trotzdem einfangen«, sagte Nafi, hielt ihm die Tür auf und griff nach seinem Arm.

Heller bezahlte ihn.

»Was willst du trinken?«, fragte Nafi, und Heller bestellte, wie es von ihm erwartet wurde, Champagner.

Ein etwa zwanzigjähriger Mann lag in ein Laken gewickelt auf dem von einem primitiven Baldachin überwölbten Bett. In der Zimmerecke brannte eine orangefarbene Lampe, im kleinen Fenster dicht unterhalb der Decke war der von Wolkenfetzen überzogene Abendhimmel zu sehen. Der junge Mann blickte Heller nicht an, als dieser den Stuhl vor das Bett zog und sich setzte. Das war Bibi, wie er sich nannte, der Schönste, den man hier für Geld bekommen konnte: Dunkle, seidenweiche Haare, die Augen eines Rehs und ein ephebenhaft schmaler, bronzefarbener Körper. Hellers Herz schlug so stark, dass er leise keuchte. Immer, wenn er diesen Jungen anschaute, nur anschaute, hatte er das Gefühl, furchtbar alt zu sein, glaubte, aus einem langen Tunnel von Jahren zurückzublicken auf ein Erinnerungsbild einstiger Schönheit. Und, ja, er hatte das starke Gefühl, kein Recht auf ihn zu haben, ihn nicht berühren zu dürfen, auch wenn er nichts lieber tat als das.

Nafi brachte den Champagner, stellte den Kühler und zwei Gläser auf den Nachttisch und ging ohne ein Wort. Heller hörte die Tür sich schließen, da warf Bibi das Laken von sich und lag nackt vor ihm. Er ließ Heller nicht aus den Augen, blickte aber vollkommen ausdruckslos, ganz wie jemand, der es gewohnt ist, dass man auf ihn reagierte. Er verschränkte die Arme hinter dem Kopf und wartete.

Heller konnte sich nicht sattsehen an ihm, er goss den Champagner für sie ein, bot Bibi eine Zigarette an und gab ihm Feuer. Er lehnte sich zurück und saß rauchend in diesem Raum im Nichts, in einem gut verborgenen Winkel seines von Geheimnissen bestimmten Lebens. Auf Astrud Gilberto war draußen »Papa was a Rolling Stone« gefolgt, der treibende Rhythmus war hier im Zimmer nicht mehr als ein leises Pochen. Der Champagner und die Erregung ließen Hellers Mund trocken werden. Er stellte sein Glas ab.

»Komm her zu mir«, sagte er. »Wir werden uns länger nicht sehen.«

Bibi drückte seine Zigarette in den Aschenbecher und erhob sich aufreizend langsam.

»Stell dich vor mich.«

Als der nackte junge Mann bei ihm war, begann Heller seinen Bauch zu streicheln, sanft überstrich er die glatte Haut, bis hinunter zum gekräuselten, glänzend schwarzen Schamhaar. Er hielt seinen schlaffen Schwanz in der Hand und konnte den Blick nicht von seinen schmalen Hüftknochen wenden. Heller spürte die Erregung heiß durch seinen Körper fahren, belebend und betäubend zugleich. Er legte seine Hände auf Bibis Hüften und drehte ihn um.

»Beug dich nach vorn.«

Bibi gehorchte schweigend, und Heller betrachtete seinen Hintern, schob die Rechte zwischen seine Beine, bis er den Hodensack auf der Handfläche und an den Fingern Bibis Erektion spürte.

»Knie dich vor mich«, sagte er plötzlich sehr bestimmt, und Bibi gehorchte wieder.

Hastig und ungeschickt öffnete Heller seine Hose. Dieser Teil war ihm zuwider, denn er zerstörte den Rausch, während Bibi ihm ungerührt zuschaute, bis er ihm schließlich half. Nun musste Heller wieder hineinfinden in seinen Traum, und dazu musste er Bibi küssen, erst auf die Stirn, dann auf den Hals. Er tat es ausdauernd, bis es ihm gelang.

Es war ein diesiger Tag, das Meer sah aus, als wäre es von einer durchsichtigen Haut überzogen, die sich in der Nähe der Küste in speckige Falten legte. Die Möwen flogen tief, ihre Schreie verhallten in den Höfen der schönen, hohen Häuser in der Rue de Californie, wo auch Amos sie hörte und überrascht von seiner Lektüre aufblickte. Er las Churchills Beschreibung des Feldzugs gegen den Mahdi in Ägypten, hatte eben einen unbestimmten Widerwillen gegen die Art der Beschreibung empfunden und war nun beinahe erleichtert, wach geworden zu sein in diesem lichtdurchfluteten Raum, seinem Arbeitszimmer, der ihn das Meer zwar nicht sehen, doch aber hören ließ.

Amos erhob sich aus dem schweren, abgewetzten Ledersessel, den er sich während der letzten sieben Jahre von Ort zu Ort durch den Mittleren Osten hatte nachschicken lassen, ging zum Fenster hinüber und zögerte wie immer einen Moment, bevor er das Fliegengitter entfernte. Er lehnte sich weit hinaus und blickte in die Gasse hinunter. Auf einer Metallschale transportierte ein junger Mann einen Turm aus Gebäck. Er trug die Schale vor sich, blieb kurz stehen, um sie sich auf den Kopf zu setzen und danach in die nun freien Hände zu klatschen. Doch so sehr er sich auch bemühte, niemand dort unten schien ihn bemerken zu wollen; ob er schwieg oder schrie, er gehörte einfach dazu wie die ratternden Klimaanlagen, der Wind in den Zedern.

Nachdenklich strich sich Amos mit einer Hand über den Bauch. Kurz ärgerte er sich über den Fettansatz, den er dort ertastete. Seit etwa zwei Jahren legte er kontinuierlich zu, und es machte ihm Sorgen. Lieber aber beschäftigte er sich mit jenem Mann, der nun schon seit Langem all seine Gedanken beherrschte und den man in der Agentur nur den »Roten Prinzen« nannte. Er sah ihn vor sich in seiner auf Taille geschnittenen Lederjacke, wie er seine Marlboro rauchte und dabei versuchte auszusehen wie James Dean. Er hatte das schöne, leere Gesicht eines verschlagenen Jungen, und das war vielleicht seine beste Tarnung. Seit der Sache in München, die er organisiert haben sollte, war er der geheime Star aller Dienste, gejagt von den Israelis, umworben oder belauert von den Arabern. Amos wusste, dass er ihn durch seine, wie sollte man das anders nennen, freundschaftliche Nähe von der Todesliste des Mossad genommen hatte, vorerst zumindest. Und wenn auch als Einziger, so war er doch überzeugt davon, dass dieser junge Mann klug genug gewesen war, Schutz zu suchen, als er ihn brauchte, jetzt, da es mit dem Schwarzen September zu Ende ging. Nichts anderes hatte ihn in die Nähe der Agentur geführt, auch wenn alle um ihn behaupteten, Salameh sei nichts anderes als ein wild herumvögelnder Idiot, der sich zum Organisator aufspielte. Sie unterschätzen ihn, seiner Jugendlichkeit wegen. In ihrer zumeist protestantischen Engstirnigkeit ahnten sie nichts von der Verstellung, zu der jemand wie Salameh fähig war.

Er ging zur Tür und hielt das Ohr dicht davor, wie er es oft tat, wenn er sicher sein wollte, dass seine Frau nicht hereinplatzte. Es war ruhig im Apartment, vermutlich war sie mit den Kindern auf dem Balkon. Er schlich zum Sessel zurück, nahm das Buch von Churchill, klappte es auf und zog zwischen Buchdeckel und Schutzumschlag einen Zeitungsausschnitt hervor. Etwas wie dieser Ausriss war alles, was er aus dem Büro mit nach Hause zu nehmen wagte. Aber sobald er ihn entfaltet und die ersten Zeilen des Artikels gelesen hatte, schienen sich alle Dossiers der letzten Zeit vor ihm zu öffnen. Er sah die Fotos, die von den alten Schreibmaschinen durchgestanzten Berichtseiten, die Telexstreifen, und manchmal meinte er sogar die Stimmen auf den Tonbändern zu hören, die er abhörte, weil er den Übersetzern der Agentur nicht traute und sein eigenes Arabisch trainieren wollte.

Er setzte sich in den Sessel, ohne sich zurückzulehnen, und las nun noch einmal den Artikel über die Ermordung Wael Zuaiters in Rom. Die Sache war etwas länger her und der Auftakt einer Serie von Mordanschlägen, die der Mossad als Vergeltung für das Massaker in München verübte.

Als er fertig war, faltete er das Papier zusammen, hielt es eine Weile in der Hand, um es schließlich zu zerreißen und in den Papierkorb zu werfen. Er traf allerdings nicht, und die Papierschnipsel verteilten sich auf dem Boden. Amos starrte durch das Fenster hinaus in den makellos blauen Himmel, in dem die weißen Möwen kreisten wie zeternde Engel.

Zuaiter war ein gutes Beispiel für die Kunst der Lüge in ihrer höchsten Ausprägung. Durch und durch ein kunstsinniger Intellektueller, sanftmütig und freundlich, ein Übersetzer arabischer Dichtung und Märchen wie sein Vater schon, und stets so zuvorkommend, als wollte er in seiner Zurückhaltung verschwinden wie in einem Schatten, war er doch auch Schöpfer und Organisator von einigen der perfidesten Anschläge der letzten Jahre in Europa. Er suchte zwei gut aussehende junge Kämpfer aus, gab ihnen genaue

Anweisungen für ihre Frisuren und Geld für neue Kleidung und überprüfte später ihr Aussehen.

Möglicherweise war er mit einem Lächeln auf den Lippen durch die Straßen der Ewigen Stadt spaziert, hatte die jungen Touristen und Touristinnen von einem Straßencafé aus beobachtet, bis er sich eine genaue Vorstellung davon machen konnte, wie es abzulaufen hatte. Alles hat eine Tradition, dachte Amos. Nicht lange zuvor war eine Swissair-Maschine auf dem Weg nach Israel zum Absturz gebracht worden durch einen simplen Sprengsatz im Frachtraum, dessen Zünder an einen Höhenmesser angeschlossen worden war. Man müsste also, dachte er sich, nur an das Gepäck all der vielen Leute kommen, die Flugzeuge bestiegen.

Heller hatte die Szene mit dem für ihn typischen Zynismus vor allen Anwesenden im Büro kolportiert:

»›Diese jungen Frauen aus dem kalten Norden wollen zwei Dinge: in die Sonne und gevögelt werden, versteht ihr‹, sagte er eiskalt zu seinen beiden Soldaten. So jedenfalls berichtet es einer von ihnen, den die Italiener später in die Zange nahmen. ›Vielleicht fällt noch etwas politisches Halbwissen dabei ab, aber im Wesentlichen ist es das, was sie wollen. Gebt es ihnen, verdreht ihnen die Köpfe, auch wenn es nur für eine Nacht ist. Habt euren Spaß und sorgt dafür, dass eine von ihnen das hier mitnimmt‹.«

Er soll einen tragbaren Kassettenrekorder aus Plastik präsentiert haben. Die Kassette war bereits eingelegt, und jemand hatte darauf tatsächlich einen blumigen Gruß an seine Mutter gesprochen. Die beiden Soldaten machten sich ans Werk. Amos stellte sich vor, wie sie auf der Straße Ausschau hielten nach geeigneten Opfern, wie sie die beiden jungen Engländerinnen fanden, die, gerade in Rom angekommen, aus Furcht vor der Sonne unter einem Vordach im Schatten standen und den Trevi-Brunnen betrachteten.

Womöglich begann es mit einem Lächeln, einer hingeworfenen Frage nach dem Woher und Wohin, und als die beiden als nächste Station Israel nannten, war die Sache entschieden. Es endete in zwei Hotelbetten und mit dem verkaterten und etwas schamvollen Erwachen am Morgen bei geöffneten Fenstern. Ein Frühstück vielleicht noch in einem Café, dann die rührende Bitte um den Transport eines Grußes an die lange nicht gesehene Mutter, ein Gruß in Form des Kassettenrekorders, der ihr sicher Freude machte, vor allem, wenn sie die Stimme ihres Sohnes durch ihn vernehmen würde. Die Touristinnen versprachen, den Auftrag auszuführen, und die beiden Männer ließen sie gehen, winkten vielleicht noch und warfen Kusshände für zwei Frauen, die sie gerade noch wirklich geküsst hatten und nun – nicht in der Dämmerung, sondern im italienischen Morgenlicht – in den Tod schickten.

So könnte es gewesen sein, dachte Amos. Allerdings gab es noch eine zweite Version dieser Geschichte, in deren Zentrum kein Gruß an die Mutter, sondern nur ein Plattenspieler stand. Wer immer dieser Mann wirklich war, womöglich wusste es nicht einmal jene australische Künstlerin, die in Rom jahrelang mit Zuaiter zusammen war.

Wie auch immer, sinnierte Amos, wir Amerikaner haben ein entscheidendes Problem, so hatte er öfter zu seiner Frau gesagt, wir verstehen nichts von den Menschen, vor allem nichts von denen aus alten Kulturen: Auch das Lügen ist eine Kultur, die sich mit der Zeit weiterentwickelt, sich verfeinert und verästelt, ganz anders als die platte, pragmatische Unehrlichkeit unserer Landsleute.

Amos warf sich wieder in den Ledersessel und seufzte. Der Gedanke an seine Landsleute bedrückte ihn, denn seit Jahren kämpfte er gegen ihre Engstirnigkeit, versuchte ihnen klarzumachen, dass Politik, vor allem hier im Mittleren Osten, nicht in erster Linie ein Geschäft war. Stolz, Vertrauen, die Religion und andere Zugehörigkeiten, all das konnte hier weitreichende Entscheidungen beeinflussen, es konnte Kriege auslösen. Und wie sollte er Amerikanern ein Feudalsystem erklären, das auf Clanstrukturen beruhte. Jede größere, einflussreiche Familie kontrollierte hier ihre Leibeigenen und deren Familien, die Clans wiederum hingen unterschiedlichen Konfessionen an. Als Stationsleiter musste er seinen Standpunkt und sein Vorgehen ständig verteidigen und Beweise dafür liefern, dass es sich auszahlte.

Und die hatte er: Seit Jahren gab es keine Anschläge mehr auf amerikanische Einrichtungen oder Flugzeuge. Das war vor allem sein Werk. Mochten es die Israelis auch als Verrat ansehen, jedem musste klar sein, dass der Rote Prinz, dessen Aufstieg er nun schon seit Jahren verfolgte, von Arafat als Nachfolger ausersehen war. Ein junger, kosmopolitischer, moderner Revolutionär, der sich in Europa beinahe frei bewegte und dort ein unüberschaubares Netz von Unterstützern hatte. Dieser Mann war sein direkter Kontakt in die Führungsspitze der Fatah, ohne auf der Lohnliste der Agentur zu stehen.

Amos seufzte wieder, und plötzlich fiel ihm Heller ein, der einzige Mann in der Station, bei dem er wenigstens zuweilen das Gefühl hatte, verstanden zu werden. Er bedauerte, dass dieser gerade nach Bagdad versetzt worden war. Auch wenn sie sich noch nicht lange kannten und ihr Kontakt nicht besonders intensiv war, hatte sich Amos gleich bei seinem Antritt der Stelle in Beirut über diesen besonderen Agenten informiert.

Eigentlich hatte er journalistische Ambitionen gehabt, ließ sich dann jedoch anwerben, bestand alle Tests und kam in relativ kurzer Zeit gut voran, wahrscheinlich durch sein Understatement. Es war einfach unmöglich, in Heller eine Gefahr zu sehen. Er konnte einem so aufmerksam zuhören, dass man das Gefühl hatte, ein Selbstgespräch zu führen. Heller verschwand in jedem Raum und hinterließ bei den Leuten kaum einen Eindruck. Dennoch war er ein zuverlässiger Agent. Was Amos jedoch am meisten an ihm bewunderte, war die Fähigkeit, das Doppelleben, das er als wahrscheinlich einzigen kleinen Luxus in seinem Leben führte, geheim zu halten. Kaum jemand wusste davon. Heller hatte allen Grund, seine Neigung zu verbergen, denn er hätte damit in jedem Fall als Sicherheitsrisiko gegolten. Daher musste er sich verstecken, unauffällig bleiben, sogar für seine eigenen Leute. An drei Abenden der Woche schien er einfach zu verschwinden, und das Beste daran: Es fiel niemandem auf. Amos lächelte. Diese unauffälligen Abenteurer beachtet man nicht. Sie gehen hohe Risiken ein, aber kein Hahn kräht danach. Wahrscheinlich erleben sie bizarre Dinge, aber da man es ihnen einfach nicht zutraut, fragt niemand danach und so behalten sie es für sich. Wenn sie dann irgendwann einmal ihre Lebenserinnerungen schreiben, was Heller wahrscheinlich nie tun wird, dann glaubt man davon nur die Hälfte.

Etwas Halbseidenes umgab diesen Mann. Aber nicht das prädestinierte ihn für den Job bei der Agentur. Bereits als sehr junger Mann war er, ungewöhnlich für einen Amerikaner, im Mittleren Osten unterwegs gewesen. Sein Vater, ein Evangelikaler und Missionar, nahm die Familie mit nach Syrien. Von Damaskus aus bereiste Heller als Teenager die Region, was ihm durch sein früh erworbenes, gutes Arabisch erleichtert wurde.

Amos verband mit diesem älteren Mitarbeiter, der es nie in die höheren Etagen geschafft hatte, das tiefere Verständnis dieser Region. Sie beide sprachen Arabisch und sahen in den Menschen hier mehr als nur Beobachtungsobjekte und Informationslieferanten. Und doch waren sie vollkommen unterschiedlich. Während Heller allein lebte, trug er selbst sein reges Familienleben zur Schau. Heller bemerkte das, machte manchmal Bemerkungen darüber und meinte, es sei genau dieser Unterschied zwischen ihnen, der ihn, Amos, weitergebracht habe als ihn selbst. In den Augen der Vorgesetzten war eine Familie etwas wie ein moralisches Unterpfand in einer gewalttätigen, unsicheren Welt, ein Garant dafür, das Verhalten des Mitarbeiters zumindest weitgehend berechenbar bleiben zu lassen. Frau und Kind ließ man nicht einfach zurück, ein Ehemann und Vater hatte Verantwortung.

In lockeren Abständen traf er sich mit Heller in den Cafés und Restaurants der Stadt. Sie teilten einen Hang zum Müßiggang, daher konnten sie zuweilen auch eine Stunde lang am Teehaustisch sitzen und schweigen. Der Regelmäßigkeit ihrer Treffen tat das keinen Abbruch. Häufig aber nutzten sie diese informellen Treffen, um wohldosierte Informationen auszutauschen.

Heller war eine merkwürdige Mischung aus Bonvivant und Pedant. Einerseits isolierte ihn seine freie Lebensweise von den Leuten der Stadt, hinzu kam seine recht auffällige Erscheinung. Sein gutes Arabisch öffnete ihm andererseits auch Türen. Amos hatte erlebt, welche Überraschung es für die Einheimischen bedeutete, aus dem Mund gerade dieses Mannes in der eigenen Sprache angesprochen zu werden und zudem noch vertraute Geschichten aus der Vergangenheit der Region zu vernehmen. »Ich bin ein Albinoaraber«, warf Heller oft amüsiert in die Runde.

Unter den Geschichten, die er Amos erzählt hatte, ragten einige wahrhaft beunruhigende heraus. Amos' forschender Geist nahm sie dankbar auf, kam immer wieder einmal darauf zu sprechen und versuchte jedes Mal mehr zu erfahren. Eine dieser Geschichten war die einer Begegnung vor vielen Jahren mit einem Mann in Bagdad.

»Damals hatte ich natürlich noch keinen Auftrag«, sagte Heller lächelnd. »Es war eine private Einladung. Mein Vater versuchte für seine ›Agentur‹«, Heller grinste breit, »in Richtung Irak die Fühler auszustrecken. Die Verhältnisse waren undurchsichtig, ich meine, undurchsichtiger als ohnehin. Es hatte gerade ein Putsch stattgefunden, und die neuen Machthaber waren dabei, den Kuchen zu verteilen. Sie scharten so viele Interessenten wie möglich um sich, auch Ausländer, um die für sie nützlichen auszusuchen. Mein Vater war ein kleines Licht, er kam im Auftrag seiner Kirche, bekümmert um die Christen im Irak, Chaldäer, Aramäer, mit denen er eigentlich nicht viel zu tun hatte. Er hat mir nie gesagt, warum, doch aus irgendeinem Grund fühlte er sich ihnen zu jener Zeit verbunden, traf die Geistlichen, sprach mit den Gläubigen – sein Arabisch war übrigens passabel. Vermutlich träumte er von einer Art Ökumene, er war ein großer Träumer.«

Der Diktator, der damals an die Macht kam, hieß Kassem, wie Amos sich erinnerte. Nach dem Umsturz näherte sich sein Regime deutlich der Sowjetunion an. So kam es, dass Heller ihm, Amos, erzählen konnte, wie er sehr viel später von den Putschplänen der Agentur gegen Kassem erfuhr, und zwar mithilfe eines, wie es in den Agentur-Akten hieß, »Halsabschneiders« namens Saddam Hussein. Von alldem ahnte er als junger Kerl natürlich noch nichts, er folgte seinem Vater zu den Empfängen und beobachtete die Akteure. Amos lächelte. Wen wundert es, dachte er, dass er das schon damals sehr gut konnte. Dabei interessierten Heller die zumeist finsteren Gestalten im Hintergrund, Uniformierte und Anzugträger, die selbst in Innenräumen große Sonnenbrillen trugen, nervös umherblickten und nie ein Wort sagten.

Einer von ihnen wurde Hellers Vater vorgestellt, ein schwergewichtiger, sprachfertiger Mann namens Nidal. Sobald er vortrat, hellte sich sein grimmiges Gesicht auf und zeigte ein freundliches, ansteckendes Lächeln. Er sprach ein sehr gutes Englisch. Nicht, dass der junge Heller ihn gemocht hätte, aber er erkannte in Nidal jemanden, der unter Umständen durchaus bereit war, auch Zugang zu den Hinterzimmern zu ermöglichen, Räume, an denen der junge Heller besonders interessiert war.

»Ich gab mir alle Mühe«, erzählte er Amos in überraschender Offenheit, »ihn zu bezirzen. Ich stellte naive Fragen, lächelte viel und zeigte nach Kräften jugendliche Begeisterung und Neugier, bis der Mann tatsächlich reagierte. Er lud uns in sein Büro zum Tee ein. Dabei lächelte er die ganze Zeit über beinahe anzüglich, und ich war überzeugt, dass er diese Einladung zu seiner eigenen Unterhaltung aussprach.«

Ein paar Tage später geriet der Besuch dann überraschend kurz und förmlich. Die während des Putsches ausgebrochenen Unruhen in Bagdad waren allmählich abgeklungen. Es schien, als hätte sich das Volk, nachdem seine Lust am Morden und Plündern, am Skandieren und Randalieren befriedigt war, verkrochen. Im Staub der Rashidstraße und ihrer Nebengassen waren noch die lang gezogenen Blutspuren der vielen mithilfe von Autos zu Tode Geschleiften zu erkennen. Unter diesen Opfern befand sich nicht nur der König und seine Familie, sondern auch, außerhalb von Bagdad, Nuri as Said, der legendäre Außenminister unter der Monarchie des Irak. Als Frau verkleidet war es ihm gerade noch gelungen, im Morgengrauen die Stadt zu verlassen, dann aber wurde er erkannt, erschlagen und seine Leiche später stundenlang durch die Straßen gezogen.

Jener Nidal aber hatte in seinem sachlichen, lichtdurchfluteten Büro auch diesen Umsturz überlebt. Als sie gemeinsam in der Sitzecke saßen, umschwirrt von einer hübschen Dame, die ihnen den Tee brachte, deutete Nidal an, schon einige Wandlungen in der Politik seiner Zeit erlebt zu haben. Maliziös wies er Hellers Vater darauf hin, dass diese sich nicht immer gewaltfrei vollzögen. Nidal jedenfalls hatte sich rechtzeitig auf die Seite der Freien Offiziere geschlagen, welche den Putsch schon seit Jahren geplant hatten.

Vorwitzig fragte ihn Heller irgendwann, ob Nuri as-Said nicht im Grunde ein Opfer der Loyalität zu seinem Land geworden sei. Nidals Züge glätteten sich, er stellte sein Teeglas ab, und mit einem strahlenden, dennoch aber zweideutigen Lächeln antwortete er:

»Ja, Loyalität kann sehr gefährlich sein. Das wirst du noch lernen.«

In diesem Moment, so beschrieb Heller, war es ihm, als wäre sein leiblicher Vater ausgelöscht, vollkommen bedeutungslos geworden. Alles, was er wissen, dem er sich nähern wollte, führte ihn fort von dessen Glaubensphrasen, hin zu diesem Nidal. Er wollte wissen, was dieser wusste, er wollte ergründen, was dieser im Gespräch nur andeutete.

»Politik«, sagte Heller, »echte Politik, nur, um Gottes willen, keine Moral und schon gar nicht eine solche, wie sie mein Vater vertrat.«

Natürlich erzählte Nidal ihm nicht, was er wusste, vielmehr erging er sich in Anekdoten. Er wies auf die große Bedeutung der Veränderungen in der Weltlage hin und darauf, dass diese auch am Irak nicht spurlos vorübergegangen seien.

»Im Gegenteil«, sagte er, und warf sich dabei stolz in die Brust. »Auch wir hatten unseren kleinen Anteil an dem Sturm, der die Welt verwüstet hat.«

Ob er von den Nazis spräche, wollte Hellers Vater wissen.

Nidal nickte nur.

»Als er uns nach draußen geleitete, stand – ich erinnere mich daran, als wäre es gestern gewesen – im Schatten unter einer staubigen Treppe ein nicht sehr großer, aber drahtiger Mann. Ich betrachtete sein entstelltes Gesicht. Eine Hälfte war bis zur Nase zerstört, der Mund schien gerade so übrig geblieben zu sein, aber die Augen waren sehr lebendig mit einem beunruhigend aufmerksamen Blick. Spontan stellte uns Nidal diesen Mann als Anwar vor, einen Kriegsveteranen, der, wenn es denn stimmte, auf seiner unglaublichen Reise im Dienste der deutschen Waffen-SS bis nach Russland gekommen war. Dieser Araber hatte tatsächlich für die Deutschen gekämpft. Um ein Haar hätte er sogar Hitler persönlich getroffen. Unfassbar. Für mich aber war er da im Dämmerlicht, das durch die Zwischenräume der Stufen fiel, ein düsteres Relikt der Vergangenheit, jemand, verstehst du, der übrig geblieben war aus einer furchtbaren Epoche, über die man kaum noch offen sprach.«

Amos erinnerte sich, dass Heller hier eine Pause machte, bevor er beinahe schamhaft fortfuhr.

»Die Augen in seinem zerstörten Gesicht blickten mich sanft an, der Mann sagte nichts, aber es war, als wollte er mir bedeuten, Verständnis für mich zu haben. Ich weiß nicht, wie ich das beschreiben soll, aber ich werde diese Albtraumgestalt mein Lebtag lang nicht vergessen. Vielleicht, weil ich seit damals Angst davor habe, zu werden wie er. Beginnend als Akteur, endend als Opfer der Geschichte, unter dieser Treppe, die immer nur aufwärts oder abwärts führt, das Werkzeug wechselnder Herrscher.«

»Wir bemühen uns ja darum, dass der Wechsel nicht allzu schroff ausfällt«, sagte Amos damals lapidar. »Im Übrigen sind unsere Kriege nicht so blutig wie jener, in dem dieser Anwar diente.«

Er blickte in Hellers enttäuschtes Gesicht. Schließlich fügte er hinzu:

»Aber du hast schon recht: Etwas an einer solchen Gestalt ist beunruhigend, selbst für uns.«

Amos fragte ihn noch nach Kassem, jenem Putschgeneral, der damals die Macht übernommen hatte.

»Er war nicht besonders interessant«, erwiderte Heller. »Ein Militär, stumpf und pragmatisch.«

In seinen Augen viel interessanter war ein verstört wirkender Journalist, den sie während eines Abendempfangs im Offiziersclub kennenlernten. Er hieß Younis, hatte dem Großmufti von Jerusalem während des Zweiten Weltkrieges die Reden geschrieben, war mit ihm auch in Hitlers Berlin gewesen und aus Beirut nach Bagdad geflohen, um Ruhe zu finden. Welch ein Irrtum. Nach dem Putsch geriet er als Unterstützer der Monarchie ins Visier der Offiziere und verschwand in Abu Ghraib, einem ehemaligen Krankenhaus vor den Toren Bagdads, das inzwischen in ein großes Gefängnis verwandelt worden war.

»Jetzt ist er ein alter Mann«, sagte Heller abschließend, »und er ist übrigens wieder hier, in Beirut.«

Das ist es, was diesen Heller interessant macht, dachte Amos und lächelte dabei, die Fähigkeit, die größeren Zusammenhänge zu sehen, Verbindungen, die bis weit in die Vergangenheit reichen – von solchen Leuten haben wir entschieden zu wenige.

So etwa mit vierzig beginnt man, sich von den Idealen der Jugend, von ihrem Übermut, auch von ihrem Leichtsinn zu verabschieden, dachte Victor, als er mit Margret und Natalie zur amerikanischen Botschaft in West-Beirut fuhr. Das alljährliche Thanksgiving-Dinner lockte einige Gäste in das mehrstöckige Gebäude nah am Meer. Natürlich gab es eine streng geführte Gästeliste, doch am späteren Abend wurden die Vorschriften etwas gelockert. So drohte es voll zu werden und für Victor anstrengend.

Margret liebte diese Geselligkeiten, mochte sie sich auch noch so oft als »häuslich veranlagt« bezeichnen. Sie war in der Tat eine penible Hausfrau, mindestens zu gleichen Teilen jedoch auch eine Gesellschaftsdame. Zudem gab ihr ein Abend wie dieser Gelegenheit, ein neues Abendkleid zu präsentieren und sich hier und da, wenn auch nur zum Schein, anflirten zu lassen. Victor mochte es, wenn sie glücklich war, und Gesellschaften wie diese machten sie glücklich, auch wenn sie regelmäßig nach etwa zwei Stunden entweder über eine im Vorbeigehen aufgeschnappte dumme Bemerkung oder ihre zu engen Schuhe zu klagen begann.

Natalie hingegen verabscheute all das. Ihre Protestphase schien nicht enden zu wollen; inzwischen war sie volljährig und benahm sich noch immer wie eine Fünfzehnjährige. Victor schwieg zu beinahe allem, was sie sagte. Nur manchmal, wie am heutigen Abend, konnte er nicht anders, als sie daran zu erinnern, außer dem Lernen für das Studium und ihre ewige Musikhörerei kaum Aufgaben zu haben, die ihre Abwesenheit rechtfertigen würden.

Mit dreißig, dachte er, wäre mir das alles ganz sicher noch sympathisch gewesen, vielleicht einfach nur, weil es mir zeitlich näher war. Jetzt aber, mit Mitte vierzig, ist es mir nur noch fremd. Wenn ich sie anschaue, eine ausgewachsene Frau in bunten Kinderstrümpfen, die ihr bis über die Knie reichen, manchmal mit einem Blumenkränzchen im Haar und von verblichenen Rohseidetüchern umweht, dann spüre ich nichts als Widerwillen. Sie weiß nichts von der Welt, in der sie lebt, und schlimmer noch, sie will nichts von ihr wissen. Weil eine ihrer Lieblingsbands, die Grateful Dead, ein paar Live-Auftritte in London absolvierte, war sie wochenlang wie besessen von der Idee, dorthin zu reisen, obwohl sie dafür weder Zeit noch Geld hatte.

Jetzt war sie von einer Welt beleidigt, die ihre Bedürfnisse ignorierte, und diese Welt verkörperte sich in ihm, Victor, und Margret. Schmollend saß sie auf der Rückbank, doch wenigstens hatte sie sich ihre schönen Haare machen lassen und auf ihre Hippieaccessoires verzichtet. Das muss ein großes Opfer für sie gewesen sein, dachte Victor, und ahnte, dass er noch für Tage ihren vorwurfsvollen Blick würde ertragen müssen.

Sie passierten den Checkpoint vor dem Gebäude und wurden im Schritttempo zum großen Parkplatz geleitet und eingewiesen. Der Platz war voll, heitere Gelassenheit war auch hier schon zu spüren, als eine Gruppe Offiziere in ihren Ausgehuniformen lachend an ihnen vorbeizog. Es dauerte etwas, bis seine Frauen das Auto verlassen und sich gegenseitig die Kleidung zurechtgezupft hatten. Danach schritten sie auf das hell erleuchtete Gebäude zu, Margret hakte sich bei Victor unter, von drinnen wehte die Stimme von Ol' Blue Eyes über den Platz, doch »The Summerwind came blowin' in from across the sea« konnte Natalies versteinerte Züge nicht erweichen. Die enttäuschte Rebellin stieg entschlossen die steinerne Treppe hinauf, ohne jedes Interesse scheinbar, obwohl sie nicht einen einzigen der Offiziere unbemerkt passieren konnte.

Der Saal vor ihnen war nicht besonders groß, doch erstrahlte er in mildem, cognacfarbenem Licht, alle Lüster waren entzündet, und der Rauch von vielen Zigarren und Zigaretten lag in der Luft. Margret umklammerte Victors Arm fester. Und wieder einmal konzentrierte er sich ganz auf diesen ersten Moment, dem alle Schwellenangst galt, der aber zugleich der aufregendste eines solchen Abends zu sein pflegte, der Moment, in dem man eintrat in eine solche Abendgesellschaft und für eine kurze Zeit im Zentrum der beiläufigen Aufmerksamkeit stand. Victor mochte diesen Moment nicht, doch er empfand ihn sehr intensiv wie jemand, den eine geheime Sehnsucht in die Nähe einer Bühne verschlagen hatte, auf die er nun gezerrt wurde. Als Erstes fiel sein Blick auf Gibbons und May. Sie lächelten ihm entgegen, hoben ihre Gläser, und der übergewichtige Gibbons zupfte unbeholfen am Kragen seines Smokings herum. Das würde er nun den Rest des Abends über tun, wie Victor wusste, und es machte ihm den Mann jedes Mal wieder sympathisch.

Natalie hatte sich nicht nur ihren ersten Drink von einem der herumgetragenen Tabletts genommen, sondern ihn auch zur Hälfte bereits getrunken. Zwar war es nur Champagner, doch Margret ging das entschieden zu schnell. Sie winkte ihre Tochter zu sich.

»Danach keinen Alkohol mehr für die nächste Stunde, hast du mich verstanden, junge Frau?«, sagte sie streng, und zu Victors Überraschung nickte Natalie ergeben.

»Wie machst du das nur?«, sagte er zu seiner Frau. »Bei mir hätte sie nur frech gelacht. Warum hört sie auf dich?«

Kurz schmiegte sich Margret an seinen Arm.

»Vielleicht weil ich kein Regierungsbeamter bin«, flüsterte sie.

Victor lächelte.

»Was wäre ich ohne dich. Ich würde nicht einmal meine eigene Tochter verstehen.«

Dean Martins Stimme erklang, und zu »Volare« begannen einige der Paare, wenn auch nur versuchsweise, zu tanzen. Es war noch ein wenig zu früh dafür, und auch die Anwesenheit der libanesischen Gäste bremste die Begeisterung. Victor sah den Polizeipräsidenten samt seinem riesigen Gefolge, er erkannte einen ranghohen Vertreter von Bashir Gemayels Milizen und die seltsam krumme Gestalt eines sunnitischen Imams. Dieser Mann hatte auf ihn schon immer beunruhigend gewirkt. Stets war er freundlich und zuvorkommend, doch seine dunklen, kalten Rabenaugen verbargen etwas. Die bloße Nähe zur amerikanischen Botschaft allerdings ließ ihn als halbwegs sicheren Kandidaten erscheinen.

Gibbons trat auf sie zu, küsste Margret andeutungsweise die Hand und griff sich gleich darauf an den Kragen.

»Immer wenn du mit Maggie kommst, bist du für mich schon so etwas wie der nächste Große Vorsitzende, Vic.«

»Was willst du mir sagen?«, lächelte Victor.

»Sie macht etwas aus dir.«

Margret seufzte leise auf.

»Nehme ich das jetzt als Kompliment oder als Beleidigung?«

»Du weißt doch, Vic, hinter jedem wichtigen Mann…«

»Ja, ja«, fiel ihm Victor ins Wort, »das habe ich schon oft gehört.«

Irgendwo im Raum wurde angestoßen, das Klingen der Gläser wollte kaum verhallen, fast wie ein Warnsignal. Während Margret und Gibbons miteinander plauderten, suchte Victor nach seiner Tochter. Er fand sie in der Nähe der Bar. Ein hochgewachsener, blasser Offizier hatte als Erster den Mut gefunden. Er stand vor ihr, ein sympathisches Lächeln im Gesicht, und zu Victors Überraschung wirkte Natalie ihm gegenüber sehr aufgeschlossen, ihre Körpersprache war einladend, und es schien, als wollte sie sich im nächsten Moment an seine Uniformbrust lehnen. Ist sie etwa schon betrunken?, fragte er sich, als sein Blick an ihr vorbei auf Hassan Ali fiel, der ihm eines ihrer geheimen Zeichen gab. Es bedeutete, dass er reden wollte und zwar sofort.

Victor war im Begriff sich zu schütteln, als hätte ihn eine Ladung kalten Wassers getroffen. Er wusste nur zu genau, dass etwas Ernstes geschehen sein musste, denn Hassan Ali war kein Windmacher, schon gar nicht an einem solchen Abend. Alles Leichte fiel von Victor ab, sofort war er wieder der Mann der Dossiers und Meldungen, der Protokolle und Berichte. Nun trat auch May mit seiner Frau zu ihnen, doch Victor hielt es nicht länger aus und entschuldigte sich mit Hinweis auf Hassan Ali.

»Du kommst aber zurück«, sagte Margret mit einem Augenaufschlag, der jede Dringlichkeit in ihrer Stimme überflüssig werden ließ.

Victor versicherte es und begann sich durch den Saal zu

arbeiten, darauf bedacht, nicht noch angesprochen zu werden von jemandem, den er möglicherweise nicht mehr abschütteln konnte. Er hielt den Kopf gesenkt, blickte nur ab und an zu Hassan Ali und bemerkte den ernsten Ausdruck in dessen Gesicht.

Als er bei ihm ankam, veränderte sich Hassan Alis Ausdruck. Er wirkte gelöst und freundlich, legte Victor die Hand auf die Schulter und stellte ihn seinen Begleitern vor. Es waren acht, allesamt höhere Mitarbeiter seiner Behörde, und Victor fragte sich nicht zum ersten Mal, wie groß dieser Dienst eigentlich war. Zumindest schien er viele Leute zu ernähren, erstaunlich für eine zwar komplizierte, aber doch relativ kleine Stadt wie Beirut. Victor erkundigte sich nach Hassan Alis Frau, erfuhr, dass sie bei den Kindern zu Hause geblieben war, da sie sich ohnehin nicht wohlfühlte. Victor bedauerte das wortreich, aus dem Augenwinkel behielt er die anderen Männer im Blick, versuchte deren Tauglichkeit nach dem Aussehen zu beurteilen.

Eher ein Spiel, aber nützlich, wenn es galt, Zeit zu überbrücken. Fünf von ihnen waren mit Sicherheit bloße Aufsteiger, gerade gut genug, um Dossiers durchzusehen und die Informationen zu bündeln. Die drei anderen waren anders, und einer von ihnen, ein zur Fülligkeit neigender etwa Dreißigjähriger, am interessantesten. Alles an ihm war unauffällig; er war nicht besonders groß, nicht besonders dick, nicht besonders hell oder dunkel. Ein großer Leberfleck auf der Stirn war sein auffälligstes individuelles Merkmal. Er wirkte passiv, als stünde er hinter einem Fenster, von dem er jederzeit zurücktreten könnte; selbst in der Gruppe hielt er von den anderen einen kleinen, aber merklichen Abstand. Doch der Blick verriet seine Aufmerksamkeit, jedenfalls wenn er für Momente seinen verschlafenen Gesichtsausdruck vernachlässigte und die schweren Lider hob. Manche Menschen, dachte Victor, sind geborene Informanten, und dieser gehört wahrscheinlich zu der Sorte. Es ist etwas anderes als überentwickelte Neugier, was sie antreibt.

Aus Übermut teilte er Hassan Ali seine Gedanken mit, flüsterte sie ihm ins Ohr. Seine Mitarbeiter taten, als wären sie in ihr Gespräch vertieft, bemerkten Hassan Alis Lächeln aber sehr wohl und wie er den fülligen jungen Mann heranwinkte.

»Bist du neugierig?«, fragte er ihn.

Der andere blickte kurz erstaunt, schüttelte dann den Kopf, sagte aber:

»Manchmal.«

»Mehr als andere?«

»Manchmal.«

Hassan Ali schnaufte, als hätte ihn diese Antwort vollauf zufriedengestellt. Mit einer fast unsichtbaren Handbewegung schickte er ihn fort. Wieder ergriff er Victors Schulter und zog ihn zum Fenster. Victor blickte über das Vestibül auf die glänzenden Wagendächer. Selbst dort unten sah es festlich aus.

»Du machst den Anschein«, sagte Victor leise, »als könntest du auch heute Abend von der Arbeit nicht lassen.«

»Ein paar Neuigkeiten hätte ich schon«, flüsterte Hassan Ali, ohne ihn anzusehen.

Er ließ eine längere Pause entstehen und seinen Blick im Saal schweifen. Victor schaute noch immer zum Fenster hinaus. Es kam ihm vor, als spiegelten sich all die Lichtquellen in der abendlichen Dunkelheit nur und als ließe eine unmerkliche Vibration sie erzittern.

»Der Nachtwächter?«

»Er wusste nichts, außer ein paar Namen, die wir schon kannten.«

»Was noch?«

»Besuch aus Europa, ein paar seltsame Handelsreisende und eine Deutsche.«

»Eine neue?«

»Nein, seit ein paar Monaten ist sie immer mal wieder hier, in Schatila. Sie ist mit einem unserer Bekannten liiert.«

»Zu wem gehört sie?«

»Vermutlich zu Haddads europäischen Volontären, PFLP-SC.«

Victor wandte sich zu Hassan Ali und lächelte breit.

»Du hältst mich auf dem Laufenden?«

»Gewiss doch, mein amerikanischer Freund«, sagte Hassan Ali und verstand es als Verabschiedung. »Die Sûreté ist gern zu Diensten.«

Schweigend entfernte er sich von Victor, gelassenen Schritts und mit ausgebreiteten Händen ging er auf seine Kollegen zu.

Victor wandte sich um, und plötzlich standen Natalie und ihre Partybekanntschaft vor ihm. Sie war zuckersüß, und auch ihr Begleiter gab sich alle Mühe, einnehmend zu wirken. Er streckte seine Hand vor, die Victor geistesabwesend nahm. Bevor er sich versah, hatte er den Namen des anderen und die Hälfte seiner Herkunftsgeschichte verpasst. Er nahm den Raum nicht wahr, Tony Bennett sang »All the Good Life«, doch nichts davon kam bei Victor an. Wie betäubt starrte er in das Gesicht seiner Tochter, sah ihr Lächeln, den Glanz auf ihren Wangen und ihrer Stirn. Ihm wurde heiß, er konnte kaum mehr atmen, und so überredete er die beiden in seiner Not, hinaus auf die Terrasse zu treten. Der Offizier bot ihm sofort eine Zigarette an, die Victor ablehnte, wohingegen seine Tochter zugriff. Ein Blick in ihre Augen genügte Victor, um zu wissen, dass sich Erziehungsmaßnahmen hier verboten.

Der Mann erzählte von irgendeiner seltsamen Begegnung auf Zypern, Victor lächelte ihm zu und tätschelte seiner Tochter betulich die Wange.

»Du musst gut auf sie aufpassen«, brummte er väterlich, »auch wenn es nur für eine Stunde ist. Sie ist nämlich anders als du glaubst.«

»Dad!«

»Was?«

»Hör damit auf.«

»Gut, gut«, lenkte Victor ein und hatte sein Ziel erreicht.

Es ist die Verbindung, die mich verrückt macht, dachte er. Die Ankunft von neuen Leuten aus Europa, der Mord an Massud: Verbinde zwei schwerwiegende, aber völlig unterschiedliche Ereignisse im Bewusstsein eines Menschen miteinander und er wird wundergläubig. Ich aber, dachte Victor, als er nach seiner Frau suchte, werde schwermütig. Unterwegs begegnete er noch einmal Hassan Ali. Victor nutzte die Gelegenheit, sich endgültig von ihm zu verabschieden. Aufmerksam musterte ihn der andere.

»Wir bleiben in Kontakt, gut?«

Victor nickte.

»Es ist übrigens nicht die Neugier«, sagte Hassan Ali nachdenklich. Mit einer Kopfbewegung wies er auf seinen jungen Mitarbeiter, der wieder etwas abseits stand, dem Gespräch der anderen aber folgte.

»Denke dir ein Kind in einem nächtlichen Garten, wie es

in das beleuchtete Fenster fremder Leute schaut. Und nun stell dir vor, es war noch nie in jener Wohnung, und doch kennt es jeden Stuhl, jedes Bild, jeden Schrank dort drüben. Das sind die Besten.«

Zweiter Teil

Theresa lag, die Beine auf der Seitenlehne, auf ihrem fleckigen Leinen-Sofa und nippte an einem Gin Tonic. Die zehn Tage in Deutschland hatten sie erschöpft. Es war schön, ihre Eltern wiederzusehen, weniger schön, ihnen eine Geschichte über das präsentieren zu müssen, was sie weit fort im Libanon tat. Schon während des Rückfluges hatte sie beschlossen, bei der Version mit der Krankenschwester zu bleiben. Der moralische Aspekt der Sache bremste sowohl den Zorn ihres Vaters als auch die Furcht ihrer Mutter, beides gerichtet auf die Gefahren eines ziellosen Lebens in der Fremde. Sie hörte sich die wiederkehrende, inzwischen panisch klingende Warnung vor dem Vergehen der Zeit an, davor, dass es irgendwann zu spät sein könnte – und sie wusste, hier war nicht die Ausbildung, sondern die Familiengründung gemeint.

Eine Frau von 26 Jahren hatte sich zu entscheiden. Nicht ihr Vater sagte ihr das, vielmehr, mit quälendem Nachdruck, ihre Mutter. Zuerst hatte Theresa liebevoll in ihr erstaunlicherweise bereits ältliches Gesicht geschaut, dann hatte sie den Blick über die schwere Schrankgarnitur schweifen lassen, hin zur fransenbehängten Stehlampe und dem noch immer heimeligen Lichtkreis, den sie um sich zauberte, und endlich zum Fenster hinaus. Sie hatte die dunklen Umrisse der Ein- und Zweifamilienhäuser in der Nähe gesehen, die blechern lärmenden Geräusche eines Fernsehers und das Gebell eines

Hundes gehört und gleich darauf wieder sehnsüchtig an die lichtdurchflutete Corniche, die wilden, verbotenen Bars und selbst die aussätzigen Hunde der fernen Hafenstadt gedacht.

Nun endlich war sie dem allen entflohen und wieder zurück. Kaum hatte sie die Tür des Apartments hinter sich geschlossen, die Schuhe und den Rock ausgezogen, da packte sie bereits den Koffer aus, wie um die Reise in die Heimat rasch endgültig hinter sich zu bringen, alles in ihre Erinnerungen einzuordnen, ganz so wie sie die Kosmetika und die Schmutzwäsche sortierte. Sie beeilte sich damit, doch wurde das Gefühl nicht los, umherzuirren, in ihrem Leben wie in ihrem Apartment, in das sie die Dunkelheit einfallen ließ.

Nichts, weder die an den Lehnen und auf den Sitzflächen abgewetzten Sessel ihrer Eltern, noch die am Morgen ihre Hunde ausführenden Nachbarn und deren um Mittag auf der Straße lärmenden Kinder, hatte in ihr so etwas wie Heimweh erzeugen können. Das geheime Elend, in dem zu leben sie glaubte, wenn sie sich hier als Langzeittouristin ausgab, erschien ihr jetzt wie Freiheit von jenen betongrauen Einkaufspassagen, dem ewigen Verkehrsstrom auf der nahe gelegenen Autobahn, der ganzen festgestampften Realität ihrer Heimat. Als sie in den dunklen Raum und hinaus durch das weit offen stehende Fenster schaute, hätte Theresa nicht sagen können, was sie ausgerechnet hier an diesem Ort wollte, ahnte aber, dass dies für jeden erdenklichen Ort galt.

Keine drei Tage hatte sie es bei ihren Eltern ausgehalten. Ihr altes Kinderzimmer mit den Kleberesten von Postern an den Wänden, mit der bunten Bettwäsche und dem abgenutzten Teddy war einfach kein Ort gewesen, an dem sie bleiben konnte. Sie packte rasch zusammen und verabschiedete sich hastig. Mit ihren Eltern, die ihr von der dreistufigen Steintreppe vor dem Eingang nachwinkten, ließ sie einen Teil ihres Lebens zurück, das heißt, sie redete sich das ein, weil ihr ein solcher Abschluss in einem Buch oder einem Film gefallen hätte.

Alexander war gerade in Berlin, dort hatten sie sich verabredet. Noch im Zug, das Klappern der Gleise in den Ohren, die Zigarette im Mundwinkel, kämpfte sie an gegen diese merkwürdige Melancholie, die dem Überdruss so nah zu sein schien. Als sie im Gang vor den Abteilen stand, flog die spröde brandenburgische Landschaft an ihr vorbei. Draußen wurde es bereits dunkel, sie näherte sich der »Festung Berlin«, wie Alexander die Stadt nannte.

Theresa lauschte auf Stimmen von draußen und die leise Brandung im Hintergrund. Der warme Wind strich durch das Zimmer und machte sie schläfrig. Vor dem Haus um die Ecke gab es einen Händler, der zwischen all seinen Gürteln, Taschen und T-Shirts zwei geflochtene Käfige hängen hatte, einen grünen und einen weißen Kanarienvogel darin. Bis spät in den Abend sangen sie sich die Seele aus dem Leib, so auch jetzt noch. Theresa sah die beiden Vögel in ihren Käfigen vor sich, und ganz anders als sonst schien ihr Gesang nun Ausdruck der Verzweiflung zu sein. Das abwechselnd auf- und absteigende Zwitschern konnte plötzlich von nichts anderem mehr künden als von Gefangenschaft. Der Gedanke bedrückte sie, es war lächerlich, er machte sie unglücklich. Sie stand auf und schloss das Fenster, mixte sich noch einen Gin Tonic und legte sich wieder hin.

Die nach dem ersten Halt zugestiegenen DDR-Grenzpolizisten kamen ihr wieder in den Sinn. Nach Kontrolle der Papiere verschwanden sie zunächst. Als Theresa wieder auf dem Gang stand und rauchte, postierte sich ein dicker Uniformierter in einigem Abstand von ihr, jedoch so, dass er sie durch gelegentliche Seitenblicke im Auge behalten konnte. Draußen war es dunkel, orangefarbene Lichter flogen vorbei, beleuchteten Fabrikwände und Scheunentore. Theresa warf den Zigarettenstummel zu Boden und trat ihn aus. Das war der Augenblick, in dem der Polizist sich an die Mütze griff und zu ihr eilte. Offenbar hatte er darauf gewartet. Er blieb vor ihr stehen und sprach sie laut an, forderte fünf Mark für die Verschmutzung des Zuges. Er duldete keinen Widerspruch, mit leerem Blick und stur wie ein Automat wiederholte er das Gesagte wortwörtlich noch einmal. Theresa kramte ihre Geldbörse heraus und nahm schließlich sogar noch eine umständlich ausgefüllte Quittung entgegen. Durchdringend laut verabschiedete sich der Mann und verschwand am anderen Ende des Ganges. Sie wusste nicht, warum diese eigentümliche Begegnung sie noch beschäftigte, aber auf seltsame Weise hatte auch sie mit ihrer Verstimmung zu tun.

Alexander holte sie am Bahnhof Zoologischer Garten ab. In der Vorhalle stank es nach Urin, in der Nähe der Toiletten und bei den Schließfächern, an den Seitenausgängen bis hinaus auf den Vorplatz standen die Stricher herum, hielten Abstand voneinander, rauchten und warteten. Es gab auch Dealer, die in Gruppen herumstreunten und immer mal wieder angesprochen wurden von Leuten, die ihnen ähnlich sahen und ganz anderen, die, gerade angekommen, noch ihren Koffer trugen.

Die Stadt erschien ihr, wie so oft schon, als eine beschädigte Insel, heruntergekommene Altbauten grenzten direkt an die Kastenbauten des Wiederaufbauprogramms der Fünfzigerjahre. Nach einem Kaffee in den Zooterrassen mit

Blick auf das Zentrum Westberlins, auf die zu vorgerückter Stunde noch geschäftig wirkenden Nachtgestalten und die in die Vorstädte eilenden Spätangekommenen, fuhren sie zusammen nach Kreuzberg in die Wohngemeinschaft.

Dieser Bezirk, an drei Seiten von der Mauer eingeschlossen, war vor Beirut für sie das Aufregendste gewesen, was sie kannte. Die Stadt befreite sie, bis sie in die streng separierten Gemeinschaftszellen jener Weltanschauungsgruppen geriet, die sich dort tummelten. Alexanders Gruppe hätte sie am ehesten als Marxisten der Innerlichkeit bezeichnet. Sie hatten die Weltrevolution beinahe schon aufgegeben und bekämpften nun alles, was sie an Bürgerlichkeit in sich fanden oder auch nur vermuteten. Damit standen sie in einer gewissen Opposition zu jenen, die der bewaffnete Kampf, wenn er sie nicht ins Gefängnis gebracht hatte, doch noch umtrieb wie der Traum von einer ehrlichen, einer echten Sache. Mit einigem Abstand hätte man ihr Projekt als ein poetisches begreifen können, wäre da nicht ihr Hang zu symbolischer Zerstörung gewesen.

Kopfschüttelnd zündete Theresa eine Zigarette an und verschluckte sich lachend am Rauch. Schon im Hof des Gebäudes unweit der Mauer erwartete sie der Geruch des Landwehrkanals, und wieder war sie fasziniert und abgestoßen zugleich von der Wohnung im vierten Stock, in der es sich sechs oder acht Leute in ihren engen Schlafnischen bequem gemacht hatten. Kleine Bücherregale aus Jaffa-Kisten standen an den Kopfenden der Schlafstätten und enthielten alles, was derzeit an Literatur nötig war, um die innere Revolution voranzutreiben. Als sie mit Alexander ankam, wurde noch immer heftig diskutiert, man beachtete sie kaum, obwohl sie über die anderen hinwegsteigen mussten, um in Alexanders »Koje«, wie er das nannte, zu kommen. Die Diskussion drehte sich um den unseligen Alfred Adler und den problematischen, aber kühnen Wilhelm Reich.

Es war kalt in diesem Raum, und es roch nach Ferienlager. Essensreste und ungewaschene Schlafsäcke hatten ihren Anteil daran, doch das eigentliche Problem war die Toilette. Sie stand frei im Raum, die Wände des Klos hatte man abgerissen, sodass nun jeder und jede das Geschäft vor den Augen, Ohren und Nasen aller anderen verrichten musste. Die Befreiung war so weit fortgeschritten, dass dieses Klo nicht einmal mehr sauber gemacht wurde, weil Leon, vielleicht nicht der Anführer, aber jedenfalls der Eloquenteste der Gruppe, verkündet hatte, dies sei zumindest der Tendenz nach Teil einer althergebrachten Zwangsvorstellung von Sauberkeit, welche, auf die weitere Außenwelt angewendet, zur Endlösung geführt habe. Leon hatte für seine »Gedankenskizze«, wie er es defensiv nannte, viel Kritik einstecken müssen. Alexander erzählte, wie ihm Gleichmacherei, Oberflächlichkeit im Denken, am verletzendsten aber: einfach nur Faulheit vorgeworfen wurde.

Dennoch hatte die Kühnheit seines Ansatzes Eindruck gemacht; das Klo stank also vor sich hin, und Theresa war glücklich über das Kerzenlicht im Raum, als sie sich nach dem langen Flug entleerte und, das Gesicht in den Händen, ihre Umgebung auszublenden versuchte. Erst jetzt bemerkte sie den leise schnarchenden Penner in der Nähe eines alten Dienstboteneingangs.

»Der gehört nicht dazu«, sagte ihr Alexander später im Schlafsack, »aber für morgen früh bedeutet er Bierschissalarm.«

Am nächsten Vormittag, in einem Frühstückscafé um die

Ecke, überkam sie wieder das gute Gefühl, inmitten von Gleichgesinnten zu sein, in einer großen, weitläufig verzweigten Familie. Ungewaschen und immer noch müde registrierte sie kaum den Lärm der tobenden Kinder in der Spielecke. Sie trank ihren Kaffee, starrte aus dem Fenster und betrachtete die grauen Fassaden der alten Häuser, die verwitterten Fensterkreuze und einen offen stehenden Hauseingang mit zwei Fahrrinnen für Kutschenräder, vor dem jetzt ein voller Müllcontainer und ausrangierte Möbel standen, die lange nicht abgeholt worden waren. Für den Abend hatten sie einen Konzertbesuch geplant, eine niederländische Frauenrockband trat auf. Theresa war für den Moment mit allem zufrieden, was ihr geboten wurde.

Nach ungewöhnlich langer Zeit kam Alexander von der Toilette zurück. Offensichtlich hatte er sich gewaschen, sein dunkles, halblanges Haar war noch nass, und er wirkte glücklich wie jemand, der sich unbeobachtet etwas gegönnt hat. Auch Alexander brauchte seine kleinen Pausen vom radikalen Fortschritt und sei es nur auf der Toilette eines Cafés.

Theresa stand auf, machte Licht, öffnete das Fenster wieder und schaute hinaus in die Dunkelheit. Die Kanarienvögel sangen, leiser und langsamer, noch immer, und jetzt klang es für sie ganz harmlos und beruhigend – jedenfalls wollte sie das so.

Ich kann sie fallen sehen, dachte Ziad, und es bereitete ihm grimmiges Vergnügen. Schon seit Langem bildete er sich ein, über eine besondere Beobachtungsgabe zu verfügen. Als er ein Kind war, soll seine Großmutter über ihn gesagt haben, er könne das Flüstern der Bäume hören.

Jetzt nahm er den Verfall einer fremden Macht wahr. Die Amerikaner waren aufgescheucht genug, um ihn, den Fußsoldaten, den Botenjungen, dazu zu drängen, sich mit einem von ihnen zu treffen. Zum wiederholten Mal hatte dieser Mann Kontakt aufgenommen, und diesmal sollte ein Treffen ohne Vorsichtsmaßnahmen im Zentrum der Stadt stattfinden.

Obwohl Imad es ihm versichert hatte, als er ihn für seinen Aufenthalt in Beirut instruierte, konnte Ziad kaum glauben, dass es den Amerikanern nicht in den Sinn kommen sollte, der Botenjunge könnte sie mit Falschinformationen füttern, ihnen Fantasiegeschichten erzählen. So einfach konnten sie nicht zu täuschen sein. Er war unsicher, möglicherweise ahnten sie etwas und testeten ihn.

Dennoch verfiel er auf den Gedanken, seine eigentliche Aufgabe in Beirut, die Rekrutierung von geeigneten Männern für die neue Gruppe, welche die Nummer Eins aufstellen wollte, mit seinem Kontakt zu den Amerikanern zu verbinden. Sein Plan war, sich einer der Straßengangs anzuschließen. Und warum nicht so tun, als würde er dort nach Informationen suchen, die er danach an die Yankees weitergab?

Der Amerikaner hatte ihm die Lage des Café de Bergerac genau beschrieben. Ein Briefumschlag war am Morgen unter seiner Wohnungstür hindurchgeschoben worden; der Lageplan mit arabischen Anweisungen ließ keinerlei Raum für Unklarheiten. Ein solcher Brief, das wusste Ziad, kam einem Befehl gleich. Die Lage hatte sich wohl verschärft.

Diese Annahme sah er bestätigt, als er von der Terrasse des Bergerac aus den Amerikaner auf sich zuschlendern sah. Der Mann trug einen hellen Strohhut, möglicherweise spielte er einen Touristen. Ansonsten war er nicht weiter auffällig, in leicht gebeugter Haltung drängte er sich an Umherstehenden, Bettlern und Passanten vorbei, höflich zurücktretend und ausweichend, wann immer ein Durchkommen unmöglich war.

Der Mann wirkte zurückhaltend, ja eingeschüchtert. Vielleicht bildete er sich das nur ein, aber auch dieser Gedanke machte Ziad Freude. Es war, als triumphierte er hier als bloßer Beobachter über jene Mächte, denen er diente, denen er sich andienen musste – ein elender Triumph, doch er genoss ihn.

Der Amerikaner nahm ohne ein Nicken oder Lächeln ihm gegenüber Platz, legte seinen Strohhut auf den Tisch und strich sich mit beiden Händen durch das Haar. Man hätte meinen können, sie seien einander völlig fremd, bis Victor ihn ansprach.

»As-salam alaikum.«

Ziad wollte es vermeiden, aber er betrachtete den anderen aufmerksam. Nichts an dem Mann wollte seinen Verdacht bestätigen, daher fragte er nach.

»Was ist geschehen?«

Victor zuckte die Achseln und hob die Hände.

»Nichts ist geschehen, ich wollte dich einfach treffen.«

»Warum?«

Victor schwieg, wandte sich um und bestellte einen Tee, während Ziad bereits an seinem Glas nippte.

»Jedenfalls«, sagte Victor, »ich bin dankbar, dass du es möglich gemacht hast. Wir haben ein paar Dinge zu besprechen, jetzt, nachdem dein Kontaktmann … gegangen ist.«

Ziad verspürte Unwillen gegen die aufgesetzte Verschwiegenheit des Amerikaners, gegen die Herabsetzung zu jemandem, dem man immer nur einen kleinen, wohlbemessenen Einblick gewährt.

»Ich will es wissen«, sagte Ziad bestimmt. »Wer war es?«

Es entstand eine längere Pause, während der Victor in seinem Tee herumrührte und die Straße beobachtete, als wartete er auf ein Ereignis. Ein Bauer steuerte seinen Eselskarren dicht an ihnen vorüber, der riesige Stoffsack auf der Ladefläche drohte jeden Moment zu platzen. Im Schritttempo arbeitete sich ein alter Chevrolet die Straße hinauf, ständig hupte der Fahrer, streckte den Kopf aus dem Seitenfenster und rief den Leuten etwas zu. Doch nichts, was er tat und sagte, hätte ihm die Fahrt erleichtern können, er und die korpulente Frau auf dem Beifahrersitz waren dazu verdammt, in der Mittagshitze unter diesem Autodach zu schwitzen.

»Ich weiß es nicht«, sagte Victor schließlich. »Und darum geht es, ich will es herausbekommen.«

»Was habe ich dabei zu tun?«

Victor blickte den jungen Mann an und fragte sich ein letztes Mal, wie weit er mit ihm gehen konnte. Da er ihn kaum kannte, blieb ihm nichts übrig, als sich auf Massuds Erfahrung zu verlassen. Er hat ihn ausgewählt, beruhigte er sich, er wird gewusst haben, warum.

»Ich brauche Leute, die mit der anderen Seite Kontakt hatten, das ist mein Problem.«

Er wartete und ließ den Jungen dabei nicht aus den Augen. Ziad stellte sein Teeglas ab, richtete sich im Stuhl auf und wich dem Blick des Amerikaners aus, als er fragte:

»Wie viel?«

Victor war verblüfft.

»Wie viel was?«

Ziad rückte auf dem Stuhl nach vorn, wie um jeden Moment aufzustehen und zu gehen.

»Es ist gefährlich«, sagte er, »sehr gefährlich. Du weißt das. Ich könnte die Stadt verlassen und in mein Dorf gehen. Also, wie viel?«

Victor lächelte, nahm den Hut und fächelte sich damit Luft zu.

»Du weißt doch nichts, denke ich.«

»Ich kann versuchen, das zu ändern.«

Victor nickte.

»Dann also, wie viel?«

»Wie viel willst du?«

Victor zog einen edel aussehenden Kugelschreiber aus seiner Jacketttasche. Unwillkürlich erwartete Ziad einen kleinen Zettel, auf dem eine Summe notiert wurde. Doch der Amerikaner kaute nur darauf herum und sagte:

»Wenn du mir etwas bringst, dann wird sich das lohnen, vertrau mir.«

Über das weitere Vorgehen konnte Ziad am besten in seinem Apartment nachdenken. Dort, in einem der Wohntürme in der Rue Madame Curie, kam er so sehr zur Ruhe, dass er es manchmal kaum auszuhalten vermochte. So sehr war er das Leben mit anderen gewohnt, er hatte sich schon gefragt, wie oft er eigentlich außer in Europa jemals wirklich allein gewesen war. Dank seiner Begegnung mit Imad und seiner neuen Aufgabe für die Nummer Eins hatte er jetzt Gelegenheit dazu. Wenn er es gut machte, konnte er sich bei der im Aufbau befindlichen Gruppe hervortun. Zunächst einmal aber betätigte er sich als Späher.

Hoch über der Stadt, mit Blick in die Fenster und auf die Höfe der umliegenden Gebäude, saß er in seinem spärlich möblierten Zimmer an einem Plastiktisch und stützte wie ein Gelehrter das Kinn in die Hand. Sein Plan, bei den Straßengangs anzufangen, nahm vor seinem geistigen Auge Gestalt an. Dort waren am ehesten geeignete Kandidaten zu finden. Außerdem fielen sicher ein paar Informationen dabei ab, die er dem neugierigen Amerikaner verkaufen konnte. Allein hätte er ein solches Doppelspiel nicht gewagt, aber Imad hatte ihn ermuntert, seine alten Kontakte zu den Amerikanern weiter zu pflegen. Das war Ziad unangenehm, er hätte diesen Teil seines früheren Lebens in Beirut gerne verschwiegen. Doch nach den endlosen Befragungen und Niederschriften gab es ohnehin nichts mehr, was die Leute der Bewegung nicht über ihn wussten. So kam ihm die Anweisung gelegen, denn er konnte sich noch etwas nebenbei verdienen. Niemand hatte erwartet, dass der Tod eines Polizisten wie Massud ausgerechnet einen Amerikaner genug beschäftigen würde, um diesbezügliche Informationen zu bezahlen. Aber wenn es nun einmal so war, konnte man den Kanal offen halten.

Auch wenn die Mitglieder der Straßengangs stets ihren Reichtum zur Schau stellten und in teuren importierten Anzügen deutsche Luxuswagen spazieren fuhren, waren sie doch nur die Laufburschen all jener die Stadt, ja das Land beherrschenden Clans. Sie wurden an den Straßensperren oder als Leibwächter eingesetzt, wickelten Drogen- und andere Schmuggelgeschäfte ab, zuweilen begingen sie Auftragsmorde und Überfälle.

Beinahe jeden Tag fanden sie sich an der Hamra ein und warteten auf die Abenddämmerung, bildeten immer größere Trauben, die sich, je später es wurde, zum dicht gedrängten Spalier für die deutschen Edellimousinen öffneten, welche im Schritttempo heranrollten, um ihre abendlichen Ehrenrunden zu drehen.

Ziad grübelte im Apartment lange darüber nach, wie er es anstellen sollte. Er dachte an Filme, die er im Kino gesehen hatte, fing an, eine falsche Identität zu erschaffen. Er brauchte eine Legende, auf die er zurückgreifen konnte; der Bauernjunge von außerhalb mit Verwandten in der Stadt. Alles nah an seiner Realität und doch offen und, wenn nötig, so erweiterbar wie möglich. Es kam nur darauf an, die Übersicht über das vielleicht noch wuchernde Lügengebilde zu behalten.

Ihm war auch klar, dass er, sollte es ihm gelingen hineinzukommen, Kurierjobs würde übernehmen müssen. Alles nicht besonders angenehm, aber welche andere Möglichkeit gab es für einen wie ihn, an Informationen zu kommen? Was anderes hätte der Amerikaner meinen sollen, als er ihn aufforderte, ihm diese Informationen zu beschaffen? Er sollte von unten in jene Kreise eindringen, in denen die Leute vermutlich mehr wussten. Insofern, damit beruhigte sich Ziad, waren seine Herkunft, seine Unauffälligkeit und Bedeutungslosigkeit Schutz für ihn.

Drei Abende lang fand er sich an der Rue de Rome ein

und beobachtete den Auf- und Abmarsch der Gangmitglieder. Die Hände in den Taschen, flanierte er vorüber an Autos und Menschen, wich neugierigen Blicken aus, zeigte einen staunenden, ja bewundernden Gesichtsausdruck, wenn er in die Nähe eines dieser Angeber kam. Zunächst wurde er ignoriert. Da er aber sicher längst aufgefallen war und beobachtet wurde, setzte er auf die Wiederholung.

Am vierten Abend war es so weit. Eine kräftige Hand packte ihn an der Schulter und zog ihn in die Menschenmenge zurück, als er nah an der Straße stand. Der Mann ging etwa zehn Meter ohne ihn loszulassen, und Ziad folgte ihm widerstandslos. Er ließ sich in einen der Hauseingänge zerren, gegen die Wand stellen und wartete wortlos. Dabei blickte er meist zu Boden, gelegentlich aber auch wie gelangweilt zur Straße hin. Das Gesicht des Mannes hatte er bisher nicht gesehen, und er zeigte auch keinerlei Neugier. Gelassenheit war seine stärkste Waffe.

Die Berichte drehten sich um eine Gruppe von zwölf Männern. Den harten Kern allerdings bildeten nur vier von ihnen. Ihre flachen Gesichter auf den vergrößerten Abzügen musterte Victor in letzter Zeit eingehender. Es war nur ein unbestimmtes Gefühl, doch es hatte sich aller bemächtigt, die um ihn herum beschäftigt taten wie immer. Es gab nicht mehr Anschläge oder Morde als früher, nur mehr Gerede. Aber es ist eben eines dieser alarmierenden Gerüchte, dachte Victor, als er sich wie gewohnt in den Sessel zurückwarf, zum Fenster drehte und versonnen in das Licht schaute. Immer wieder bezauberte ihn dieser Anblick.

Jenes hartnäckige Gerücht hatte sich von mehreren Punkten her ausgebreitet. Kleine Informanten, Drogenkuriere machten in einer Bar Andeutungen oder ließen auf der Straße Bemerkungen fallen, die man normalerweise ignoriert hätte. Aber es geschah immer wieder. Alles drehte sich um neue Leute in der Stadt, geheime Gruppen, Fremde eben.

Normalerweise hätte er das für Geschwätz von Menschen gehalten, die hilflos zusahen, wie immer neue Futterkonkurrenten in ihre Stadt strömten. Eine Stadt, in der es keine Arbeit gab, eine Stadt, die immer überfüllt wirkte, obwohl sie es ihrer Einwohnerzahl und Fläche nach nicht sein konnte. Allmählich aber verdichtete sich der Eindruck, dass etwas vor sich ging, schlimmer noch, dass etwas vorbereitet wurde.

Diese Bombenbastler auf den Fotos vor ihm waren dafür ein guter Anhaltspunkt. Wieder und wieder hatte Victor sie sich angeschaut, ganze Sequenzen ihres Lebens kannte er von diesen Schwarzweißbildern her, als hätte er einen alten Film über sie gesehen. Sie wurden so gut überwacht, dass man sich, wären die Hände groß genug für diesen Fotostapel gewesen, ihren Weg zum Gemüsemarkt oder in die Moschee als Daumenkino hätte ansehen können. Doch die Bilder allein sagten nicht viel aus ohne die Protokolle.

Undenkbar, die Informanten zu verkabeln, daher war die Agentur auf ihre Berichte angewiesen. Es war mühsame Kleinarbeit, diese Bauernjungen überhaupt dazu zu bringen, zusammenhängende Sätze zu sprechen. Sie fürchteten sich vor dem Kleinen Haus der Agentur und im Teehaus vor den Blicken der sie umgebenden Gäste. Ein Amerikaner konnte sich ohnehin nicht mit ihnen treffen und unterhalten. Dafür gab es die Leute vor Ort. Und zu einem der besten von ihnen entwickelte sich jener junge Kerl, den Massud damals aufgegabelt hatte: Ziad. Er war intelligent genug, sich unauffällig zu bewegen und damit ohne Weiteres in der Lage, den Kontakt zu ihm, Victor, zu halten. Zugleich aber schien er, was man ihm nicht ohne Weiteres ansehen konnte, ein so vertrauenerweckendes Wesen zu haben, dass jeder sich mit ihm anfreundete, sogar einige der Schläger von den Straßenbanden. Kaum zu glauben, was dieser junge Mann in kürzester Zeit zustande gebracht hatte. Seine Quellen waren gut gewählt, und das Netz seiner Kontakte weitete er zielstrebig aus.

Als er ihn blutend und humpelnd traf, meinte Victor, dieser Junge müsste späterhin eigentlich verschreckt und paranoid sein, nur um festzustellen, dass er die Ruhe selbst war. Er ging seiner Tätigkeit nach wie ein Angestellter, nichts schien ihn zu beunruhigen. Das ist schon fast ein wenig seltsam, grübelte Victor kurz und verwarf den Gedanken wieder.

Ruckartig wandte er sich wieder seinen Dossiers zu. Vor nicht allzu langer Zeit hatte es eine Meldung gegeben, sie betraf einen Mann namens Abu Kader. Victor suchte die Serie heraus, die ihn zeigte, lehnte sich wieder zurück und hielt die Fotos in die Höhe, als musterte er Röntgenbilder. Abu Kader war vielleicht nicht der Anführer der Gruppe, aber der Einzige mit einem gewissen Charisma. Selbst auf den Fotos wirkte er nicht gefährlich. Betont schlicht gekleidet, fast wie ein Wanderprediger, mit lässig gebundenem Turban, schlenderte er durch die Stadt. Eines der Bilder zeigte ihn inmitten der Menschen auf der Rue Bliss, ein anderes ganz in der Nähe der Amerikanischen Universität. Die Meldung betraf seinen Besuch bei einem anderen Mann, den sie schon lange kannten. Er hatte einen Namen, doch in dieser Abteilung nannten ihn alle nur den »Verteiler«, weil er ständig unterwegs war. Überall sah man ihn, in der Nähe des Leuchtturms, im alten Hafen, er saß in den Bars teurer und billiger Hotels, in jeder Nachtbar tauchte er früher oder später einmal auf, und in Karantina hatte er sich längst mit den Flüchtlingen in Verbindung gesetzt. Er war ein Mann mit dem Talent, andere Menschen miteinander zu verbinden.

Bis heute war niemandem in der Abteilung so recht klar, was er eigentlich tat. Traf er Leute, wie der Meldung zufolge gestern diesen Abu Kader, dann schlenderte er mit ihnen wie ein Touristenführer durch die Hamra, redete dabei wenig und schien sich einfach nur einen netten Nachmittag zu machen. Er war mitten unter den Touristen gesehen worden, die Fotos zeigten ihn, wie er an einem Stand Gebäck kaufte und die fein gefalteten Papieruntersetzer den ganzen Weg über vor seinem Bauch auf der flachen Hand hielt, damit sich sein Begleiter bedienen konnte. Abu Kader war hager, einen Kopf größer als der Verteiler und so verwahrlost, dass Baklava nicht zu ihm passen wollte. Und doch nahm er es von der Hand des anderen und schob sich die Stücke ohne abzubeißen in den Mund.

Victor warf die Fotos zurück auf den Schreibtisch, wischte sich mit dem Handrücken über die Stirn und schnallte sich wieder einmal den Gürtel enger. Das ist wirklich Aufklärung der alten Schule, dachte er verbittert. Wenn wir aus diesen Fetzen etwas zusammensetzen wollen, haben wir das Ergebnis in ungefähr zehn Jahren.

Er durchblätterte die Protokollabschriften, glich die Daten mit denen der Fotos ab und stieß dabei auf eine kurze Abschrift der Angaben von Hakim, einem in der Hamra recht bekannten Drogenabhängigen, der sich über den Verteiler geäußert hatte. Dieser junge Mann, den Victor bereits gesehen, nie aber gesprochen hatte, war eine wirklich bedauernswerte Kreatur. Durch seine Sucht war er gezwungen, sich ständig in der Nähe der Dealer und ihrer Handlanger herumzutreiben, die ihn aber wie Dreck behandelten, ihn verspotteten und schlugen und ihn einmal sogar um ein Haar getötet hätten, als sie ihn zum Spaß an ein Auto ketteten, um ihn durch die Straßen zu schleifen.

Auf irgendeine Weise musste ihm dieses gefährliche und erniedrigende Dahinvegetieren in der Nähe der Quelle ab und an die ersehnten Drogen einbringen. Wie er ansonsten durchkam, war rätselhaft, denn Geld hatte er keines. Er war unterernährt und heruntergekommen, seine Unterlippe durch Nadelstiche infiziert und geschwollen.

Ob sie ihn für irgendwelche Zwecke benutzten, blieb unklar, zuweilen jedoch gelang es einem Informanten der Agentur, ihn anzuzapfen, wenn auch nur in seinen kurzen lichten Momenten. In der Mitschrift sprach er davon, dass der Verteiler in letzter Zeit, also bis vor etwa einer Woche, öfter vor der Stadt gewesen war, in der Nähe der Anlagen zur Entsalzung des Meerwassers. Auf die Frage, was er dort getan habe, sagte der Junkie, er habe sie sich nur angeschaut, von den Klippen aus, weil sie so schön seien.

Victor schob den Papierstapel von sich, drehte sich wieder zum Fenster und sah sie vor sich, die flachen, leuchtenden Becken, im Geist stand er auf den Klippen und blickte auf diese Wunderwerke der Technik hinab. Er versuchte sich vorzustellen, was dieser Verteiler dort trieb. Wäre das kein lohnendes Ziel, sollte ein solcher orientalischer Herostrat nicht genau diese Symbole der Moderne angreifen wollen? Er schüttelte den Kopf und tat den Gedanken ab. Es gab so viele Ziele in Beirut, die leichter anzugreifen waren. So viele, die ein wirkliches Blutbad versprachen. Warum sollte man da eine technische Anlage draußen vor der Stadt ins Visier nehmen? Der Hurensohn, dachte Victor, entspannt sich beim Blick auf das, was andere, Fremde, in seiner Gegend gebaut haben – vielleicht inspiriert ihn der technische Aspekt daran. Möglicherweise fühlte er sich in seinem Wahn jenen fremden Ingenieuren verbunden, die durch Planung und Konstruktion etwas in die Welt setzten. In der Vorstellung unseres Verteilers, sagte sich Victor, ist die Zerstörung auch ein Werk: aushecken, planen, konstruieren und – bumm!

Heller fehlt mir, dachte er. Wie gern würde ich mir beim Tee ein paar seiner alten Orientgeschichten erzählen lassen. Ohne ihn verliere ich an diesem Ort den Verstand.

Er rief Hilda herein und übergab ihr die Dossiers für den Schranksafe. Schwer beladen stand sie da, blickte Victor ins Gesicht und war sicherlich kurz davor, ihn nach seinem Befinden zu fragen. Doch Victor hob nur die Hand und winkte ab.

Mit einem zerschlissenen, fleckigen Rucksack als einzigem Gepäckstück kam Alexander am Flughafen in Beirut an. Es war früher Morgen, und dennoch war die Wartehalle voller Menschen. Aus brennenden Augen betrachtete er sie, übermüdet und ohne größeres Interesse. Nicht auszumachen, ob die vielen älteren Frauen, die in Gruppen herumstanden, auf jemanden warteten oder selbst im Begriff waren, das Land zu verlassen. Nach der endlos sich hinziehenden Passkontrolle durch die wie in Zeitlupe arbeitenden Beamten war Alexander froh, das morgendliche Tageslicht hinter der schmutzigen Fensterfront zu sehen, auf die er nun zuhielt, vorbei an großen Plakaten, die ihm unbekannte bewaffnete, ältere Herren in Militärkleidung zeigten.

Kurz vor dem Ausgang, wo zwei Spucknäpfe qualmten, weil Wartende ihre Zigaretten hineingeworfen hatten, kam ein dicker, schnauzbärtiger Mann direkt auf ihn zu und tippte ihm leicht auf die Schulter, so als würden sie sich kennen. Alexander blieb stehen, hob verdutzt die Augenbrauen und zwang sich zu einem müden Lächeln. Er wartete, der andere aber blickte ihn nur durchdringend an, schaute ihm in die Augen, auf den Hals, die Brust und wieder in die Augen. Alexander schwieg, und nach einiger Zeit hob der Mann seine Faust und öffnete sie dicht vor dem Gesicht des anderen, als präsentierte er ihm etwas. Ohne eine Miene zu verziehen und ohne ein Wort zu sagen, stand er da und Alexander begriff, dass er es mit einer sehr zudringlichen Art des Bettelns zu tun hatte. Beleidigend rasch ließ er den Mann stehen, stieß die Schwingtür auf und warf sie hinter sich zurück. Er atmete tief ein, als er endlich im Freien stand.

Die Straße vor dem Flughafen war von MG-Stellungen gesäumt. Hinter aufgestapelten Sandsäcken und in roh zusammengehauenen Verschlägen lümmelten die zumeist sehr jungen Soldaten herum und ließen den Neuankömmling aus Europa nicht aus den Augen. In der Tat war Alexander bereits im Flugzeug aufgefallen, dass er der einzige Deutsche war, der sich zu dieser Zeit auf diese Reise gemacht hatte, und jetzt erst verstand er, was Theresa die ganze Zeit über trieb, während sie ihn mit exotischen Geschichten abspeiste; in diesem Augenblick, auf dieser Straße wurde ihm erst klar, dass sie in ein Krisengebiet reiste, um was auch immer zu tun, ein Land, von dem sie ganz sicher ebenso wenig wusste wie er selbst.

Aus einer Querstraße in der Ferne raste eine Wagenkolonne heran, und augenblicklich schien das Leben in der Umgegend zu erstarren. Nichts bewegte sich mehr, außer den schmutzig grünen Fahrzeugen, die eine schwarze Limousine eskortierten. Schritt um Schritt entfernte sich Alexander vom Flughafen. Nach drei Versuchen gelang es ihm, ein Taxi herbeizurufen. Der Fahrer ließ ihn einsteigen, machte dann jedoch minutenlang keine Anstalten loszufahren. Als Alexander ihn ansprach, nahm er die Zigarette aus dem Mund, schüttelte locker die Hand und wies mit dem Kopf auf die Wagenkolonne, die nun die Straße hinaufkroch, langsam genug, um eine offene Provokation darzustellen.

Was er in diesem Land wolle, fragte ihn der Taxifahrer

beiläufig, und Alexander wusste, es war Konversation zur Überbrückung der Wartezeit. Er sei ein Journalist, antwortete er, und hier auf der Suche nach ein paar interessanten Geschichten.

Der Taxifahrer warf seine Zigarette aus dem Wagenfenster, legte beide Hände auf das Lenkrad und brummte vor sich hin, bevor er seinen Fahrgast nach der Ausrüstung fragte. Offenbar gab es für ihn nur Bildjournalisten, daher wies Alexander auf seinen Rucksack, versicherte dem Mann, er habe einen Fotoapparat dabei, fügte aber an, vor allem habe er vor zu schreiben. Der Fahrer gab sich damit zufrieden und startete den Motor.

Ohne das Ziel zu kennen und den Preis dafür ausgehandelt zu haben, fuhr er los, nach Norden über die Corniche Chouran. Alexander lehnte sich zurück und legte den Hinterkopf auf das niedrige Rückenpolster, sodass er den schmutzigen Dachhimmel des Wagens sah, wenn er den Blick nur leicht zur Seite wandte, die Stämme der Palmen auf den Grünstreifen, das von langen, zarten Falten durchzogene Meer.

Als der Fahrer abrupt bremste, richtete sich Alexander wieder auf, sah die staubgrauen Baracken einer ausgedehnten Palästinensersiedlung, durch die sie nun im Schneckentempo fuhren, als wäre Gefahr im Verzug. Doch außer spielenden Kindern und auf Geröllbrocken herumlungernden Jugendlichen gab es hier nichts. Müll lag in den durch die eilig aufgebauten Hütten entstandenen Gassen, und das spätnachmittägliche Licht ließ sogar diesen Ort in einer Art müßiger Ruhe erstarren. Alexander sah Frauen um einen im Freien aufgemauerten Ofen stehen, zwei ältere Männer hielten ihre Teegläser mit abgespreiztem kleinem Finger.

Sie näherten sich einem Checkpoint der Palästinenser, der Fahrer hielt, und durch das geöffnete Wagenfenster entspann sich ein ausgiebiges Gespräch zwischen ihm und den bewaffneten Jugendlichen, die hier, so dachte Alexander, die Milizen spielten. Er erinnerte sich an Berlin, an alles, was er hinter sich gelassen hatte, und ein seltsamer Gedanke kam ihm in den Sinn: War nicht alles, wovon sie dort in den grauen Straßen, in wilden Plenarsitzungen und klammen Schlafsäcken träumten, hier bereits Wirklichkeit geworden? Diese Jungen trugen ihre Waffen selbstverständlich wie Gebrauchsgegenstände, sie hatten das Sagen, und sie wussten es, und die Blicke, die sie ihm auf dem Rücksitz am Fahrer vorbei zuwarfen, zeugten davon. So jung und so mächtig waren wir nie, dachte Alexander und schämte sich sofort dafür. Dennoch, sagte er sich, trotz all der Scheiße, die hier passiert, trotz des ihn begleitenden Chaos, der Gewalt und des Unrechts, war der Bürgerkrieg so etwas wie eine Verheißung für ihn und alle, die er kannte. Die Umkehrung der Machtverhältnisse, wie anders sollte sie vonstattengehen als durch einen Bürgerkrieg?

Sein Herz schlug heftig, während die beiden Milizionäre mit dem Fahrer sprachen. Alexander spürte die leise Bedrohlichkeit dieser Alltagssituation, und doch versetzte sie ihn auch in Hochstimmung. Es muss das Direkte sein, der unverhüllte Konflikt; wir verbringen unser Leben auf Umwegen und in Verkleidungen, nie sind wir dem ausgesetzt, worüber wir in Büchern lesen und was wir in Filmen sehen. Hier aber, im warmen Licht dieser Nachmittagssonne, in dieser Weite bedrohlicher Möglichkeiten wird das real, endlich, dachte Alexander ängstlich und atmete tief ein.

Fast hätte er sich mit einem Nicken bei den beiden Milizionären bedankt, als sie endlich weiterfuhren. Stattdessen blieb er nun aufrecht sitzen und nahm mit dem hereingewehten Staub so viel in sich auf, wie er konnte: den Himmel, das Meer, die ausgebrannten Autowracks am Rande der Straße und schließlich den Leuchtturm und die kleine Moschee davor mit ihren wie lustige Ohren in alle Richtungen weisenden Lautsprechern.

Der Taxifahrer fragte ihn nach dem Ziel, und Alexander sagte, was ihm aufgetragen worden war. In der von Autos und Menschen überfüllten Altstadt blieb ihm noch einige Zeit, seine Instruktionen im Kopf durchzugehen.

Das Hotel, zu dem er sich bringen ließ, war von außen als solches nicht zu erkennen. Zweimal hatte der Fahrer Passanten danach fragen müssen und ihn nun vor einer Schuhmacherei und einer verlassenen Werkstatt voll aufgetürmter Metallteile, umgestürzter Stoffsäcke und herumliegendem Werkzeug abgesetzt. Alexander betrachtete das dreistöckige Haus, die schmutzigen Fenster und halb zerstörten Balkons und auf dem Dach die zerfetzte Fahne, deren Farbe nicht mehr auszumachen war. Er schulterte seinen Rucksack, ging in die Schuhmacherei und fragte sich auf Englisch durch.

Versteckt hinter Hockern und Körben tat sich ein sehr schmaler Gang zwischen den Häusern auf, in den er sich hineinzwängte. Schritt für Schritt stolperte er voran, zu beiden Seiten die Hände an den Hausmauern, wie um sie für sich auseinanderzudrücken. Am Ende dieser Passage öffnete sich ein kleiner Platz, auf dem der Unrat von Generationen aufgehäuft zu sein schien. Alexander suchte und fand schließlich den Hintereingang, von dem der Schuhmacher gesprochen hatte, doch er trat nicht ein in das schmutzige

Treppenhaus, sondern rief nach jemandem. Zwei unglaublich schmutzige Katzen mit zerfetzten Ohren strichen um seine Beine, während er wartete.

Ein paar Minuten später stieg eine Frau die Treppe herab, ihrem Ächzen nach war sie schon recht alt. Sie trug eine schwarze Abaya, die ihr Gesicht bis unter die Augen verhüllte. Diese tiefschwarzen Augen aber musterten den Fremden argwöhnisch, fast verächtlich. Alexander blieb freundlich, zahlte bei ihr an, was sie forderte, und checkte schließlich tatsächlich ein, betrat ein Hotelzimmer, das so klein und schmutzig war, wie er es erwartet hatte. Nachdem die Alte die Tür hinter sich geschlossen hatte, warf er den Rucksack auf das Bett, von wo sich eine Staubwolke erhob, die den gesamten Raum erfüllte.

Er trat an das Fenster, das aussah, als würde es aus Scherben bestehen, und öffnete es. Beim Blick auf die Menschen, die unten die Straße bevölkerten, hatte er endlich das Gefühl, angekommen zu sein. Sogleich verspürte er lähmende Müdigkeit in den Gliedern und hatte Lust, etwas zu rauchen. Doch sein Blick fiel auf das rote Fruchtfleisch der Wassermelonenhälften an einem Stand weiter oben. Alexander lächelte, leckte sich die Lippen und begann seinen Rucksack auszuräumen.

Die unscheinbare Kladde mit sämtlichen notwendigen Informationen war sein wertvollstes Mitbringsel. Vorsichtig legte er sie auf das Kopfkissen, dann kramte er seine beiden Hemden hervor. Da es keine andere Möglichkeit gab, hängte er sie an die schmutzige Deckenlampe. Als Letztes holte er das Buch über den Maler El Greco aus dem Rucksack, eine abgenutzte Ausgabe aus der DDR. Alexander warf den Rucksack auf den Boden und legte sich aufs Bett.

Er nahm die Kladde, tat sie unter das Buch, weil er beides in Händen halten wollte, falls er einschlief. Nachlässig begann er zu blättern, knickte die Seiten dabei und verweilte kaum länger als eine Sekunde bei jedem Bild.

Diese in Verzückung verrenkten hellen Leiber, große dunkle Augen, glänzend wie im Fieber, und dazu Gewandfalten wie aus Pergament und in flammenden Farben. Ein Maler des Terrors, hatte Jakob ihm gesagt: »Denk einmal darüber nach, wie viel Schönheit der Terror hervorbringen kann«, hatte er hinzugefügt und unter seinem spärlich sprießenden Schnurrbart listig gelächelt. Schon da hatte Alexander ihn gefragt, was er ihm damit bedeuten wolle. »Denk nach«, hatte Jakob geantwortet, »Feuer und Schwert des Glaubens, verklärt in herrlichen Farben, das ist die Wahrheit dieser Bilder, und niemand würde es heute wagen, ihre Bedeutung für die Kunstgeschichte in Zweifel zu ziehen. Wenn du es sachlicher willst, denk an Lenins Terror als Instrument gesellschaftlicher Hygiene.«

Wieder zeigte er sein beunruhigendes Lächeln und ließ jene Kälte und Entschlossenheit spüren, die Alexander abstieß und zugleich anzog.

Er hatte sich in dunklen, engen Gassen verirrt und war überzeugt, sich in Toledo zu befinden, als er halb erwachte und zu seinem Schrecken neben dem Bett die alte Frau stehen sah, die ihm die Tür geöffnet hatte. Sie schien in seinen Schlaf eingedrungen zu sein, und er schob sich instinktiv von ihr fort, bis er aus dem Bett fiel. Als er sich, nun endgültig wach, aufgerappelt hatte, sah er sie lachen, ihr Gesicht war unverhüllt. Sie war jung, der Blick sanft; sie schien eine andere geworden zu sein. Die Frau hob die Hand, um ihn zu beruhigen, und wies dann auf das Bett. Alexander atmete noch immer schwer, leistete ihrer Anweisung jedoch Folge und legte sich hin.

»Du hörst mir jetzt zu«, sagte sie in beinahe perfektem Deutsch, »merkst dir alles, was ich dir sage. Keine Fragen, keine Diskussionen. Bist du bereit?«

Alexander nickte verblüfft.

Bei näherer Betrachtung, sagte sich Ziad, ist nicht die Gelassenheit, sondern das Geld meine beste Waffe. Der Amerikaner ließ es ihm regelmäßig auf verschiedenen Wegen zukommen. Es gab Ziad die Möglichkeit, als jemand aufzutreten, in dessen Nähe niemand darben musste, das effektivste Mittel, langsam aber sicher Einfluss zu gewinnen. Die Leute, an denen er interessiert war, bemerkten es selbst kaum. Für sie sah es aus, als wären sie einfach nur gern in der Nähe ihres Neuzugangs. Gerade die Soldaten, die unterste Ebene der Hierarchie, waren empfänglich dafür. Sie langweilten sich oft, wussten nichts mit sich und ihrer Kraft anzufangen.

Und sie hatten nie genug Geld. Viele der besseren Etablissements verlangten Eintritt, und um unter den Ausländern sein zu können, musste man teure Drinks bezahlen. Fast unbemerkt ermöglichte ihnen Ziad, vom Eckensteher zum Gast zu werden, ein kleiner, aber spürbarer Aufstieg, während der langen Stunden des Wartens auf ein Ereignis. Die Frage nach der Herkunft des Geldes stellten nur am Anfang ein paar von ihnen. Schließlich aber wurde ihre Neugier korrumpiert durch die Annehmlichkeiten in der Nähe des Neuen. Es interessierte sie nicht, solange sie etwas davon hatten, und Ziad ermahnte sich selbst immer wieder dazu, nicht mit dem Geld herumzuwerfen. Solange er seine Rolle als interesseloser Müßiggänger weiterspielte, solange er niemanden mit Fragen behelligte und in einem gewissen Maße freigiebig war, konnte er im Halbschatten bleiben. Stundenlang streifte er mit den Fußsoldaten umher, so als wären sie alte Freunde, lehnte Zigaretten rauchend mit ihnen an Hauswänden und sprach kein Wort. Ziad war ein Neuer im Team, den niemand recht bemerkte, und so verstummten die Fragen allmählich.

Er lag in seinem Zimmer auf dem Bett und starrte, die Hände unter dem Kopf, die Zimmerdecke an. Das Scheinwerferlicht der unten vorüberfahrenden Autos kroch die Wände hinauf und über ihn hinweg, langsam, denn die Straße war noch voller Menschen. Bulbul nannten sie den Mann, der ihn am ersten Abend gegen die Wand gedrückt und auf Waffen untersucht hatte. Er war misstrauischer als Ziads neue Freunde, behielt ihn im Auge, erkundigte sich ab und an nach ihm, wie er erfuhr. Unter den jedes Gerücht weitertragenden Fußsoldaten hieß es, er habe Ziad für einen besonderen Auftrag ausgewählt. Der Gedanke daran ließ ihn unruhig werden, er drehte sich auf die Seite und schloss die Augen.

Er sah die Gasse vor sich, in der sich ein großer Teil des Lebens der Soldaten abspielte. Dort warteten sie auf Befehle, oder standen einfach nur herum und beobachteten die Vorübergehenden, dorthin brachten sie Leute, die sie bestrafen mussten, stopften ihnen einen dreckigen Lappen in den Mund, brachen ihnen die Finger oder kokelten an ihren Ohren. Kein unterdrücktes Geschrei, kein Wimmern drang auf die Straße, nie erregte etwas von dem, was sie in dieser Gasse trieben, die geringste Aufmerksamkeit.

Es gab dort eine niedrige Metalltür, den Eingang zu einer alten Restaurantküche, die längst außer Betrieb war.

Wenn sich diese Tür öffnete, standen alle Soldaten bereit. Sie ersehnten diesen Moment, denn er beendete ihr Warten. Hinter dieser Tür lag ein dunkler Lagerraum, in dem es nach Rattenkot und Staub roch, an einer der Wände gab es sogar noch alte Kacheln und die Reste eines Waschbeckens. War man daran vorbei, betrat man einen etwa fünfzehn Meter langen Gang, durch den man auf ein Licht zuging, hell wie aus einem Ballsaal.

Ziad widerstand der Versuchung, dort hinzugehen, und noch nach einer Woche hatte er niemanden danach gefragt. Fest überzeugt davon, ihn schütze diese Art von Desinteresse, wartete er geduldig auf den Augenblick, in dem sich auch diese Tür öffnen und ihn jemand in den lichterfüllten Raum führen würde.

Seit ich ein Kind bin, dachte Ziad, habe ich meine Neugier unter Kontrolle. Das wurde ihm nun zum ersten Mal bewusst, er fragte sich, ob er nie neugierig war oder verrückterweise einfach nur davon überzeugt, alle Geheimnisse würden sich ihm früher oder später enthüllen. Mit beiden Varianten seines Selbstbildes war er unzufrieden. Er dachte an den Amerikaner, daran, wie unbeteiligt er sich gegeben hatte. So etwas schwebte Ziad für sich selbst vor: unbeteiligte Souveränität und professionelle Geheimniskrämerei. Das gefiel ihm. Seit er sich der Straßenbande angeschlossen hatte, verabredete sich der Amerikaner nicht mehr mit ihm. Er hätte das erwarten können, dennoch fiel es ihm schwer, es zu akzeptieren. Gerade hatte er sich an den Gedanken gewöhnt, von nun an eine Art Agent zu sein, da war er schon wieder nichts als ein Straßenjunge.

Als sich die Tür endlich öffnete, sah Ziad nur Bulbuls Arme und hörte ihn seinen Namen rufen. Es ging alles sehr schnell, die anderen Soldaten hatten kaum Zeit, einen Zug aus ihren Zigaretten zu nehmen, da war Ziad bereits in der alten Küche verschwunden. Bulbul wankte ihm voraus auf das Licht zu. Es war nichts weiter als eine Neonröhre über einer gepolsterten Tür – das ganze Geheimnis dieses beleuchteten Gangs.

Der Riese öffnete die Tür, und das Erste, was Ziad sah, war ein Billardtisch, beleuchtet von einer lang gestreckten Lampe. Das Zweite war eine Frau von so sinnlicher Schönheit, dass es ihm den Atem verschlug. Das war Manar, jüngste Tochter des Clans, der in diesem Teil der Stadt den Drogenhandel kontrollierte. Bulbul, ein hünenhafter Mann Anfang zwanzig, hatte sich zu Ziad gewandt, um ihn im Raum zu den richtigen Leuten zu geleiten. Er machte ein erstauntes Gesicht, als er sah, wie sein Schützling sich förmlich duckte vor dem Liebreiz der jungen Frau. In Wahrheit hatte er Angst vor ihr, die ihn im Augenblick, da er sie sah, aus der Fassung brachte.

Er schlich in gebührendem Abstand an ihr vorbei und ließ sich von Bulbul in Richtung einer ausladenden Sitzecke schieben, über der eine dichte Rauchwolke hing. Hier saßen die älteren Männer, die das Geschäft führten. Der Tageshitze wegen klickten locker sitzende Uhrenarmbänder aus Gold und rutschten ihnen die Unterarme hinauf, wenn sie die Whiskygläser oder die Mundstücke der Shishapfeifen hoben.

Mit einem bangen Blick zu Manar, über deren Schönheit die Soldaten oft schon gemunkelt hatten, wurde Ziad bewusst, wie ungünstig diese Situation war für jemanden, der etwas zu verbergen hatte. Noch bevor er ein Wort des Grußes hervorbringen konnte, hatte ihn Bulbul schon so nahe beim niedrigen Glastisch postiert, dass Ziad sich im Kreis hätte drehen müssen, um alle seine Gastgeber sehen zu können. Er schwieg also, hielt die verschränkten Hände vor sich und wartete.

Ein kleiner dicker Mann mit spiegelglatter Glatze erhob sich, stellte sein Glas ab und legte Ziad eine Hand auf die Schulter.

»Wir sind hier nicht bei den Christen«, sagte er, »du kannst dich ruhig zu uns setzen und musst nicht stehen, als würdest du auf deine Strafe warten.«

Lächelnd zeigte er Ziad seine gelben Zähne und schob ihn mit festem Griff zu einem niedrigen Holzhocker, der offenbar für ihn bereitstand. Ziad setzte sich und blickte zu Boden. Die Männer, allesamt mehr oder weniger weitläufig miteinander verwandt, ignorierten ihn für einige Minuten, ganz so, als wollten sie ihm seinen Platz in der Runde zuweisen, auch was die Aufmerksamkeit betraf, die er zu erwarten hatte.

Sie sprachen über eine politische Zusammenkunft in der Hamra und darüber, wie der Bedarf an Drogen für die westlichen Politiker, ihre Berater und Mätressen bereitgestellt werden konnte. Der Glatzköpfige, der von allen nur »Rais« genannt wurde, war der Meinung, die bestehenden Vorräte würden nicht ausreichen. Seine Partner wedelten nun mit ihren Korallen- und Bernsteinkettchen, stießen Rauch aus den aufgepumpten Lungen und schwiegen schließlich missmutig, als der Rais die Stimme erhob und Nachschub zu beschaffen gebot.

Ziad hörte ihnen nicht besonders aufmerksam zu, denn er wusste, dies war nicht, was den Amerikaner interessierte. Er blickte sich in dem holzgetäfelten Raum um, der aussah wie eine zu groß geratene Jagdhütte. Beiläufig ließ er den Blick über die zumeist zerfurcht und erschöpft aussehenden Gesichter der Anwesenden gleiten, prägte sie sich zusammen mit den Namen so gut wie möglich ein. Schließlich konnte er nicht wissen, welche dieser Hinterzimmergestalten in Zukunft noch wichtig werden würde. Eine Kühltruhe ratterte, und der Deckenventilator eierte in seiner Aufhängung; die dicken Rauchschwaden schienen ihn zu überfordern.

Als er schon glaubte, vergessen worden zu sein, legte ihm sein Nachbar, der Älteste der Runde, die fleckige Hand auf die Schulter. Wie sich herausstellte, instruierten ihn diese Leute für einen Raubüberfall, so beiläufig und nachlässig jedoch, dass Ziad sofort davon überzeugt war, auf seine Zuverlässigkeit hin geprüft werden zu sollen. Mit vom Rauch tränenden Augen nahm er eine Zigarette an, während er sehr oft bescheiden nickte und lächelte. Er trug seine undurchdringliche Maske und dachte dabei an die überwachen und doch melancholischen Augen der irgendwo im Raum hinter ihm stehenden Manar.

Ziad versuchte alles, was er erfahren konnte, so gut wie möglich zu behalten. Nächtelang lag er auf dem Bett in seinem Zimmer und sortierte das Gehörte. Immerhin erlaubten ihm diese relativ leicht zu sammelnden Informationen sorglos zu sein, was seinen Lebensunterhalt betraf. Er bemühte sich, seine Nachbarn nicht merken zu lassen, wie gut es ihm inzwischen ging, das war nicht ganz einfach nach den mageren Monaten zuvor. Jetzt konnte er regelmäßig Einkäufe machen, hatte sogar einen kleinen Kühlschrank aufgetrieben, der in einer Ecke des Raumes beruhigend brummte.

Hatte er genug gesammelt, hinterließ er in einem toten Briefkasten im Süden der Stadt eine Mitteilung für den Amerikaner. Diese Prozedur erschien ihm jedes Mal lächerlich und erniedrigend. Er musste sich durch den Müll im Hof einer alten Kosmetikfabrik wühlen, um in einem geborstenen Fallrohr einen Zettel zu verstauen. Auf dem kleinen Stück Papier standen nur drei Buchstaben, die Antwort erreichte ihn dann einen Tag später in seinem Zimmer. Dieses selbst ihn an einen alten Spionagefilm erinnernde Vorgehen wurde tatsächlich gefordert.

Der Amerikaner ließ sich allerdings bitten. Wochenlang wartete Ziad auf eine Unterredung, doch sie kam nicht zustande, bis er alles, was er wusste, aufzuschreiben begann. Als er Victor schließlich wiedertraf, brachte er ihm die Zettel mit seinen Notizen mit. Der Amerikaner blätterte sie missmutig durch und ermahnte seinen Schützling, drängte ihn, damit aufzuhören.

»Merk dir nur das Wesentliche«, sagte er leise. »Man kann das trainieren: Wenn du schreibst, dieser kennt jenen und jenen, dann ist das für mich nutzlos. Wir wissen, wer wen kennt. Dinge, die du mir erzählst, was du fühlst, wenn du bei ihnen sitzt, wen du für gefährlich hältst und wen für einen bloßen Handlanger – das sind wichtige Informationen. Du musst in den Raum eintreten und dir alles merken, was du dort erlebst. Der Rest sind Beobachtungen durch das Fenster, verstehst du. Wir wollen drinnen dabei sein.«

Victor betrachtete den Jungen oft nachdenklich. Bis auf seine Unterschrift und das regelmäßig ausgehändigte Geld gab es hier, wie so oft in diesen Fällen, keinerlei Vertrauensbasis. Sie hatten weder die gleiche Herkunft noch die gleichen Ideale, es gab so gut wie nichts, in dem sie sich glichen. Und dieser Bursche wusste das, versuchte es sogar hier und da wettzumachen, indem er von amerikanischen Filmen erzählte, die ihm gefallen hatten, nach Footballspielern fragte und nach Ereignissen in den USA, von denen er in irgendeiner Zeitung gelesen hatte.

Ziad gab sich also alle Mühe, im Raum zu bleiben und aus ihm heraus zu berichten. Doch die Abstände zwischen den Treffen wurden immer größer, anscheinend verschärfte sich die Lage zusehends, was seinem zu bösen Vorahnungen neigenden Gemüt nicht guttat.

Als das Treffen der Politiker in Beirut begann, war jeder Mann aus der Gang auf den Beinen. Es galt, die Drogenkuriere in Empfang zu nehmen und die Dealer zu überwachen. Auch die Huren, hellhäutige Ausländerinnen und aufgeputzte Bauernmädchen aus dem Nordosten, mussten postiert und auf Trab gehalten werden. In den Hotels durften sie nicht arbeiten, daher wurden sie auf die Bars der Hamra verteilt. Die Nachtportiers in den Hotels wurden entweder bedroht oder, in den besseren Häusern, bezahlt. All das war in Beirut Routine, diese Stadt war ein Lieblingsort der Politiker, und das lag nicht allein an ihrer Nähe zum Meer.

Oft in dieser Zeit dachte Ziad an die Angst, die zu seinem täglichen Begleiter geworden war. Nicht, dass er fürchtete, als Informant entdeckt zu werden. Dazu waren die Leute, die ihn täglich umgaben, zu fantasielos, ja dumm. Dennoch fühlte er sich beobachtet. Er versuchte herauszufinden, welcher von den Männern damit beauftragt sein konnte. Von den Fußsoldaten war ganz sicher niemand in der Lage, sich für Wochen so geschickt zu verstellen, dass er es nicht bemerkt hätte. Die Männer der höheren Ebenen sah und sprach er einfach zu selten. Solange er auch darüber nachsann, er konnte den Grund für das seltsame Gefühl, das ihn manchmal buchstäblich über die eigene Schulter blicken ließ, nicht ausmachen.

Am Tag der Ankunft der Delegationen war die Straße zum Flughafen komplett gesperrt. Überall im Stadtzentrum wurden Checkpoints errichtet, Sandsäcke aufgestapelt und MG-Nester aufgebaut. Es war, als wollte die Regierung das Leben in der Innenstadt zum Erliegen bringen, doch es gelang ihr nicht. Das Leben suchte sich seinen Weg um die Absperrungen herum, Fußgänger, fliegende Händler und Autos verstopften die Gassen um die Hamra, kurzzeitig lag Erwartung in der Luft.

Theresa. Erste Sitzung

Sie war sich sicher, die Leute nicht noch einmal behelligen zu müssen mit ihrem mulmigen Gefühl beim Umzug von Berlin nach Frankfurt. Das alles hatte sie bereits beim letzten Mal aufgeschrieben, und was hätten Araber mit ihren Darstellungen des Unterschiedes zwischen Stadt und Land im fernen kleinen Hessen schon anfangen können?

Um dennoch ihre Aufrichtigkeit unter Beweis zu stellen, antwortete sie nochmals auf die Frage nach dem Beruf ihres Vaters, dem Feinmechaniker im größten der optischen Werke in dieser Gegend. Es gab dort Wald, ein optisches Werk, dann wieder Wald und Wiese und wieder ein optisches Werk. Der Fortschritt beschränkte sich weitestgehend auf technische Neuerungen, dennoch war die Welt in Ordnung, es herrschte ein sozialer Frieden, den man leicht auch einen sozialen Schlaf hätte nennen können.

Die Arbeit in der optischen Industrie hatte ihren Vater fast blind werden lassen, jedenfalls hatte sie sich so schon als Kind seine dicken Brillengläser erklärt. Er hatte kräftige Hände, betrachtete vieles, sprach aber wenig. Später, als sie zu fragen begann, verstummte er ganz. Seine Kriegserlebnisse waren tabu; noch jetzt sah Theresa das schmerzerfüllte Gesicht ihrer Mutter vor sich, wenn sie das Thema am Mittagstisch ansprach und ihr Vater wie vom Donner gerührt im Kauen innehielt. Die Schmerzen dieser Frau beim Bruch des unausgesprochenen Schweigegelübdes hatte sie in abgeschwächter Form an sie, Theresa, weitergegeben, die Erinnerung schien für sie etwas zu sein wie der Nagel im Fleisch ihres Nachkriegsfriedens, rühre an ihm und Geschrei wird sich erheben.

Es war sehr eng, schrieb sie, in jeder Hinsicht. Doch als mir mein Vater erzählte, dass seine Firma auch eine Filiale in New York, in der Park Avenue South, hatte, war das so etwas wie ein dünner Faden in die große, weite Welt. Deshalb war Frankfurt so verlockend, und deshalb folgten sie ihm aus Berlin, als Jakob dort immer mehr Kontakte knüpfte und sich schließlich sogar eine Wohnung nahm. Eine eigene Wohnung, nur für sich, die er dann sofort wieder mit ihnen teilte.

Die nächste Frage bezog sich auf ihre Mutter. Theresa schrieb: Hausfrau.

Sie kaute am Ende des Kugelschreibers herum und zwang sich, nicht über den Sinn dieser Protokolle nachzudenken. Aber es gelang ihr nicht recht. Es war nicht das Misstrauen gegen die Ausländer, das sie störte. Das sagten die Araber ihnen ins Gesicht. Sie störten die dürren Fragen und die bürokratische Sturheit, mit der sie ihnen vorgelegt wurden. Immer blieb bei ihr der Verdacht, mehr sagen zu sollen, dabei aber sachlich bleiben zu müssen. Und immer hatte sie das Gefühl, ihre seltsame Beziehung zu den beiden Männern nicht rechtfertigen zu können. Vielleicht wollte das niemand hören und doch fühlte sie sich gedrängt, genau das zu erklären. Aber wie?

Es ging ja nicht, wie jeder sofort vermutete, um die Libertinage. Ganz im Gegenteil, sie drei hatten sich gefunden, weil sie der Beliebigkeit der Selbstverwirklichungsversuche, wie sie um sie herum sich verbreiteten, etwas entgegensetzen wollten. Diese Dreiecksbeziehung war ein Nebenprodukt. Auch jetzt wieder fragte sie sich und hätte darauf keine Antwort geben können, wen von beiden sie mehr mochte. Jakob war geheimnisvoller, aber auch härter als Alexander. Er hatte etwas Beängstigendes an sich, eine immerhin durchaus kommunikative Kälte und eine bedrohliche Entschlossenheit. Die Theorien, mit denen er sich Tag und Nacht herumzuschlagen schien, bedeuteten ihm in Wahrheit wenig, das wusste Theresa. Er war ein Mann der Tat, wie man so sagt. Er war nicht nostalgisch, sammelte keine Erlebnisse wie Alexander, um sie später rückblickend zu betrachten. Jakob war gegenwärtig und doch getrieben von einer Energie, die von weit her zu kommen schien.

Auf Partys oder Sit-ins überzeugte er die Leute nicht, er machte ihnen Angst. Im Grunde war jeder von seiner zweifelsfreien Entschlossenheit beschämt. Denn sie alle lebten, da war sie sich mit Jakob und Alexander einig, in einer Verfallszeit. Die linke Szene splitterte sich immer weiter auf und kaschierte ihr im Kern unpolitisches Selbstentfaltungsgehabe mit Geschwafel. Als sie das Leben zur Politik erklärten, hatten sie, ohne es zu bemerken, den hedonistischen Systemsklaven wieder auf den Thron gesetzt. Nicht die Musik oder die Drogen machten sie verrückt, sondern die Freiheit ohne Einsicht in irgendeine Notwendigkeit.

Im Bett blieb Jakob bei sich, dachte Theresa. Er tat schon alles, was erwartet wurde, doch er blieb ganz in seinem eigenen Rhythmus, in seiner Gegenwärtigkeit. Er wollte nichts bewirken, nicht einmal einen Eindruck erwecken oder machen, er tat es, weil es getan werden musste, und er tat es unverdrossen. Seine ausdauernde Genügsamkeit gab ihr, Theresa, Raum zur Entspannung.

Alexander war da ganz anders: Aufmerksam, nie nur dem Moment verhaftet, ein Schöngeist im Rock des Revolutionärs und jemand, der aus der Vergangenheit heraus lebte. Immer hatte Theresa ihn im Verdacht gehabt, all den revolutionären Versprechungen und Erwartungen der Kommilitonen und der Leute in der Szene, all das, worüber jeder sich mit jedem einig zu sein schien, nicht wirklich zu glauben, einfach schon deshalb, weil es sich auf die Zukunft bezog. Alexander war ein Melancholiker, jemand, der sich zur Tat zwingen musste. Und weil sie wusste, dass ihm all das, was Jakob leichthändig vollbrachte und unermüdlich organisierte, viel schwerer fiel als diesem, bewunderte sie ihn ein wenig. Alexander stürzten Konspiration, das Wissen um die möglichen Anschläge, die sie allmählich wenigstens vorzubereiten begannen, in echte Zweifel. Jakob hätte gesagt, hier handele es sich um einen Mangel an Entschlossenheit. Das aber, da war sie sich sicher, griff zu kurz. Für Alexander gab es keine Theorie, die er wie einen Schild gegen alle Zweifel hätte benutzen können. Alexander wollte nicht handeln, sondern möglicherweise nur schreiben. Darin lag seine Schwäche, und er wusste es, musste sie nun immerfort in sich bekämpfen.

Theresa stellte sich das qualvoll vor. Obwohl er nach ihrem Dafürhalten ein gut gebauter Junge war, brachte ihn sein Konflikt sogar dazu, an seiner Männlichkeit zu zweifeln. Darum kämpfte er mit Jakob, ganz so, als wäre Herzenskälte ein Ausweis für Männlichkeit.

Es war, als litte Alexander darunter, seinem Vater nicht zu ähneln, einem Berliner Verwaltungsbeamten, der seinen Schrebergarten mit mathematischer Präzision pflegte und mit unhöflich festem Händedruck seine Ablehnung den

Freunden und Freundinnen seines Sohnes gegenüber wortlos zum Ausdruck brachte. Nicht, dass Alexander hätte sein wollen wie sein grobschlächtiger Vater, nur das nicht. Aber etwas ganz anderes, einfach er selbst zu sein, plagte ihn eben auch.

Als Liebhaber war er ausschweifend romantisch und vergaß dabei manchmal das »Drehbuch der Natur«, wie sie es ihm gegenüber nannte. Er wollte so vieles richtig machen, strebte so sehr nach Intensität, dass sie zwischenzeitig zu seinem Entsetzen öfter einmal Lust auf eine Zigarette bekam, ein jäh aufflackerndes Bedürfnis, gegen das sie, anfangs zumindest, ankämpfte.

Im Vertrauen hatte Jakob einmal zu ihr gesagt: »Ich mag Alexander als den gefährlichen Spinner, der er ist.« Alexander, der auf den Partys gequält die Augen zusammenkniff, wenn sich die Haschischwolken erhoben, und der nur mitklatschte, aber nicht sang, wenn vom Plattenspieler »Das ist unser Haus« erscholl. Jakob, der eine lederne Schirmmütze nur kurz ausprobiert, dann aber rasch weggelegt hatte, weil sie ihm zu folkloristisch erschien, betrachtete Alexander durch seine verbliebene Trotzki-Brille kritisch, studierte ihn und hoffte, nach ihrer Meinung, darauf, dass die verzögerte Wahrnehmung, die Alexanders Wesen zu eigen war, später in umso stärkere Tatkraft münden würde.

Jakob hielt sich für einen Menschenkenner, aber, und das wäre jetzt hier vor diesem Zettel, ihre dringendste Frage gewesen, kann man ein Menschenkenner sein, ohne das geringste Anzeichen von Empathie zu zeigen?

Warum bist du hier?, las Theresa auf dem Zettel. Sie leckte sich über die Oberlippe und schmeckte das Salz. Fragt Jakob, schrieb sie dann darunter, besser als er kann ich es nicht erklären. Sie lehnte sich zurück und hätte jetzt gerne eine Zigarette geraucht, was im Lager allerdings verboten war.

Dennoch formulierte sie im Kopf ihre Antwort weiter: Der revolutionäre Kampf muss dem rasend sich ausbreitenden, alles sich unterwerfenden Kapitalismus folgen wie ein Bluthund. Es geht nicht mehr um lokale Konflikte in Deutschland oder Frankreich, in Italien oder Spanien.

Unwillkürlich musste sie an den nicht allzu lange zurückliegenden Anschlag der ETA auf den Nachfolger Francos in Madrid denken. Der Mann, der zusammen mit seinem Fahrer und einem Polizeikommissar in seinem Dodge Dart vom Druck der Explosion bis über die Dächer der Mietshäuser in jener Straße flog, stand für alles, was den Franquismus ausmachte. Sein breites, altes Gesicht, die dunkle Brille mit den dicken Gläsern, hinter denen seine Augen wie eingefroren wirkten, seine von der Uniformmütze an den Schädel gedrückten Haarsträhnen – alles ließ ihn aussehen wie eine Personifikation der Diktatur. Seine Hinrichtung löste damals Euphorie in der Szene aus und ließ so manchen sich wünschen, einen ebenso klar erkennbaren Gegner zu haben anstelle jener mal eloquenten, mal verstockten, mal volkstümlichen, mal moderneren, immer aber amorphen Gestalten, welche die westliche Demokratie hervorbringt. Um den Faschismus vor den Augen der Welt so treffen zu können, musste er sichtbar sein. Wir hingegen, dachte sie, kämpfen gegen einen Geist. Dennoch hatte dieser Geist das ausgezehrte Gesicht Francisco Francos mit schwarzer Sonnenbrille. Und diese Verkörperung des Faschismus lag nun schon seit Jahren in irgendeinem Krankenhaus im Koma, von jenem Gott, für dessen Kirche er tausendfach gemordet hatte, zum Atmen verdammt.

Mutlosigkeit befiel sie, und sie rief sich zur Ordnung, indem sie weiter formulierte: Wie der Kapitalismus selbst muss auch der Kampf international werden. Und, setzte sie im Kopf hinzu, was könnte diese Doppelentwicklung besser symbolisieren als auf der einen Seite ein Flugzeug und auf der anderen Seite dessen Entführung oder Zerstörung?

Und Abenteuerlust. Es gibt mehr als den Zeitungsladen am Schulweg mit dem Aufsteller und der aktuellen Titelseite der *Bild*-Zeitung davor, das Normalitätsgeschwätz der Bäckerin, die sonntägliche Autowäsche von wohlgenährten Männern in lächerlichen kurzen Sporthosen und natürlich auch das Schnarchen aus dem Schlafzimmer ihrer vom kleinen Wohlstand betäubten Eltern.

Theresa lehnte sich zurück und atmete die stickige Luft im Raum tief ein. Noch einmal dachte sie an ihren Vater und einen der wenigen Momente, in dem sie ihm nahe kam. Sie war noch ein halbes Kind, und wahrscheinlich war es an einem Sonntag, dem einzigen Tag, an dem er sich etwas Zeit für sie nehmen konnte. Er winkte sie in sein Arbeitszimmer, wo er vor einem in ihren Augen ungeheuer großen, glänzend schwarzen Mikroskop saß. Wenn sie sich recht erinnerte, legte er ihr sogar die Hand auf die Schulter, um sie noch näher an den Tisch zu ziehen. Mit seiner leisen Stimme und ohne sie einmal anzuschauen, erklärte er ihr, dass ein Mikroskop das eigentliche Symbol für wissenschaftliche Erkenntnis sein sollte. Das Teleskop sei wesentlich, aber eben doch nur eine Ergänzung für die uralte Wissenschaft der Astronomie gewesen. Das Mikroskop hingegen habe die Schaffung der Lebenswissenschaften erst ermöglicht, indem es eine Welt eröffnete, von der die Menschen vorher überhaupt nichts wussten. »Das machen sich die meisten nicht klar«, sagte er und schmunzelte dabei.

Er zog sie noch näher heran, stellte sie vor sich und ließ sie durch das Okular sehen. Kurz wich sie zurück, dann konzentrierte sie sich auf ein zuckendes Wesen mit zwei seltsamen Auswüchsen am Kopf. Das sei ein Rädertierchen, erklärte er ihr. Sein Entdecker, der berühmte Leeuwenhoek, habe es »Rotatorium« genannt. Sie nickte eifrig und ergänzte: »Weil es Räder am Kopf hat.« Ihr Vater nickte ebenfalls und sagte: »Was er nicht bedachte, war, dass es in der Natur keine Räder gibt. Schon er hat seine mechanische Erfahrung auf die Natur übertragen. Das ist ein Problem.« »Aber es hat Räder am Kopf«, beharrte Theresa fast beleidigt. Das sei nur eine optische Täuschung, versicherte ihr Vater und schob sie fort von sich und seinem Instrument, auf das der Name »Ortholux« geprägt war.

Und tatsächlich, dachte Theresa jetzt, dieses Instrument mit seinem breiten, gebogenen Rücken sah aus wie ein über etwas winzig Kleines gebeugter Mensch. Zum Symbol der wissenschaftlichen Erkenntnis wurde es für sie aber erst, wenn sie an ihren Vater dachte, wie er hindurchsah; zwei gebeugte Rücken und ein Objekt stillen Interesses.

Theresa seufzte. Wahrscheinlich wollte er mir sagen, dass Projektionen jeder Art irreführend sind, dachte sie.

Warum bist du hier?, las sie auf dem Zettel vor sich, und es erinnerte sie an ihre letzten Monate als Schülerin. Sie lagen noch nicht lange zurück, und doch kam sich Theresa wie ein kleines Mädchen vor, wenn sie sich in diese Zeit zurückversetzte, in der die ersten Fahndungsplakate von »gesuchten Anarchisten« im Postamt von Wetzlar auftauchten. Jeder betrachtete die Reihen von kleinen Schwarz-Weiß-Fotos, auf denen zottelige, grimmig dreinschauende junge Männer und Frauen zu sehen waren. Schamvoll dachte sie zurück an ihren spätpubertären Wunsch, einen oder eine von ihnen zu Hause zu verstecken und möglicherweise noch ihre Wunden zu versorgen und so durch Fürsorglichkeit und vielleicht sogar Intimität Teil von etwas Verbotenem zu werden.

Später jedoch, während ihres Studiums, führte die Politisierung von allem und jedem unausweichlich zur Entpolitisierung. Und was hatte, wie Jakob fragte, der Kulturpessimismus eines gescheiterten Komponisten, der noch Jahre nach seinem Tod für Gesprächsstoff auf den Partys in Frankfurt sorgte, mit der Revolution zu tun?

Theresas Kommilitoninnen hatten in ihren Zimmern im Studentenwohnheim über den Betten das populäre Che-Guevara-Poster aufgehängt und küssten es jeden Abend vor dem Zubettgehen. Diese Provinzhühner, diese Noch-Jungfrauen, die eigentlich damit beschäftigt waren, es nicht zu bleiben, hatten ihren Himmlischen Geliebten als Erstes gefunden, diesen Christus der Revolution, der auf sie nur noch als Variation des toten Christus von Mantegna gekommen war, wie Alexander ihr durch einen Bildvergleich zwischen Pressefoto und Gemälde aufzuzeigen suchte.

Hätte sie selbst ein Poster aufhängen wollen, so wäre nur Leila Chaled infrage gekommen, die junge palästinensische Flugzeugentführerin, die vor den Kameras der Weltpresse zärtlich ihre Kalaschnikow in den Händen hielt und dazu einen Ring trug, gefertigt aus einer Patronenhülse. Diese offenkundig mit der Gewalt vermählte Frau strahlte auf dem berühmten Bild eben jene Wärme und Zuversicht aus, die Theresa in Büchern und in den Tiraden von Kommilitonen und Kneipenfreunden fehlte.

Die erste Generation der RAF saß im Gefängnis; wenn auch der Fahndungsdruck bestehen bleib, die allgemeine Verklemmtheit der Gesellschaft ließ rapide nach. Im Zeitungsladen an ihrem Schulweg gab es eine nur halbherzig versteckte Porno-Ecke, in der sie manchmal herumstöberte, wenn sie als junge Frau aus nostalgischen Gründen wieder einmal in den Ort ihrer Eltern reiste, der auch ihr Heimatort war. Die Superrammler in den Heften trugen inzwischen Schnurrbart und lange Haare, sahen aus wie die Rockstars auf den Plattencovern. Vieles wurde möglich, kleine Siege verzeichnet, die Räumungsaktionen der besetzten Häuser wurden seltener, Kinderladenprojekte gaben jungen Müttern mehr Freiheiten, wenn sie sich entschieden hatten, nicht abzutreiben. Trotzkisten, Maoisten, Leninisten, Anarchisten, Lesben, Schwule, Esoteriker und Pädophile, alle marschierten und tanzten und machten Basisarbeit ohne Basis. Und währenddessen starben in Palästina und anderswo auf der Welt die Menschen.

Warum bist du hier?, las sie erneut auf dem Zettel vor sich. Weil ich Imad kennenlernte, dachte sie, der mich durch seine Freude am Tanzen und durch seine traurigen dunklen Augen für sich einnahm und, ehe ich mich versah, entführte. Weil ich unsere erste Autofahrt niemals vergessen werde, im klapprigen Renault 4 von Frankfurt nach Paris, wo wir nichts Besseres zu tun hatten, als uns in einem kleinen Zimmer im Quartier Latin einzuschließen und heftig das Bett zu hüten. Imad war direkt, scheinbar ohne darüber nachzudenken, erzählte er die Geschichten aus Sabra und Schatila, wo er aufgewachsen war. Er brachte mich zu euch, aber zuvor auch zu seiner Familie ins Lager, wo ich all das sah, was die Basis aller Basisarbeit hätte sein sollen: das Unrecht und den Kampf dagegen. Seine bedingungslose, stürmische Liebe brachte mich hierher, für ihn verließ ich die beiden anderen, aber sie haben mich nicht verlassen, und jetzt sind wir hier zusammen, brav und wieder monogam und im Kampf vereint.

Sie riss sich zusammen, beugte sich über den Zettel und schrieb, sie wolle Imad bald heiraten, habe ihn in Frankfurt kennengelernt und beschlossen, sich seinem Kampf gegen die Zionisten anzuschließen. Obwohl es sich grauenhaft anhörte, beschloss sie, es so stehen zu lassen, denn wenn sie hier etwas gelernt hatte, dann, dass die politische Funktionärssprache inzwischen auch bei den Revolutionären internationaler Standard geworden war.

Sie wischte sich den Schweiß von den Wangen und blickte sich um. Niemand war im Raum, durch die offene Tür hörte sie draußen das Stapfen der Schritte im Sand und von fern her metallisches Klicken, als reinigte dort jemand seine Waffe. Sie betrachtete die dunkel verfärbten Wände und sah hinter dem einen schmalen Fenster, durch welches das spärliche Licht in diesen Raum fiel, den Schatten des Tarnnetzes, wie es sich leicht im Wind bewegte. Hier im Irak gab es selbst in dieser Einöde außerhalb von Bagdad ab und an ein laues Lüftchen.

Das war in Aden anders gewesen. Im Jemen hatte sie mit Alexander die unwirtlichste Wüstenlandschaft bestaunt, die man sich vorstellen konnte. Sie erinnerte sich noch genau an ihr Erstaunen darüber, dass es eine solche Landschaft auf dieser Welt überhaupt gab. Bis zum Horizont erstreckten sich dunkle Felsen, die im Sand versunken schienen. Die unglaubliche Hitze nahm ihnen den Atem, beide hatten sie das Gefühl, jeden Moment bewusstlos zu werden. Es war, als hätte man sie auf einem fremden Planeten ausgesetzt, und die Fremdheit dieser Landschaft machte sogar Alexander sprachlos, wenigstens für eine Weile. Auf einem ihrer wenigen Erkundungsgänge außerhalb des Lagers stießen sie auf die ärmlichen Zelte von nomadischen Kamelzüchtern. Diese Menschen lebten im Nichts unter einem Stück Stoff, außer ihren Tieren und Blechtöpfen besaßen sie kaum etwas. Und doch hatten sie Kinder, die herumtollten. Eine Familie lud die Fremden zum Tee ein, und so saßen die beiden Deutschen im Zelt dieser Leute und tranken Tee mit ihnen. Sie konnten nicht reden, daher beobachteten sie einander, wenn sie glaubten, der andere schaue nicht zurück.

Das war ein deprimierender Augenblick, dachte Theresa, nicht so sehr der Armut, der sie begegneten, sondern dieser völligen Fremdheit wegen, welche ihr in diesem Zelt offenbar wurde. Auf dem Rückweg fragte sie Alexander, ob er das auch gefühlt habe, und der schwieg. Erst im Camp, der ungeduldige Jakob hatte sie längst erwartet, sagte Alexander, er habe nun die Leere begriffen, in die sich Rimbaud begeben habe.

»Sie muss in ihm gewesen sein, diese vollkommene Einöde, etwas in ihm war verdorrt wie dieses Land. Was für ein elendes Schicksal, hier dem Geld nachzujagen.«

»Du bist nicht auf einer Bildungsreise«, ermahnte ihn Jakob.

Er stellte sein Teeglas ab, griff nach der Kalaschnikow und warf sie Alexander in den Schoß, der vor Schmerz aufschrie.

»Du nimmst sie jetzt auseinander, bis ich Halt sage. Dann setzt du sie wieder zusammen. Los, mach schon.«

Das war Zuwendung und Maßregelung in einem, typisch Jakob. Aber wie dumm war Alexander auch, dass er seine

Schöngeistigkeit immer aufs Neue zur Schau stellte, beinahe wie um dafür bestraft zu werden.

Andererseits, fand Theresa, gaben weder sie selbst noch Jakob und einige andere Deutsche im Nachhinein betrachtet eine gute Figur ab: Neben Gewaltmärschen und Schießübungen am Tage und während sich die bettelarmen Leute nicht weit entfernt vom Camp vor der Gluthitze in ihre erbärmlichen Behausungen zurückzogen, blieb ihnen noch Zeit, langwierig über geplante Aktionen der Revolutionären Zellen daheim in Frankfurt zu debattieren. Dabei ging es um die Zerstörung der neuen Fahrkartenautomaten an den Haltestellen, »geldgierige Roboter«, wie Jakob sie nannte. Das Recht, zum Nulltarif befördert zu werden, wenn man schon in Fabriken und Büros ausgebeutet wird, sollte eingefordert werden. Und der beste Weg, dies zu tun, bestand nach Meinung der Mehrheit darin, Brandanschläge auf diese Automaten zu verüben.

Damals zog sich Theresa bei den Kampfübungen im Camp eine Verletzung am Fuß zu, die sie zunächst gar nicht bemerkte. Die billigen Plastikschuhe, die sie trug, waren für das Herumlaufen im Wüstensand und das Klettern in Ruinen einfach nicht geeignet. Der stechende Schmerz hinderte sie irgendwann am Laufen. Als sie ihre Fußsohle untersuchte, entdeckte sie eine handtellergroße Blase. Sie hatte sich bereits geöffnet, der Schuh war vom Wundwasser nass. Zwei der jungen Ausbilder betrachteten die Wunde, wiegelten jedoch ab und spielten die Sache herunter.

Ihr wurde erlaubt, am nächsten Tag im Schatten der Stoffplane, die am Gästehaus als Vordach diente, sitzen zu bleiben und den Übungen zuzuschauen. Doch die Wunde entzündete sich, und Theresa beobachtete, wie sich auf der

Haut ein roter Streifen bildete, der sich langsam, aber stetig verlängerte und bald ihren Knöchel erreichen würde.

Sie rief Aziz, einen der Ausbilder zu sich. Missmutig kam er heran und betrachtete erneut ihren Fuß. Da sie sich kaum mit ihm verständigen konnte, brachte sie ihn dazu, Alexander zu holen. Der erkannte die Blutvergiftung sofort, geriet in Aufregung und forderte von den Ausbildern, Alkohol aufzutreiben. Da er nicht nachließ, drehte sich für einen Moment die Befehlskette um. Aziz begriff allmählich, wie ernst es war. Er hob die Schultern, breitete die Arme aus und stand buchstäblich mit leeren Händen da, denn es gab im Lager keinerlei Alkohol. »Du musst hier weg, sonst wirst du daran sterben«, sagte Alexander, um gleich darauf erneut die Stimme zu erheben. Er brachte es schließlich so weit, dass sie ihm gehorchten und sie in die Stadt zurückfahren ließen.

Dort, in der kleinen Wohnung, saß sie stundenlang am offenen Fenster und wartete auf Imad, der erst spät am Abend zurückkommen konnte. Die ganze Zeit über bis zur kurzen Abendröte betrachtete sie ihren Fuß und diesen gefährlichen roten Streifen. Sie glaubte, ihn aufsteigen sehen zu können, nachdem sie die eindringlichen Worte Alexanders wachgerüttelt hatten. Von den umliegenden Gemäuern war der Flügelschlag von Tauben zu hören, die verschleierten Frauen unten auf der Straße verschwanden eine nach der anderen mit jeder Minute, die es auf die Nacht zuging.

Schließlich, sie saß im Dunkeln, hörte sie nur noch Männerstimmen und Männerlachen von der Straße, gedämpfter Verkehrslärm drang herauf. Sie glaubte, Fieber zu bekommen und ängstigte sich noch mehr als zuvor, jetzt, da sie ihren Fuß nicht mehr sehen konnte.

Sie schlief ein und erwachte, als ihr Retter Imad im Raum

vor ihr stand. Er machte sofort Licht, kniete sich vor sie und hob ihren Fuß an. Sie vertraute sich ihm voll und ganz an in diesem Moment, so sanft berührte er sie dabei. Er tat, was sie längst hätte tun können, aber nicht fertiggebracht hatte: Er ging in die Küche und sagte:

»Weißt du, manchmal fällt es mir sehr schwer, zwischen Arak und Wodka zu wählen. Das ist schon im normalen Leben so …«

Er kam zurück und hatte eine Wodkaflasche in der Hand, kniete sich wieder vor sie und hob ihren Fuß.

»In diesem Fall«, sagte er, »vertraue ich den Russen und ihren Reinheitsschwüren, du weißt, was ich meine …«

Im nächsten Moment hatte er ihre Fußsohle mit dem Wodka übergossen, ein stechender Schmerz schoss Theresa ins Gehirn und gleich darauf war es, als hätte sie jemand abgeschaltet.

Als sie erwachte, lag sie im Bett neben dem schlafenden Imad. Er hatte sie ausgezogen, ihren Fuß bandagiert und ihr offenbar sogar – sie spürte es, als sie ihre Stirn berührte – das Gesicht gewaschen. Imad lag von ihr abgewandt, sie küsste seinen schweißnassen Nacken.

»Diese Fürsorge habe ich vermisst, mein Schatz«, murmelte sie. »Und obwohl du das nicht wissen konntest, gibst du sie mir.«

Ziad war gewarnt worden, noch immer schmerzten seine Füße von jenem Überfall der Unbekannten, und darüber ärgerte er sich am meisten, als er die Rue Bliss entlang floh und auf dem Campus der Amerikanischen Universität Unterschlupf suchte. Es war früher Abend, die Universität leerte sich allmählich, und er versteckte sich im angrenzenden Park. Ein seltsamer Gedanke beschäftigte ihn: Die angereisten Politiker bereiteten sich in ihren Hotelsuiten wahrscheinlich gerade auf das feierliche Dinner vor, mit dem die Konferenz begann. Als wäre er mitverantwortlich für ihr Wohlergehen, sah Ziad den Eingang des Hotel Sands vor sich mit all den Posten, welche die Gang aufgestellt hatte.

Noch zwei Stunden zuvor war er damit betraut gewesen, die Dealer im Auge zu behalten, die, zumeist selbst süchtig, unzuverlässig waren. Einen von ihnen, Hakim, hatte er zwingen müssen, sich die Tränen vom Gesicht zu wischen, weil er aus unerfindlichen Gründen ständig weinte wie ein Kind. In der Hamra zog er ihn in eine Nebengasse und stellte ihn zur Rede.

»Was glaubst du, niemand kauft bei dir, niemand lässt dich in eine Bar, wenn dir der Rotz im Bart klebt.«

»Ich weiß nicht, was das ist«, erwiderte Hakim schluchzend, »ich kann nicht aufhören, es muss eine Krankheit sein.«

Das war einer dieser Momente, in denen Ziad ratlos war. Wäre er sein eigener Vater gewesen, er hätte den anderen jetzt geschlagen, mit der flachen Hand über das linke Ohr, bis dieser sich zwang, damit aufzuhören. Aber er war nicht sein Vater; er stand vor diesem vielleicht dreißig Jahre alten Wrack von einem Menschen, dessen dürre Beine in zerschlissenen Hosen steckten, die knieabwärts so zerfetzt waren, dass man die fleckenübersäten Schienbeine sehen konnte. Irgendwo hatte er einen alten Blazer aufgetrieben, der seiner Gestalt wenigstens auf den ersten Blick etwas Form verlieh.

»Hör damit auf, es ist besser für dich«, war alles, was er herausbrachte, bevor er sich abwandte.

Wie lange werde ich mit solchen Gestalten zu tun haben, dachte er, als er auf die Rue Hamra hinaustrat und die vorüberschlendernden Touristen sah, die sorglos vor den Ständen flanierten und das Essen begutachteten oder sich über die umherstreunenden Katzen freuten.

Er war auf dem Weg zurück zu seinem Posten, als er vor dem Hotel den alten Buick bemerkte. Er erkannte zwei Männer darin, ihre Gesichter wirkten hinter der Windschutzscheibe wie von dunklen Masken entstellt. Sie wandten nicht die Köpfe, blickten nur starr geradeaus, als warteten sie auf ihn.

Ziad blieb stehen, Panik ergriff ihn, er wandte den Blick ab und machte sich so unauffällig und langsam wie möglich aus dem Staub.

Dass sich die Agenturzentrale in Beirut im Obergeschoss des Gebäudes der Amerikanischen Universität befand, hatte für Victor den angenehmen Nebeneffekt, wenigstens ab und an einmal unter jungen Leuten sein zu können. Natürlich hielt er sich von Natalie fern. Seine Tochter hatte darauf bestanden, nicht von ihm überwacht zu werden, und sie bezog sich dabei nicht auf Victors Beruf, sondern auf ihn als Vater. Er respektierte es, sah die Jugendlichen aus aller Herren Länder mit Ordnern und Taschen unter den Armen vorbeigehen und im Schatten der Bäume sitzen. Trotz der vielen Langhaarigen und Rauchenden in zerschlissenen Jeans und bunten Westen hatte er nicht das Gefühl, am falschen Ort zu sein. Im Gegenteil, es bestärkte ihn in seinem etwas forciert naiven Glauben, für genau diese jungen Menschen zu arbeiten, Wege zu finden, künftige bewaffnete Konflikte zu vermeiden, indem man beizeiten eingriff.

An diesem Spätnachmittag allerdings war für solche Gedanken keine Zeit. Eine stattliche Anzahl von Mitarbeitern war zusammengetrommelt worden, denn aus Jordanien gab es wieder einmal Gerüchte über einen bevorstehenden Angriff auf Israel durch Ägypten und Syrien. Seit der Krieg die Agentur an Jom Kippur überrascht hatte, eine peinliche Niederlage, herrschte in der Agentur in solchen Fällen Alarmstimmung, ohne dass neue Anweisungen ausgegeben wurden. Eine bestimmte Anzahl und Qualität auch unbestätigter Informationen macht einen Herdenauftrieb nötig, so formulierte es Heller.

Sie saßen im Konferenzraum im Kreis, das Neonlicht war eingeschaltet, die Berichte von Führungsoffizieren wurden ebenso oft zitiert wie geheime Depeschen aus dem State Department, und all das nahm Victor zur Kenntnis, ohne auch nur aufzublicken. Er kritzelte Notizen in seinen Block und starrte in den Pausen auf das Papier. Erst als Amos zu Wort kam, hob er den Blick. Das interessierte ihn nun doch, wie dieser große, schwere Mann, den man hier wie einen

Experten behandelte, die Sache einschätzte. Doch sein Auftritt war eine Enttäuschung. Amos wiegelte ab, versuchte die arabische Mentalität zu erklären, in Victors Augen verharmloste er die Sache sogar.

Später, in kleinerer Runde, drehte sich alles um die Frage, wie die Israelis, die natürlich informiert waren, reagieren würden. Eigentlich rechnete niemand mit einem großen Angriff auf das Heilige Land, und so kam man überein, die Räder langsam mahlen zu lassen: Wichtig war nur zu wissen, ob und wann sie Vorkehrungen trafen, bislang war davon noch nichts zu sehen.

Als Victor eine gute Stunde später das Gebäude verlassen wollte, trat in der Eingangshalle einer der einheimischen Wächter schüchtern an ihn heran. Da er seinen Namen nicht kannte, flüsterte er nur immer wieder »Mister, Mister«, bis Victor stehen blieb und ihm zunickte. Der Mann huschte nah heran und wisperte ihm hastig zu, dass sie einen Jungen im Park aufgegriffen hätten, der wahrscheinlich zu ihm wollte. Victor tat unbeeindruckt, überlegte kurz und sagte dem Mann schließlich, er solle noch drei Minuten warten und den Burschen dann hinaus in den Park schicken, unter die große Zeder rechterhand, dicht am Zaun.

Ziad stand an der angegebenen Stelle eine Minute lang allein, bevor er Victors leise Stimme von der anderen Seite des Zaunes vernahm.

»Was willst du hier?«

»Es war ein reiner Zufall, ich war nur im Park«, versicherte Ziad.

»Ein Zufall, ja?«

»Ich habe auf dich gezeigt, als du die Treppe herunterkamst, das war alles. Ein Zufall.«

Gleich darauf wollte er den anderen nicht mehr beruhigen, ihn überwältigte die Furcht, und er erzählte Victor von den Verfolgern, die er ausgemacht zu haben meinte. Was er brauchte, war irgendeine Art von Zuspruch, daher schien es ihm wie eine Fügung, dass er ausgerechnet den Amerikaner getroffen hatte. Wenn jemand, dann konnte er ihm etwas über die Lage sagen, er hatte geheimes Wissen, wusste, was auf den Straßen vor sich ging und würde ihn sicher warnen.

Victor erfasste das Problem des Jungen. Er gab sich Mühe, bedächtig und sicher zu klingen, als er sagte:

»Du bildest dir das ein, hörst du, wenn jemand hinter dir her wäre, würde ich es dir sagen. Geh jetzt zurück und mach genau da weiter, wo du aufgehört hast. Und denk dir etwas aus, das erklärt, wo du die letzten anderthalb Stunden verbracht hast.«

Ohne ein weiteres Wort wandte sich Victor ab und ging. Der Zedernbaum säuselte im Abendwind, Ziad atmete tief durch und spürte die beruhigende Wirkung der Worte des Amerikaners bis tief in seine Brust hinein.

Als er zurück war, stand der Buick noch immer vor dem Hotel. Die leise, aber entschieden ausgesprochenen Worte des Amerikaners verloren ihre Wirkung, Ziad atmete schneller, je näher er dem Wagen kam. Wenige Meter davor bemerkte er, dass sich die beiden Männer darin unterhielten, der Fahrer lachte auf und schlug dabei mit der flachen Hand auf das Lenkrad. Im Vorbeigehen erkannte Ziad den Junkie Hakim auf dem Rücksitz. Er heulte nicht mehr, aber seine Haare waren so zerzaust, als hätte er sie gerade gewaschen und trocken gerubbelt. Sein Blick folgte Ziad, er wandte den Kopf, wurde aber vom Beifahrer ermahnt und setzte sich sofort wieder in Positur.

Vor dem Eingang des Hotels blieb Ziad stehen, steckte die Hände in die Taschen, machte eine harmlose Miene und schaute sich um. Er wagte nicht, unter das Vordach oder gar in das Hotel zu gehen. Noch immer hatte er seine Position nicht wirklich eingenommen, nach Wochen war er im Zweifel darüber, was er durfte und was nicht. Der Rais hatte bisher nie ein Wort zu ihm gesprochen, alles Bulbul überlassen und der war stets in Eile, ungeduldig und noch dazu aufbrausend. Alle fürchteten ihn, daher stellten sie ihm nie Fragen. Stattdessen reimten sich die Fußsoldaten ständig zusammen, was von ihnen erwartet wurde. So auch Ziad, als er in zwanzig Metern Entfernung vom Buick dastand und die Stare und Tauben beobachtete, wie sie hastig und ständig fluchtbereit aus einer von den Hotelgärtnern zurückgelassenen Pfütze tranken.

Plötzlich packte jemand seine Schulter, Ziad fuhr herum und erkannte Bulbul hinter sich.

»Wo warst du? Wir haben nach dir gesucht.«

Das war der Moment, auf den er sich in den letzten Minuten vorbereitet hatte. Er blickte an Bulbul vorbei, machte ein dummes Gesicht, öffnete kurz den Mund, grinste einfältig und blickte dann zu Boden.

»Ich kann es nicht sagen«, stammelte er.

»Was kannst du nicht sagen?«, fauchte Bulbul, und seine Hand krallte sich schmerzhaft in Ziads Schulter.

»Ich kann es nicht sagen«, wiederholte dieser.

Blitzschnell schlug ihn der andere über dem linken Ohr gegen den Kopf. Auch damit hatte Ziad gerechnet.

»Ich war bei der Universität«, stieß er hervor und schützte mit beiden Händen sein Gesicht.

»Was wolltest du dort?«

Ziad war klar, dass Bulbul genau wusste, wo er sich herumgetrieben hatte. Nur den Grund dafür kannte er nicht.

»Ein Mädchen«, wimmerte er, als der andere die Hand erneut hob.

»Und das jetzt, du Bastard.«

Ziad antwortete nicht, doch er ahnte, was in Bulbul vorging: Frustration über die ewige Unzuverlässigkeit seiner Handlanger, das Gefühl, agieren zu müssen, von Idioten umgeben, deren Opfer eigentlich er war. Ziad schaute in das grobe Gesicht Bulbuls und bemerkte wieder einmal dessen unangenehm aufmerksamen Blick. Er war sich sicher, den ersten geeigneten Kandidaten für die neue Einheit der Nummer Eins gefunden zu haben.

»Geh zu dem Wagen und steig ein. Mach, was man dir sagt, genau das, was man dir sagt. Wir sprechen uns später wieder.«

Mit diesen Worten stieß er ihn in Richtung des Buick. Als Bulbuls Hand ihn losließ, musste Ziad an die vielen Hände denken, die er sie in den Tagen zuvor hatte schütteln sehen. Hände von Polizisten, von Hoteliers, von unbekannten Leuten, die immer wieder in der Halle auftauchten. Das Händeschütteln war nötig gewesen, um den Coup abzusichern. Nützliche Kontakte in viele Richtungen. Nur von einem wusste niemand etwas, dachte Ziad triumphierend, seinem Kontakt zu den Amerikanern. Sofort verspürte er wieder Furcht und Unwohlsein, aber auch eine gewisse Aufregung, die ihm nicht unangenehm war. Ist das vielleicht schon der beginnende Rausch der Gefahr, fragte er sich, als er die hintere Wagentür öffnete und neben Hakim Platz nahm.

Die beiden vorn wandten nicht einmal die Köpfe. Ein paar Sekunden vergingen, dann startete der Fahrer den Motor und ließ den schweren Wagen langsam anrollen, bremste vor jedem Passanten zur Sicherheit ab, schlich durch die Straße voran.

Natalie stand vor ihm, und Victor fehlten die Worte. Er hatte sich vor dieser Aussprache gefürchtet, musste sich nun aber in das Unausweichliche fügen. Er betrachtete sie. Die Muster auf ihrer Bluse ähnelten Pantoffeltierchen, ihr Haar schien an einigen Stellen verfilzt zu sein, ein großer, wertloser Ohrring hing ihr beinahe bis auf die Schulter herab. Und irgendwo zwischen ihren ungepflegten Haaren und dem verblichenen Tuch, das sie um den Hals trug, erkannte er das Mädchen wieder, das ihn einst auf der Verandaschaukel angelächelt hatte wie einen großen Freund, dem sie bedenkenlos vertraute. Jetzt stand er vor diesem Hippie, dessen Blick kalt auf ihn gerichtet war.

»Was glaubst du, was ich tue?«

Natalie ließ sich Zeit mit der Antwort und wirkte, als müsste sie ihren Widerwillen überwinden.

»Du lügst und manipulierst und bist auch noch stolz darauf«, sagte sie dann.

»Das ist nicht so, wie du denkst. Ich arbeite hier für unser Land, vielleicht solltest du darüber einmal nachdenken, hörst du, unser Land.«

In Natalie stieg Empörung auf. Nichts, was sie je von ihrem Vater bezüglich seiner Arbeit gehört hatte, klang glaubhaft; er sagte seine Antworten auf wie ein Schuljunge. Dabei war er immer bemüht, sich klar und deutlich auszudrücken. In ihrer Erinnerung klangen seine Worte jedoch stets wie geflüstert. Sie wusste natürlich, dass er Geheimnisträger war, aber die Unumstößlichkeit dieser Tatsache machte sie nur noch wütender.

»Ich hoffe nur, du bist stolz auf alles, was du und deine Behörde hier anrichten.«

»Und deine PLO-Freunde und die Sympathisanten der politischen Sektierer, der Gewaltprediger und Bombenleger, sind die auch stolz auf das, was sie hier anrichten?«

Victor bereute das Gesagte sofort, aber er spürte auch, dass es ihm Erleichterung verschaffte, so zugespitzt auf die Fragen seiner Tochter, auf ihre Überheblichkeit und ihre Ablehnung zu antworten. Er erinnerte sich an seine Jugend gleich nach dem Krieg, daran, wie sie alle, die sich damals zum Dienst meldeten, geprägt waren von jenen Geschichten der nur wenig älteren, die mit dem Foto von Gene Tierney in der Brusttasche die Strände der Normandie oder die grauen Felsen von Iwo Jima hinaufkrochen. Wir waren, dachte Victor, mit nur ein paar Jahren Abstand schon die Nachkommen von Helden, mussten uns vor einstigen Collegekameraden bewähren, weil wir nicht durchs Feuer gegangen waren. All unser Idealismus wurzelte darin, er war die Reaktion auf diese Bürde. Natalie aber, seine eigene Tochter, schien einer anderen Welt zu entstammen. Sie wollte nichts mit irgendeiner Vergangenheit zu tun haben, jetzt und hier, mit ihr und ihren Gesinnungsgenossen sollte jene Welt enden, die er, Victor, noch kannte, in der er verwurzelt war und die ihn dazu zwang, jawohl, Opfer zu bringen.

»Du verstehst gar nichts. Ihr schafft doch erst die Voraussetzungen für diese Gewalt«, schnaufte Natalie.

»Glaubst du das wirklich? Hast du dich hier umgesehen, warst du je auf dem Land, weißt du, nach welch archaischen

Regeln die Menschen hier leben? Es gibt Blutrache und Clanstreitigkeiten seit Menschengedenken. Wie kannst du glauben, wir würden die Gewalt verursachen?«

»Ihr nutzt die Menschen nur aus. Du sorgst dafür, dass andere hier ihren Profit machen können. Unser Land, das sind ein Haufen mieser Geschäftemacher, denen die Moral immer dann in den Sinn kommt, wenn sie ihre Taten verschleiern wollen.«

Victor blickte sie nachdenklich an. Beinahe war es ihm unangenehm, jedoch konnte er, wenn er sich nur ein wenig darum bemühte, die attraktive, junge Frau in ihr erkennen, die sein Stolz und sein Kummer zugleich war. Noch immer aufgewühlt von ihren Worten, ging er durch den Raum und das Beste, was zu tun ihm einfiel, war, sich ein Glas guten libanesischen Weißweins einzuschenken, Eiswürfel dazuzugeben und erst nachdem er genüsslich einen Schluck genommen hatte, auch Natalie ein Glas anzubieten. Sie schüttelte den Kopf, zündete sich stattdessen eine Zigarette an. Wie sie da in dem Korbstuhl saß, die Beine überschlagen, die Zigarette elegant zwischen den Fingern, mit diesem schmalen, aber wohlgeformten Mund, den ein Hauch von Arroganz umspielte, ähnelte sie ihrer Mutter so sehr, dass Victor sich unwillkürlich fragte, ob ihm in all den Jahren etwas entgangen war. Möglicherweise hatte sie ihre Aufsässigkeit von Margret geerbt, dachte er. Bei jedem nervösen Zug aus der Zigarette bewegte sich der große Ohrring, der Victor an die Schaukeln in den Käfigen der Kanarienvögel erinnerte. Er hätte sie liebend gern nach ihrem aktuellen Freund, Schwarm oder wie man das heute nannte, gefragt, wagte es aber nicht und war nachgerade froh darüber. Denn Natalie drückte ihre Zigarette aus und machte ein ernstes Gesicht.

»Ich weiß«, sagte sie, »wir haben schon oft darüber gesprochen. Trotzdem frage ich dich noch einmal: Du überwachst mich nicht, oder?«

Victor verschluckte sich beinahe an seinem Wein, stellte das Glas auf die Kommode und hob die Hände.

»Natürlich nicht, wie oft soll ich dir das noch sagen. Wie kommst du darauf?«

»Wie würdest du dich fühlen, wenn die mächtigste Nation der Welt ihre besten Leute gleich über dem Hörsaal deiner Universität postiert hätte?«

Victor ging langsam, aber zielstrebig auf sie zu. Natalie senkte den Kopf. Sie wusste, dass sie zu weit gegangen war. Alles, was die Arbeit ihres Vaters betraf, war zwar nicht tabu, blieb aber bei familiären Gesprächen ausgespart. So hielt es ihre Mutter, und auch Natalie, die sehr wenig über diese Arbeit wusste, hatte sich immer danach gerichtet. Der Grund dafür war die Gefahr, in die solches Gerede die Familie hier im Libanon bringen konnte.

Victor zog sich einen der Korbsessel heran und setzte sich Natalie gegenüber. Er beugte sich nach vorn, stützte die Ellenbogen auf die Knie und legte die Hände zusammen.

»Was willst du von mir? Meine Arbeit hat keine Bedeutung für dich. Noch mal also, warum sollte ich dich überwachen? Sag es mir, Liebes.«

»Ich hab es nicht so gemeint. Du hast nur einfach zu viele Geheimnisse.«

Victor lehnte sich zurück und blickte zum Fenster hinaus.

»In der Politik gibt es keine Geheimnisse, sondern nur dreckige Details, von denen kaum jemand etwas wissen will.«

Im gegenüberliegenden Haus stand eine Frau mit Kopftuch in einem schmalen Fensterrahmen, als wäre sie darin gefangen. Sie wähnte sich unbeobachtet, schob das Tuch zurück und schüttelte ihren Kopf so ausgiebig, als würde sie tanzen.

»Was ist das für eine Politik«, sagte Natalie mit überraschender Strenge. »Wenigstens darüber könntest du mit mir reden. Ich bin alt genug, wie du vielleicht bemerkt hast.«

Victor blickte sie schweigend an und war verwundert über seine Fähigkeit, seine Tochter und zugleich die attraktive Studentin in ihr zu sehen. Er fragte sich, ob das gleichzeitig oder in überaus rasch aufeinanderfolgenden Sequenzen geschah.

Natalie starrte auf die Hände ihres Vaters und vernahm dessen Schweigen. So lange tat sie das schon, dass auch sie in dieser Situation nicht ernsthaft nur ein weiteres Wort von ihm erwartete. Jedoch war sie überrascht, so etwas wie seinen stillen Kampf mit sich selbst wahrzunehmen, es schien ihr, als drängte es ihn, mit ihr zu sprechen.

»Schon gut«, sagte sie beschwichtigend.

Sie wollte sich bereits aus dem Sessel erheben, da hob ihr Vater leicht die Hand. Natalie verharrte, erwartungsvoll schaute sie zu ihm. Doch anstatt zu sprechen, rührte er sich für einige Sekunden nicht mehr, Sekunden, in denen ihn die Erinnerung überwältigte. Er sah sich selbst als jungen Mann in den weißen Baracken am Potomac River, provisorische Gebäude, die in der Frühzeit während des Krieges für die Agentur zusammengezimmert worden waren und noch viele Jahre später für die Schulung benutzt wurden. Ganz deutlich hatte er wieder das Gefühl von damals, als er zum ersten Mal das Gelände und die Hütten betrat: Etwas so Provisorisches konnte nur zu Verbotenem dienen. Zwei Jahre besuchte er fast täglich diesen Ort, das Donnern der startenden und landenden Flugzeuge vom nahe gelegenen Flughafen hatte er noch im Ohr. Von Hand beschriftete Schilder an den Wänden jedes Vorlesungssaales wiesen die Dutzenden von »Dozenten« – in Wahrheit war jeder von ihnen Repräsentant einer Abteilung der Agentur – an, den Vortrag bei Fluglärm zu unterbrechen. Er erinnerte sich an das durch breite Spalten zwischen den Bodendielen in den Raum wachsende Gras, an die überall umherkrabbelnden Insekten und das erregende Gefühl, unter primitiven Bedingungen und in bürokratischster Weise auf ein Abenteuer vorbereitet zu werden. Wie alle anderen lernte er die kodierten Abkürzungen jeder einzelnen Abteilung der Agentur auswendig, schmunzelte über die allzu simple Psychologie jener Dozenten, die ihnen die Möglichkeiten und Risiken der Anwerbung von Informanten nahebringen sollten. Und ihm fiel Heller wieder ein, ein schüchterner junger Mann, dessen Erfahrungen mit fremden Kulturen damals bereits die aller anderen des Jahrgangs übertrafen. Es gab nur eine Frau in ihrer Gruppe. Sie hieß Janet und stand so unter Druck, dass sie sich die ganze Zeit über unnahbar gab. Es ging das Gerücht, sie hätte nach etwa einem halben Jahr eine Affäre mit einem der Ausbilder begonnen, doch niemand wusste Genaues. Wir alle standen unter Druck, dachte Victor, es gab so viel zu lernen für uns weltfremde Amerikaner. Ein neuer Weltkrieg schien unmittelbar bevorzustehen, und zum ersten Mal erfuhr er, der Junge aus dem Mittleren Westen, mehr über die Roten, jene Leute, die sein Vater immer nur abschätzig »Commirats« genannt hatte. Der für ihn bis dahin erratische Block des Kommunismus zerfiel vor seinen Augen in eine Vielzahl von Nationalismen und Machtcliquen. Er war in Asien etwas anderes als in Osteuropa, und doch schien ihm eine gefährliche Infektion zugrunde zu liegen: Der Hass auf die Freiheit. Es war ernüchternd. Heller lachte ihn damals aus und spottete über seine Borniertheit: »Was hast du erwartet? Du bist wie ein Junge, der zum ersten Mal eine nackte Frau sieht und sich nicht für sie, sondern für die Möglichkeit des Nacktseins schämt. Der Kommunismus deiner Kinderträume war zwar bedrohlich, aber wenigstens nicht nackt, stimmt's?« Victor dachte länger über Hellers Worte nach.

Aber dieser zurückhaltende und zugleich abgebrühte Mann hatte recht; alles, was er in den Baracken lernte, war, die Welt nackt zu sehen, auf eine Weise, die Natalie ganz offensichtlich immer ablehnen würde. Nach dem Zweiten Weltkrieg aber, dem sie, wie Victor nun wieder empfand, damals schon nachzulaufen begannen wie einer verpassten Chance, gab es eine große Erleichterung, jedoch keinen Idealismus mehr. Du magst das bezweifeln, hätte er Natalie gern gesagt, weil du nur die Bilder von damals kennst. In Wahrheit aber war die ganze Welt grau geworden, gereift vielleicht, aber auch leer. So viele brachten dieses Gefühl der Leere mit, erst aus Europa und später aus dem Pazifik, lebten vor sich hin oder drehten irgendwann durch – und alles, worauf wir die neue Ordnung bauen konnten, war die Angst. Die Angst vor der roten Bombe, vor den roten Agenten mitten unter uns, vor Saboteuren und Bombenlegern: selbst der technische Fortschritt war leer, betrachtete man ihn mit dieser Angst im Leib. Damals sprach auch ein ehemaliger Soldat der US-Armee zu ihnen. Er war einer der Befreier des Lagers Dachau bei München und hatte mehreren SS-Männern vor den Augen ihrer Kameraden und der übrig gebliebenen, halb verhungerten Häftlinge in den Kopf geschossen. Seine Begründung dafür hatte ihn, so glaubte Victor, für alle Zeit geprägt. Er tat es, nach seinen eigenen Worten, nicht um der Vergeltung willen, nicht um die Qualen der vielen Toten und der wenigen Überlebenden zu rächen, auch nicht, um ein Exempel zu statuieren vor den anderen gefangen genommenen Wachleuten. Nein, er hatte es getan, weil diese Männer schwiegen und ihm frech ins Gesicht grinsten und er in diesem Moment begriff, dass vor ihm keine Ungeheuer, sondern nur Männer standen, Niemande, die sich das Recht genommen hatten, ihn in dieses Grau zu stoßen, das er empfand, nachdem er die Leichenhaufen und die hellgrauen Knochenreste in den Verbrennungsöfen gesehen hatte. Es war ein Mord aus dem Gefühl der Leere heraus, ein grauer Mord an grauen Gestalten.

All das hätte Victor seiner Tochter nur zu gern erklärt, es ihr haarklein auseinandergesetzt, um sie an sich zu ziehen, sie in seiner Nähe zu halten. Doch ein Blick in ihre wachen, zweifelnden Augen ließ ihn wissen, sie würde ihn nicht verstehen, nicht jetzt und nicht in der Zukunft. Sie lebt in einer anderen Welt, sagte er sich, und sie wird, so Gott will, länger darin leben als ich. Was also spricht dagegen? Ich bin es leid, eine Realität zu vertreten, die beinahe jeder um mich herum verleugnet.

Er lächelte angestrengt, und Natalie erwiderte dieses Lächeln zögerlich.

»Du sollst nur wissen, dass ich dich liebe«, sagte er und ließ langsam die Hand sinken.

Jakob. Einzige Sitzung

Es war für ihn einfach, den Kontakt über die SEW-Genossen in Westberlin herzustellen, weitaus schwerer fiel es ihm, den Entschluss zu diesem Treffen zu fassen. Als er jetzt den beiden Männern von der Staatssicherheit gegenübersaß, hatte er viele Zweifel überwinden müssen, bevor er sich hierher, in einen der Plattenbauten in der Ostberliner Heinrich-Heine-Straße begeben hatte. Immer hegte er die Vorstellung, als Revolutionär so gut es ging unabhängig zu bleiben, frei zu agieren und sich nur, wenn es unbedingt nötig war, einer Hierarchie unterzuordnen. Das erklärte er gleich auch den beiden Männern, die auf einer Sitzgarnitur vor ihm saßen. Der jüngere von beiden, blass und mager, mit einer schweren Brille auf der Nase, schrieb jedes Wort auf, das Jakob sagte. Der andere, etwas korpulenter, war ein väterlicher Typ, der ihm aufmunternd zunickte.

Widerwillig erzählte Jakob von sich, weil er wusste, dass dies eine Voraussetzung für die weitere Zusammenarbeit war. Er berichtete davon, wie er mit seinen Eltern die DDR noch vor dem Mauerbau verlassen hatte, berichtete von Schule und Studium in Westberlin und schmückte das Ganze mit ein paar Anekdoten über das Leben drüben aus, die offensichtlich das Interesse der beiden Männer erregten. Als Jakob die ideologische Aggressivität der Kalten Krieger in Westdeutschland beschrieb und darlegte, wie man vor allem in Westberlin den Feind im Osten dazu benutzte, die eigene Bevölkerung zu indoktrinieren und auf Treue zum imperialistischen Lager einzuschwören, nickte der ältere der beiden Männer wieder, diesmal etwa so, wie man einem Jungen zunickt, der stotternd ein Gedicht vorträgt.

Jakob war sich des Unangenehmen der Situation bewusst. Wie ein Bittsteller kam er sich vor, der für ein Projekt Geld erbat. Aber er war sich auch im Klaren darüber, dass dies der Realität entsprach: Um für seine Leute drüben neue Möglichkeiten für internationale Aktionen zu eröffnen und auch um seine eigene Autorität zu stärken, brauchte er jetzt Unterstützung.

Er blickte zum Fenster hinaus und stellte sich noch einmal vor, was geschehen wäre, wenn er sich nicht zu diesem Treffen durchgerungen hätte. Er sah seine von allen Seiten abgelenkten Kommilitonen und WG-Genossen vor sich, jeden mit seinen psychischen Defiziten, er sah ihre Schwächen, ihren zuweilen erwachenden Mut, bei manchen im Suff, bei anderen aus Verzweiflung und bei wieder anderen aus purer Abenteuerlust. Die Ohren klangen ihm von ihren Maulhurereien, den Treueschwüren und Bekenntnissen.

Aber all das waren in seinen Augen nur Stimmungen, die jederzeit umschlagen konnten. Um diesen Haufen beisammen zu halten, musste es weitergehen, mussten sich Perspektiven eröffnen. Er musste seinen Leuten – und bei diesem Gedanken lächelte er – etwas bieten. Nach seinem Lächeln gefragt, beschrieb er dem älteren Mann den Grund dafür so:

»Ich komme mir vor wie ein Zirkusdirektor, der einen Haufen Kreaturen, Tiere und Menschen, mit Geschrei und einer langen Peitsche kontrollieren muss. Ich trage dabei einen Frack und habe einen riesigen Schnauzbart.«

Während der Kugelschreiber des jüngeren Mannes unablässig auf dem Papier kratzte, lachte der andere nun, machte es sich ostentativ auf dem Kunstledersofa bequem und sagte:

»Ja, das kann einem in der Menschenführung schon so gehen. Selbst ich komme mir oft so vor.«

Er schlug dem jüngeren Mann sachte auf die Schulter, der sich prompt verschrieb, aufblickte und lächelte, als würde er sich dafür bedanken, und dann weitermachte.

»Aber Sie scheinen ja ein Händchen dafür zu haben«, fuhr der Mann fort. »Nach allem, was ich von Ihnen weiß, sind Sie ein Organisationstalent.«

Jakob überlegte noch, was er darauf erwidern sollte, da zog der Mann eine Wodkaflasche aus seiner Aktentasche, stellte sie in die Mitte des niedrigen Tisches, der sie trennte, und ordnete drei kleine Schnapsgläser darum an.

»Wodka von den Waffenbrüdern. Vom Feinsten. Zur Feier unserer ersten Begegnung.«

Er öffnete die Flasche und goss die Schnapsgläschen voll.

»Noch einmal zurück zu Ihrem Vater. Er ist ja leider bereits verstorben. Aber wie war er so, woran erinnern Sie sich, wenn Sie an ihn denken?«

Den ersten Schluck zu nehmen, fiel Jakob schwer, ihm war, als besiegelte er damit etwas. Wieder schaute er zum Fenster hinaus, das frisch geputzt, beinahe weiß leuchtete und in dessen Licht alles in diesem Raum sachlich und scharf umrissen wirkte. Jakob wusste, dass sie für Treffen dieser Art häufig die Privatwohnungen einfacher Leute benutzten. Ideologisch gefestigte Bürger der DDR erklärten sich bereit, dem Staatssicherheitsdienst ihre Wohnung zeitweilig zu überlassen. Es war von Vorteil, wenn es keinerlei Verbindung von den Privatleuten zu den Beamten des Dienstes gab.

Jakob blickte sich um und betrachtete das Wohnzimmer in diesem Winterlicht. In einer Ecke stand noch der geschmückte Baum vom Weihnachtsfest, unterhalb der Durchreiche zwischen Wohnzimmer und Küche lag die Litera-Schallplatte »Der kleine Muck«, die es wahrscheinlich als Geschenk gegeben hatte. Ein großer blauer Turban und zwei spitze Pantoffeln zierten das Cover. Weit oben auf einem Leiterregal thronten wie heimliche Beobachter der Szene zwei Hurvínek-und-Spejbl-Marionetten, und Jakob stellte sich die ausgelassen tobenden Kinder der Familie vor.

Er überlegte, was er dem Mann antworten sollte, und beschloss, sich bedeckt zu halten. Er erzählte ihm nicht, dass sein Vater, wegen einer unbehandelten Mittelohrentzündung auf einem Ohr taub und vollkommen ausgemergelt, aus russischer Kriegsgefangenschaft zurückkehrte und von seiner Ehefrau und ihm, Jakob, schlichtweg nicht wiedererkannt wurde. Dieser Mann, der Jakob nicht nur wegen seiner Fremdheit, sondern auch und gerade wegen seiner Taubheit immer mehr wie ein Gegenstand als wie ein Mensch vorgekommen war, etwas, das er umgehen oder zu dem er laut sprechen musste, als hätte er es zu erwecken, dieser Mann entwickelte mit fortschreitendem Alter auch noch einen, ihm, Jakob, widerlichen Hunger, eine Gier beim Anblick und beim Verschlingen von Essen, die ihn einem Tier ähnlich machte. Jakob erzählte nicht, dass er seinem Vater gegenüber gar nichts empfunden hatte, solange er lebte, und dass dieses Garnichts schon eine Leistung war, denn hätte er jemals eine Empfindung für diese Kreatur haben müssen, dann wäre sie sicherlich nichts anderes als Verachtung gewesen.

»Er war ein Opfer des Krieges«, sagte Jakob, »ein bedauernswerter Mensch, der sich nie von seinen Erlebnissen erholt hat und dessen politische Entscheidungen darum auch nicht ernst zu nehmen waren.«

»Sie meinen seine Flucht vor dem Sozialismus?«, fragte der Mann und füllte erneut ihre Gläser.

»Ja, vielleicht, es waren die Russen, vor denen er auf der Flucht war, ein Leben lang.«

»Und ihre Mutter ...«

»Sie hat ihn ertragen – bis zum Schluss. Was blieb ihr auch anderes übrig?«

Jakob hob sein Glas, und alle drei tranken sie den Wodka in einem Zug.

Die Stimmung lockerte sich merklich.

»Mein Freund, ich kenne Sie kaum«, sagte der ältere Mann und lächelte ununterbrochen. »Dennoch machen Sie mir den Eindruck eines sehr verbitterten Menschen ...«

Jakob wollte sofort antworten, doch der andere stoppte ihn mit erhobener Hand.

»Befinden Sie sich auf einem persönlichen Rachefeldzug?«

Jakob zwang sich zu einer Denkpause, doch der Wodka wirbelte seine Gedanken bereits so durcheinander, dass er Schwierigkeiten hatte, sich zu konzentrieren. Er versuchte gleichmäßig zu atmen, blickte nochmals kurz zum Fenster hinaus und antwortete dann:

»Ja, vielleicht ist das so. Aber alle Revolutionäre hatten auch persönliche Motive. Das Persönliche und das Politische sind oftmals kaum voneinander zu trennen. Und wenn ich die Masken der Normalität all der Politiker und Industriellen im Bonner System sehe, Masken, hinter denen sich Kriegsverbrecher und Mitverantwortliche für die Katastrophe dieses Krieges verbergen, wenn ich erlebe, wie sie im Namen ihres Imperialismus' die Messer wetzen, Staaten zerstören und Bombenteppiche legen, ja, dann wird mir schlecht. Aber, mit Verlaub, mein Brechreiz ist der einer ganzen Generation.«

»Das haben Sie gut formuliert«, sagte der andere und hatte die Gläser bereits zum dritten Mal gefüllt. »Sie sollten einmal darüber nachdenken, etwas zu schreiben. Es gäbe bei uns auch die Möglichkeit, Ihre Gedanken zu publizieren.«

Er hob das Glas, und wieder tranken sie alle drei, danach allerdings seufzte der Protokollant auf, und das Kratzen seines Kugelschreibers setzte nun zuweilen aus.

Im Fortgang dieser langen, als Gespräch getarnten Befragung half der Wodka Jakob sehr. All die Fragen nach seinen Beziehungen und Bekanntschaften am Otto-Suhr-Institut der Freien Universität und in den linken Kreisen Westberlins und Frankfurt am Mains beantwortete er leichthin und mit Humor, er erzählte Geschichten über seine Freunde und Freundinnen und tat dabei beschwipster als er war.

Denn wenn er etwas gelernt hatte während der Panikanfälle seines Vaters, der nachts aus dem Bett sprang und, von Albträumen geplagt, durch das Haus irrte, der nicht zu wecken war aus seiner Angst, seiner Taubheit, ob man ihn nun anschrie oder sogar schlug, der also durch das Haus irrte, bis er erschöpft in einer Ecke niedersank wie ein sterbender Falter, dann war es Selbstkontrolle. Bei sich bleiben, nicht fortgerissen werden von äußeren Reizen, seien sie auch noch so stark, das war ihm von seiner Kindheit geblieben. Er war linientreu und konzentriert und stolz darauf. Nicht einmal der Wodka konnte daran etwas ändern.

»Ich glaube, nachdem wir nun im höheren Sinne Bruderschaft getrunken haben, können wir uns die Hand geben und fürs Erste zufrieden auseinandergehen«, sagte der Mann nach guten zwei Stunden nun wieder sehr väterlich und machte Anstalten, sich zu erheben.

Der Abschied fiel dann recht kurz aus. Der jüngere Mann stellte sich an die Wohnungstür und lauschte kurz auf Schritte im Hausflur. Dann öffnete er sie und winkte die anderen beiden hinaus. Vor dem Haus standen sie noch kurz beisammen, leise fragte Jakob danach, wie es weitergehen würde.

»Die Einreise ist jederzeit möglich, aber wir müssen informiert werden. Reise- und Diplomatenpässe sind kein Problem«, sagte der ältere Mann, »aber entscheiden tut das die Abteilungsleitung. Wir halten Kontakt.«

Damit entfernten sich die beiden rasch. Jakob wandte sich um und ging in Richtung U-Bahnhof. Schon bei den ersten Schritten spürte er, wie ihm der Wodka an der kalten Luft die Knie weich werden ließ. Er schwankte etwas und war doch erleichtert und gut gelaunt, sicher, etwas für die Zukunft Bedeutsames in die Wege geleitet zu haben.

Was tust du hier?«, flüsterte Ziad, während sie aus der Hamra hinaus in Richtung Californie fuhren.

»Ich weiß es nicht«, antwortete Hakim leise. »Sie haben mir nichts gesagt.«

Ziad blickte hinaus. Nicht einmal er wusste, wohin es ging, und das störte ihn. Er war ihnen ebenso ausgeliefert wie der arme Teufel neben ihm.

Die Stadt erschien ihm leerer als sonst, vielleicht lag das an der Konferenz und den Straßensperren, von denen sie zwei passieren konnten, ohne dass der Wagen wirklich zum Stehen gekommen wäre. Die schönen breiten Straßen des Reichenviertels lagen in lauschiger Dunkelheit. Oleandersträucher schützten die Häuser, und hier und da wuchs der Hibiskus die Mauern meterhoch empor. Still genoss Ziad diesen Anblick, Hakim aber, ständig überreizt, konnte das Warten nicht ertragen, beugte sich nach vorn und fragte nach dem Ziel der Fahrt. Er bekam keine Antwort, der Beifahrer hob nur die Hand, und der Junkie verstummte sofort.

Vor einem freistehenden Haus hielten sie den Wagen an und stiegen aus. Ziad erkannte eine Villa, sah große Fenster und eine schwarze Eingangstür. Ein Metalltor versperrte das Grundstück. Niemand sprach ein Wort, ihre beiden Anführer gaben ihnen nur angedeutete Handzeichen, und zu Ziads Überraschung hatte der Fahrer einen Schlüssel zum Tor. Als wäre er der Bewohner der Villa, schloss er auf und ließ sie hinein. Kurz verharrten sie auf dem von Jasmin gesäumten Weg. Doch nur der Wind erzeugte in jeder Ecke ein feines Rascheln. Der Fahrer schritt voran zur Eingangstür. Auch für diese hatte er einen Schlüssel. Ziad konnte nicht mehr an sich halten.

»Woher hast du den?«, fragte er leise.

Der Fahrer fuhr herum, hob den Schlüssel und drückte ihn Ziad wie einen Finger auf die Lippen.

»Schlüssel sind billig«, zischte er, »man bekommt sie an jeder Ecke. Ich will nichts mehr von dir hören.«

Sein Blick warnte Ziad, dabei hatte er ihm die eigentliche Frage gar nicht gestellt: Warum war Hakim hier, der von einem Fuß auf den anderen trat, als würde er frieren?

Sie betraten das Dunkel des Vorraums, in dem fein säuberlich aufgereiht Schuhe standen, schlichen in einen Empfangssaal und blieben dort stehen, bis sich ihre Augen an die Dunkelheit gewöhnt hatten. Das Licht des Dreiviertelmondes war so hell, dass sie nicht einmal die mitgebrachten Taschenlampen benutzen mussten. Der Einbruch schien bis ins Detail geplant worden zu sein. Das beruhigte Ziad auch im Hinblick auf den leise wimmernden Hakim, der vor dem riesigen, das Mondlicht spiegelnden Marmortisch stand, verloren wie ein Entführter.

Ziad starrte ins Dunkel und wartete auf Anweisungen. Sein Mund war trocken, und er fühlte das Pochen in seinen Schläfen. Nichts an der Situation, in der er sich befand, verstand er. Er wusste nicht einmal, wo genau er war. Als er in diesem geisterhaft beleuchteten Raum stand, wurde ihm klar, was das Schlimmste an der von ihm übernommenen Aufgabe war: Er hatte so gut wie alle Kontrolle über sein Leben aufgegeben.

Fahrer und Beifahrer inspizierten kurz die anderen Zimmer des Erdgeschosses. Sie kamen zurück und flüsterten Befehle. Ziad sollte überall in der Wohnung nach Dokumenten suchen, Fotos, amtliche Schreiben, wenn ihm danach war, sogar Liebesbriefe – alles, was in Beziehung zum Hausherrn stand und ihm wichtig sein mochte. Sie würden sich derweil auf die Suche nach Schmuck und Geld machen, während Hakim Schmiere stand.

»Worauf wartest du?«, herrschte ihn der Fahrer plötzlich wieder in normaler Lautstärke an, woraufhin Ziad sich sofort auf den Weg machte.

Im Vorbeigehen ließ er den Blick noch durch den seltsam karg möblierten Empfangssaal schweifen, die Möbel aus Stahlrohr und Kunststoff, das imposante Revox-Tonbandgerät. Anstatt mit dem Nebenraum, einer Art Gästeschlafzimmer, anzufangen, stieg er gleich die Treppe hinauf. Persönliche Dinge vermutete er im Schlafzimmer, dessen offen stehende Eingangstür er schon von der dunklen Treppe aus sehen konnte. Hier oben schien der Mond noch heller herein als unten. Ziad eilte am Ehebett vorbei, auf dem eine Decke mit Leopardenfellmuster lag, und stand gleich darauf vor einem Büroschrank, der aussah, als stamme er direkt aus einem Regierungsgebäude, schmucklos und funktional. An der Wand hing, im Mondlicht nur grau in grau zu erkennen, ein Bild, das etwas wie einen großen Kristall zeigte.

Ziad wunderte sich kurz darüber, wie jemand sein Schlafzimmer so einrichten konnte, dann zog er ein Einschubfach nach dem anderen auf und warf den Papierkram auf den Boden davor. Als er damit fertig war, stand er vor einem Haufen, den er bei diesen Lichtverhältnissen unmöglich sortieren konnte. Er durchsuchte noch den großen, nach Mottenkugeln riechenden Kleiderschrank, der Ähnlichkeit mit einem überdimensionalen Tresor hatte, fingerte hastig die Jacketts ab, schob seine Hände zwischen die Unterwäsche und tastete nach irgendetwas Festem. Er fand nichts außer aufgerollten Gürteln und etwas, das er vor sich ins Mondlicht hielt und, mithilfe einer dunklen Erinnerung an einen Kinofilm, als Sockenhalter identifizierte. Als er die Türen zum Schrankteil der Dame des Hauses geöffnet hatte, erlahmte sein Eifer.

Er eilte in den nächsten Raum, der so dunkel war, dass er die Taschenlampe benutzen musste. Hier, inmitten von ausrangierten Elektrogeräten und Stapeln von Obstschalen und Tellern, fand er in einer Kommode Fotos und Dokumente, die er zusammenraffte und auf den Papierhaufen im Nebenzimmer warf. Er kam wieder zurück und ließ den Strahl der Lampe gerade über die vielen Bücherrücken in einem Regal neben dem Fenster wandern, da bekam er von unten die Anweisung, die Zimmer zu verwüsten. Für ihn überraschend kostete es Ziad Überwindung, an das hohe Standregal zu treten, seine Finger zwischen Regalrücken und Wand zu schieben und das gesamte Regal in den Raum zu stürzen. Der Lärm war ohrenbetäubend, er wartete kurz ab, doch von unten war keine Reaktion zu vernehmen. Ziad spürte Hitze in sich aufsteigen, er stieß die Tellerstapel um, versuchte die Kommode umzuwerfen, was ihm nicht gelang. Zu schwer war der große rechteckige Spiegel, in dem er sich selbst als einen tobenden Schatten sah.

Im Schlafzimmer raffte er den Haufen Papiere zusammen und legte ihn aufs Bett, trat an den schweren Aktenschrank und zerrte keuchend daran, warf sich schließlich mit der Schulter dagegen und brachte ihn zu Fall. Es tat ihm gut, das zu tun, er schien stärker zu werden, je mehr Zerstörung er anrichtete. Wieder packte er den Papierstapel, schleppte ihn auf die Treppe hinaus, legte ihn jedoch nochmals ab, um zurückzukommen und die Leopardenfelldecke vom Bett zu reißen. Er starrte auf die helle Satinbettwäsche der Fremden und war aus unerfindlichem Grund drauf und dran, in hohem Strahl auf dieses Bett zu pinkeln. Doch er besann sich, ging hinaus, hob die Papiere auf und stieg die Treppe hinab.

»Das hast du gut gemacht«, sagte der Fahrer, als Ziad unten ankam, verwirrt durch ein sehr fremdartiges Geräusch, das er schon oben wahrgenommen, aber nicht weiter beachtet hatte.

Es klang wie ein unterdrücktes Grunzen, immer wieder unterbrochen durch ein leises Knurren. Etwas Vergleichbares hatte Ziad nie zuvor gehört und trotz seines rasenden Herzschlags und seines fieberheißen Kopfes erstarrte er kurz. Ohne etwas gesehen zu haben, spürte Ziad, dass er gerade dem Tod begegnete. Hakim lag auf der Marmorplatte des Tisches, und das Mondlicht ließ sein dunkles Blut aufglänzen. Es sprudelte förmlich aus dem klaffenden Schnitt, der seine Kehle geöffnet hatte, die Hände des Junkies hatten vergeblich versucht, ihn zu schließen, und sanken jetzt mit gekrümmten Fingern herab, lebendig und doch so langsam, als hätten sie das Unvermeidliche akzeptiert.

»Wir sind hier fertig«, sagte der Fahrer, der eine Plastiktüte in der Hand hielt, die, wie Ziad vermutete, mit dem Schmuck gefüllt war. Der Beifahrer trat auf ihn zu und klappte das Messer zusammen, ganz so, als hätte er zur Sicherheit noch seine Reaktion abgewartet.

»Zum Auto.«

»Was ist mit ihm?«, sagte Ziad und wies mit dem Kopf auf Hakims Leiche.

»Den lassen wir hier«, sagte der Fahrer und stieß ihn zur Haustür.

Sie fuhren die Corniche entlang, auf dem Rücksitz kauerte Ziad mehr, als dass er saß. Neben ihm, dort, wo auf der Hinfahrt Hakim gesessen hatte, lag der Papierstapel aus der Villa. Ziad hatte seine rechte Hand darauf gelegt, als müsste er ihn beschützen. Er war noch immer kalt vom Schrecken und ganz im Bann dessen, was er gerade erlebt hatte. Er sah die Laternen und Bäumchen der Strandpromenade vorbeifliegen, blickte auf das trostlos schwarze Meer hinaus, betrachtete die Leute auf den Gehwegen und am Straßenrand. Nichts schien geschehen zu sein. Und Ziad sehnte sich nach der Normalität, die er draußen sah, wollte sich so schnell wie möglich in sein Zimmer über der Stadt zurückziehen und für mindestens drei Wochen nicht mehr auf die Straße gehen. Er wollte die Normalität, sei sie auch noch so trist, an sich ziehen und sich mit ihr einsperren.

Noch bevor sie das bunte Treiben des Stadtzentrums erreichten, hielt der Fahrer am Straßenrand oberhalb eines felsigen, verdreckten Strandes. Er wandte sich nicht um und sprach angenehm leise.

»Steig aus«, sagte er und wies in Richtung des Meeres. »Bring das Zeug, das du da hast, dort hinunter. Wirf es ins Meer oder vergrabe es, aber mach schnell. Ich warte hier nicht ewig.«

Wortlos gehorchte Ziad, raffte Zettel und Fotos sowie zwei kleine Notizbücher zusammen und stieg aus dem Wagen. Unter einigen Mühen, die Taschenlampe in der freien Hand, kletterte er über die Felsen hinab, fiel dabei mehrmals beinahe vornüber und war froh, als er endlich unten war. Das Meer schien ihn anzufauchen, der Wind zerrte an seiner Beute, die er nun tatsächlich fallen ließ, als ihn eine mächtige Welle fast zu Boden warf. Teile des Papiers zog sie mit sich zurück in die Schwärze, Ziad blickte den weißen und grauen Flecken kurz nach, bevor er sich umwandte und hastig den Hang hinaufstieg. Atemlos und mit nassen Schuhen und Hosenbeinen kam er oben an und stieg ein, hatte noch nicht einmal die Tür geschlossen, da gab der Fahrer Gas.

Durch die Frontscheibe sah Ziad die Lichter der Stadt auf sich zurasen und fühlte sich jetzt etwas besser. Er wagte nicht, danach zu fragen, was in dieser Nacht eigentlich geschehen war, und es hätte ihm auch nicht geholfen, mehr darüber zu wissen; es hätte das tiefschwarze, von der Kante des Tisches tropfende Blut Hakims nicht getrocknet.

Alexander. Einzige Sitzung

Die Wahrheit wird dich freimachen, hatte Jakob immer gesagt. Auch wenn er ihm im Aussehen ähnelte, so meinte Jakob das doch ganz anders als Jesus. Es ging ihm um »Zerstörung und Wiederaufbau«, die Wahrheitsfindung war bei ihm ein Abrissunternehmen. Alexander erinnerte sich an die kunstwissenschaftliche Vorlesung über den italienischen Manierismus, während der er Jakob erstmals bemerkte. Oder war es doch andersherum; lastete nicht der Blick jenes stilisiert ungepflegt wirkenden Kommilitonen im kleinen Hörsaal auf ihm, als er zusammengesunken im Halbrund des Auditoriums saß?

Wer wählt wen aus?, fragte sich Alexander, während er den leise in den stickigen Raum dringenden Gebetsruf vernahm. Nie hätte er erwartet, in seinem Leben einmal nach Bagdad zu kommen. Obwohl er nicht viel von der Stadt hatte sehen können – vorbeifliegende Kronen von Dattelpalmen, ganze Haine davon, breite Straßen, nackte Neubauten und dazwischen, wie Aufwüchse einer längst begrabenen Vergangenheit, säulengesäumte Überbleibsel der alten Stadt. Bagdad, das war Tausendundeine Nacht, nichts Betretbares. Auch hier hatte die Moderne Einzug gehalten, stellte Alexander mit leiser Enttäuschung fest, vor allem architektonisch und was den Straßenverkehr betraf.

»Der Mittlere Osten«, hatte Jakob gesagt, »wird gerade dich blenden und in die Irre führen. Du kannst nichts dafür, du bist ein Deutscher, schieb es auf Karl May oder den Protestantismus, du hast keinen Sinn für das Doppelte, das Uneindeutige oder, das gefällt dir wahrscheinlich besser: die Januskôpfigkeit. Du weißt, was damit gemeint ist. Aber du kannst nicht gut damit umgehen, klar? Du empfindest es als Heuchelei, wenn jemand lächelnd auf dich zukommt, die Arme breitet und schließlich deine Hand mit beiden Händen ergreift, wohl wissend, dass du eigentlich so gut wie tot bist. Entgegen einer landläufigen Meinung ist es aber nicht so, dass in den vielen verschiedenen traditionellen Kulturen dort jeder Mord durch einen anderen Mord vergolten werden würde. Ganz und gar nicht, auch Mord und Totschlag sind Verhandlungssache. Viel wichtiger als die Strafe selbst, ist, wen sie trifft. Oder anders gesagt: Alles hängt davon ab, wer du bist, was wiederum davon abhängt, wen du kennst. Lass es mich abstrakter sagen, damit du es besser verstehst: Die soziale Einbettung entscheidet über alles, auch über eine zu erwartende Strafe. Jeder weiß das, blindwütige Ehrenmorde, Blutrache oder gar durch Kränkungen ausgelöste Aufstände sind Folklore. Du wirst ein für Westler nur schwer durchschaubares Spiel erleben, in dem manchmal sogar Todfeinde füreinander das Leben opfern. Und weil sich die Konstellationen ständig ändern, wirst du es, glaub mir, nie ganz begreifen. Versuche gar nicht erst, das Spiel zu verstehen, versuche es so gut wie möglich zu spielen, darauf kommt es an.«

Trotz aller Abenteuerlust, die ihn damals vorantrieb, mündete die Bagdad-Erfahrung in eine Depression. Schon das Wüstenklima machte Alexander mehr zu schaffen, als er erwartet hätte. Es war Frühsommer, und er schwitzte unablässig nach jedem kurzen Gang im Ausbildungslager, ganz zu schweigen von den Trainingseinheiten. Hose und Hemd trocknete der heiße Wind innerhalb von Minuten, abends jedoch war der Kleidungsstoff steif wie Packpapier.

Sie waren außerhalb der Stadt in einer alten Fabrikanlage untergebracht. Das weitläufige Gelände, flach und ständig von Sandschwaden durchzogen, bot Platz für mehrere Gebäude, von denen eine ganze Ansammlung aus Ruinen bestand. Diese wurden für die paramilitärischen Übungen genutzt. Zwei längliche, schmucklose Bauten dienten als Gästehäuser. Hier waren die Revolutionäre untergebracht, die, wie man Alexander versicherte, aus aller Welt herbeiströmten. Als er dort war, gab es nur eine Handvoll von ihnen, ein paar Palästinenser und das traurig wirkende Häufchen der Europäer, zu denen auch er gehörte.

In einer alten Fertigungshalle, die sie nur auf Befehl betreten durften, spielte sich Unheimliches ab. Alexander hörte von dort Gebrüll und zuweilen Schmerzensschreie. Da Fragenstellen unter keinen Umständen erlaubt war, blieb Alexander nur der Anblick des metallenen Eingangstores, das mit einer wie von einem Riesen zurechtgebogenen Metallstange gesichert war.

Die Abende im Gästehaus bei Kerzenlicht und Tee waren kurz, da jeder in der Gruppe erschöpft war, sei es von der Hitze oder den täglichen Aufgaben. Mehrmals wurde Alexander vom stechenden Schmerz auf seinem Oberschenkel geweckt, wenn ihm im plötzlich über ihn gekommenen Schlaf der heiße Tee über das Bein rann, weil er das Glas nicht mehr halten konnte. Die abendlichen Unterhaltungen verliefen schleppend. Zu groß war die Furcht, vor Müdigkeit zu viel auszuplaudern, jeder war gegen die anderen misstrauisch. Alexander hatte sich diese Ausbildungszeit im

Irak wie einen Gruppenausflug mit Gleichgesinnten vorgestellt. In Wahrheit aber blieb er völlig isoliert unter Fremden, und das war von den Anführern so gewollt.

Wann immer er konnte, las er, um sich abzulenken. Ein Baske mit Sinn für Humor nannte ihn deswegen »Marx«. So kam Alexander zu seinem Kampfnamen, mit dem jeder ihn ansprechen würde, der ihn zukünftig traf: Max. Dieser Hundename war wohl einfach leichter auszusprechen.

Schlimmer noch als das Herumklettern in den Ruinen, das Schießen und die ungeheuer anstrengenden Läufe unter dem Gebrüll der Ausbilder waren die Verhöre. Anfangs, wie zur Probe, fanden sie überall statt. Alexander ging zu den Wasserkanistern, um etwas zu trinken, und wurde dort von einem der Ausbilder befragt, ohne auch nur einen Schluck nehmen zu können. Später bestellten sie ihn in einen abgeschotteten, leeren Raum im Gasthaus, wo man ihn eine Stunde lang warten ließ, bevor jemand, der unbeobachtet hinter ihm den Raum betrat, mit der Befragung begann.

All das erschien Alexander wie eine Fortsetzung der endlosen, als Debatten getarnten Befragungen durch Jakob in Berlin. Ist das Vertrauen hier, fragte sich Alexander oft, nicht doch nur Vertrautheit, wenn man uns so lange reden und das Gesagte wiederholen lässt, ohne jemals etwas wirklich Persönliches zu erfragen?

Der Mann bedeutete ihm, sich nicht umzuschauen, und begann mit starkem Akzent seine einfachen Fragen zu stellen.

»Von vorn, wie hat alles angefangen?«

Fast hätte Alexander aufgelacht. Nicht einmal einfache Dinge waren für ihn je einfach gewesen, und jetzt und hier sollte er die schwierigste Entscheidung seines Lebens in ein paar Worten erklären. Der Mann schwieg so geduldig, dass es Alexander zu einer Last wurde. Er wischte sich den Schweiß von der Stirn und konzentrierte sich.

»Ich hätte nie gedacht, jemals hier zu sitzen. Es fing in Berlin an. Ich habe den Mann, den ihr Jakob nennt, in der Universität kennengelernt. Wir sind Freunde geworden, und er hat uns, wie soll ich sagen, in eure Nähe gebracht.«

»Uns?«

»Wir waren zu dritt. Eine Frau gehört dazu.«

»Wie gehört sie dazu?«

Alexander spürte, wie ihm wieder Schweiß auf die Stirn trat.

»Wir sind ein Paar.«

»Ihr seid verheiratet.«

»Nein, wir sind ein Paar, ein Paar zu dritt.«

Der Mann hinter ihm seufzte. Und dieses Seufzen, das bedeuten konnte: Diese seltsamen Europäer! oder auch: Was erzählt mir dieser Witzbold?, war es, was Alexander zutiefst verunsicherte. Er hätte die ganze Geschichte erzählen müssen, so, wie nicht einmal ein Dichter dazu in der Lage gewesen wäre, doch sie auf ein paar schematische Details zu reduzieren, wie es hier gefordert wurde, dazu war er vollkommen unfähig.

»Wir sind ein seltsames, äh, Team, und wir wollten die Welt verändern. Aber ist es wichtig, wie wir leben, wenn es doch darum geht zu kämpfen?«

»Ich stelle die Fragen. Wo hast du die Frau kennengelernt – und sag mir vorher noch, wer sie ist?«

Jetzt seufzte Alexander, denn das hatte er längst zu Protokoll gegeben. Neben der Hitze machten ihm die ermüdenden Wiederholungen am meisten zu schaffen.

»Ihr kennt sie unter dem Namen Theresa. Sie hat sich aber noch andere Namen zugelegt …«

»Gut, gut. Mach weiter.«

»Ich habe sie 1973 in Berlin kennengelernt.«

»Wo in Berlin.«

Wie soll ich das beschreiben, fragte sich Alexander. Jedem, nur nicht diesem Typen in seinem Rücken, hätte er es gern erzählt. Er hätte gesagt: Zwischen den weißen Strahlen aus den Wasserwerfern war sie in seinen vom Tränengas verklebten Augen die schönste Frau weit und breit. Als ich sie da im spätnachmittäglichen Licht aufrecht dahinschreiten sah, war die Demonstration für mich vorbei. Vor einer dieser uralt wirkenden Kreuzberger Kneipenkellertüren blieb sie stehen und wischte sich mit einem in bemerkenswerter Voraussicht mitgebrachten feuchten Tuch das Gesicht ab. Ich stellte mich, meine Blindheit nurmehr spielend, dicht vor sie und bat sie um das Tuch. Anstatt es mir zu geben, packte sie mich an den Schultern und riss mich in den nächsten Hauseingang, schob mich einige Meter vor sich her und klatschte mir das Tuch auf die Nase. Es tat sogar ein kleines bisschen weh, doch für mich war es wie die Zärtlichkeit einer Wilden. Als ich das Tuch von den Augen nahm, eilte krachenden Schritts eine Bullenkohorte am Hauseingang vorbei, und sie sagte:

»Die Schweine jagen uns noch bis in die engsten Gassen hinein.«

So hatte es angefangen. Aber er erzählte es nicht.

»Ihr drei wart Studenten?«

»Ja.«

»Was hast du studiert?«

»Politikwissenschaften an der Freien Universität in Berlin.«

»Das ist ein Treffpunkt für die Linken?«

»Ja, vor allem das OSI, das Otto-Suhr-Institut dort.«

»Ihr feiert dort Partys und nehmt Drogen. Es sind wohl auch viele hübsche Frauen dort?«

Alexander schnaufte, amüsiert von der eigenartigen Distanz, die der Mann durch seine Fragen erzeugte.

»Das kommt schon vor. Meistens aber nach dem – Unterricht ...«

»Unterricht?«

»Wir haben dort *Das Kapital* von Marx gelesen.«

Jetzt schnaufte der Mann hinter ihm. Und Alexander konnte sich vorstellen, was er dachte. Diese Europäer mit ihren Ideen aus Büchern, die vor über hundert Jahren geschrieben wurden. Und sie selbst hier in dieser Dritten Welt mit all den lokalen Problemen, den Machtspielen und ständig wechselnden Bündnissen. Alexander ergriff das Gefühl der eigenen Nichtigkeit. In den langen Monaten als Werkstudent, umgeben von Leuten, die sich von der Frühstücks- zur Mittagspause und danach zum Feierabend schleppten, hatte er diese Vergeblichkeit öfter gespürt. Die nackten, sachlichen Uhren in den Werkhallen erschienen ihm wie eine Metapher dafür. Wenn er wirklich erwartet hatte, etwas für die politische Aufklärung dieser müden, gelangweilten Arbeiter und Arbeiterinnen tun zu können, so war ihm das in jenen Monaten, ohne dass er es sich eingestand, gründlich ausgetrieben worden. Er erinnerte sich daran, wie er eingeschlossen in der stinkenden Betriebstoilette stand und auf das vollgepisste Becken starrte, weil er noch rauchen wollte, bevor er spülte, um nicht als Drückeberger dazustehen.

Die Langeweile war überwältigend, sie war die ermüdende Wahrheit, der Kern einer Realität, die nicht einmal durch Camus' gut gemeinten Satz vom Tristan, der selbst seiner Isolde nach schlecht bezahlter Fabrikarbeit nichts mehr zu sagen habe, zureichend beschrieben wurde.

Und doch, hier in Bagdad, warf sich Alexander das sogleich vor. Wie auch Theresa seit ihrer Begegnung bei der Demonstration, zieh er sich selbst einer unentschuldbaren Flucht vor den Realitäten des Lebens im Spätkapitalismus. Du bist zu literarisch, immer willst du ausweichen in deine Dichtermythen, hatte sie ihm wieder und wieder gesagt. Jakob formulierte es anders: Du bist ein luxurierender Bürger mit dem Bedürfnis nach ein wenig wohldosierter und am besten literaturfähiger Realität, oder: bei dir wird die Tat zum Wort noch ehe du sie ausgeführt hast. Wie soll politisches Handeln so möglich sein? Sie haben recht, dachte Alexander, ich komme mir genauso vor wie der Bewohner von Heinrich Heines Dichtergarten, den die Zeitläufte, nein, der Pöbel unweigerlich verwüsten wird.

»Ja, wir sind weit weg von den wahren Konflikten unserer Zeit«, sagte er zu dem Mann in seinem Rücken. »Dagegen wollten wir etwas tun.«

»Hier?«

Alexander nickte nur und fühlte sich elend dabei.

»Warst du im letzten Jahr einmal in Ostberlin?«

»Ja. Man kann zu Besuchen in die DDR fahren, aber es ist ein bisschen umständlich …«

»Wozu warst du dort?«

Das Bild des im grauen Regendunst verschwimmenden S-Bahnhofs Friedrichstraße kam Alexander in den Sinn. Von Bagdad aus erschien es ihm wie ein Überbleibsel aus längst vergangener Zeit, ein schwarz-weißes Kriegsbild, nicht zu seinem Leben gehörig. Die Tür zum Raum stand wohl immer noch offen, denn von fernher drang der Gebetsruf herein.

»Ich bin dort gar nicht über die Grenze gegangen«, sagte Alexander versonnen.

Der Mann reagierte nicht darauf.

»Wo bist du über die Grenze gegangen?«

»Der Ort heißt Baumschulenweg. Ein kleinerer Grenzübergang, nicht so auffällig.«

»Und dann? Wo bist du hingegangen?«

»Jakob hat mich beauftragt, die Pässe zu holen.«

»Wieso hat er dich dafür ausgesucht?«

Alexander ging der Gedanke durch den Kopf, mit seinem Aufenthalt hier im Nirgendwo in eine Art Zeitfalle geraten zu sein. Die Minuten verstrichen noch langsamer als in den Fabriken damals, aber die Leute hier wie auch der Mann in seinem Rücken schienen alle Zeit der Welt zu haben. Für sie gab es keinen misstrauischen Blick auf ein unscheinbares Auto vor dem Einsteigen. Sie fuhren in Luxuskarossen in die Stadt und wieder zurück. Es gab hier keine Gefahr, verfolgt- oder ausgespäht zu werden. Alle Ausländer standen unter dem Schutz des Muchabarat, des irakischen Geheimdienstes. Am Flughafen bereits fiel Alexander auf, was das bedeutete: Sie mussten sich um nichts kümmern, alle Papiere lagen bereit, und sogar ihre Koffer trug man für sie in die bereitstehenden Limousinen. Diese Sicherheit ermöglichte allerdings auch endlose Verhöre wie dieses, die nichts Neues erbrachten, jeden, der sie durchstehen musste, jedoch zermürbten.

»Ich glaube, er vertraute mir einfach«, sagte Alexander.

»Warum hat er nicht die Frau geschickt?«

»Ich weiß es nicht.«

»Hast du ihn nicht danach gefragt?«

»Nein.«

»Gibt er die Befehle?«

Wieder so eine Frage, deren Sinn er nicht verstand. Alexander versuchte sich daran zu erinnern, wie es dazu kam, dass er losgeschickt wurde. Theresa war den ganzen Tag in der Uni, nachdem sie die Nacht zu dritt in der Wohnung verbracht hatten. Er, Alexander, war in jener Zeit öfter heftig verkatert aufgewacht, so auch an diesem Morgen. Jakob saß schon in der Küche, Zeitung lesend und die Selbstgedrehte im Mundwinkel.

»Ein Anschlag auf Galinski, hier in Berlin«, sagte er, ohne aufzublicken, als Alexander die Küche betrat.

»Den von der Jüdischen Gemeinde?«, fragte Alexander, goss sich Kaffee ein und setzte sich Jakob gegenüber an den schmalen, weißlackierten Holztisch.

»Der Zionist«, sagte Jakob in rügendem Ton.

»Wusstest du etwas davon?«

Jakob blickte ihn nur kurz an und erwiderte:

»Damit haben wir nichts zu tun.«

Er blickte auf die Brandmauer vor dem Küchenfenster hinaus, zählte wieder einmal die rostroten Metallhaken, welche die Mauerziegel zu sichern schienen und dem Gebäude in langer Reihe abwärts eine Art Wirbelsäule gaben. Dann sah er in der Spüle die Berge von Geschirr, die sich schon wieder angesammelt hatten, und verbrannte sich am Kaffee die Lippen.

»Du könntest etwas für uns abholen«, sagte Jakob beiläufig.

Als Alexander nachfragte, brummte er nur: »Ein Paket. Es ist wichtig.«

So kam der in Rede stehende Besuch in Ostberlin zustande. Bis sie es auspackten, wusste Alexander nicht, was er da transportiert hatte, aber natürlich fiel ihm auf, dass auch am Grenzübergang niemand Anstalten machte, ihn zu überprüfen. Das Paket sah aus wie ein verpacktes Buch aus der Buchhandlung am Alexanderplatz, in Wahrheit enthielt es ihre falschen Pässe. Wie es genau funktionierte, wer die Grenzsoldaten wann informierte oder ob es irgendein geheimes Merkmal des Paketes gab, hatte Alexander nie herausbekommen.

An jenem Morgen in der Küche fragte er nicht weiter nach, sondern nickte nur stumm. Zunächst musste er ein Visum beantragen, denn, so erklärte ihm Jakob, von dieser Seite des Eisernen Vorhangs aus musste alles ganz normal aussehen. Die Übergabe fand dann einige Zeit später im Hausflur eines heruntergekommenen Mietshauses in Friedrichshain statt. Alexander hatte es angestrengt gesucht und rechtzeitig gefunden, die Haustür stand einen Spaltbreit offen, weil jemand einen Stein dazwischengeklemmt hatte. Als Alexander den Hausflur betrat, flüsterte eine Männerstimme aus dem Aufgang zum Seitenflügel:

»Kein Licht.«

Alexander verharrte vor den Briefkastenreihen, hörte sich nähernde leise Schritte und griff rasch zu, als ihm das kleine Paket auf die Brust gedrückt wurde. Der Mann verschwand durch die offene Haustür, ohne dass Alexander sein Gesicht gesehen hätte.

Das Abenteuer dieser konspirativen Begegnung war also schnell vorüber. Deswegen hatte sich ihm jene kurze Reise auf die andere Seite des Eisernen Vorhangs nicht eingeprägt. Das Paket in der Innentasche seines Jacketts, irrte er noch lange durch die Straßen im Friedrichshain. Es dunkelte bereits, er betrachtete die seltsam leeren, dunklen Straßen. Es war Oktober, und man konnte den nahenden Winter schon riechen, die vielen Kohleöfen in den Häusern sorgten dafür. Er eilte an abblätternden Altbaufassaden vorüber, stolperte auf dem schadhaften Gehweg. Obwohl man von dieser Seite her ständig davon hörte, sah nichts nach Fortschritt aus. Alles schien hier notdürftig geflickt zu sein.

So war er froh, als er die breite Landsberger Allee erreichte. Er sah Wartehäuschen aus Beton, die bei der schwachen Straßenbeleuchtung im Nichts zu stehen schienen. Lange ging er immer weiter, fühlte das Paket in seiner Tasche.

Später stand er in der Nähe des Volksparks vor dem riesigen Leninmonument und versuchte einen Streifenwagen der Volkspolizei zu ignorieren, der ihn im Schritttempo passierte. Alexander wartete ab und wischte sich mit dem Ärmel den Schweiß von der Stirn. Diese gewaltige Skulptur machte ihn nachdenklich. Überzogen von orangefarbenem Streulicht, konnte man sich vorstellen, der steinerne Riese stünde im Flammenschein. War er der Torwächter der großen Plattenbausiedlung dahinter, war er die letzte überdimensionierte Erinnerung an einen Menschen auf dieser breiten, leeren Straße vor all den kollektiv beleuchteten Fenstern? Hatte der Mann, dem dieses Monument galt, wirklich an den Schlaf der Welt gerührt?

Alexander verdrängte die Gedanken, tröstete sich damit, in der Fremde zu sein und sah auf die Uhr. Er stellte fest, dass er sich beeilen musste, um noch rechtzeitig über die Grenze zu kommen. Jakob hatte ihm alles so gut beschrieben, dass er keine Schwierigkeiten hatte, den S-Bahnhof Friedrichshain zu finden. Mit wenigen anderen Fahrgästen fuhr er im Schummerlicht zum Treptower Park und am Plänterwald vorbei, sah das Riesenrad, das sich noch immer drehte, nahe der dunklen Spree. Vergeblich hielt er nach dem weißen Futuro-Haus Ausschau, einem kühnen, modernen Bau, der aussah wie ein UFO. Nur wenn Alexander im Ostteil war, auf einer dieser S-Bahn-Holzbänke saß und dem Rattern lauschte, machte er sich klar, dass viele dieser Waggons noch aus den Dreißigerjahren stammten, obwohl es solche auch im Westteil noch gab.

Dem Mann in seinem Rücken hätte er gerne gesagt: Immer wenn ich im sozialistischen Teil der Stadt war, bekam ich ein Problem mit meiner historischen Situation, denn ich fühlte mich, als hätte man mich in die Zukunft eingeladen, aber in der Vergangenheit empfangen. An der Station Baumschulenweg stieg er aus und ging den Rest des Weges zu Fuß. Wieder eine dunkle Straße, linkerhand die geschlossene Kaufhalle und in der Ferne, auffallend hell und kalt beleuchtet, der Grenzübergang, der auf der anderen Seite Sonnenallee hieß.

»Woher kamen diese Pässe?«

»Das wisst ihr besser als ich.«

Der Mann machte eine Pause, am Geräusch erkannte Alexander, dass er sich etwas aufschrieb.

»Du weißt es also nicht?«

»Nein. Jakob hatte das organisiert. Vielleicht lief es über unsere Frankfurter Verbindung.«

»Frankfurt?«, wiederholte der Mann, und es hörte sich an, als wäre ihm dieser Name vollkommen neu.

Ich bin ein Westberliner, hätte Alexander ihm gern gesagt. Das bedeutet, ich komme aus einer ummauerten Stadt, die sich während meiner Kindheit und frühen Jugend allmählich von den übelsten Kriegszerstörungen erholte. Ich habe noch in Kriegsruinen gespielt, unter Schutt und Balken Vorkriegshüte und Patronenhülsen gefunden. Trotz all des Aufbaus war das auch eine erstarrte Stadt, die erst vor ein paar Jahren von einer politischen Bewegung erfasst wurde. Ansonsten ist diese Stadt weitgehend eine kulturelle Wüste, in den Händen von Spekulanten und Politikern, die ganze alte Stadtviertel verfallen lassen und abreißen wollen, um sie teuer und autofreundlich betonieren zu können. Der Fortschritt in dieser Stadt wirkte auf mich immer wie eine von piefigen Stammtischrunden verordnete Technisierung des Spießertums: Die Kleingartenkolonie unter der Autobahnbrücke als Utopie. Das hat sich für mich erst während des Studiums geändert, und dabei ging es nicht in erster Linie um Politik, sondern um eine Öffnung des Blicks.

Auch in Frankfurt waren die alten Häuser im Westend schon besetzt, und wenn die Spekulanten ihre Bullenhorden schickten, konnten die wenig machen, so sehr diese empörten Klobrillenbärte ihre dumpfe Normalität und Ordnung auch herbeizuknüppeln versuchten. Dort widerstand man, schlug zurück. Und man lernte die richtigen Leute kennen. Jakob suchte sich in Bockenheim eine billige Wohnung, trieb sich aber im Westend in den Kneipen und bei den Demos herum. Er erzählte uns von linken Buchhändlern, Verlegern, Revolutionären Zellen und der Notwendigkeit, aktiv zu werden. Es ging um neue Strategien des Kampfes. Keine ETA, IRA oder RAF, keine Untergrundarmee, sondern ein dezentrales Netzwerk aus Menschen mit Überzeugungen. Leute, die nicht im Untergrund verschwanden, die ihren Untergrund vielmehr bei sich trugen, ein normales Leben führten, aber bereit waren, diese bürgerliche Identität für den Kampf aufzugeben. Das ist eine, wie Jakob oft sagte, Privatisierung des Kampfes; du nimmst den Kampf in dich auf, die Verhältnisse tanzen in dir. Die Pässe waren der Ausweis dafür, dachte Alexander, durch sie konnten wir zu Touristen werden, ohne unsere Zeit am Strand zu vertrödeln. Diese Pässe beflügelten uns buchstäblich.

Gleich darauf rechtfertigte sich Alexander innerlich für seine Abenteuerlust. Immer, wenn er mit sich selbst ins Gericht ging, sah er Jakob vor sich, immer stand er, Alexander, im Verdacht, die Sache zu verraten an seine genüsslich durchlebten Stimmungen, ja schon allein durch seinen literarischen Blick auf das Leben. Wie schon oft fragte er sich auch hier wieder, wie Menschen ohne diesen Blick überhaupt leben konnten. Wie konnten sie einer Sache, über die sie selbst kaum noch sprachen, ohne jede sichtbare Inbrunst dienen, einfach, weil sie sich ihr verschrieben hatten? Wie konnten sie das Verstehen von Zusammenhängen einer Konspiration opfern, unter der er von Anfang an gelitten hatte? Wie ein blinder Maulwurf durch ein unbekanntes Höhlensystem zu kriechen und immer nur die wenigen Zentimeter vor der eigenen Schnauze zu kennen – konnte das beseelend sein? Genau so jedoch kam ihm vor, was sie taten, auch wenn der dunkle Bau in der gleißenden Wüstensonne lag.

»Du als Deutscher, sag mir, was du vom Anschlag während der Olympischen Spiele vor ein paar Jahren hältst?«

Das konnte nur eine Testfrage sein, auf die er wahrscheinlich so phrasenhaft wie möglich hätte antworten sollen. Alexander aber, ohne zu wissen warum, bemühte sich um Ehrlichkeit.

»Die deutsche Polizei ist blamiert worden, das hat mich

gefreut. Der Kampf der Palästinenser wurde weltweit wahrgenommen. Insofern war diese Operation erfolgreich. Aber …«

»Du meinst, sie hat der Sache auch geschadet?«

»Ja, weil sie es den Feinden unserer Sache zu leicht gemacht hat, die Palästinenser zu verteufeln. Man darf die Sentimentalität der Menschen nicht unterschätzen, sie kann leicht in Abscheu und Wut umschlagen. Eine Flugzeugentführung ist relativ schnell vergessen, aber etwas wie München nicht.«

»Was meinst du, woran das liegt?«

Alexander nagte grübelnd an seinem Daumen. Dann hob er den Kopf und sagte:

»Es gibt keine Fernsehkameras in den Flugzeugen. Das ist es.«

»Du bist ein Taktiker, denkst an die öffentliche Wirkung unserer Aktionen. Denkst du aber auch an unseren Kampf?«

Kurz sackte Alexander in sich zusammen, seine Gedanken schweiften ab. Er dachte zurück an lange Diskussionsrunden in Frankfurt und Berlin, die sich um eine anscheinend vor allem für ihn beunruhigende Frage drehten: Wie umgehen mit der historischen Schuld im revolutionären Kampf? Und immer war das Ergebnis klar und wurde zugespitzter formuliert, je später der Abend wurde und je mehr Alkohol geflossen war. Wir Deutschen dürfen uns durch die Verbrechen unserer Elterngeneration an den Juden nicht knechten lassen; ein moralischer Zweifel in dieser Frage wäre die perfideste Untergrabung des Kampfes gegen den Imperialismus. Die Zeiten haben sich geändert, aber nicht der Frontverlauf; dieselben Leute, die damals jene Verbrechen begangen haben, schrien heute: »Demokratie!« und benutzten die deutsche Schuldfrage als Argument dafür, neues Unrecht zu begehen und geschehen zu lassen.

Bemüht, seine Entschlossenheit unter Beweis zu stellen, antwortete Alexander:

»Der Zionismus ist gerade hier im Mittleren Osten die Vorhut des Imperialismus. Wir alle wissen das, und Israel beweist das durch die Besatzungspolitik und die Bombardierung von Flüchtlingslagern immer wieder aufs Neue. Deutsche haben das Unrecht, das hier geschieht, mitverursacht, auch deshalb kämpfen wir hier. Und wenn die Weltöffentlichkeit die wahren Verhältnisse verschleiert, dann müssen sich die Schwachen, die Opfer dieser brutalen Expansions- und Kriegspolitik, Gehör verschaffen. Aktionen, die internationale Aufmerksamkeit erregen, sind also gerechtfertigt.«

»Du und deine schöne Frau waren mit dem Herumreisen und den Kurierdiensten bisher ganz zufrieden, glaube ich. Daher meine Frage an dich: Würdest du jemanden für deine Überzeugungen töten?«

»Der revolutionäre Kampf kann das erforderlich machen …«

»Würdest du?«

»Wenn ich müsste, würde ich …«

»Würdest du, jetzt und hier?«

Alexander schwieg. Nach etwa einer Minute hob der Mann hörbar die Stimme.

»Wenn ich es dir befehlen würde, jetzt: Würdest du?«

Das Ja lag ihm auf den Lippen, und doch sprach er es nicht aus. Alexander wartete und dachte dabei: Wie immer warte ich ab. Er atmete schwer.

»Wir sind hier fertig, du kannst gehen.«

Als er sich erhob und umdrehte, sah er den untersetzten,

blass wirkenden Mann mit seinem Notizblock auf einem Stuhl sitzen. Es war der Meister persönlich, der Flugzeugjongleur, ein weltweit Gejagter, der ihn keines Blickes würdigte, als Alexander den Raum verließ.

»Warte«, sagte der Mann, als Alexander schon am Ausgang war, die Augen zusammengekniffen wegen des hellen Sonnenlichts, das draußen herrschte.

Er blieb stehen und wandte sich um. Der schnauzbärtige Mann, der aussah wie ein Buchhalter, stand kaum erkennbar im Schatten des schmalen Gangs.

»Die ganze Welt hat sich verschworen, uns zu den von allen geprügelten Hunden zu machen, die wir nicht sein wollen. Die wollen uns büßen lassen für ihre dreckige Geschichte, für ihre Verbrechen. Verstehst du das?«

Alexander nickte.

»Wir sind die Opfer nicht nur der Alten, sondern auch von euch Jungen.«

»Aber wir stehen auf eurer Seite, wir kämpfen für eure Sache.«

Alexander konnte erkennen, wie der Mann kurz den Kopf schüttelte und den Blick senkte.

»Manche sagen, wir hätten kein Recht, Unschuldige zu töten. Sie beklagen das Verhalten unserer Kämpfer und Kämpferinnen gegenüber den Geiseln in den Flugzeugen oder anderswo. Aber was geschieht hier? Und wie anders könnten wir das den Leuten in Europa, in den USA klarmachen, sie daran erinnern …«

»Ich weiß das«, sagte Alexander aus voller Überzeugung.

Der Meister kam die paar Schritte auf ihn zu und legte ihm die Hand auf die Schulter. Gebannt blickte Alexander in seine müden Augen.

»Ihr Europäer glaubt an eine Sache«, sagte der Mann, »wir hier glauben an etwas anderes, etwas, das all unsere Leiden und, ja, auch die Leiden unserer Gegner, eines Tages rechtfertigen wird: Wir glauben an Heimkehr.«

Für einen kurzen Moment fühlte sich Alexander erneut in die Zukunft bestellt und in der Vergangenheit empfangen. Aber wieder war er in der Fremde, und wieder tröstete er sich damit. Ihm entging dabei, dass der Meister den Kopf leicht schräg legte und den Blick senkte, so als würde er ihn endgültig verabschieden.

Fisher strich sich über den Bart und schaute durch das Wagenfenster auf die Tanks der Anlagen zur Meerwasserentsalzung. Nicht seine beste Idee, sich von den Leuten des Generals Vahan, wie er sich nannte, hierher fahren zu lassen. Aber als ausländischer Investor mit Botschaftsausweis genoss er bei den meisten einflussreichen Leuten Narrenfreiheit. Er schmunzelte. Ein glücklicher Einfall, sich den Bart stehen zu lassen, war er doch für viele einfachere Leute etwas Vertrautes im Gesicht eines Ausländers. Gar nicht schlecht, dachte er, das Leben eines reichen Mannes im Libanon auf Kosten von Uncle Sam. Er blickte kurz zum Fahrer und nickte ihm zu. General Vahan hatte zwei seiner jüngsten Leute geschickt, frisch rasiert und parfümiert, in weißen Hemden, die Waffen unter den Anzugjacken.

»Ihr würdet euch auch in L. A. wohlfühlen, was?«, sagte Fisher lachend.

Das Gesicht des Fahrers strahlte vor Vergnügen, er schüttelte den Kopf und erwiderte:

»Nicht in L.A., in Miami.«

Die Stimmung war gelöst. Ihren Auftrag, dem Gast zu Diensten zu sein, hatten die beiden erfüllt, und sie stellten sich, da war Fisher sicher, keinerlei Fragen. Er blickte auf das Meer hinaus und dachte an den Umschlag mit den vergrößerten Fotos, den man ihm im Konferenzsaal kommentarlos auf den Stuhl gelegt hatte. Die Typen auf den Bildern waren ganz sicher verdächtig, aber in einem solchen Bildausschnitt wäre das jeder zweite Libanese, der älter als fünfzehn war, auch gewesen. Es gab keinerlei Anhaltspunkte für irgendetwas. Und das ist wieder so typisch für den Laden, stellte Fisher fest: sinnlose Geheimniskrämerei.

Sie folgten einer langen Serpentine in die Berge außerhalb der Stadt. Je weiter sie sich vom Meer entfernten, desto dichter wurde das Gestrüpp am Straßenrand. Ab und an öffnete sich eine Lichtung, in der Abfälle herumlagen, Reste von Lebensmittelverpackungen, Flaschen, sogar Schuhe und Decken. Irgendwer war hier immer auf der Flucht, und von draußen strömten noch mehr Habenichtse herein, von denen niemand wusste, was man mit ihnen anfangen sollte. Wilde Lager, große Camps und ganze heruntergekommene Stadtviertel waren die Folge. Das Problem ist doch mit Händen zu greifen, hätte Fisher seinen Begleitern gern gesagt, aber er war überzeugt, dass sie, als Anhänger General Vahans, ohnehin eine spezielle Meinung zu diesem Problem hatten.

Aus der felsigen Umgebung wurde ganz allmählich ein Idyll. Schließlich folgten sie einer von Zypressen gesäumten Straße und erreichten die Auffahrt zu einem parkähnlichen Gelände. Über eine primitive Schotterpiste fuhren sie bis dicht an ein imposantes Gartentor, hinter dem eine gepflasterte Straße weiter den grünen Hügel hinauf führte. Zwei mit Maschinenpistolen bewaffnete Wachtposten traten, jeder auf einer Seite, an den Wagen und schauten neugierig hinein. Sie sprachen mit dem Fahrer und dem Mann auf dem Rücksitz, Fisher strich sich über den Bart und lächelte. Bald darauf öffneten die Männer das Tor, quietschend schwangen die Torflügel zurück, und die Fahrt ging langsam weiter bis auf die Kuppe des Hügels, von der aus eine prächtige Villa aus Naturstein sichtbar wurde.

Der Wagen hielt, die beiden Jungen sprangen hinaus, als könnten sie es kaum erwarten, die Villa zu betreten, und Fisher blieb noch einen Moment sitzen, um das Gelände zu sondieren. Er tat das unauffällig, griff in sein Jackett, als suchte er etwas. Übersicht war ihm auch hier wichtig, nicht, weil er hätte wiederkommen wollen, eher schon um schneller fortzukommen.

Auf der großzügigen Terrasse der Villa stand vor einem Ensemble strohgeflochtener Gartenmöbel ein kleiner Mann in Tarnkleidung, das Kinn hochgereckt und die Hände hinter dem Rücken. Er schaute zum Wagen herüber, wartete auf seinen Besuch, der sich jetzt unterdrückt ächzend aus dem Auto hievte und sogleich, noch aus der Ferne, die Hand zum Gruß hob. Lächelnd schritt Fisher auf die Terrasse zu und breitete die Arme, als er nur noch wenige Meter vom General entfernt war. Freundlichkeit war Pflicht in diesem Land, das wusste er, auch unter Fremden. Sie war die Fassade vor all den Zwistigkeiten, dem geheimen Hass zwischen den Volksgruppen und Religionen. Auch der General öffnete andeutungsweise die Arme, doch anstatt einander zu umarmen, gaben sich die beiden Männer am Ende nur die Hände.

»Wie schön, dich hier zu sehen, mein amerikanischer Freund«, sagte der General vergnügt.

»Oh ja, mich freut es auch«, gab Fisher zurück. »Ich habe viel von dir gehört in letzter Zeit, so viel, dass mich das Anwesen eigentlich nicht überraschen dürfte. Tut es aber doch … Es ist wunderschön.«

»Ja, man lebt nicht nur in Amerika gut«, sagte der General, streckte den Arm aus und führte Fisher zum Eingang.

»Wir haben hier, wie soll ich sagen, kalifornisches Klima. Wir haben das Meer und die schönsten Frauen der Region, die dazu nicht prüde sind, wenn du verstehst, was ich meine … Wir treiben Handel, und es gibt Banken, in denen das Geld des gesamten Mittleren Ostens lagert. Nur eines haben wir nicht …«

Sie betraten die Villa, passierten eine fast leere Vorhalle mit edlem Steinboden und standen gleich darauf im Innenhof. Um den großen, himmelblau leuchtenden Swimmingpool saßen Männer, Frauen und Kinder, umgeben von Orangen- und Zitronenbäumen. Die überlebensgroße Skulptur eines fast nackten, muskulösen Mannes, der ein steinernes Schwert in die Höhe hielt, fiel Fisher ins Auge. Der General blieb stehen, räusperte sich und sagte dann:

»Ein deutscher Künstler, der unter Hitler sehr berühmt war. Nicht ganz der Geschmack der Leute hier, aber schön ausgeführt, oder?«

Fisher überlegte kurz, wie er antworten sollte.

»Ein Original?«, fragte er dann.

»Oh ja, die Transportkosten überstiegen den Kaufpreis bei Weitem.«

Der General lachte.

»Was hat dieses Land nicht?«, fragte Fisher, als sie sich dem Swimmingpool näherten.

»Bitte?«

»Du sagtest, nur eines hat man hier nicht …«

Der General blieb erst dicht vor der Beckenkante stehen, strich sich über das kurz geschorene weiße Haupthaar und blickte nachdenklich auf die Wasseroberfläche.

»Frieden«, sagte er schließlich, »Frieden haben wir nicht. Sieh dort.«

Er wies auf einige Stellen nahe dem Beckenrand, an denen sich tote und ertrinkende Insekten gesammelt hatten.

»Ein Junge aus dem Nachbardorf arbeitet für mich und reinigt dieses Wasser jeden Tag. Er hat sich extra ein Netz mit langem Stiel gebastelt und verwendet darauf große Sorgfalt. Aber wie er es auch anstellt, immer werden tote Insekten in diesem Wasser schwimmen. Sie sind einfach nicht aufzuhalten, sind lästig und manchmal sogar gefährlich. Ständig kommen neue nach, als hätten sie eine geheime Anweisung bekommen. Und so ist es auch in diesem Land. Wir haben keinerlei Möglichkeit, uns dagegen zu wehren – es sei denn, wir schließen uns zusammen und verteidigen gemeinsam wenigstens die kleinen Flecken, auf denen wir leben.«

Fisher hatte sich nachdenklich durch den Bart gestrichen und hob nun den Blick, betrachtete noch einmal die Kinder mit ihren von Süßigkeiten verschmierten Mündern, die in ihre Handtücher gewickelten, zum Teil sehr jungen Frauen, wie sie aufmerksam herüberschauten. Die Anwesenheit eines fremden Mannes war ihnen offenkundig unangenehm.

»Aber, mein amerikanischer Freund, entschuldige. Ich habe dich nicht eingeladen, damit du dir meine traurigen Vorträge anhörst.«

Der General legte seine Hand sacht auf Fishers Schulter und wies ihm den Weg zur Villa.

»Ich glaube, wir haben etwas zu besprechen. Außerdem ist es längst Zeit für eine Erfrischung.«

Fisher folgte dem drahtigen kleinen Mann, wandte den Kopf und sah in der Nähe des Eingangstores die beiden Jungen, die ihn hergebracht hatten. Sie lächelten, und Fisher nickte ihnen väterlich zu.

Im weiträumigen, von Holzmöbeln bestimmten Salon der

Villa erfuhr Fisher einiges über die geheime Miliz, welche der General bereits vor ein paar Jahren gegründet hatte. Sie nannten sich »Löwen des Libanon«, und Geheimniskrämerei war dem General besonders wichtig. Anders als die anderen christlichen Milizen war seine Gruppierung nicht darauf aus, so viele Kämpfer wie möglich zu rekrutieren. Vielmehr sollte sie klein und mobil bleiben, ihre aus nicht mehr als jeweils einem Dutzend bestehenden Einsatzkommandos sollten sich rasch zwischen West- und Ost-Beirut bewegen und auch die Umgegend, die Touristenstrände und die Berge erreichen können.

Dankend nahm Fisher das Teeglas aus der Hand eines seiner Fahrer und fragte den General danach, wie er die Schlagkraft und Integrität einer solchen Elitetruppe sicherstellte. Der Begriff »Elite« erfreute den General sichtlich, vor Stolz leise schnaufend versicherte er dem Amerikaner, dass der Auswahlprozess sehr streng sei.

»Wie du weißt, herrscht in diesem Land und vor allem auch in dieser Stadt kein Mangel an unbeschäftigten Jugendlichen. Wir müssen also sicherstellen, unter all den Übriggebliebenen die geeignetsten zu finden. Soll sich der Rest als Fußvolk verheizen lassen, von welcher Gruppe auch immer.«

»Wie stellt man das sicher?«, fragte Fisher.

Der General zeigte seine recht große, dunkel behaarte Faust und hob einen Finger nach dem anderen, während er zählte:

»Erstens: die körperliche Prüfung. Keine Drogen, keine Schwächlinge. Zweitens: die Grundeinstellung zu diesem Land. Ich erwarte unter ihnen keine Gelehrten, aber sie müssen sich der Gefahr, in der wir uns befinden, bewusst sein.

Drittens: die Religion. Sie müssen glauben, denn je stärker sie dies tun, desto klarer werden sie ihre Feinde erkennen. Und viertens: ihre Bereitschaft, Opfer zu bringen. Sie werden sich und andere opfern müssen, das gehört zum Krieg.«

»Krieg?«

Der General beugte sich vor und stellte sein Glas vorsichtig auf dem niedrigen Tisch ab. Er blickte den Amerikaner eindringlich an.

»Du weißt, wovon ich rede, da bin ich sicher. Die Zeichen sind unübersehbar.«

Fisher war sich bewusst, dass jeder in diesem Raum wenigstens vermutete, zu welchem Verein er gehörte. Der General, die Leibwächter und jener stille, dunkelhäutige Mann, der wie eine Art Dienstbote gekleidet war – sie alle konnten sich dessen nicht sicher sein, aber in diesem Land waren nicht nur die Ausländer selten das, was sie zu sein vorgaben.

Dennoch war Fisher nicht beunruhigt. Informelle Treffen wie dieses waren für ihn Routine. Er atmete tief ein und bemerkte, wie gut es in diesem großen Raum roch. Er meinte eine Mischung aus Vanille, feuchtem Holz und Weihrauch auszumachen. Sein Blick blieb an einem großen Relief hängen, welches hinter Glas und sorgfältig gerahmt an der gegenüberliegenden Wand hing. Der General bemerkte es, wandte sich halb um und wies hinter sich.

»Magst du es?«

»Auch ein Original?«

»Oh ja«, versicherte der General. »Es ist phönizisch, wie du sicher erkannt hast, mein Freund.«

Fisher grinste.

»Wie alt ist es?«

Der General hob die Augenbrauen, sein Gesichtsausdruck war jetzt zugleich andächtig und wichtigtuerisch.

»Sehr alt. Die Leute, die das geschaffen haben, waren unsere wirklichen Vorfahren. Wir Libanesen, jedenfalls die meisten von uns, sind keine Araber. Wir sind Phönizier, Abkömmlinge eines Volkes von Händlern, welches das Mittelmeer beherrschte, lange bevor die Westeuropäer von den Bäumen stiegen.«

»Ich glaube, historisch stimmt das nicht so ganz«, sagte Fisher, wiegte den Kopf und lächelte.

»Du verstehst, was ich meine. Es ist von großer Bedeutung, dass das libanesische Volk begreift, welche besondere Stellung es im Mittleren Osten hat. Dies hier ist ein kleines, aber einzigartiges Land. Hier koexistieren so viele Religionen und verschiedene Kulturen seit Jahrhunderten auf engem Raum, weil wir dem Islam widerstanden haben. Das Meer hat uns dabei geholfen.«

Das Relief zeigte einen geflügelten Löwen mit Menschenkopf. Die Flügelfedern dieses Mischwesens waren so fein gearbeitet, dass man meinte, sie könnten sich in jedem Moment regen; die Haare an der Schwanzspitze des Löwen, die Krallen an seinen Tatzen und der im Profil dargestellte Menschenkopf mit nackenlangen Haaren – jedes Detail zeugte von beeindruckender Kunstfertigkeit. Fisher dachte kurz über die Worte des Generals nach und fragte sich, ob sie nicht vielleicht einen wahren Kern beinhalteten. Im Mittleren Osten, soweit er ihn kannte, standen libanesische Erzeugnisse in ausgezeichnetem Ruf, seien es Töpfe, Kleider oder Süßigkeiten.

»Vielleicht hat ja auch nur der Handel dafür gesorgt, dass …«

»Der Handel, die Lage zwischen Bergen und Meer und die unterschiedlichen Religionen«, fiel ihm der General ins Wort, »all das hat eine Kontinuität, und es prägt die Menschen bis in die Tiefen ihrer Seelen hinein. Ich behaupte, nicht einmal ein sunnitischer Araber von hier ist seinem Wesen nach mit einem Ägypter oder Saudi vergleichbar.«

»Aber dieses Wesen dort ist auch ein Monstrum, oder?«

»Dieses Monstrum, wie du es nennst, sind wir, mein Freund. Ich, wie ich hier vor dir sitze, und jeder andere, dem du außerhalb der Hotelbars und Touristenstrände begegnest. Es hat nichts mit der Rasse zu tun. Wir Libanesen sind aus den gleichen Zutaten gemacht wie das Land selbst. Komm, ich möchte dir etwas zeigen.«

Ruckartig erhob sich der General und, einem Reflex folgend, tat es ihm Fisher ebenso schnell nach. Das alles geschah etwas hastig, sodass die beiden Leibwächter, Fishers Miami-Boys, unwillkürlich unter ihre Sakkos griffen, die Waffen allerdings nicht zogen. Der General hob kaum wahrnehmbar die Hand und wartete, bis der Amerikaner um den Tisch gegangen war, um ihn zu einer steinernen Treppe am anderen Ende des Raumes zu begleiten. Sie führte in die oberen Stockwerke und, zu Fishers Überraschung, auch in eine Art Keller. Die beiden Leibwächter blickten mit ernster Miene zu ihm, als er, gefolgt vom General, die Stufen hinabstieg. Der Treppenschacht wurde von flackerndem Kerzenlicht erhellt.

Fisher trat durch die offen stehende Tür in einen feuchten Raum. An Campingtischen aus Plastik saßen sich zwei junge Männer gegenüber. Vor jedem stand eine dicke, brennende Kirchenkerze. Die Männer blickten nicht auf; vor ihnen lagen zentimeterhohe Papierstapel. Offensichtlich waren sie dabei, auf diesen Zetteln etwas niederzuschreiben, das ihnen Kopfzerbrechen bereitete.

»Was für ein Anblick, nicht wahr«, flüsterte der General dicht neben Fisher. »Du weißt, dass sich das Christentum im Mittleren Osten eine Tradition der Mönche und Einsiedler bewahrt hat. In Europa sind diese Figuren schon früh den Orden gewichen. Hier aber gibt es sie noch, und diese beiden eifern ihnen nach.«

»Was schreiben sie?«, fragte Fisher leise.

»Sie schreiben ihr kurzes Leben auf: Alles, woran sie sich erinnern.«

»Wozu?«

»So lernen sie, ehrlich zu sein. Sie werden es wieder und wieder tun, und dann werden die Fassungen verglichen.«

In einer dunklen Ecke des Raumes räusperte sich jemand, den Fisher noch nicht bemerkt hatte. Es war ein älterer Mann, der sein Gewehr neben sich an die Wand gelehnt hatte.

»Mönche und Krieger«, murmelte Fisher.

»Ganz recht«, erwiderte der General.

Nachdem er sich an seinen Freiraum im Apartment gewöhnt hatte, spürte Ziad in dem Hochhaus allmählich immer stärker seine Isolation. Er lebte am Abend und während der Nacht, tagsüber schlief er und vereinsamte so allmählich. Als Imad ihn nach einigen Wochen zu sich bestellte, war Ziad aufgeregt wie sonst nur, wenn er seine Familie im Dorf besuchte, um einen Teil seines Geldes abzuliefern. Ohne länger darüber nachzudenken, war ihm klar, dass er in Beirut ein Leben unter Fremden führte, dass er nie so ganz zurückgekehrt war aus Europa, weil er nun tagtäglich gezwungen war, sich zu verbergen, selbst unter den Leuten, die er traf.

Jetzt dachte er öfter an die Zeit in Marseille zurück, als er Imad kennenlernte. Sie erschien ihm beinahe unbeschwert, und auch wenn er damals arm war, so war er doch frei gewesen. Hier in Beirut gab es keine gemeinsamen Spaziergänge über die Marktplätze mehr. Imad ließ ihn nur wissen, wann das Treffen in einer sicheren Wohnung in West-Beirut stattfinden würde, alles weitere hatte Ziad einfach nur abzuwarten.

Er saß im Dunkeln auf seinem winzigen Balkon und betrachtete die beleuchteten Fenster in den Fassaden gegenüber. Blickte er ins Zimmer zurück, dann sah er, wenn das rote Licht des Reklameschriftzuges hereinfiel, auf der Matratze einen sehr dunklen Fleck und wusste, dass dort seine

Waffe lag. Es war ein russisches Fabrikat, und Ziad trug die Pistole nun jeden Tag bei sich, außer Bulbul wusste niemand davon.

Er drehte sich einen Joint, zündete ihn an, inhalierte den Rauch tief und sann über das seltsame Gefühl von Stärke nach. Er konnte mit dieser Waffe töten, wann immer er wollte, zugleich aber wurde ihm auch klar, wie leicht andere Bewaffnete ihn töten konnten. Es war, als hätte sich die Welt geteilt in jene Zivilisten, die unten auf der Straße in Richtung Hamra eilten, und all die Bewaffneten in dieser Stadt, die sich selbst und ihre Umwelt mit besonderer Wachsamkeit wahrnahmen.

Das Haschisch begann seine Wirkung zu entfalten, kurz sackte ihm der Kopf auf die Brust, und voll von gurgelndem Blut öffnete sich der dunkle Spalt in Hakims Hals vor seinen Augen, so als würde dem armen Junkie wie einer Puppe der Kopf abgerissen. Ziad stöhnte auf und zwang sich, wieder auf die beleuchteten Fenster gegenüber zu starren.

Er schüttelte heftig den Kopf, und tatsächlich wurde er abgelenkt, denn in einem der Fenster im sechsten Stock schräg gegenüber bewegte sich wieder die Silhouette der, wie er glaubte, älteren Frau, die er schon öfter beobachtet hatte. Stets waren die leichten Vorhänge vor diesem Fenster zugezogen, und doch konnte Ziad an vielen Abenden sehen, was diese Gestalt tat.

Zunächst zog sie ein größeres Tuch oder auch eine Decke von etwas, dessen Umriss einem kleinen Fernseher ähnelte. Ziad glaubte klar zu erkennen, dass die Gestalt ein Kleid trug. Sie faltete die Decke ordentlich zusammen und legte sie beiseite. Danach nahm sie vor diesem Apparat Platz und setzte sich einen Kopfhörer auf. Die beiden großen Ohrmuscheln gaben der nun nur noch halb sichtbaren Gestalt hinter dem Vorhang das Aussehen eines Außerirdischen, und das rote Licht der Leuchtreklame verstärkte diesen Eindruck noch. Jetzt, in seinem Haschischrausch, musste Ziad über diesen Gedanken lachen. Er wusste, dass die Gestalt manchmal mehr als zwei Stunden dort saß, doch an diesem Abend, gerade als er beschlossen hatte, sie weiterhin zu beobachten, schien sie gestört zu werden. Hastig erhob sie sich, zog sich die Kopfhörer von den Ohren, griff nach der Decke, schüttelte sie aus und warf sie über den Apparat. Sie entfernte sich vom Fenster, und im nächsten Moment wurde das Licht gelöscht. Ziad nahm einen letzten tiefen Zug, legte den Kopf in den Nacken und fühlte die Verspannung dort. Vermutlich, sagte er sich, hat jemand geklingelt oder geklopft.

Nach einem letzten Blick auf das Fenster überfiel ihn ein heftiges Gähnen. Er spürte seine Müdigkeit, stand auf und wankte zu seinem Schlafplatz im Zimmer. Bevor er sich auf die Matratze werfen konnte, musste er die Pistole beiseiteräumen. Er legte sie auf einem umgedrehten Pappkarton ab, der ihm als Nachttisch diente und spürte dabei ihr Gewicht. Als er sich hingelegt hatte, meinte er das Aufleuchten des roten Lichtes noch bei geschlossenen Augen wahrzunehmen, seltsamerweise aber konnte er den Schriftzug dabei lesen, als sähe er ihn von der Straße aus.

Wieder fühlte er sich einsam und dachte an seine Familie. Das letzte Mal nahm ihn Bulbul bis zum Dorf mit. Das war nun auch schon wieder Wochen her. Bulbul hatte ihm die Makarow besorgt, und Ziad erinnerte sich genau, wie er, gerade angekommen, aufrecht und schweigend an den ihm zumeist bekannten Dorfleuten vorüberging, als wäre er ein Fremder, das Gartentor zum kleinen Haus der Familie öffnete und auf seinen Vater zuging. Die Pistole, bedeckt vom Hemd, fixiert vom Gürtel hinten in seinem Hosenbund, spürte er bei jedem Schritt. Er sah in das strenge, hohlwangige Gesicht seines Vaters, nahm das unsichere Flackern in dessen Augen wahr, sagte kein Wort und wartete auf das Begrüßungslächeln im Gesicht dieses Mannes, ein Lächeln, nicht der Liebe, sondern der Furcht entsprungen. Alle, seine Eltern, seine Schwestern, sein Bruder und sogar die Nachbarn behandelten ihn an diesen zwei Tagen mit größter Zuvorkommenheit, ganz so, als hätten sie von höherer Stelle erfahren, dass ihr Sohn und Nachbar nun ein Kämpfer war mit der Fähigkeit und auch den Mitteln zu töten.

»Du warst im Süden unterwegs?«, lautete die erste Frage Imads gleich nach der Begrüßung.

Ziad lächelte ihn offen an.

»Ja, ich bin mit einem von der Gang dorthin gefahren. Alle nennen ihn Bulbul, und er scheint mir der interessanteste von den Leuten dort zu sein.«

»Er ist ein Schiit?«

Ziad bejahte und ließ den gereizt wirkenden Imad nicht aus den Augen. Für Ziads Begriffe waren diesmal extreme Sicherheitsvorkehrungen getroffen worden. Er hatte erwartet, dass sie ihn abholen würden, stattdessen musste er in die Gegend am Friedhof der Juden kommen und dort in einem der Teehäuser fast anderthalb Stunden warten, sicherlich die ganze Zeit über von ihnen beobachtet. Als sie schließlich kamen und er ins Auto gestiegen war, rechnete er damit, dass sie ihm die Augen verbinden würden. Sie taten es nicht, und so wusste er, dass er sich in einem Sicheren Haus in der Nähe von Schatila befand. Ein neuer Mann namens Faruk stand am offenen Fenster und starrte mit seltsam leerem Blick auf ihn, an der Tür war Fuad postiert, sein alter Bekannter aus Paris. Ziad fühlte sich weitgehend sicher, wären da nicht das übermüdete Gesicht und die nervösen Hände Imads gewesen.

»Kann man ihm vertrauen?«

»Ich denke schon. Außerdem ist er diszipliniert und verschwiegen.«

»Was ist mit seiner Familie?«

Ziad richtete sich im Sessel auf, wobei das Kunstleder knarzte.

»Das ist der Grund für unsere Reise in den Süden; ich wollte sie kennenlernen.«

Imad nickte und ließ sich endlich zurück in den Sessel sinken. Er wies mit der offenen Hand auf ihn, Ziad.

»Das sind sehr arme Leute«, sagte dieser. »Und deshalb arbeitet er für die Gang. Er würde eine bessere Arbeit genauso gut, nein, besser machen.«

»Ist seine Familie ärmer als deine?«

Kurz zögerte Ziad mit der Antwort, weil er plötzlich Scham verspürte. Er erinnerte sich an die Baracke, in der Bulbuls fünfköpfige Familie hauste, ein wahrhaft elendes Zuhause inmitten von Geröll und Sand, und daran, dass der nächste Brunnen mehr als fünf Kilometer weit entfernt war.

»Ja«, antwortete er dann, »ich bin sicher: Ja.«

Imad zündete sich eine neue Zigarette an. Ziad hatte gehört, dass Imads schöne deutsche Freundin hier in Beirut war. Er hätte sich gewünscht, nur einmal von ihm nach Schatila eingeladen zu werden, damit auch er sie wiedersehen konnte, wenn nötig auch mit allen Sicherheitsvorkehrungen. Stattdessen unterzog ihn Imad einer solchen Befragung.

»Wie steht dieser Bulbul zur *Bewegung der Beraubten*?«

»Ein wenig sympathisiert er mit ihnen«, entgegnete Ziad. »Aber er steht ihnen nicht sehr nahe.«

»Sein Vater ist ein Obstpflücker aus Syrien.«

»Dazu noch Schiit«, warf Fuad von der Tür her ein, und Ziad schreckte auf, »wie kann er ihnen da nicht nahestehen?«

Ziad nickte und dachte nach. Er meinte zu spüren, wie die Luft im Raum dünner wurde. Über Bulbul wussten sie wahrscheinlich alles und ihm, Ziad, misstrauten sie, weil sie ihn für dumm und nachlässig hielten.

Imad kniff kurz die Augen zusammen und wischte sich mit dem Handrücken über die Stirn, seine Erschöpfung war ihm wieder deutlich anzusehen. Doch mit einer schnellen Bewegung griff er neben den Sessel, auf dem er saß, und zauberte eine Flasche Johnnie Walker und zwei Gläser hervor. Er stellte sie polternd auf den Tisch und forderte Ziad auf einzuschenken. Sie stießen an, und noch vor dem ersten Schluck war Ziad klar, dass sie ihm die Zunge lösen wollten.

Er dachte zurück an die Fahrt mit Bulbul ins Bekaa-Tal. Bis sie dort waren, sprachen sie kaum miteinander, und Ziad fragte sich bereits, wozu ihn dieser seltsame Mann überhaupt mitgenommen hatte. Es schien ihm wichtig zu sein, und eine Überraschung hatte er ihm auch angedeutet. So wartete er geduldig, bis sie von der Straße abbogen, die durch das Tal direkt bis nach Damaskus führte, und auf einem Seitenweg hielten.

Bulbul stieg aus und streckte sich, drehte sich um und stützte sich mit den Unterarmen auf das Autodach. Ziad tat es ihm nach, und so standen sie einander gegenüber, noch immer wortlos. In vielen, sanft ineinander übergehenden

Schichten, doch darum umso majestätischer, baute sich im Rücken des Schiiten das Libanongebirge auf, und Ziad bestaunte die Flucht der weißen Bergflanken ganz oben, die nicht mehr den dunklen Geröllflecken und den gelbgrünen Lachen aus Bewuchs und Feldern, sondern dem Himmel zuzugehören schienen.

Er blickte Bulbul in die kleinen, undurchdringlich schwarzen Augen und wartete weiter. Es kam ihm wie ein Spiel vor, und er war entschlossen, es zu gewinnen. Schließlich kündigte ihm Bulbul an, ihm seine Eltern vorzustellen, und sogleich wollte Ziad wissen, warum er das tat. Er habe doch wissen wollen, wer er sei, antwortete Bulbul, und nun könne er es erfahren. Ziad grinste dümmlich, um nicht zu zeigen, dass er sich ertappt fühlte. Zuvor aber, fuhr Bulbul fort, habe er im Handschuhfach noch ein Geschenk für ihn. Ziad bückte sich, öffnete das Fach, und da lag die Waffe, mit der im Gürtel er kaum zwei Wochen später seine Eltern im Dorf besucht hatte. Er betrachtete sie kurz, wog sie in der Hand und verstaute sie in seiner Hosentasche. Ob sie vom Rais komme, fragte er den Schiiten. Bulbul drehte sich um und lehnte sich mit dem Rücken an den Wagen, tat so, als genieße er die Aussicht.

»Den Rais gibt es nicht mehr, er wurde ausgemustert«, sagte er leise.

»Wieso?«, fragte Ziad verwirrt.

»Jemand hat in seinem Wohnzimmer einen Mann geschlachtet wie eine Ziege.«

»Hakim?«

»Es ist egal, wer das war. Der Rais hat das Zeichen verstanden. Er hat seine Familie nach Paris geschickt und ist selbst untergetaucht. Seine schöne Tochter ist übrigens jetzt ein Fotomodell.«

Ziad dachte an Manar und die starke Wirkung ihres bloßen Anblicks auf ihn. Bald würde die ganze Welt so empfinden, das war für ihn, der hierbleiben musste, ein Trost.

Ein kühler Wind wehte über die Ebene, hinter ihnen brauste ein Lastwagen vorbei. Ein paar hundert Meter die Straße hinauf lag ein armseliges Gehöft. Dort standen zwei Esel im Sonnenlicht, regungslos und mit erhobenen Köpfen, als würden auch sie gerade darüber nachdenken, wie es weitergehen sollte.

»Worum geht es hier?«, fragte Ziad.

Geduldig wartete er auf die Antwort. Bulbul kratzte sich den Fünftagebart und wischte sich über seine große Nase. Schließlich schlug er mit beiden Händen auf das Autodach und sagte:

»Ich zeige es dir.«

Bevor er einstieg, fügte er hinzu:

»Die Waffe jedenfalls ist ein Geschenk von mir. Damit du mich nicht vergisst.«

Sie folgten der Straße, und Ziad genoss den Ausblick auf das weite Tal, sah die Straßenhändler mit ihren Holzkarren, die ärmlichen Siedlungen der Landarbeiter, aber auch die weit entfernt von der Straße aufragenden Paläste der hier herrschenden Clans.

»Für einen von denen arbeitest du«, stellte Ziad fest.

»Jeder arbeitet für einen von denen«, antwortete Bulbul.

Irgendwo bog er ab, und sie fuhren über eine Schotterpiste in das Niemandsland vor der syrischen Grenze. Hier gab es kaum noch Verkehr, die nicht sehr hohen gelbbraunen Hügel um sie öffneten sich zu immer neuen Tälern und Plateaus, über denen Vogelschwärme umherwirbelten, die aussahen wie Aschereste im Wind. Nach einer scharfen Biegung, die zwischen zwei Felsen hindurch führte, hielt Bulbul, schaltete den Motor aus und öffnete die Tür.

»Bleib hinter mir«, sagte er noch.

Sie stiegen aus und blickten auf ein Blütenmeer, flammend rot und violett, dazwischen die schweren, geschlossenen Blütenköpfe des Mohns, schwankend im Wind. Zwei Männer kamen durch das Feld auf sie zu, die Gesichter von Kefiyes verhüllt. Beide hielten lange Stöcke in den Händen, und beide waren in ihren von der Sonne durchleuchteten Gewändern so dünn, wie Ziad es nie zuvor gesehen hatte. Bulbul rief ihnen einen Namen zu und hob dabei die rechte Hand. Die Männer blieben stehen, einer von ihnen nickte.

»Das sind die Ärmsten hier im Tal. Und weißt du, was sie tun? Sie verteidigen das Feld gegen diese Vögel«, er zeigte zum Himmel, »die genauso süchtig sind wie die Leute hier, in Europa und in Amerika. Diese Viecher würden alles tun, um an die Droge zu kommen, und verhungern dabei. – Das ist es, worum es hier geht.«

Ziad hielt sein fast leeres Whiskyglas noch immer in der Hand, blickte zu Imad und begriff, dass er ein gutes Wort für seinen neuen Freund einlegen musste.

»Er ist dankbar und treu und, obwohl er Bulbul genannt wird, sehr verschwiegen. Außerdem ist er ein guter Kämpfer«, sagte er und stellte sein Glas auf den Tisch, woraufhin ihm Imad sogleich nachgoss.

»Du bürgst für ihn«, sagte er drohend. »Und beim nächsten Mal bringst du ihn mit.«

Theresa. Zweite Sitzung

Gern erinnerte sie sich an ihre gemeinsamen Besuche im Beach-Club in West-Beirut. Sie musste lächeln bei dem Gedanken an Imads Einfallsreichtum im Bemühen, sie hier in der Fremde bei Laune zu halten.

Der Club war den Reichen vorbehalten, und wahrscheinlich hatte Imad seine Beziehungen in der Organisation spielen lassen. Es war ein Besuch in einer anderen Welt. Bikinifrauen schwenkten ihre Cocktailgläser herum und warfen beim Lachen mit gekonnter Pose den Kopf in den Nacken. Neben der Strandbar hatte man eine Bühne aufgebaut. Musiker aus den USA und Europa coverten dort die Hits der Saison. Motorboote schossen über das Wasser, und zu Theresas Überraschung fuhren manche der Bikinidamen Wasserski.

Sie beide lagen lächelnd auf ihren Sonnenliegen, wurden immer mehr aufgeheizt, bis Imad den Sonnenschirm richtig positionierte. Seine Fürsorge endete nie. Jene welthistorische Katastrophe, welche, laut Marcuse, der Kapitalismus für den Menschen bedeutete, nahm sich hier im Beach-Club recht angenehm aus. Theresa bemühte sich, in den Gesichtern dieser jungen, verwestlichten Libanesinnen das Unglück zu lesen. Aber sie kam sich vor, als schaute sie Kindern beim Spielen zu. Sie erinnerte sich, wie sie auf die Front der Apartmenthäuser blickte, die sich den Strand entlangzog, und dachte: Ich bin hier falsch. Das dachte sie öfter bei verschiedenen Gelegenheiten, etwa wenn sie nicht widerstehen konnte, ihren Eltern Postkarten aus Amman oder Sidon nach Wetzlar zu schicken.

In Imads trotz des dichten Schnurrbartes jungenhaftem Gesicht las sie Missbilligung, ja Verachtung. Er hasste diese Kinder korrupter Geschäftsleute, Politiker und Militärs, die sich hier als das zeigten, was sie waren: eine einzige verschworene Gemeinschaft.

»Inmitten von Armut«, sagte er mehrmals, »sind die Reichen rücksichtslos. Wie die verkommene Zarenfamilie vor der Oktoberrevolution. Allah in seiner Weisheit hat die Russen zu guter Letzt endlich die Kalaschnikow erfinden lassen.«

Sie betrachtete Imads Gesicht im Profil. Er blickte zu den weißen Booten hinaus, sein Ausdruck verdüsterte sich. Vielleicht wird er bewaffnet wiederkommen, dachte sie und fragte sich, ob sie es fertigbringen würde, ihn zu begleiten. Ein älterer Mann, ganz Patriarch, führte seine Familie den Strand entlang zu den Tischen des Cafés. Die Selbstgewissheit, mit der er auftrat, seine die Frauen auf die Stühle verweisenden Handbewegungen, ließ sie denken: Das wahre Spießertum ist das eingebildete Wissen um die richtige Ordnung aller Dinge. Hier wie dort. Seltsam nur, dass ich aus Deutschland anreisen musste, um das zu erkennen.

»Ich würde mit dir wiederkommen«, sagte Theresa.

Imad blickte sie an, hob die Augenbrauen und nickte.

In Sabra und Schatila war sie erstaunt gewesen, eine kleine Stadt mit zwar verdreckten Straßen, Plätzen und Gassen, aber auch mit aus Stein gebauten Häusern, Geschäften, Restaurants und Teehäusern vorzufinden.

»Daran kannst du sehen«, sagte Imad, »dass man uns

Palästinenser diesen Status eigentlich für immer zugedacht hat.«

Sie hatte sich die Flüchtlingscamps als Zeltstädte vorgestellt, elend und unbefestigt. Das Lager aber war eine Stadt innerhalb der Stadt. Sie war gut bewacht, an vielen Stellen hatte man die Straßen durch Barrikaden blockiert, welche den Zugang von außen verhindern sollten. Theresa fragte sich, ob die Bewohner das Lager überhaupt je verließen. Imad versicherte ihr, viele würden draußen arbeiten und erst am Abend zurückkehren. Dann sei es ja eine Art Slum, lag es Theresa auf den Lippen zu sagen, aber sie verzichtete darauf, um Imad nicht zu kränken.

Am Abend sahen die Straßen im Lager ärmlich und düster aus, auch die Häuser wirkten heruntergekommen. Aus Fenstern und von Leinen über den Gassen hingen Wäschestücke hoch über den herumstreunenden Hunden und abgestellten Holzkarren. Überall patrouillierten bewaffnete Milizionäre, erst im Haus von Imad fühlte sie sich sicher. Dort wurde sie warmherzig empfangen; als Deutsche stand sie sofort im Mittelpunkt. Die beiden jüngeren Schwestern Imads konnten sich an ihr nicht sattsehen, während seine Mutter sie ständig anlächelte und ihr im Vorbeigehen wie einem Kind freundliche Worte zuflüsterte. Imads Vater und sein jüngerer Bruder hingegen beäugten sie misstrauisch. Sie waren zwar immer höflich, ließen sie aber spüren, dass sie ein Eindringling war. Theresa gelang es, mit ein paar Brocken Arabisch, etwas Französisch und Englisch sowie der Hilfe Imads ihre Gespräche über das Essen, das Wetter, die schlechte Versorgungssituation und die politische Lage im Land in Gang zu halten.

So wurde sie mit der Familie allmählich vertraut. Das

zahlte sich vor allem während der vielen Stunden aus, in denen sie zusammengedrängt in einem Raum im Licht einer einzelnen Kerze beisammensaßen. Um diese Zeit nach dem Abendessen war es für alle außer Imad am sichersten, das Haus nicht mehr zu verlassen. Am meisten aber fürchtete Theresa das Rattern des Generators, der allerdings häufig ausfiel, weil Treibstoffmangel herrschte.

Im Haus seiner Familie berührte Imad sie nie. Wenn sie in der winzigen Kammer, welche die Familie für sie freigeräumt hatte, reglos nebeneinanderlagen, hatte sie so Gelegenheit, den Geräuschen der Ratten auf dem Blechdach zu lauschen. Und sie sah sie vor sich, wie sie herumflitzten, hier und da scharrten, manchmal hörte sie sogar leises Aufquieken. Sie bemühte sich redlich, es sich auszureden, doch ihr Körper erstarrte, und sie fühlte eine kalte Schweißschicht auf der Stirn. Der Ekel saß so tief, dass ihr nichts anderes übrig blieb, als die Augen zu schließen und auf den Schlaf zu warten, der sie in einem der kurzen Momente der Ablenkung aus dieser Kammer fortriss.

Für die Liebe blieb ihnen das Auto bei ihren Ausflügen auf den Küstenstraßen und hoch oben im Libanongebirge. Es war romantisch, die Weite des schönen Landes hinter den von ihrer beider Atem beschlagenen Autofenstern berauschte sie. Doch im Wechsel mit der drangvollen Enge im Haus der Familie erschöpfte es sich. Sie war sich sicher, hätte man ihr damals die Frage auf dem Zettel, Was tust du hier?, vorgelegt, sie hätte sie schwerer beantworten können als jetzt.

Erst als Imad sie mitnahm zu einer Kinderstation des SAMED, als sie dort die engagierten Männer und Frauen sah, vor allem aber den Kindern begegnete, Waisen und Verwundeten, den Opfern all der Militäreinsätze, welche in der Weltpresse nur noch als Kurzmeldungen auftauchten, da hatte sie ihre Aufgabe in diesem Land gefunden. Wie fortgewischt waren die trüben Gedanken beim Anblick der trostlosen und am Abend furchteinflößenden Gassen von Schatila, in denen Hunde und riesige Krähen um die Abfälle kämpften.

In der Station traf sie auf Kinder, die ihr sofort zugetan waren, sei es, weil sie sie mochten oder auch nur, weil sie eine interessante Fremde war. Deren Liebesbedürfnis, ihre Anhänglichkeit und Neugier stärkte letztendlich sogar Theresas politische Entschlossenheit.

Sie wollte Imad das erklären, als sie ihn drängte, ihr dort eine Stellung zu verschaffen, doch er schien es nicht wirklich zu verstehen. Sie spürte den konzentrierten Blick seiner dunklen Augen auf sich ruhen und begriff, dass ihr abstraktes Gerede zwecklos war. Schließlich sprach sie nicht mit Alexander oder Jakob oder irgendeinem der vielen Seminarrevolutionäre in Frankfurt. Also sagte sie zu ihm:

»Schau, Habibi, fast alle Frauen, denen ich hier begegnet bin, auch wenn sie jünger sind als ich, haben bereits Kinder. Weißt du, was das für mich bedeutet?«

Augenblicklich entspannten sich seine Gesichtszüge, wie erleichtert griff er nach ihren Händen, hob sie zu seinem Mund und küsste sie.

»Warum hast du das nicht gleich gesagt?«, flüsterte er.

Sie bekam ihren Job in der Kinderstation, und von nun an hatte ihre Legende von der aus idealistischen Gründen im Ausland arbeitenden Krankenschwester einen realen Kern.

Ich bin hier, um zu helfen, schrieb sie auf den Zettel. Ich helfe im Kampf um die palästinensische Sache, aber ich helfe auch den Kindern, die unter diesem langen Kampf leiden müssen.

Sie legte den Stift beiseite und las die nächste Frage: Welche Personen hast du hier im Libanon getroffen? Liste sie auf und sage uns, wer sie waren.

Sie rieb sich die Augen und schüttelte den Kopf, kurz war sie verärgert über die Zumutung, welche in dieser summarischen Frage steckte. Sie wischte sich den Schweiß von der Stirn und schnupperte kurz unter ihrer Achsel; all das hier war demütigend, aber wenn sie es so wollten, musste sie sich fügen. Also begann sie, eine Liste zu erstellen und hinter jeden Namen ein paar Stichworte zur Erläuterung zu setzen.

Es ging schneller, als sie erwartet hatte. Erst als sie den Vor-und Zunamen Elviras aufgeschrieben hatte, hielt sie inne. Sie sah das blasse Gesicht vor sich, die große, bernsteinfarben gerahmte Brille, das dunkelblonde, straff von einem kurzen Zopf zurückgezogene Haar. Sie erinnerte sich, wie sie ihr, zusammen mit anderen Freiwilligen zumeist aus Europa, erstmals in der Kinderstation begegnete und sofort meinte, eine Gleichgesinnte getroffen zu haben.

Elvy, wie sie sich hier nennen ließ, war Britin, einige Jahre älter als sie und sehr versiert im Umgang sowohl mit Kindern als auch Erwachsenen. Sie kam mit jedem gut aus und hatte freien Zugang zu allen Bereichen des SAMED. Theresa zeigte sie in der Informationsabteilung die kleinen Filmstudios, wo junge Leute den ganzen Tag über endlose Filmstreifen bearbeiteten und schnitten, um auch in diesem Medium das Erbe dieses verratenen Volkes zu bewahren. Elvy führte sie zu den Fertigungsstätten, wo Frauen webten und Männer Blech ziselierten, alles, um bis zum Tag der Heimkehr auch das Handwerk zu bewahren und damit ein Stück palästinensischer Identität. Theresa bewunderte diese Frau, deren Englisch kein bisschen britisch klang und deren Deutsch erstaunlich gut war.

Elvy sprach sogar Arabisch, wenn es sein musste, immer aber nur kurz. Es war, als würde sie sofort ein wenig zurückweichen, wenn sie mit den Ärzten oder den Kämpfern redete, als wollte sie ihrer Aufmerksamkeit ausweichen. Elvy erzählte wenig von sich, fragte Theresa aber gern aus. Rasch stellten sie fest, dass sie eine Gemeinsamkeit hatten, nämlich ihre Verbindung zu Hessen: Wenn sie in Deutschland weilte, lebte Elvy meist in Frankfurt und kannte sich dort sogar in der Uni aus.

Theresa wollte gerade »geheimnisvoll« neben Elvys Namen schreiben, besann sich und notierte: »interessante Frau«. Jedoch war sie geheimnisvoll. Obwohl wie Theresa selbst von weither angereist, um für die palästinensische Befreiungsbewegung zu arbeiten, war sie völlig frei von Weltverbesserungspathos und anscheinend sogar von allzu starken politischen Überzeugungen. Manchmal hatte Theresa den Eindruck, sie übte ihre Tätigkeit mit der inneren Gewissheit einer Nonne aus. Das schien auch ihr zunächst nicht schmeichelhaft, war aber in Elvys Fall anrührend und schön anzusehen.

So wurden sie beinahe Freundinnen. Sie führten lange Gespräche, während sie auf der Terrasse der Station den Kindern beim Spielen zusahen, beobachteten, wie begeistert sie mit immer allzu schnell schmutzig werdenden Verbänden dem Fußball nachjagten. An Krücken stelzten sie über den Sand, durchpflügten ihn förmlich, und irgendwann begannen sich ihre Stumpfbandagen hellrot zu färben.

Elvy erzählte ihr Geschichten von den vielen Orten, an

denen sie bereits gewesen war. Theresa fragte nicht nach, war aber doch erstaunt darüber, dass eine Frau wie Elvy so weit herumgekommen war. Es waren immer kleine Episoden, die sie von ihr hörte, und oft begannen sie mit: »Ich habe einmal eine Frau, einen Mann, ein paar Leute getroffen in…« Der Schluss war dann meist komisch bis entlarvend. Nichts in diesen Geschichten lieferte Theresa einen Anhaltspunkt für das, was Elvy an jenen Orten getan hatte. Sie stellte sich darauf ein und hielt ihre Zunge im Zaum. Zwar erzählte sie ihr von ihrer Beziehung zu Imad, beließ es aber bei rein Privatem, ihrer Verliebtheit und ihren gemeinsam bestandenen Abenteuern in Frankfurt und hier.

»Interessante Frau«, las sie auf ihrem Zettel, und fragte sich plötzlich, wem sie da eigentlich begegnet war.

»In Frankfurt hast du sicher häufig lange auf deinen Freund warten müssen, oder?«, fragte Elvy sie einmal beim Essen im Restaurant des Beach Hotels.

»Wie kommst du darauf?«, erwiderte Theresa und nahm selbst wahr, wie abwehrend es klang.

»Nun, er ist doch viel unterwegs, denke ich.«

»Warum denkst du das?«

»So habe ich es mir eben vorgestellt, Liebes. Aber was weiß ich schon von Männern.«

Theresa erinnerte sich gut daran, wie Elvy ihr freches Grinsen hinter ihrem Weinglas versteckte. So war es oft, dachte sie, ein kurzer Vorstoß und gleich darauf der elegante, häufig selbstironische Rückzug. Theresa hatte nie den Versuch unternommen, doch war sich sicher, Elvy hätte sich nicht zu Imads Familie einladen lassen.

Sie griff nach dem Kragen ihrer ihr am Körper klebenden Bluse und zerrte daran herum, um sich wenigstens etwas

Luft zuzufächeln. Es war so heiß in diesem Raum, dass sie nicht lange über das Warum nachdenken konnte.

Elvy hingegen lud sie gern ein, manchmal sogar in ihr Apartment. An einen dieser Besuche in den Wohntürmen an der Itani erinnerte sich Theresa besonders deutlich. Zuvor schon war sie zweimal in dem Zweizimmerapartment im sechsten Stock gewesen, hatte dort mit Elvy Tee getrunken und über ihre an den Wänden hochgestapelten Bücher gesprochen. Sie schauten sogar die Nachrichten in einem kleinen Schwarzweißfernseher, und Elvy hörte sich Theresas Kommentare zu jeder Meldung aus dem Mittleren Osten stumm nickend an.

Sie hatten auf dem kleinen Balkon gesessen und nach Einbruch der Dunkelheit in die Fensterwaben auf der anderen Straßenseite geschaut, immerzu plaudernd und lachend. Doch erst bei ihrem dritten Besuch konnte sie für einen kurzen Moment das Schlafzimmer sehen, als Elvy sich eine Decke holte, da es wieder Zeit wurde für den Balkon. Auf einer Anrichte gleich neben dem Fenster erblickte Theresa einen Apparat, den sie erst später, als sie Imad danach fragte, als Kurzwellenempfänger identifizieren konnte. »›Zenith‹? Das sind amerikanische Geräte. Woher kennst du so etwas?«, fragte er. »Aus einem Magazin«, murmelte sie und ließ die Sache dabei bewenden, weil es ihr einfach unangenehm war, ihrer Freundin zu misstrauen.

»Eines Tages wird er das rote Hemd und die Lederjacke gegen ein weißes Hemd und ein Sakko tauschen«, sagte Elvy.

Theresa schwieg und starrte sie verdutzt an. Hatte diese seltsame Frau Imad je gesehen oder war das ein Fantasiebild, das sie von ihm zeichnete, fragte sie sich. Die Lederjacke zumindest stimmte mit der Wirklichkeit überein. Sie hätte Elvy sagen wollen, wie wenig Imad zum Funktionär taugte, wie jungenhaft und undiszipliniert er noch in seinem Alter sein konnte. Aber sie schwieg, registrierte nur das hintersinnige Lächeln, welches die schmalen Lippen der Britin umspielte, die ihr jetzt unverbindlich und aufmunternd zunickte und eine fortwischende Handbewegung machte.

In ihrer Einschätzung der arabischen Länder ringsherum blieb sie allerdings unbeirrt.

»Wer sagt dir, dass wir – ich meine damit die übrige Welt – es akzeptieren müssen, dass sie Diktaturen sind und bei all ihren Menschenrechtsverletzungen bleiben werden?« Bei diesem Thema wurde sie ungewöhnlich leidenschaftlich. »Es mag ja sein, dass sich mit diesen Gewaltherrschern gute Geschäfte machen lassen, aber warum sollte das richtig und für immer so sein?«

»Vielleicht, weil der Westen das so will?«, war das Einzige, was Theresa darauf zu erwidern einfiel.

»Du musst nicht immer nur auf den Westen schauen. Die Menschen hier im Mittleren Osten sind für ihre Taten ebenso verantwortlich. Nimm sie ernst. Findest du nicht, dass deine Art, die Schuld zu verteilen, arrogant ist? Als wären um dich nur dumme Kinder, die von bösen Erwachsenen zu bösen Taten verleitet werden.«

Zuhause hätte dies der Auftakt zu einer heftigen, lautstarken Diskussion sein können. Hier aber, mit Elvy erst beim Tee und später beim Wein, vermied Theresa aus Vorsicht jeden Streit.

Vor allem an den Abenden in der Absteige – als etwas anderes empfand Alexander seine Unterkunft nicht – dachte er noch einmal über die Gründe für seinen Aufenthalt in Beirut nach. Er hatte sich vorgenommen, so etwas wie eine Bilanz zu ziehen, nicht so sehr jedoch, weil er sich in Gefahr gewähnt hätte. Es war der Übergang von der Konspiration und dem Aktivismus daheim zur Gewalt hier. Systematisch, dabei aber flexibel hatte Jakob ihn wie alle anderen an diesen Punkt herangeführt. Bei ihm, Alexander, hatte er auf theoretische Begründungen und politische Analysen weitgehend verzichtet. Je länger er darüber nachdachte, desto mehr fühlte sich Alexander von seinem ehemaligen Kommilitonen manipuliert. Jakob hatte sich bei ihm ganz und gar auf das Schöngeistige konzentriert, hatte, um ihn zu motivieren, Kunst und Literatur aufgeboten und ihn immer wieder an jenen anderen Schwarzen September in Chile erinnert.

Während er im dunklen Zimmer auf dem noch immer staubigen Bett lag, meinte er Jakobs Stimme zu hören. Er konnte die Luft der völlig verqualmten Küche in Jakobs Wohnung in Frankfurt riechen, während dieser erklärte, dass, wer immer wolle, auch wissen könne, was er, Jakob, nun schriftlich dargelegt habe: Der US-amerikanische Konzern ITT habe der CIA eine Million Dollar für einen politischen Umsturz in Chile bezahlt. Und mit Billigung all ihrer westlichen Verbündeten sei es ihnen gelungen. Jakobs Brille beschlug, man konnte seine Augen kaum mehr sehen, er saß noch immer am Tisch, beide Hände an die Tischplatte geklammert, um sich zu zwingen, nicht aufzustehen.

»Und vor euren Augen, liebe Kommilitonen, Künstler, Philosophen, Journalisten, Lehrer oder was immer ihr sein wollt, haben sie im Fußballstadion von Santiago ein Konzentrationslager für euresgleichen errichtet. Im ganzen Land foltern und ermorden sie Leute wie uns. Da habt ihr euren US-Imperialismus, der überall in Südamerika – und nicht nur dort – Faschistenmilizen benutzt, um sich die Länder und Völker dort zu unterwerfen. Sie haben Korea verwüstet und Vietnam, und jetzt stürzen sie die Regierungen freier Länder auf diese Weise, und immer wird irgendein Schwein, ein Nixon, ein Kissinger, seinen Freunden im Westen das als Realpolitik verkaufen; Massenmord und Folter. Wir hier aber sollen klein beigeben und Buße tun für Verbrechen genau jener Generation, die jetzt diese neuen Verbrechen nicht nur geschehen lässt, sondern unterstützt. Versteht ihr den Widersinn in dem letzten Aufzucken eures bürgerlichen Pazifismus'? Ihr macht euch lustig über die kleinen Wohlstandsträume eurer Eltern, die scheiß Reihenhaushälften, die hässlichen Polstermöbel und die Kuckucksuhren an der Wand, über den Opel Rekord vor der Tür und den ›Jungen mit der Mundharmonika‹, der diesen Duckmäusern genügt, um ewig die Schnauze zu halten. Du, Theresa: Wie oft hast du diesen Heimatforscher aus dem 19. Jahrhundert zitiert, der deine Heimatstadt ein ›geistloses, totes, verrottetes Nest‹ nannte? Aber was ist der Unterschied zwischen euch und ihnen? Am Ende schaut ihr alle zu, wie das Unrecht seinen Lauf nimmt, in Chile, in Vietnam, in Palästina.« Jakobs Stimme hallte in Alexanders Kopf wider: »Vor euren Augen!«

Er griff neben das Bett und zog seinen Rucksack heran, um den gefälschten Reisepass hervorzukramen. Er befühlte das dunkelgrüne Büchlein, schnupperte daran, stellte fest, dass es verdächtig neu, druckfrisch wirkte. Er klappte es auf und sah sein Passfoto über dem Namen Maximilian Schoeller. Leicht zu merken für jemanden, der wochenlang von zwielichtigen Gestalten »Max« gerufen wurde. Er fühlte wieder die seltsame Flüchtigkeit der Identität, die Leichtigkeit, welche sich seiner bemächtigt hatte, seit er in dieses schizophrene Spiel eingestiegen war, ein Möchtegern-Guerillero oder, wie manche sagten, ein Sonntagsrevoluzzer geworden war. Was sich in der Theorie überzeugend anhörte, als Aktivist in der Deckung des normalen Lebens, der Alltäglichkeit zu bleiben im Grunde wie ein Krimineller, war in der Praxis mit vielen Selbstzweifeln verbunden. Vor allem in Momenten wie diesen, wenn es zu warten galt.

Glockengeläut in der Ferne ließ ihn zum Fenster blicken, gleich darauf hob der lang gezogene Gebetsruf von einer der Moscheen in der Nähe an. Alexander dachte an Algier zurück, wohin er noch mit seinem eigenen Pass und ohne die Zustimmung Jakobs gereist war – eben als das, was er nach Meinung der anderen niemals sein sollte, aber bis heute zu einem nicht geringen Teil geblieben war: ein Tourist. Vieles hier in Beirut erinnerte ihn an die weiße Stadt. Das alles und jeden durchflutende, wie eine Droge die Sinne erweckende Licht und – darin übertraf Algier diese Stadt hier bei Weitem – die dicht bevölkerten Boulevards mit den prachtvollen Fassaden und den Cafés im französischen Stil.

Wie hätte er dort als armer kleiner Hippie-Tourist nicht

glücklich sein sollen, in der Nähe des Meeres, inmitten schöner, dunkeläugiger Frauen und so beseelt von seiner Sache, dass er blind Zutritt fand zu einem Studentenkongress der Eritreischen Befreiungsfront, die, wie so viele andere fortschrittliche und radikale Gruppen aus aller Welt, hier, unter der schützenden Hand von Staatschef Boumedienne, einen Ort der Zuflucht gefunden hatte.

Algier, das war sein Gegenbild zum chilenischen Albtraum. Er sah die wie von Zauberhand über die Hausfassaden gezogenen Schatten der Taubenschwärme und im Kontrast dazu jenes weit entfernte Land, das seine eigene fortschrittliche Jugend in Folterzentralen verschleppte oder sie einem alten deutschen Nazi überstellte, dem es gelungen war, Frauen und Männer im Zeichen seiner widerlichen Doppelmoral dort um sich zu scharen, wo er folterte und mordete. Woher auch immer, Jakob wusste darüber vieles, was noch nie an die Öffentlichkeit gedrungen war. »Welch eine ewige Schande für Chile ebenso wie für Deutschland«, flüsterte Alexander.

Er dachte noch einmal an das Fenster jenes Universitätsgebäudes in Algier, in dem der Studentenkongress stattfand, sah am Fährterminal das Meeresblau wie ein unwirkliches Ende aller Straßen, erinnerte sich an die Transparente all der jungen Leute um ihn herum, an die vielen Reden, die gehalten wurden und die er nicht verstand, und an die Plakate, die Che und Fidel zeigten, Patriarchen und Heilige der Revolution, mehr noch des Aufbruchs in eine neue Welt.

Sein Herzschlag beschleunigte sich, als er daran dachte, Theresa für die Übergabe der Schließfachschlüssel nun bald wiederzusehen. Zwar hatten er und Jakob sie an den Palästinenser verloren, der irgendwann spätnachts auf der Party eines szenebekannten Buchhändlers in Frankfurt auftauchte. Aber verlieren heißt ja nicht vergessen, sagte sich Alexander mit leisem Seufzen. Er hatte sich damit abgefunden, zumal er miterlebt hatte, wie es zwischen den beiden funkte, mit welcher Entschiedenheit sich Theresa von diesem Abend an zu diesem Mann bekannte, der offenbar vieles von dem verkörperte, was sie in der kalten, engen Heimat vermisste. Beinahe konspirativ, jedenfalls ohne jemandem etwas zu sagen, verschwanden sie in jener Nacht gemeinsam, und von da an zog sich Theresa von Jakob und ihm zurück. Sie begann zu warten auf jemanden, der sie besuchte, irgendwohin einlud und manchmal sogar für Tage oder Wochen entführte. So jedenfalls sah es für ihn aus, der seinen Kummer nicht recht überwinden konnte, während Jakob einfach nur schwieg und von Anfang an mehr über diese neue Verbindung zu wissen schien, als er zugab.

Sie waren in der Bar des Fleurs verabredet, die hier, wie ihm erklärt wurde, so etwas wie exterritoriales Gebiet war, weil dort viele Ausländer verkehrten. Die strenge Anweisung der unheimlichen Frau, die ihn hier empfangen hatte, lautete, dort zu Fuß hinzugehen, dazu gab sie ihm eine präzise Wegbeschreibung. Alexander war froh über das Ende der Warterei. Selbst seine Spaziergänge durch die Straßen und Gassen Beiruts machten ihm keine rechte Freude, schon allein deswegen, weil er auf Anraten der Frau seinen Fotoapparat nicht mitnehmen durfte. Unauffällig bleiben war die erste Regel und dazu gehörte, nicht zu lange an denselben Orten verweilen, niemanden ansprechen, wenn es nicht unbedingt nötig war, und keine Fotos machen. Zu den Regeln ernsthafter Konspiration gehörte zudem, nicht zu wissen, wofür man eigentlich losgeschickt worden war. Er kannte nur seinen nächsten Kontakt und würde weiterführende Informationen von diesem bekommen. Das machte Alexander zu schaffen. Vertrauen in die Organisation der Aktion hatte er, doch das Gefühl, blind und ferngesteuert zu sein, verließ ihn nie.

Er war, inständig angebettelt von einem wahnsinnigen alten Mann mit Schaum vor dem Mund, auf offener Straße ausgelacht und schließlich von einer Gruppe fußballspielender Jungen auf den rechten Weg gewiesen worden, bevor er am Eingang zum Fleurs auf den seltsamen Schaukasten mit den Puppenschuhen und dem Stoffhund starrte. Er war zufrieden und überlegte kurz, ob er draußen auf Theresa warten sollte. Die Straße schien ihm für ein Wiedersehen angemessener als das Halbdunkel dieser Bar. Unentschlossen schaute er sich um, blickte die Straße entlang und bemerkte, wie er aus vorüberfahrenden Autos betrachtet wurde. Daraufhin beschloss er, doch lieber hineinzugehen.

Die Bar war größer, als er von außen geahnt hätte, und es herrschte noch wenig Betrieb. Ein Mann asiatischer Herkunft fegte den Boden nahe dem Tresen und bewegte sich dabei ohne aufzublicken geschickt zwischen den dort stehenden Gästen. Alexander bestellte sich ein Budweiser und setzte sich an einen der Tische, froh darüber, dass der Abend hier noch nicht so recht begonnen hatte. Sein Blick fiel auf die kleine Bühne, die schäbig und geheimnisvoll zugleich aussah, der sie abschließende schwarze Vorhang schien Brandlöcher zu haben, jedenfalls aber Flecken, und genau das, dachte Alexander bei sich, steigert noch die primitive Verruchtheit des Ganzen.

Als Theresa den Raum betrat, hielt Alexander kurz die

Luft an. Obwohl er sie natürlich erwartet hatte, war der Augenblick des Wiedersehens so intensiv, dass er schon wieder unwirklich schien.

»Da bist du ja endlich«, sagte er und erhob sich, als sie bei ihm war.

»Ja, da bin ich«, erwiderte sie, setzte sich und zog sich das Kopftuch, dass sie leger getragen hatte, auf die Schultern herab. »Es ist nicht ganz einfach, hier auch als nur dunkelblonde Frau unterwegs zu sein. Überall bist du eine Art Beutetier, glaub mir.«

Sie strahlte ihn an, so schien es Alexander, er war jedenfalls sprachlos, als er sie so sonnengebräunt und lächelnd vor sich sah. Unwillkürlich erinnerte er sich an ihre erste Begegnung inmitten der kleinen Regenbogen, welche die Wasserwerferstrahlen im Sonnenlicht erzeugten, und er sagte sich, dass seine Theresa einen weiten Weg gegangen war, der sie bis hierher geführt hatte, wenn auch leider ohne ihn.

»Bist du oft am Strand gewesen?«, fragte Alexander.

»Ja, es gibt hier ein paar schöne Beach-Clubs, aber eigentlich nur für die Reichen, verstehst du. Imad und ich waren vor ein paar Wochen auf Mykonos – herrlich, nur Hippies und Aussteiger, irgendwelche Spinner von sonst woher, wir haben fast zwei Wochen lang im Freien geschlafen. Die Felsen, das Meer und der Himmel, nichts als das – unglaublich.«

An diesem Abend versicherten sie sich wechselseitig ihrer Überzeugungen noch so häufig, dass Alexander der Verdacht beschlich, sie beide hätten das inzwischen bereits nötig gehabt. Er reagierte darauf wie immer mit Auflehnung gegen seine notorische Unentschlossenheit, seinen weichen, bürgerlichen Ästhetizismus, und er schaute in Theresas schönes, etwas verhärmtes Gesicht und sprach sich bei diesem Anblick Mut zu wie ein Artist vor einer gefährlichen Nummer.

Theresa erzählte ihm von dem Pressefoto des verhungerten Holger Meins, das sie oft tief bewegt betrachtet hatte, obwohl sie immer skeptisch gewesen war gegenüber jeder, auch der linken Heiligenverehrung. Aber in diesem Fall meinte sie tatsächlich den toten Christus vor den kalten Kameraaugen seiner Feinde zu erkennen.

»Das hat mir doch noch einmal die Augen geöffnet: er war ein Ästhet, ein Künstlertyp, so wie du, und das hat ein Staat mit all seinen Behörden und Waffen aus ihm gemacht.«

Ausführlich sprachen sie noch über die Geiselnahme im Wiener OPEC-Hauptquartier und über den Venezolaner, der sie angeführt hatte.

»Das geht mir alles schon zu weit«, sagte Theresa mit einem Kopfschütteln.

»Das war so nicht geplant, es ist ihnen außer Kontrolle geraten.«

»Imad hat diesen Venezolaner kennengelernt. Er sagt, seine Rücksichtslosigkeit wird nur noch durch seine Eitelkeit übertroffen. Und er hat sich von Gaddafi bezahlen lassen.«

»Wenn es der Sache dient«, sagte Alexander mit aufgesetzter Härte, denn wie immer, wenn Zweifel diskutiert wurden, hatte er den Verdacht, geprüft zu werden.

Er hob sein Champagnerglas und prostete ihr zu.

»Fluglinien, Ölfirmen und sogar Staaten – manche bezahlen dafür, dass nichts, andere dafür, dass etwas geschieht. Das ist nichts Neues«, fügte er hinzu.

»Also sind wir nur dienstfertige Handlanger?«

»Es geht um die Sache. Ich dachte du, hier in diesem Land, würdest *mir* das erklären.«

Der Koffer war am Flughafen in den Schließfächern zur Gepäckaufbewahrung verstaut. Etwas verkatert machte sich Alexander am nächsten Morgen, den Anweisungen Theresas penibel folgend, auf den Weg dorthin. Um halb neun verließ er das Hotel und schlenderte etwa eine Stunde lang durch die Gassen, frühstückte Manakish und Pepsi in einem Café, bevor er sich auf dem Märtyrerplatz ein Taxi heranwinkte und zum Flughafen fuhr.

Wieder musste er dem Fahrer, der so jung aussah, dass man meinen konnte, er schwänze zum Geldverdienen die Schule, einige Fragen beantworten. Diesmal erzählte Alexander nichts von Journalismus, sondern von seiner Freundin, die hier als Krankenschwester arbeitete; er spielte den von den Schönheiten Beiruts geblendeten Touristentrottel, der er ja, wie er sich eingestand, auch wirklich war.

Es wurde eine lange Fahrt, denn bereits auf der Rue Weygand gerieten sie in einen Stau, der sich nur sehr langsam auflöste. Während sie im Schritttempo fuhren, erklärte ihm der Junge am Steuer, ausgerechnet heute finde eine große Demonstration der *Bewegung der Beraubten* statt. Alexander betrachtete die Graffiti an den Hausmauern, die abblätternden Plakate, die verblichenen Werbetafeln und die von unsicherer Hand gemalten Bilder von Geistlichen und bewaffneten Uniformierten. Er sann darüber nach, welche Verbindung Religionsgruppen und Soldateskas hier miteinander eingingen, dann fragte er den Fahrer nach dieser neuen Bewegung.

»Musa al Sadr hat sie gegründet. Er ist Schiit, verstehst du? Aber auch die Christen verehren ihn. Und er will endlich durchsetzen, dass dieses Land gerechter wird, die Politik in diesem Land«, dabei schlug der Junge vor Ungeduld mit der Faust auf das Lenkrad. »Du kennst nur die Stadt hier und vielleicht den Küstenstreifen. Aber die Leute im Hinterland sind arm wie Straßenhunde. Hier haben ein paar wenige alles, aber im Süden und in der Bekaa-Ebene arbeiten die Leute für nichts.«

»Das sollte sich ändern«, murmelte Alexander.

»Das muss sich ändern«, stieß der Junge hervor und schlug abermals auf das Lenkrad. »So viele Leute sind in dieses Land gekommen, jeden Tag werden es mehr, und die Armen, die schon hier waren, hat man vergessen.«

Später passierten sie die Demonstranten. Viele junge Leute waren dabei, ihre Sprechchöre hallten durch die Straßen. Alexander sah einige in der Linken das Transparent tragen, während sie sich mit der Rechten auf die Brust schlugen. Alles in allem aber machte dieser doch ansehnliche Aufmarsch einen recht friedlichen Eindruck. Ein paar Polizisten standen rauchend am Straßenrand, und über allem wehte, von einem der Marschierenden ganz vorn getragen, die grüne Fahne der *Amal*-Bewegung.

Es sei die dritte große Demonstration in diesem Jahr, erfuhr Alexander von dem Fahrer. Er konnte nicht anders, als diese Demonstration mit jenen in Berlin und Frankfurt zu vergleichen, und merkwürdigerweise wirkte diese viel selbstverständlicher und entspannter als jene daheim. Zusammenrottungen sind hier kein Problem, dachte Alexander, wahrscheinlich weil man Schlimmeres kennt als das.

Endlich am Flughafen, stieg er vor den Terminals aus und hieß den Taxifahrer zu warten. Der Junge blickte zu den bewaffneten Posten um sie herum und nickte unsicher. Noch bevor er die Flughafenhalle betreten hatte, trat Alexander der Schweiß auf die Stirn. Jetzt erst spürte er seine

Anspannung, kramte nervös in den Hosentaschen herum, dann wischte er sich wieder den Schweiß fort und suchte desorientiert nach der Gepäckaufbewahrung. Den Schlüssel zum Schließfach, den Theresa ihm am Vorabend gegeben hatte, hielt er in der Hand und fürchtete plötzlich, ihn zu verlieren, umklammerte ihn daher fester mit der schweißnassen Faust.

Doch zu seiner Beruhigung erregte er keinerlei Aufsehen. Es herrschte kein besonderer Andrang, und niemand in der Wartehalle beachtete ihn. So fand er endlich die Schließfächer, öffnete seines und entnahm den nicht besonders schweren Samsonite-Koffer.

Als er ihn aus dem Flughafen hinaustrug, verspürte er Erleichterung, hatte das Gefühl, seine Pflicht erfüllt zu haben. Etwa hundert Meter entfernt fand er auch das Taxi wieder, und der Fahrer schien ebenso erleichtert wie er, als der ausländische Gast wieder einstieg. Die Adresse in Californie, welche ihm Alexander nannte, entlockte ihm ein Schnalzen, motivierte ihn aber zum Glück nicht zu Nachfragen. Die Rückfahrt dauerte ebenso lang wie die Anfahrt, und auch die Demonstranten sahen sie wieder. Es schienen deutlich mehr geworden zu sein, und ihre Sprechchöre schallten noch lauter als zuvor durch die Straßen.

»Gebt dem Volk, was es verdient. Gebt dem Volk Brot«, übersetzte der Fahrer, und in diesem Moment hatte Alexander den Koffer neben sich beinahe schon wieder vergessen.

Zwei Straßen vom eigentlichen Ziel entfernt endete diese lange Fahrt. Alexander bedankte sich und gab dem Fahrer reichlich Trinkgeld. Dieser strahlte über das ganze Gesicht und klopfte ihm zum Abschied sogar auf die Schulter. Auf der breiten Straße stehend und im Nachmittagslicht dem Wagen nachblickend, hatte Alexander beinahe das Gefühl, sich von einem Freund verabschiedet zu haben. Er packte den Koffergriff fester, ging langsam die Straße entlang und kam auf den seltsamen Gedanken, dass es vielleicht das war, was er wirklich brauchte: einen echten Freund, jemanden, mit dem er reden konnte. Für ihn war das in den letzten Jahren immer nur Theresa gewesen, Jakob weniger.

Ein stämmiger alter Mann mit Vollbart passierte ihn und blickte ihn aus trüben Augen an. Alexander blieb stehen, wandte sich um und schaute dem Mann nach. Er erinnerte ihn an jenen Penner in der Wohngemeinschaft in Berlin, der öfter spätnachts kam und es sich in der Nähe des alten Dienstboteneingangs bequem machte. Alexander wunderte sich darüber, dass diese Randfigur seines Lebens jetzt plötzlich in solcher Deutlichkeit vor ihm stand, der gleiche trübe Blick und der wilde, verfilzte Bart. Manchmal, nach einer der endlosen Diskussionen oder Partys, wenn sich alle Bewohner in ihre Kojen gelegt hatten, die Klobesuche absolviert waren und das Rascheln der Schlafsäcke sich legte, spielte dieser Penner den John-Boy Walton und sagte zum Abschluss:

»Nicht immer so scheiße sein! Kumpel bleiben …«

Alexander lächelte, wandte sich um und ging weiter. Für den Bruchteil einer Sekunde erhob sich schrecklicher Lärm um ihn und zugleich, aufwachsend aus seinem Zentrum, absolute, tonlose Schwärze.

Noch Jahre später war Ziad davon überzeugt, dass seine Wandlung mit seiner Reise ins Bekaa-Tal begonnen hatte. Der Mann, den er rekrutieren wollte, hatte ihm mit dem Geschenk der Waffe nicht nur Macht gegeben, sondern ihn auch auf verschwiegene Weise für seine Sache gewonnen. Noch aber schien es Ziad wie ein freundschaftliches Ringen zwischen ihnen, bei dem mal der eine, mal der andere nachgab.

So ließ sich Bulbul ohne Weiteres auf ein Treffen mit Imad ein, lächelte, als Ziad ihn danach fragte, so als wäre auch das nur Teil eines Spiels. Nach der Flucht des Rais herrschte in der Gang ohnehin Kopflosigkeit, es gab so gut wie keine Kontrolle mehr, und all die Schläger und Kuriere hatten mehr Zeit und daher auch weniger Geld, als ihnen lieb sein konnte.

Nach dem Treffen im sicheren Haus in West-Beirut behielt Imad Ziad noch bei sich, als Bulbul schon fortgeschickt worden war.

»Er ist ein misstrauischer Mann und spricht kaum ein Wort«, fasste Imad die Begegnung zusammen, während er ihnen wieder Whisky einschenkte.

»Bist du sicher, dass er der Richtige ist?«

»Ja, ganz bestimmt. Ich bin mit ihm unterwegs gewesen. Er redet nicht viel, aber das, was er sagt, glaube ich ihm.«

»Warum glaubst du es ihm?«

Nachdenklich nippte Ziad an seinem Glas, doch eine überzeugende Begründung wollte ihm nicht einfallen.

»Man kann ihm vertrauen, ich fühle es«, sagte er schließlich.

»Dann wollen wir hoffen, dass dich dein Gefühl nicht trügt«, warf Fuad ein, der gerade den Raum betreten hatte.

Er sah gehetzt aus, eilte zum Fenster hinüber, blickte hinaus, öffnete dann die Tür und trat auf den kleinen Balkon. Gleich darauf streckte er wieder den Kopf ins Zimmer und sagte:

»Er hat doch mit der Sache um Abu Ali zu tun, oder?«

Fuad sprach von dem Mann, den sie in der Gang nur den »Rais« genannt hatten, und Ziad nahm wieder einen Schluck aus dem Whiskyglas, bevor er antwortete:

»Gut möglich. Aber der war ein Gangster.«

Imad wischte sich mit dem Ärmel über die Augen und schmunzelte.

»Richtig. Aber wer ist das in diesem Land nicht?«

Ziad blieb achtsam.

»War er wichtig für uns?«

Imad machte eine fortwischende Handbewegung und schüttelte den Kopf.

»Natürlich nicht. Wichtig für uns ist die Stabilität, gerade jetzt mehr denn je.«

Wie auf ein geheimes Kommando fielen draußen Schüsse. Ziad schreckte auf, es geschah so nah am Haus, dass Fuad auf dem Balkon in Deckung gegangen war. Er eilte mit Imad ans Fenster und blickte hinab auf den riesigen Schrottplatz, an dessen Rand sich mehrere improvisierte Autowerkstätten befanden. Zwischen den Pistolenschüssen erklang jetzt das trockene Hämmern einer AK-47 und gleich darauf ein

Schrei. Der von ausgeschlachteten Autowracks übersäte Hügel ähnelte von oben ohnehin einem Kriegsgebiet, und was Ziad erwartet hatte, geschah: Flammen brachen durch die Dunkelheit, als Imad das Licht im Zimmer löschte, schienen sie nur umso bedrohlicher. Wieder hallte ein einzelner, lang gezogener Schrei durch die Nacht, und als riefe er den Leidenden zur Ordnung, bellte jemand Befehle zu ihm hinüber.

»Es wird nicht mehr lange dauern«, murmelte Imad, »dann wird diese ganze Stadt brennen.«

Aus Sicherheitsgründen verließen sie alle sogleich das Sichere Haus. Auf der Straße roch es nach Rauch, und in der Ferne heulten bereits Sirenen. Imad und Fuad wollten gerade ins Auto steigen, und Ziad war schon ein paar Schritte gegangen, da rief ihn Imad noch einmal zurück.

»Erinnerst du dich noch an deinen Freund, den toten Polizisten?«, fragte Imad.

»Du meinst Massud?«

»Genau der«, erwiderte Imad und legte Ziad die Hand auf die Schulter. »Frag deinen Bulbul mal nach ihm. Die beiden kannten sich nämlich.«

Ziad konnte sich nie recht erklären, warum sich Bulbul bereiterklärte, bei ihnen mitzumachen. Möglicherweise war es Abenteuerlust oder die Suche nach einer neuen Beschäftigung. Vielleicht aber wollte er auch nur die in Aussicht gestellte Ausbildung in einem Camp südlich des Flusses Litani nutzen, um Verwandte und Bekannte zu besuchen.

Dort, am Ufer des Flusses, in Sichtweite der israelischen Grenze, fragte ihn Ziad eines Tages nach Massud. Einen Moment lang tat Bulbul so, als lauschte er dem Gesang der

Zikaden. Schließlich atmete er tief ein, stieß sich ab von dem Geröllbrocken, auf dem er saß, und kam zu Ziad herüber, der am Flussufer hockte. Bulbul setzte sich neben ihn und sagte:

»Ich weiß, dass du diesen Mann gekannt hast. Aber du warst sicherlich nicht sein Freund. Er war ein korrupter Polizist, der sich vom Rais bezahlen ließ. Ihn zu verschonen, wäre gefährlich gewesen.«

Ziad erinnerte sich an die letzte Geldübergabe für Massud kurz vor seinem Tod.

»Ihr hättet ihm auch etwas anbieten können.«

Bulbul breitete die Arme aus, streckte sich und schüttelte den Kopf.

»Du wirst das besser wissen als ich: Er war kein Freund von Veränderungen. Und die Kommunistin, seine russische Frau, hat ihm wahrscheinlich schon in der Hochzeitsnacht alle Religion ausgetrieben. Wir konnten ihm nichts anbieten, was ihn überzeugt hätte.«

»Wer seid ihr?«

»Die Einzigen, die sich den Zionisten in den Weg stellen werden. Denn sie werden kommen, das weißt du.«

Er wies mit dem Kopf in Richtung Israel.

Während sie noch auf weitere Anweisungen warteten, schien sich der Boden unter ihnen zu öffnen. Jeden Tag waren Explosionen und Schießereien in der Stadt zu hören, die libanesischen Streitkräfte bezogen stetig mehr Posten in der Innenstadt, und in den Zeitungen und Radionachrichten war von immer neuen politischen Bündnissen der verschiedenen Religionsgruppen die Rede. Jede von ihnen hatte mindestens zwei bewaffnete Milizen, die in aller Regel nach einiger Zeit in neue Parteien zerfielen – es gab so viele Milizen im Land, nicht einmal ein Libanese hätte sie noch aufzählen können.

Jeden Tag zogen demonstrierende Haufen durch die Stadt, brüllten und schossen in die Luft, und die Flüchtlingslager in West-Beirut und Burj Barajneh im Süden waren inzwischen derart überfüllt, dass die ohnehin schwierige Versorgungslage katastrophal zu werden drohte. Bettelnde Kinder, Palästinenser ebenso wie Schiiten, saßen an den Straßen, streunten durch die Stadt und wurden von Polizisten mit Schlagstöcken auf Distanz zu den Luxuslimousinen und Ausländerbars, den teuren Restaurants und Spielhallen und den Hotels in Strandnähe gehalten. In den Süden des Landes, nahe der Grenze zu Israel, waren so viele Palästinenser geströmt, dass inzwischen das Gerücht einer nahenden Invasion der Israelis die Runde machte. Überhaupt war die Furcht vor einer Spaltung des Landes das vorherrschende Thema in den Nachrichten. Öffentlich schien sie niemand zu wollen, hinter den Kulissen aber arbeiteten viele daran.

Oft saß Ziad in einem Teehaus in der Nähe seines Apartments und starrte auf den über dem Tresen montierten Fernsehapparat. Er spürte, wie sich die Makarow in seinen Rücken presste, trank seinen Tee und rauchte. Am liebsten lauschte er den amerikanischen Nachrichten, weil sie sich nicht in endlosen verlogenen Debatten ergingen, sondern in schnellen Bildfolgen die Lage der Region zusammenfassten. Am Ende kam von rechts ein Mann mit Mikrofon ins Bild und nachdem man Truppenaufmärsche, Explosionen und die Gesichter der Mächtigen gesehen hatte, war es das Lächeln dieses Amerikaners in Hemd und Sakko, das den Zuschauer mit alldem versöhnte.

An einem Nachmittag holte ihn Bulbul überraschenderweise in dem Teehaus ab. Ziad hatte ihm davon erzählt, jedoch nicht erwartet, dass der andere es sich merkte. Jetzt stand er vor ihm und kündigte lächelnd an, ihn mit zu seinem Imam zu nehmen.

Tausende strömten an jenem Nachmittag unter dem Uhrturm auf der Place de L'Etoile zusammen, um vor den Kalksteinfassaden des libanesischen Parlamentes den Mann zu hören, den Ziad bisher nur aus den Nachrichten kannte. Er sah Männer und Frauen, Junge und Alte, Bewaffnete und Bannerträger den Platz füllen, sogar die Fenster und Balkone der Häuser ringsum waren voller Menschen. Während ich, so dachte er, bekifft oder betrunken in meinem Apartment die beleuchteten Fenster betrachtet und gewartet habe, hatte sich dieser Mann, den alle nur den »Imam« nannten, zu einem Volkshelden entwickelt. In jemanden, wie Bulbul ihm versicherte, der in diesem zerrissenen Land für alle sprach, für jede Gruppe ein offenes Ohr hatte, der mit den Christen ebenso verhandelte wie mit den Palästinensern, vor allem aber eintrat für die Armen jeglicher Konfession, nicht nur die Schiiten. Seine *Bewegung der Beraubten* hatte beträchtliche Ausmaße angenommen und bot jetzt, da das Land kurz vor einem offenen Bürgerkrieg zu stehen schien, vielleicht die letzte Chance zu nationaler Versöhnung.

Bulbul und Ziad drängten sich in der engen Gasse, die dem Imam bei seiner Ankunft freigemacht wurde. Als er an ihnen vorbeiging, betrachtete Ziad diesen Mann genau. Ein schwarzer Bart rahmte sein Gesicht, sein dunkler Kaftan wehte im Wind. Er hob die Hände wie zum Gruß und zur Beschwichtigung zugleich, und keine seiner Gesten wirkte herrschaftlich, trotz dieses triumphalen Empfangs. Schließlich fiel ihm im Gedränge sogar noch der Turban vom Kopf; er selbst bückte sich danach, staubte ihn ab und setzte ihn wieder auf, lächelnd.

In den Augen Ziads war das nicht das Lächeln eines Sieggewohnten, auch nicht das verlogene jener reichen Politiker, die für die Armen nur sprachen, wenn sie ihnen gerade nützlich waren. Es war das beinahe unsichere Lächeln eines Mannes, den nur die Sache, für die er stand, antrieb, selbst jetzt noch, da er von der Menschenmenge verschluckt zu werden drohte.

Als er endlich die kleine Tribüne erreicht hatte und mit fester Stimme und wohlkalkulierter Gestik sprach, sagte der Imam etwas, das Ziad nicht mehr aus dem Kopf bekam, rief es doch die längst verblasste Erinnerung an seinen eigenen Aufbruch in ihm wach. Der Imam sprach davon, dass die *Bewegung der Beraubten* dieses Landes die Paläste Beiruts besetzen werde, komme es nicht zu einer politischen und konfessionsübergreifenden Lösung, welche die Beraubten zu wahren Teilhabern an der Gesellschaft werden lasse.

Je länger Ziad späterhin dem sonst so einsilbigen Bulbul zuhörte, desto mehr begriff er die Tragweite dieser neuen Gedanken. Als der andere ihn darauf hinwies, dass dies keine von europäischen Intellektuellen geborgte Ideologie sei, dass diese Bewegung aber auch gar nichts mit dem Westen zu tun habe und daher erstmals eine Besinnung auf die eigenen Wurzeln, nämlich jene im Glauben darstelle, war Ziad schon beinahe überzeugt.

»Deine palästinensischen Freunde wollen den Umsturz, weil sie aus ihrem Land vertrieben wurden«, sagte Bulbul. »Aber sie lassen sich von Diktatoren bezahlen. Die Armen hier wie dort interessieren sie nicht, weil sie ihr Wissen von reichen Leuten im Westen haben. Sie nennen es Wissenschaft. Aber der Osten braucht keine Wissenschaft. Was wir brauchen, ist der Glauben. Der Imam hat unser geduldiges Leiden seit dem Tod Husseins in Kerbela in einen Aufstand gegen die Tyrannei verwandelt. Wir sind keine Religion der Trauer mehr, wir erschöpfen uns nicht mehr in Selbstgeißelung und Beweinung dessen, was wir nicht ändern können. Diese Bewegung heißt nicht umsonst Amal, Hoffnung. Sie wird ihren Namen wechseln, wenn wir die Tyrannei der vom Westen inthronisierten Marionetten mit Gewalt beenden. Warte nur ab, du wirst es erleben. Wir brauchen keine Lebensberichte, wie du sie geschrieben hast, wir brauchen auch keine Abkürzungen für lange, komplizierte Parteinamen. Wir brauchen nur den Glauben. Es ist egal, wie wir uns nennen. Zu welcher der vielen Parteien die anderen auch gehören mögen, wir sind die Partei Gottes.«

Ziad kannte keine Zeile aus dem Koran, und noch dazu war Bulbul ein Schiit – daher befremdete ihn fast alles, was dieser sagte. Aber die feste Überzeugung, der Osten brauche die Belehrungen des Westens nicht, der Gedanke, nach Jahrhunderten endlich zu sich selbst zu finden, faszinierte ihn. Er dachte an Marseille zurück und daran, wie die Franzosen dort Menschen wie ihn, Araber im Allgemeinen, »Hunde der Kais« genannt hatten.

Heller kam aus dem Irak zurück, und die Abteilung bereitete ihm einen Empfang im Kleinen Haus. Sogar Amos ließ sich sehen und fragte den Neuankömmling nach seinen Erlebnissen aus. Amüsiert beobachtete Victor die angespannte Freundlichkeit, mit der sich die beiden Männer begegneten. Alles an ihrem Gebaren, die nervös herumgeschwenkten Whiskeygläser, die vom Zigarettenrauch zusammengekniffenen Augen und ihre Körperhaltung, ließ erkennen, wie sehr sie Konkurrenten waren, was die Expertise hinsichtlich des Mittleren Ostens betraf.

Victor ging gelegentlich hinüber, um die beiden daran zu hindern, sich unter Alkoholeinfluss auch noch zu streiten. Doch ihr Eifer war inzwischen etwas erlahmt, denn auch ihre Tage hier in Beirut waren wie die aller anderen gezählt. Die Beiruter Station befand sich in Auflösung, die Analysten sammelten bereits Pappschachteln für den bevorstehenden Auszug aus ihren Büros, Dokumente wurden vernichtet oder für den Versand mit der Diplomatenpost vorbereitet. Die gesamte Station hatte strikte Auflagen bekommen, was den Aufenthalt in der Stadt und die Orte betraf, die sie noch besuchen durften.

»Es ist so viel passiert, aber wir haben so wenig zuwege gebracht«, sagte Heller, als sie etwas später am Fenster beisammenstanden. »Kommt das nur mir so vor?«

»Nun, die Botschaft bleibt geöffnet«, erwiderte Victor.

»Auch wenn der Krieg hier offen ausbricht, und das wird er bald, geht die Arbeit weiter.«

»Der große Chef geht nach D. C., hat er mir erzählt.«

Victor nestelte unwillkürlich an seinem Gürtel herum.

»Ja, das hat er sich wohl verdient.«

»Nein, da gehört er hin«, sagte Heller abschätzig.

In stummem Einvernehmen schwiegen sie eine Weile.

»Meinst du wirklich, dass dieser Aufbruch hier nötig ist?«, fragte Heller dann.

»Meine Informanten, auch ein Kontraktor, den wir aus Übersee eingeflogen haben, ein Amerikaner, sagen mir, dass alle bereit sind loszuschlagen. Während du weg warst, sind so viele Waffen ins Land gekommen wie nie zuvor. Wir haben getan, was wir konnten, aufgeklärt, informiert und in Schach gehalten. Was hast du erwartet?«

»Eine Lösung«, sagte Heller grinsend. »Du kennst mich.«

»Eine Lösung, wofür? Für das hier gibt es keine Lösung.«

»Gut, gut, alter Freund. Das war ein Scherz.«

Einige der Hotelbars am Strand konnten sie noch ohne Bedenken besuchen. Dort verabredete sich Victor mit Heller am Abend des zweiten Tages nach seiner Ankunft. Heller machte einen wohlgelaunten Eindruck, seine Kleidung war in Unordnung, den Ringen unter seinen Augen nach zu urteilen, schien er wenig geschlafen zu haben. Victor fragte nicht nach.

Trotz all der Hiobsbotschaften aus dem In- und Ausland versammelten sich hier noch immer Gäste aus aller Welt. Sogar ein Hochzeitspaar, stark angetrunken und umgeben von einer großen Familie, stolperte auf dem spiegelglatten Steinboden in Richtung der Aufzüge. Einheimische Geschäftsleute, Clanführer oder Militärs in Zivil sanken hier in die Ledersessel, um den eigens angereisten Ausländern die Lage im Land zu erörtern. Immer klang es beruhigend, was sie sagten, stets waren sie darum bemüht, jeden Zweifel an der Zukunft der Stadt zu zerstreuen. Dazu spielte ein Pianist im Smoking an einem weißen Flügel ein Potpourri im Stil Liberaces.

Victor ließ den Kopf zurück in die weiche Rückenlehne des Sessels sinken und schaute an zusammengeklappten Sonnenschirmen und einer halb verwitterten Palme in einem riesigen Topf vorbei auf das dunkle Meer. Weit entfernt am Horizont wanderte ein beleuchtetes Schiff genau auf der Horizontlinie entlang, ganz allmählich, aber unaufhaltsam fielen Victor die Augen zu. Heller bemerkte das und ließ den anderen schlummern. Er machte es sich seinerseits bequem, nippte an seinem Glas und erging sich in Erinnerungen an seine Nacht des Wiedersehens mit Bibi. Sein zugegebenermaßen gekaufter Liebhaber spielte ihm den Kummer über den nahenden Abschied so glaubhaft vor, man hätte meinen können, seine Verzweiflung sei echt. Ihm gegenüber hatte er kein Wort verloren über die vergangenen Wochen in dem anderen Land. Und wenn er es sich recht überlegte, wollte er nun auch mit Victor nicht mehr darüber reden. Er hatte wenig Lust, ihm von seiner endlosen Warterei in einem komfortablen Hotelapartment mit Blick auf den Tigris zu erzählen, von einer Zeit, während der er nur eines zu tun hatte: sich ständig bereithalten, um an immer anderen Orten die wichtigen Figuren des Regimes zu treffen.

In Bagdad gab es keine Abteilung, nicht einmal eine Unterabteilung der Agentur. Eine Handvoll Leute trieb sich dort unter ständiger Aufsicht einer der vielen irakischen Geheimdienste herum, mehr schlecht als recht getarnt als Diplomaten oder Touristen. Diese wenigen hatten bereitzustehen, um gleichsam auf Zuruf in eine Villa oder einen der noch im Bau befindlichen Paläste gefahren zu werden.

Heller musste feststellen, dass es das Bagdad, wie er es kannte, nicht mehr gab. Inzwischen führten moderne, mehrspurige Straßen in die Stadt, und das Zentrum war verstopft vom Autoverkehr. Durch seine Ölvorkommen schien es dem Land gut zu gehen, man hätte sogar von einer Blüte sprechen können. Westlich gekleidete Frauen und Männer flanierten durch die Straßen und Parks, es wurde viel und hoch gebaut, und die Cafés waren bis spät in den Abend gut besucht. Alles sah nach Modernisierung aus. Vielleicht gab es auch die Hoffnung, hier würde ein Staat geschaffen, der zum Nutzen seiner Bewohner, nicht seines Regimes existierte. So etwas jedenfalls hatte Heller öfter unter den jüngeren Gebildeten des Landes gehört.

Wären da nur nicht die vielen Leute gewesen, die täglich an Kontrollpunkten oder mitten in der Stadt verschwanden, die auf der Straße aufgegriffen oder aus ihren Häusern gezerrt wurden und in unscheinbaren, aber weitläufig unterkellerten Gebäuden oder auch einfach in gut ausgestatteten Frachtcontainern verschwanden. Dann gab es da jenen starken Mann der Zukunft, der sich im Rücken des aktuellen Herrschers bereits aufgebaut hatte und die Fäden zog. Bei dem alles, was er von sich gab, wie eine lächelnd ausgesprochene Drohung klang.

»Was grübelst du?«, sagte Victor, der soeben erwacht war.

»Ich denke über den neuen Mann im Irak nach.«

»Ja, ich kenne die Berichte. Was ist mit ihm?«

Der Pianist machte endlich eine Pause, Heller ließ sich noch tiefer in den Sessel sinken.

»Wir kennen ja nun viele von ihnen. Aber ab und an ist einer dabei, der so hungrig ist, dass selbst mir angst und bange wird.«

»Du meinst, er ist begabt?«

»Nein, er ist ein wahrer Metzger. Und dabei schlau und eiskalt. Würde ihn sein eigener Finger betrügen, sagt er, er würde ihn sich abhacken. Er bringt wirklich jeden um, der sich ihm in den Weg stellt.«

Victor stöhnte leise auf, lehnte sich nach vorn und wischte sich über die Stirn.

»Nun ja, aber was hält er von Uncle Sam?«

»Zur Zeit jedenfalls mehr als von den Sowjets. Einer unserer Informanten, ein Dissident, der in New York City lebt, hat erzählt, dass sie im Keller ihres Botschaftsgebäudes in Manhattan einen Folterkeller betreiben. Upper East Side, in der Nähe des Central Parks. Du willst deinen Pass verlängern und verschwindest in der Botschaft. Ein paar Tage später, wenn du es nicht überlebt hast, schicken sie deine Leiche in zollfreien Diplomatenkisten in den Irak zurück. Als Exilant würde ich dort auch auf Einladung nicht zu einem Dinner erscheinen.«

»Wahrscheinlich werden wir ihn brauchen können.«

»Er wird unser Mann fürs Grobe sein, verlass dich drauf.«

»Es kommt übrigens noch jemand«, sagte Victor beiläufig.

»Du weißt, dass ich so etwas nicht mag.«

»Ja, aber ich finde, du solltest ihn kennenlernen. Er ist ein guter Schnüffler, immer dicht am Boden. Die Zentrale hat ihn geschickt, für alle Fälle, er begleitet unseren Aufbruch – oder sollte ich sagen, unsere Flucht?«

Als Fisher schließlich auftauchte, war er Heller sofort unsympathisch. Er trug ein verblichenes Hawaii-Hemd zu

Militärhosen und Stiefeln und stampfte wild umherstarrend in die Bar, als wollte er sie im nächsten Moment räumen lassen. Außerdem war er bewaffnet, sein Schulterholster war unter dem Hemd deutlich erkennbar. Nachdem er grußlos bei ihnen Platz genommen hatte, blickte Heller in dieses grimmige Gesicht mit den stets zusammengekniffenen Clint-Eastwood-Augen und dem wild sprießenden Vollbart, der unter dem Kinn bereits grau zu werden begann.

»Aus Übersee, höre ich?«, sagte Heller.

Fisher nickte nur, reckte das Kinn vor und kratzte sich den Bart.

»Für wie lange?«

»Lange genug, um zu wissen, dass euch die Scheiße hier bald um die Ohren fliegen wird.«

Wie erschöpft von diesem langen Satz, hob er den Arm und bestellte sich einen Drink. Warum auch immer Victor ihn dazu geladen hatte, dieser Mann war nicht nur mit seinem Aussehen, sondern auch bezüglich seiner Qualitäten als Gesprächspartner ein Albtraum für Heller.

Fisher riss sein Glas förmlich vom Silbertablett des Kellners und schickte den Mann mit einer kurzen Kopfbewegung fort. Dann ließ er wieder den Blick schweifen, und als wäre all das nicht genug, knöpfte er sich mit der Linken das Hemd auf, weit genug, dass seine blonde Brustbehaarung sichtbar wurde.

»Manchmal ist ein einfaches Jackett genau die richtige Wahl«, konnte Heller nicht widerstehen zu sagen.

Fisher schluckte gerade seinen Whiskey hinunter und nickte dabei.

»Hab ich auch schon gehört. Moment – ich glaube, das war in der Sissy-Bar in Saigon.«

Er neigte sich so weit nach vorn, dass sein Schulterholster sichtbar wurde.

»Das hier ist der unübersichtlichste Ort, den ich je gesehen habe. Ich sage euch, hier weiß niemand, wer auf wen schießen wird. Deshalb werden es alle gleichzeitig tun und hoffen, schneller gewesen zu sein.«

In diesem Moment betraten vier junge Männer die Bar und blickten sich ähnlich aufdringlich um wie Fisher vor ein paar Minuten. Heller sah sie als Spiegelungen im Glas der Terrassenfenster und war sofort beunruhigt. Fisher hingegen schien sich mit ihrem Erscheinen zu entspannen und kniff die Augen noch mehr zusammen. Alle vier waren bewaffnet, sie trugen ihre Pistolen vorn am Bauch im Gürtel. Einer von ihnen, anscheinend der Anführer, trug ein rotes Stirnband, über welchem sich seine schwarzen Haare bauschten, als hätte er sie eben erst trocken gerieben. Er ging, gefolgt von seinen Kumpanen, gemessenen Schritts durch die Bar, schien sie zu taxieren, packte schließlich den vorüberhuschenden Kellner an der Schulter und hielt ihn fest. Für ein paar Sekunden taten sie noch so, als würden sie etwas suchen, in Wahrheit aber hatten sie die Amerikaner von Beginn an ausgemacht.

Victor hatte sich nicht umgedreht, beobachtete die Männer ebenso wie Heller im Fenster. Fisher aber war es, der ihm Sorgen bereitete. Reglos, die rechte Hand auf den vorgewölbten Bauch gelegt, saß er da. Soweit es zu erkennen war, starrten seine Augen unbeweglich geradeaus, als würde er auf etwas Unvermeidliches warten. Diese Typen mit Fronterfahrung sind zwar als Kontraktoren beliebt, dachte Victor, aber sie sind auch immer ein Risiko. Gott weiß, was er da drüben getan hat, und auch nur Gott allein weiß, ob er den Dschungel und eine kurz vor der Selbstzerstörung stehende Stadt am Mittelmeer noch voneinander unterscheiden kann.

»Fisher«, sagte Victor leise, »ich bin nicht dein militärischer Vorgesetzter, aber ich bin dein Vorgesetzter, daran möchte ich erinnern. Behalte die Waffe unter dem Hemd!«

Heller atmete hörbar auf. Obwohl das Gleiche auch für ihn galt, hätte er es nicht gewagt, diesen Neandertaler so schneidend anzusprechen. Die vier Männer waren nun bei ihnen, und drei traten vor, jeder Einzelne postierte sich hinter einem der Amerikaner. Der Anführer mit dem roten Stirnband stellte sich breitbeinig zwischen Victor und Fisher, drückte ostentativ seine schmalen Hüften nach vorn und legte die rechte Hand auf den Griff der Pistole im Gürtel.

»Können wir euch helfen?«, sagte Victor und blickte in die dunklen, eigentümlich matten Augen dieses noch sehr jungen Mannes.

Der lachte lautlos auf, als hätte ihm jemand einen Witz erzählt.

»Wer seid ihr denn«, fragte er in tadellosem Englisch. »CIA, Mossad, MI6 oder doch der YMCA?«

»Etwas von allem, würde ich sagen. Aber wie können wir euch helfen«, sagte Victor schnell.

Der junge Mann schritt weiter um den Tisch und stellte sich zwischen Fisher und Heller.

»Ihr könntet zum Beispiel aufstehen und gehen.«

Heller ließ Fisher nicht aus den Augen.

»Warum sollten wir das tun, es ist doch nett hier«, sagte er.

»Es wäre vielleicht besser für euch«, entgegnete der junge Mann.

Die drei anderen stützten sich auf die hohen Rückenlehnen der Sessel, sodass die Amerikaner ihre Anwesenheit nun auch spüren konnten.

»Seid ihr Dealer oder Revolutionäre?«, fragte Heller, überschlug die Beine und blickte den Anführer herausfordernd an.

Der junge Mann lachte wieder stumm und schwankte dabei wie ein Betrunkener. Er zeigte seine strahlend weißen Zähne und schob die Zunge heraus, bevor er sagte:

»Wir sind Dealer der Revolution.«

Begeistert von der eigenen Schlagfertigkeit, zog er die Pistole und richtete den Lauf gegen die Decke.

Victor hob auf der Sessellehne seine rechte Hand in der Hoffnung, Fisher möge das Zeichen erkennen.

»Da werdet ihr ja demnächst gute Geschäfte machen«, sagte Heller.

Die Gäste in der Bar waren unruhig geworden, man hörte Stühlerücken, das Rascheln von Kleidung, alle gingen, wo sie gerade waren, in Deckung. Ein junges Paar verließ den Raum auf allen vieren, weil sie nahe genug am Ausgang gesessen hatten.

»Ja«, rief der junge Mann und lallte dabei, »wir werden reich damit werden.«

Er senkte die Waffe, zielte auf die Bar, schoss und traf präzise die Johnnie-Walker-Flasche auf dem zweiten Regalbrett von unten. Schreie erhoben sich, die verängstigten Gäste flohen aus der Bar und behinderten dabei die Männer vom Sicherheitspersonal, die warten mussten, bis alle draußen waren. Dann stürmten sie mit gezogenen Waffen herein, nahmen die jungen Männer ins Visier und verteilten sich um den Tisch der Amerikaner.

Wortlos und ohne jede Hast steckte der Mann mit dem roten Stirnband seine Waffe in den Gürtel zurück. Er wandte sich noch einmal um, blickte durch das Terrassenfenster auf das schwarze Meer hinaus, als suchte er etwas, dann zog er mit seinen Männern ab. Auf dem Weg zum Ausgang sagte er:

»Born 1820 – Still going strong.«

Sichtlich mit sich zufrieden, stolzierte er aus der Bar.

Vom Moment an, da sie aus dem Radio davon erfuhr, bildete sich Theresa ein, den Knall der Explosion gehört zu haben. Sie stand an diesem Mittag vor dem Eingang der St.-Georgs-Kathedrale und absolvierte eines ihrer ihr selbst absurd vorkommenden Touristenprogramme, da wurde dieses seltsame Geräusch von fernher zu ihr geweht, und es klang in ihren Ohren wie das Platzen einer gewaltigen, weichen Blase. Irgendwo hinter den Häusern machte es Plopp, dem folgte ein Rauschen, und dann war es fort. Kein Geschrei und viel später erst Sirenen, nur dieses Platzen – das war die letzte Kunde, die sie von Alexander erhalten würde, ohne dass sie das wissen konnte, als sie sich zum Schutz vor dem heißen Mittagslicht unter die Arkaden des Kircheneingangs gestellt hatte.

Doch schon, als sie das Radio ausschaltete, ahnte sie, wen es getroffen hatte. Immer wieder beschwor sie sich selbst, Ruhe zu bewahren. Imad war gerade für drei Tage in Byblos unterwegs, ein Ausflug, auf den er sie trotz ihres inständigen Bittens auf keinen Fall hatte mitnehmen wollen.

»Es geht nicht, Habibi, es geht wirklich nicht«, hatte er gesagt. »Wir dürfen keinerlei Aufsehen erregen, gerade jetzt. Du erledigst deinen Job bei SAMED wie immer, alle sollen dich dort sehen. Hab Geduld und warte einfach ab, was geschieht.«

Das hatte sie getan und saß jetzt mit verheulten Augen in

ihrem Apartment, trank Martini, ohne ihn zu schmecken, und wusste, dass sie niemanden kontaktieren konnte.

Ihre einzige Hoffnung bestand darin, im SAMED etwas aufschnappen zu können. Möglicherweise redeten Leute über die Geschehnisse, vielleicht auch würde es ihr gelingen, ein solches Gespräch unauffällig zu beginnen. Ihr war klar, dass sie sich absolut nichts anmerken lassen durfte, und ausgerechnet jetzt erschien ihr Elvy besonders aufmerksam und, auf ihre typische kontrollierte Art, auch neugierig. Natürlich schrieb Theresa dies ihrer eigenen Seelenverfassung zu, doch es machte ihr den ganzen Tag über zu schaffen, als müsste sie etwas abwehren, von dem sie nicht wusste, was es war.

Als die Kinder versorgt waren und gegessen hatten, stand sie mit Elvy im Hof und rauchte eine Zigarette.

»Du siehst bedrückt aus, Liebes, was ist mit dir?«

»Nichts, ich habe gestern zu viel getrunken.«

»Allein?«

Elvy griff sich an den Brillenrahmen und warf Theresa über die Gläser hinweg einen verschmitzten Blick zu.

Diese bejahte, und Elvy fuhr fort:

»Du trinkst also, wenn du allein bist. Hast du Kummer?«

Theresa fühlte, wie sich ihre Brust zusammenzog, es war, als würde ein Gewicht in ihr langsam hinabsinken und sie zu Boden ziehen. Sie hatte den Kopf schon gesenkt, als sie sich zur Ordnung rief, Elvy in die Augen blickte und sagte:

»Es ist Heimweh, glaube ich.«

Elvy nickte wissend.

»Wie kommst du damit zurecht?«, fragte Theresa, um das Gespräch in eine andere Richtung zu lenken.

»Ich war an so vielen Orten, ich glaube, ich habe mich

daran gewöhnt. Wenn es ganz schlimm wird, dann telefoniere ich nach Hause, glaub mir, Liebes, das hilft sehr.«

»Wohin telefonierst du dann?«, fragte Theresa und bereute ihren Vorwitz sogleich.

Doch sie beobachtete Elvy genau. Diese schob ihre Brille nach oben, indem sie mit dem Zeigefinger auf den Bügel tippte, ganz so, als bräuchte sie eine kurze Bedenkzeit, bevor sie antwortete.

»Im Augenblick nach Manchester, in den alten Tottenham Drive, Liebes. Und glaub mir, allein die Stimmen und vielleicht noch ein paar Geräusche im Hintergrund bringen mir diese andere Welt so nahe, dass ich beinahe geheilt bin.« Ein nur angedeutetes und darum hart wirkendes Lächeln huschte über ihre Lippen. »Möglicherweise ist das auch schon alles, was ich von der Welt da drüben brauche.«

An den folgenden Abenden streunte sie ziellos durch die Straßen und betrank sich ein wenig im Fleurs, doch es half ihr nichts. Sie fühlte sich regelrecht krank vor Trauer, und wenn sie vor dem dunklen Fenster ihres Apartments stand und in die Nacht hinausblickte, ahnte sie, dass diese Krankheit nicht mehr heilen würde. So blieb ihr nur, die Stunden bis zu Imads Rückkehr zu zählen.

Als er dann endlich bei ihr war, begrüßte sie ihn kaum, sondern bestürmte ihn sogleich mit Fragen. Theresa war sich sicher gewesen, dass er Bescheid wusste und ihr Klarheit über das Geschehene verschaffen konnte. Doch Imad schien all ihre Fragen abzuwehren, schüttelte nur den Kopf und versicherte ihr, keine Ahnung zu haben, was geschehen war.

»Wieso weißt du das nicht? Ihr müsst doch informiert sein.«

Theresa war empört über seine Reaktion.

»Wir wissen nicht alles. Was glaubst du denn? Wenn einer von uns in Athen oder in Paris getötet wird, wissen wir nicht einmal, ob es der Mossad war oder Abu Nidal in Bagdad. Verstehst du, wir werden ständig gejagt und müssen das hinnehmen.«

»Ach komm, Alexander war ein Niemand. Das hätte nicht passieren dürfen.«

»Was heißt, er war ein Niemand? Bist du dir überhaupt sicher, dass er tot ist? Ich habe nur von einem Deutschen gehört, dessen Leiche man nicht mehr identifizieren kann. Sie werden ihn wahrscheinlich hier in einem Armengrab auf dem Christenfriedhof begraben.«

»Er war es«, sagte Theresa leise, »ich weiß das. Du musst herausbekommen, was genau geschehen ist.«

»Ich kann es nicht, Habibi. Vielleicht in einigen Wochen, aber jetzt kann ich niemanden danach fragen, verstehst du das?«

Er griff sacht nach ihren Schultern und wollte sie zu sich ziehen, doch schon in diesem Moment spürte Theresa die tiefe Distanz, die plötzlich zwischen ihnen entstanden war. Was sie daran erstaunte, war, dass es sich bei diesem Abstand nicht nur um eine Abwehr ihrerseits handelte, sondern um eine physisch spürbare Abstoßung. Als sie später miteinander schliefen, hatte sie keinerlei Gefühle mehr für diesen Mann auf ihr und in ihr, es war, als läge sie mit einem vollkommen Fremden im Bett. Seine Leidenschaft, die sie so an ihm gemocht hatte, seine wilde Lust an ihrem Körper, die ihn manchmal dazu brachte, kindische Dinge zu tun, wie ihr Haar zu packen, zu einem Zopf zu drehen und hineinzubeißen, all das schien verblasst. Sie nahm nur noch wahr, wie er auf ihr schwitzte, die feuchten Haare auf seinen Schulterblättern ekelten sie an, und sie fühlte sich wie beschnüffelt von einem dummen, blinden Tier.

Als er an diesem Abend endlich fertig war, lagen sie nebeneinander im Bett und rauchten. Imad hatte anscheinend keinerlei Veränderung wahrgenommen, und das war Theresa in diesem Moment recht so, denn so konnte sie ihn wortreich und eindringlich schließlich dazu bewegen, ihr eine sichere Telefonverbindung zu Jakob einzurichten, nachdem Imad ihr geraten hatte, sich an ihre europäischen Freunde zu wenden.

Als er das Licht gelöscht hatte und kurz bevor er sich umdrehte, um zu schlafen, sagte Imad noch zu ihr:

»Du bist auf der Suche nach einer Erklärung, weil du glaubst, das würde dir helfen. Du wirst sehen, Habibi, es gibt keine Erklärung und keine Hilfe.«

Sie wusste, dass es ein paar Tage dauern würde, wenn es überhaupt klappte, bis die Verbindung zu Jakob möglich war. Daher befolgte sie Elvys Rat und rief vom Fleurs aus ihre Eltern in Wetzlar an. Dieses Gespräch war risikolos, aber die Verbindung war schlecht. Es war Samstagabend und zu Theresas Überraschung schon recht voll. Sie stand am Ende der Bar in einer Ecke, presste den schweren Hörer von Anfang an so fest ans Ohr, dass es schmerzte. Ihre linke Hand umschloss die Sprechmuschel und bedeckte ihren Mund, doch der Lärm störte sie dennoch so sehr, dass sie dem Raum den Rücken zuwandte. Nach langem Klingeln hob schließlich ihre Mutter ab.

»Theresa, weißt du, wie spät es ist?«, waren ihre ersten strengen Worte.

»Ja, ich weiß. Aber ich wollte eure Stimmen hören.«

Nach einigem Hin und Her erzählte ihr ihre Mutter, wie sie den ganzen Nachmittag über den kleinen Garten in Schuss gebracht und Theresas Vater währenddessen das Auto gewaschen hatte. Theresa blickte über die Schulter in den Saal zurück und sah, dass die Bühne hergerichtet und nun rot beleuchtet war. Da sie fürchtete, das Gespräch würde durch den Auftritt der Tänzerinnen unmöglich werden, beeilte sie sich, nicht ohne noch aufmerksam geworden zu sein auf einen gut aussehenden Mann mittleren Alters, der an der Bar stand. In Sekundenbruchteilen hatte sie ihn taxiert, vermutete, er sei Engländer oder Amerikaner, und ihr entging auch nicht der bärtige, vierschrötige Kerl neben ihm, einer dieser Männer, die sie fürchtete: Dem Anschein nach brutal und in sich gekehrt, aber aufmerksam genug, ihr hier hinten am Telefon einen Blick zuzuwerfen, in dem keinerlei männliches Interesse, sondern nur Argwohn lag.

»Was macht denn Papa gerade«, fragte sie, als ihre Mutter mit dem Tagesbericht fertig war.

Sie erfuhr, dass er in seinem Zimmer damit beschäftigt war, eines seiner Mikroskope zu pflegen. Augenblicklich sah sie ihn vor sich, hantierend mit Blasebalg, Pinsel und Ledertuch.

»Gib ihn mir noch mal, bitte«, sagte Theresa.

»Wie geht es meiner Kleinen in dem fremden Land?«, fragte ihr Vater etwas förmlich, nachdem er sich hörbar geräuspert hatte. Nur am leichten Vibrieren seiner Stimme konnte sie wahrnehmen, dass ihn dieses Gespräch aufwühlte.

»Bei dir war ich immer eine Archäologin des Gefühls, weißt du das, Papa? Immer mit Schaufel und Pinsel unterwegs«, sagte sie.

Plötzlich schossen ihr Tränen in die Augen.

»Ich verstehe nicht, was du sagst, Theresa. Kommst du bald zurück?«

»Ja, Papa, wahrscheinlich komme ich sehr bald zurück.«

Sie sah den blitzblanken Opel Rekord vor der Reihenhaushälfte stehen, ging durch das Tor und die Eingangstür in die Wohnung. Das milde, zu schwache Licht der Stehlampe überzog die Wände des Wohnzimmers, und dieser kleine, ferne Frieden, der auch zu ihr gehörte, wurde für einen Moment ganz groß, umschloss sie hier, in dieser Bar. Das Auto, Großmutters Stehlampe, die »Hörzu« auf dem Wohnzimmertisch und der Topf mit dem Bogenhanf auf dem Fensterbrett: Es genügte ihnen, warum hat es mir nie genügt? Sie verabschiedete sich von ihrem Vater, danach griff ihre Mutter noch einmal nach dem Telefon.

»Iss nichts Schmutziges, meine Kleine, und sei vorsichtig mit den Männern dort«, sagte sie und fügte an: »Es ist gut, dass du angerufen hast. Auch für Papa.«

Theresa stimmte zu, verabschiedete sich und legte auf. Ja, es ist gut, dachte sie, die Hand noch auf dem Telefon, weil man das so macht, etwas würde fehlen ansonsten.

Sie stand noch immer ganz im Bann des Gespräches, entfernte sich von der Bar und ging in den Saal zurück. Als sie an ihm vorbeieilen wollte, drehte sich der Mann, der ihr aufgefallen war, zu ihr um und fragte höflich, ob er sie zu einem Drink einladen dürfe. Es entging Theresa nicht, dass der Vierschrötige die Bar bereits verlassen hatte, und doch lehnte sie nach kurzem Zögern ab.

Das Gespräch mit Jakob führte Theresa aus einem Nebenraum der Dokumentarfilmstudios im SAMED. Sie saß auf einem Plastikstuhl in dieser fensterlosen Kammer, in der es nichts gab, außer einer nackten Glühbirne und dem klobigen Telefon neben ihr.

»Hi, wie geht es dir?«

Jakobs Stimme klang fremd und, nach Theresas Empfinden, auch etwas verhalten.

»Ja, gut. Hör zu: ich will nur wissen, was passiert ist.«

»Ich weiß es nicht, niemand weiß es. Es muss ein Unfall gewesen sein.«

»Ein Unfall, ist das dein Ernst? Wie oft geschehen solche Unfälle?«

»Manchmal schon. Aber es ist ja auch gar nicht klar. Was soll ich dir sagen?«

Theresa konnte ihre Wut nur mit Mühe unterdrücken.

»Was du mir sagen sollst, ist dein einziges Problem, ja?«

Jakob schnaufte hörbar.

»Was willst du hören? Glaubst du, ich finde es toll?«

»Ich glaube, es juckt dich nicht.«

Eine kurze Pause entstand, während der Theresa seinen sich beschleunigenden Atem hörte.

»Es gibt immer ein Risiko. Benimm dich nicht wie eine Amateurin.«

»Wir sind Amateure, alle, das sieht man doch.«

»Nein, du spielst dich auf wie eine dieser bürgerlichen Fotzen, die mitmachen, solange es ums Quatschen geht, und sofort zusammenbrechen, wenn es ernst wird. Die revolutionäre Praxis fordert Opfer, und er war so ein Opfer.«

»Halt mir jetzt keine Vorträge. Sag seinen Namen.«

Theresa hatte einen Kloß im Hals und konnte kaum noch sprechen. Sie legte die Stirn in die Hand und wartete.

»Er ist tot, was nützt sein Name.«

»Du bist so kalt.«

»Du weißt, dass ich recht habe, oder?«

Seine Frage klang beinahe unsicher.

»Du bist ein Schwein, das warst du immer«, sagte Theresa leise.

Jakob atmete tief ein und aus, wie um sich zur Ruhe zu zwingen.

»Hör mir gut zu«, sagte er in veränderter Tonlage, »ich verspreche dir, noch einmal nachzufragen und herauszubekommen, was genau geschehen ist. Alles, was irgendjemand weiß, teile ich dir mit. Mehr kann ich nicht tun. Ist das okay?«

»Okay«, sagte Theresa und legte auf.

Er hatte sich gefangen, da war sie sicher, und versuchte nun, sie bei sich zu halten. Er war immer schon nicht nur kalt, sondern auch anpassungsfähig gewesen, von einem Moment auf den anderen.

Nur zwei Tage später saß sie am selben Ort und hörte von ihm jene Version der Geschichte, welche er nach eigener Aussage unter vielen Mühen zutage gefördert hatte. Demnach waren in Beirut gerade in letzter Zeit neuartige Spielzeuge in Mode gekommen; ferngesteuerte Autos oder auch Flugzeuge. Es sei gut möglich, versicherte Jakob, dass das Funksignal von einem dieser Spielzeuge die Bombe versehentlich ausgelöst habe. Sie, Theresa, könne doch versuchen herauszubekommen, ob es jetzt, da sich der Rauch verzogen habe, irgendwo spielende Jungen in dieser Straße gebe, Autos oder Flugzeuge, vielleicht auch ein Schiffchen in irgendeiner Pfütze …

Noch bevor Jakob den letzten Satz in seinem betont lockeren Tonfall beenden konnte, hatte Theresa aufgelegt. Sie war sich sicher, der Komödie seiner Manipulationsversuche widerstanden zu haben.

Als sie ihn hierher beorderten, hatte Fisher keine Ahnung von dem, was ihn erwartete. Da er aber längst ein Experte für gescheiterte Missionen geworden war, begriff er recht bald, dass es auch in Beirut darum ging, alsbald den Abzug zu organisieren. Wenn es sie gab, dann lag Ruhe über dieser Stadt nur wie ein bedrohlicher Nebel, der das Unheil verhüllte. Beinahe jeden Tag waren Schüsse und Explosionen zu hören, blutige Anschläge wurden verübt auf den Zufahrtsstraßen zur Stadt, eine Gruppe schlachtete die andere Art ab und das in immer dichterer Folge. Für Fisher bedeutete das, auch diese Stadt war nicht mehr zu halten.

Jedoch schien das niemand sonst zu erkennen. Streifte er am Tage durch die Stadt, sah er das Alltagsleben seinen Gang gehen. Die Geschäfte waren gut sortiert, die Leute tranken Tee und rauchten die Wasserpfeife miteinander, im Kino »Alhamra« lief »Der weiße Hai«. Allmählich begriff Fisher, dass ihm diese Art von Krieg vollkommen neu war. Es war ein langsam sich aufbauender Krieg, der keinen sichtbaren Zuwachs an Elend, keinen Mangel, keinen Hunger, keine Flüchtlingstrecks zu erzeugen schien. Das würde später kommen, war sich Fisher sicher. Bis jetzt herrschte hier nur ein einziger, rasend sich ausbreitender Mangel, nämlich der an Sicherheit.

Er trug seinen Helm in einer Tüte unter dem Arm, als er sich der Grünen Grenze näherte und von fern schon die

Schüsse hörte. Es erleichterte ihn beinahe, hier nun vertrautes Gelände zu betreten. Für eine kurze Zeit war offener Krieg ausgebrochen, als die christliche Phalange das neu erbaute Holiday Inn Hotel eroberte, ein 26-stöckiges Hochhaus in der Nähe des Hafens. Wie gut, dachte Fisher bei der Unübersichtlichkeit in dieser Stadt, in diesem Land, einen Standpunkt weit oberhalb zu erobern und von dort aus Feinde und Freunde sortieren zu können.

Für seine Inspektion der Kriegshandlungen war er gut ausgestattet. Neben dem Helm hatte er auch eine weiße Armbinde mit der Aufschrift »Press« dabei, welche er jetzt gut sichtbar an seinem Parka befestigte. Und um die Maskerade perfekt zu machen, hatte er sich in der Botschaft einen tragbaren Rekorder samt Mikrofon besorgt.

Er war noch ein paar Straßen entfernt, blieb stehen und schaute nach oben. Es gab so viele Fenster in diesem Hochhaus, es musste tatsächlich ein ideales Nest für Scharfschützen sein. Von dort oben konnten sie die halbe Stadt im Auge behalten, allerdings war dieses große Haus schwer zu verteidigen. Die vorherigen Besatzer waren palästinensische Fedajin gewesen und wussten ein Lied davon zu singen. Sie hatten das Hotel vor zwei Tagen erobert, und nur wenige Stunden später, während sie ihren Sieg noch feierten, verloren sie es wieder.

Irgendwo in der Nähe schlug eine Kugel ein, Fisher hockte sich nieder und setzte den Helm auf. Geduckt bog er in die Straße zum Hotel ein, hielt sich nahe an den Hauswänden und arbeitete sich langsam voran. Und da sah er sie, all die Gegner der Phalangisten im Hotel. Die Straße ähnelte einem Heerlager; in Hauseingängen hinter Sandsäcken oder im Schutz von Autos, die als Barrikaden dienten, kauerten sie, rauchten und plauderten und zogen die Köpfe nur ein, wenn einer der nicht sehr treffsicheren Schützen von oben an sich erinnerte.

Schreiend und mit heftigen Gesten bedeuteten ihm die Männer, in Deckung zu gehen, und Fisher befolgte ihre Anweisungen. Langsam, Meter für Meter, kroch er auf die erste Barrikade zu. Den Rekorder umgehängt und das Mikrofon in der Linken, stützte er sich mit der Rechten an der Hauswand ab. Als er schließlich die Barrikade erreichte, begrüßten ihn die jungen Männer dort wie eine aufgekratzte Pfadfindertruppe. Sie boten ihm Zigaretten und Wodka an, einer wollte sogar Tee holen. Für sie schien all das ein Spiel zu sein, grausam, aber belebend.

Als er jedem von ihnen die Hand mindestens zweimal geschüttelt und alle auf seine Armbinde hingewiesen hatte, begriff er, dass er unter die Marxisten gefallen war. Alle sprachen sie brav in sein Mikrofon, und es schien niemanden zu stören, dass der Rekorder offenkundig nicht eingeschaltet war. Aufgeputscht und nervös, wie sie waren, glaubten diese Männer, der Moment für eine nationale Revolution sei gekommen. Einer, er trug unvorsichtigerweise ein helles Stirnband ähnlich dem eines Kamikazefliegers, erklärte Fisher, was sie vorhatten: Sie würden diesen Hotelturm zurückerobern, ihren Sieg diesmal nicht allzu ausgiebig feiern, sofort so viele Fenster wie möglich besetzen und von dort oben aus die Stadt kontrollieren.

»Ein wichtiger Schritt«, sagte er immer wieder, »ein wichtiger Schritt.«

Er mimte den Strategen und hatte doch keine Ahnung von dem, was kommen würde. Fisher versicherte ihnen, dass die Welt von ihrem Unternehmen hier erfahren werde, und hastete zu einer der Barrikaden aus Autos. Mehrere Geschosse schlugen in die Hauswände und die Straße ein. Fisher lag flach auf dem Boden und kroch im ohrenbetäubenden Gegenfeuer der Fedajin voran. Kurz davor zogen ihn die Männer an den Armen zu sich heran. Fisher verschnaufte und blickte wieder zu dem Hochhaus hinauf. Im sechsten Stockwerk brannte ein Fenster, offenbar gab es hier auch irgendwo Panzerfäuste.

»Keine gute Strategie«, sagte er zu den Männern um sich, »wenn ihr das Haus erobern wollt, sollte es nicht in Flammen stehen.«

Doch diese verstanden ihn nicht. Das waren keine Kommunisten, stellte er fest. Er sah sie winzige, zerschlissene Exemplare des Heiligen Korans küssen, bevor sie schossen, sah ihre grünen Arm- und Stirnbänder und tippte darauf, dass es Schiiten waren. Da er hier kein Scheininterview führen konnte, rannte er bald weiter und näherte sich dem Hotel inmitten von Warnschreien und Schüssen so weit, dass ein Scharfschütze von oben Schwierigkeiten gehabt hätte, ihn zu treffen. Gleich am verglasten Eingang empfingen ihn jedoch die Phalangisten. Sie richteten hinter der Glasfront ihre Gewehre auf ihn, Fisher rief: »Press! International Press!« und wies auf seine Armbinde, hielt Rekorder und Mikrofon in die Höhe. Dann warf er sich gegen die Tür und drängte in das Hotel, um nicht noch von einem der Schützen auf der Straße aufs Korn genommen zu werden.

Er stand im völlig verwüsteten Foyer des gerade noch schicken und neuen Holiday Inn und war erstaunt über die in diesem Raum herrschende Dunkelheit. Auch hier empfingen ihn wieder junge Männer, die unter anderen Umständen wahrscheinlich noch hätten zur Schule gehen müssen.

Diese waren allerdings mit schweren Stiefeln und Kampfanzügen militärisch gekleidet, trugen neben den Maschinengewehren Patronengurte mit sich herum. Es dauerte eine Weile, bis eine Entscheidung fiel, währenddessen stand Fisher mit erhobenen Händen und dem Rücken zur Straße da, biss die Zähne zusammen und betrachtete den gewaltigen Kronleuchter, der von der rußschwarzen Decke hing. Endlich winkte ihn ein kräftiger Bursche zu sich heran und tastete ihn auf Waffen ab. Mithilfe eines Walkie-Talkies nahm er Kontakt zu seinen Leuten in den oberen Stockwerken auf und brachte Fisher sodann tatsächlich zu den Fahrstühlen, die trotz all der Zerstörungen im Haus noch funktionierten.

Die Fahrstuhlkabine blieb allerdings dunkel, Fisher schnaufte während der Fahrt nach oben vor Aufregung und versuchte seine Atmung unter Kontrolle zu bekommen. Im obersten Stockwerk öffnete sich die Fahrstuhltür, er trat hinaus und wurde von Windböen erfasst in einem weiten Raum, der so zugig war, weil ringsum sämtliche Fensterscheiben zerstört waren. Dahinter öffnete sich der Blick auf den Küstenstreifen; aus so großer Höhe hatte Fisher die Wellenkämme eines Meeres zum letzten Mal aus einem Sikorsky-Helikopter gesehen.

Und wieder wurde er von Bewaffneten umringt, diesmal aber trat ein etwas älterer Mann auf ihn zu und reichte ihm überraschenderweise sofort die Hand. Das schmale, kantige Gesicht war glatt rasiert, seine dunklen Augen erschienen Fisher so groß, dass er glaubte, dieser Mann sei unterernährt. Fisher ließ den Rekorder und das Mikrofon sinken und sagte während des Händeschüttelns:

»General Vahan.«

»Ich weiß, alles okay«, erwiderte der andere. »Er ist nicht hier.«

»Das dachte ich mir.«

»Aber wir zeigen dir, was wir tun.«

Der Mann führte ihn herum, sie bewegten sich auf die andere Seite der Etage. Die Fenster dort wiesen in Richtung Stadt, und Scharfschützen kauerten daneben an den Wänden. Sie unterhielten sich und rauchten, hoben zum Gruß die Hände, die gelegentlichen Salven von der Straße beunruhigten sie nicht. Außer an der Kleidung hätte Fisher sie nicht von denen unten unterscheiden können.

Er näherte sich der Fensterfront bis auf etwa drei Meter, sah hinab auf die Häuser und Gassen, auf Straßen und schön gepflasterte Wege, auf alte Mauern voller Taubennester, auf kleine Kirchgärten und Palmen und Pinien auf winzigen Grundstücken, die verlassen wirkten. In der Ferne erhob sich das Libanongebirge wie ein Schutzwall vor der Stadt, deren Schönheit Fisher von hier aus zum ersten Mal wahrnahm. Unwillkürlich trauerte er um diesen Ort, der einst reiche und arme Romantiker angezogen hatte und nun in die Hände von Fanatikern gefallen war. Durch einen hinteren Teil des Raumes zogen sich zwei lange Abschleppseile, die aus einem der Fenster hingen. Sie waren an den Füßen eines Konzertflügels befestigt.

»Sag deinen Leuten, dass hier nichts so bleiben wird, wie es einmal war. Dass wir dieses Land von den Eindringlingen säubern werden, ganz so, wie wir dieses Hotel gesäubert haben.«

»Was habt ihr mit den anderen gemacht?«

»Die liegen in den Treppenhäusern. Darum ist es besser, die Fahrstühle zu benutzen.«

Fisher ging langsam zu dem Flügel hinüber, stellte dort den Rekorder und das Mikrofon ab.

»Vorsicht bei den Fenstern«, sagte der junge Mann.

Doch Fisher war neugierig, trat schnell an das Fenster und blickte hinunter. Zwei Männer hingen dort, mit je einem Bein an eines der Seile gefesselt. Sie wirkten leblos.

Er trat rasch zurück.

»Oh ja«, sagte der junge Mann und wirkte nachdenklich dabei, »zwei sind noch bei uns.«

»Wie lange hängen sie schon dort?«

»Seit gestern.«

In diesem Moment wurde ein leises Wimmern hörbar, es drang direkt durch das Fenster herauf. Fisher wischte sich mit der flachen Hand über den Helm. Er blickte hinab auf die beiden dicken Knoten an den Füßen des Konzertflügels und fragte nicht danach, was mit den beiden geschehen würde.

Heller war wieder einmal in dieser Stimmung. Es war Nacht, durch sein Apartment strich der Wind, und er saß, nur mit einem Bademantel bekleidet, im Sessel, in der Hand ein Glas. Wie oft zuvor schon genoss er den Blick auf die Lichter der Stadt, lauschte auf das leise Rauschen des Meeres hinter dem Klappern und Hupen, dem Lärm der menschlichen Verrichtungen. Er war in dieser Stimmung der Verlorenheit, des Fremdseins, die ihn heimsuchte, wenn er Umgang mit seinen Kollegen hatte. Jetzt dachte er an den ihm lieben Victor und dessen Erzählungen.

Der Kollege war mit der ganzen Familie für zwei Wochen auf Heimaturlaub gewesen. Florida war ihr sonniges Ziel, doch aus dem unbeschwerten Strandleben wurde nichts, weil Victor seinen Drang nicht bezähmen konnte. Anstatt sich auf einem Liegestuhl zu räkeln, streifte er bei Nacht und Tag durch Orlando, inspizierte Bars und dunkle Hinterhöfe ebenso wie, man glaubt es kaum, die Universität. Was er sah, war eine parasitäre Freizeit-, das heißt Drogenkultur, die sich immer weiter ausbreitete. Dazu erlebte er an den Universitäten die Kinder der Eliten und der, die dazugehören wollten, verstrickt in Opferdiskussionen.

Er ist und bleibt ein Polizist, dachte Heller, und nippte an seinem Drink. Er wandte rasch den Kopf, wie um sich zu vergewissern, dass Bibi noch immer nackt und lasziv auf seinem Bett lag, einen Arm hinter dem Kopf und den Blick zur Decke gerichtet; nicht wartend, sondern ausharrend in der Gewissheit des Kommenden.

»Ich bin gleich bei dir«, flüsterte Heller und fühlte sein Herz schneller schlagen. »Aber vorher erzähle ich dir noch etwas. Mein Kollege, mein geschätzter Kollege, ist ein Polizist, verstehst du.«

Bibi schwieg, als verstünde er ihn nicht.

»Er glaubt nicht nur, es gäbe eine Ordnung und eine Abweichung davon. Das tun viele einfache Leute, die in ihrer großen Zahl weder viel erleben noch nachdenken. Nein, mein Kollege meint sogar, das Chaos bändigen, die Verirrten nach Hause führen, die Ordnung wiederherstellen zu können, wenigstens manchmal. Dabei stammt er aus einem Land, das sich selbst ständig am Rande des Chaos bewegt, das seine eigenen Bürger nur mit Mühe unter Kontrolle halten kann, während die sich im Drogenrausch, für Geld, häufig beides, gegenseitig abknallen.

Er hat mir von einem Menschenjäger in Florida, in der Nähe von Orlando, erzählt, über den er etwas in der Zeitung las. Und sofort, in seinem Urlaub, musste er die Beamten vor Ort nach ihm ausfragen. Ein gefühlloser, feiger Verlierer nimmt dort Anhalterinnen mit, fährt sie zu einer Waldlichtung und schießt ihnen von hinten in den Kopf, um ihre Körper ganz für sich zu haben. Dann vögelt er sie, verstehst du. Ein paar Tage später kommt er wieder und tut noch irgendetwas Unaussprechliches. Und ich sage dir, andere gefühllose, feige Verlierer werden nichts Besseres zu tun haben, als ihn eines Tages zu einer Art Rockstar hochzujubeln. Und es werden immer mehr von diesen Typen, das ist wie eine Epidemie. Inzwischen hat man schon einen neuen Begriff dafür erfunden: Serienmörder. Weißt du, ich glaube, die meisten Menschen können mit der Freiheit, für die wir zu kämpfen meinen, nichts anfangen. Sie verwahrlosen einfach, einige mehr, andere weniger, und die Schlimmsten musst du schließlich einsperren oder erschießen.

Es gibt keine Ordnung in unserem Land, dagegen rennt mein geschätzter Kollege an, er kann es nicht glauben. Aber der Witz daran ist: Er ist hier, verstehst du, in Beirut, um unsere Werte zu verteidigen. Er sammelt Informationen und ordnet sie, bildet sich ein Urteil. So einer hätte zum FBI gehen sollen. Aber auch das ist ein Fehler meiner Kultur, meines Landes: Wir bringen nicht nur massenhaft simple Geister hervor, sondern erlauben ihnen auch noch den Aufstieg in höhere Positionen und sind stolz darauf.«

Wieder blickte sich Heller um und sah das Mondlicht auf Bibis schönem Körper. Er spürte sein Herz im Hals und wollte doch nichts mehr als warten, verzögern, den Moment auskosten.

»Und meinst du, dein Kollege ahnt, dass du mich bei dir hast?«

Bibi sprach sanft und doch bestimmt.

Der überraschte Heller dachte kurz nach. Er wusste, er handelte gegen die Sicherheitsbestimmungen der Agentur.

»Wie sollte er davon wissen?«, murmelte er. »Aber es stimmt schon, du bist ein Risiko für mich. Ich hoffe, das ist dir klar.«

»Willst du mir damit deutlich machen, wie sehr du mich magst? Ist das vielleicht eine Liebeserklärung?«

»Nun übertreib nicht gleich«, sagte Heller lachend. »Ich versuche dir zu erklären, dass du dich mit dem Abkömmling einer kranken, gewalttätigen Kultur eingelassen hast, und das hier, in deinem Land, das kurz vor einem Krieg steht.«

»Und?«

Heller spürte, wie ihm sein Drink zu Kopf stieg. Auf der Straße war es inzwischen ruhiger geworden, die Nacht hatte dort draußen tatsächlich, wenn auch spät, begonnen, und sie war wie immer betörend und beängstigend zugleich.

Das Klingeln des Telefons riss Heller aus seinen Gedanken. Er zuckte zusammen, umklammerte sein Glas fester und meinte, ein schrillendes Echo in seinem Kopf hören zu können. Zu dieser Nachtzeit und in dieser Situation alarmierte ihn der Anruf.

Er stand auf, gab Bibi ohne Worte zu verstehen, still zu sein, und ging zum Telefon hinüber. Bevor er den Hörer abhob, überlegte er, was geschehen sein könnte: Die Stadt war ruhig, und keine Flugzeugentführung hätte jemanden dazu veranlasst, ihn anzurufen; möglicherweise hatte es eine Entführung gegeben, und Hilda konnte das vielleicht nicht für sich behalten.

Er hob ab und meldete sich.

»Entschuldige die späte Störung«, sagte Victor am anderen Ende.

»Ist etwas passiert?«

Gleich nachdem er die Stimme des anderen erkannt hatte, beruhigte sich Heller. Das war zu nah, zu vertraut, um gefährlich zu sein.

»Ja, wie soll ich sagen, es ist eher intern. Aber ich möchte dich gern so bald wie möglich sprechen. Wäre das ok?«

Er wirkte auf Heller nicht sehr beunruhigt. Eher wie jemand, der nicht schlafen konnte und sich schließlich zu diesem Anruf durchgerungen hatte. Das passt zu diesem Schnüffler, dachte Heller, er findet keine Ruhe.

»Hat es mit deiner Verschwörung zu tun?«

Am anderen Ende entstand eine Pause. Heller spürte, dass er zu weit gegangen war und führte es auf den Alkohol zurück. Er wartete.

»Wenn du so willst, ja. Geht es gleich morgen früh?«

Heller antwortete nicht gleich. Er blickte zum Fenster hinaus, sah sich und Victor in aller Herrgottsfrühe durch den Park der Universität streifen, warf einen Blick auf Bibi und antwortete schließlich:

»Aber sicher.«

Sie verabredeten sich und beendeten ohne Abschiedsfloskeln das Gespräch.

Heller hielt den Hörer auf der Gabel und fragte sich, was den anderen so lange wachgehalten haben mochte. Normalerweise war er um diese Zeit längst mit seinen Berichten fertig und lag wahrscheinlich im Bett und schlief. Vielleicht begann diese Geschichte, mit der er sich die ganze Zeit über beschäftigte, ihn zu verändern, gut möglich, dass ihn das zerrüttete, und ein Faktenhuber wie er hätte in Hellers Augen auch nichts anderes verdient. Er nahm die Hand vom Telefon und ließ sich wieder in den Sessel fallen. Der

Wind kühlte ihm die nackte Brust, die der Bademantel entblößte.

Ich bin anders, dachte Heller selbstzufrieden. Es ist meine Schwäche, dass ich es genieße, isoliert und verloren zu sein, im Verborgenen zu leben, mich wie das kranke Tier abseits der Herde zu fühlen. Zu Bibi aber sagte er:

»Es ist ein Irrtum von euch Whiskey trinkenden, Marlboro rauchenden Jungs, immer in die Nähe der Amerikaner zu wollen.«

Bibi zündete sich eine Zigarette an.

»Wieso«, fragte er scheinheilig, »ihr bringt doch die Freiheit in alle Welt?«

»Du bist ein Idiot wie diese Kleinkriminellen in den Bars.«

»Ich habe das oft im Kino gesehen: Ihr Amerikaner kämpft immer für Recht und Freiheit.«

»Du willst mich ärgern«, brummte Heller, »aber es gelingt dir nicht.«

»Bist du sicher?«

Von der Meeresseite her ertönten Salven von Schüssen.

»Wenn du wüsstest«, sagte Heller. »Du siehst doch, anstatt Recht und Freiheit zu verteidigen, bringe ich mich und dich in Gefahr.«

Kurz wurde Heller ernst bei dem Gedanken an Fisher, der für die wahrscheinlich bevorstehende Räumung der Botschaft eigens eingeflogen worden war. Dieser Mann war in Kambodscha an der Evakuierung der amerikanischen Botschaft in Phnom Penh beteiligt gewesen. Die Operation in buchstäblich letzter Minute galt gemeinhin als großer Erfolg, daher hielten hier alle diesen Barbaren für einen echten Experten und ließen ihm quasi freie Hand. Der Kerl überwachte die Leute von der Botschaft und sogar der Agentur nach Belieben, und es hatte Heller fast zwei Stunden gekostet, ihn an diesem Abend loszuwerden. Wie ein Wachhund hatte er vor dem Haus gestanden und heraufgestarrt. Wahrscheinlich hat er mich ausspioniert, dachte Heller resigniert.

»Wer weiß, wie viele Leute uns gesehen haben, als wir ins Haus gingen«, sagte er zu Bibi. »Vielleicht wird das alles Folgen haben, nicht nur für mich. Ich bringe uns in Gefahr …«

Bibi hatte sich halb aufgerichtet, um seine Zigarette auszudrücken. Heller stellte sein Glas ab und sah die großen dunklen Augen des anderen, während dieser sagte:

»Wenn du das mal tätest.«

Als er sich erhob, bemerkte Heller seine Erregung. Er warf den Bademantel ab und ging zum Bett hinüber.

Schlechte Träume plagten ihn in der Nacht, sodass er noch einmal aufstand, darum bemüht, den leise schnarchenden Bibi nicht aufzuwecken. Er schlich zur gläsernen Hausbar hinüber und schenkte sich einen Drink ein, als ihn ein Lichtschein ablenkte. Im dunklen Fenster sah er die Umrisse des Holiday Inn Hotels, unheimlich flackernd im Flammenschein. Irgendwo auf dem Dach brannte es, Schüsse fielen. Heller trank in langsamen Schlucken und betrachtete die Hochhausfassade mit den dunkel klaffenden Fensterhöhlen. Nun dürfte Arafat der Ölzweig doch aus den Händen gefallen sein, dachte er, und obwohl er sich dagegen wehrte, verspürte er zum ersten Mal Furcht vor der nahen Zukunft und sehnte das Tageslicht herbei, um sie im Trubel der Stadt zu vergessen.

Auf den dringenden Rat Imads hin kleidete sich Ziad neu ein. In seiner Unwissenheit ging er zu einem Herrenausstatter im Hamraviertel und erlebte, wie dieser ihn mit viel Gezupfe und Gerede und einem zwischen seinen Zähnen gehaltenen Maßband zu einem Gentleman machen wollte. Wie eine Vogelscheuche stand Ziad mit ausgebreiteten Armen vor dem Schneider und musterte die großformatigen Fotografien von Anzugträgern an den Ladenwänden. Es hätte ihm schon gefallen, von diesem eilfertigen Mann hier verwandelt zu werden, doch diese sehr europäisch aussehenden Männer sagten ihm nichts. Die einzigen Leitbilder, die ihm etwas bedeuteten, waren Imad, natürlich die Nummer Eins und seit Neuestem der Imam. Und letzterer inspirierte ihn im Hinblick auf die neue Garderobe nicht. Sehr zum Leidwesen des Schneiders brach Ziad das Maßschneidern also ab und entschied sich für eine Steerhide-Lederjacke und ein bordeauxrotes Hemd mit langen Kragenenden.

Er spürte die Veränderung sofort; unter der auf Taille geschnittenen Jacke saß seine Waffe viel fester im Hosenbund, sie erzeugte beim Gehen ein leises Kratzgeräusch und erinnerte ihn so bei jedem Schritt an das, was er war: ein Kämpfer. So schritt er die Hamra entlang, auf der trotz der Unruhen in und um Beirut Alltag herrschte. Stolz nahm er die Auslagen der Händler in Augenschein, betrachtete die riesigen Reklameschilder und auf den Bürotürmen und Hotels die Anzeigen ausländischer Firmennamen: Es waren Schriftzüge wie leuchtende Signaturen unter dem Abendhimmel.

Manchmal ging er tagsüber zum Strand, kletterte auf die Überreste eines nie vollendeten Betonbaus und blickte durch die aufragenden Verschalungsdrähte zu den Leuten, die noch immer Wasserski fuhren und an den Strohhalmen ihrer Longdrinks nuckelten, während aus der Gegend um Antelias, bei den Maroniten und Armeniern, dicht nebeneinander zwei pechschwarze Rauchsäulen in den Himmel ragten.

Er dachte an das, was er inzwischen vom Imam gelernt und mit Bulbul stundenlang erörtert hatte, womit ihm dieser Mann nicht nur die Augen geöffnet, sondern auch den Horizont erweitert hatte. Dem Imam ging es nicht mehr nur um dieses Land, um eine Gruppe wie die Palästinenser oder die Querelen in den eigenen Reihen, vor allem mit dem Islamischen Rat, von der Bevölkerung der Korruption wegen spöttisch nur »Rat der tiefen Taschen« genannt. All das hatte er bereits hinter sich gelassen. Stattdessen dachte er darüber nach, warum die Muslime vom Staub der Geschichte bedeckt worden waren, während es dem Westen mit seinem rasenden technischen und wissenschaftlichen Fortschritt gelungen war, die ganze Welt zu beherrschen. Diese Menschen ohne Glauben und Sitte hingen mal dieser, mal jener Idee an, führten Kriege gegeneinander und jedweden Fremden, unterwarfen und verwüsteten rastlos und unaufhaltsam den gesamten Planeten.

Und die Antwort des Imams auf diese Frage lautete: In der Frühzeit des Islams, als die Kalifate entstanden, war die Spiritualität der Gläubigen zwar stark, konnte sich aber nicht behaupten gegen eine unaufhaltsame Entfremdung von der Gesellschaft, in der sie lebten. Nach und nach, mit jedem neuen Kalifat mehr, wurden die gesellschaftlichen Zwänge, wurden Korruption, Gewalt, Unehrlichkeit, wurden Falschheit und Sittenlosigkeit stärker als die Werte der Umma. Man könnte auch sagen, das ursprüngliche Kalifat wurde den Gläubigen entrissen, es geriet in die Hände der Tyrannen und Krämerseelen, der Doppelzüngigen und Niederträchtigen. Sie waren verantwortlich dafür, dass der Fortschritt in den islamischen Ländern zum Stillstand kam und die Muslime nach Jahrhunderten der Stagnation schließlich zu Vasallen des Westens wurden.

Selten hob der Imam seinen Zeigefinger, doch an dieser Stelle seiner Ausführungen tat er es, wenn er sagte:

»Spiritualität ohne Fortschritt im Denken und in der Gesellschaft führt bei jedem Gläubigen zur Einsamkeit des Herzens, Fortschritt aber ohne Spiritualität führt zu leerer Raserei und zur Bedeutungslosigkeit von allem und jedem.«

Für den Imam lag die Lösung, darüber waren sich Ziad und Bulbul einig geworden, in der Gründung einer neuen Gesellschaft ohne Kalifen, Könige oder Diktatoren, dafür aber mit spirituellen Führern. Eine Gesellschaft, gebaut auf der Grundlage des Glaubens, eine spirituelle Gemeinschaft, die allein in der Lage ist, Religion und Fortschritt zu vereinen.

Das nächste Mal sah Ziad die Nummer Eins bei einem Treffen, zu dem er ins Haus eines der hochrangigen Kämpfer bestellt wurde. In dieser Nacht lag ein Donnern über der Stadt wie von einem fernen Gewitter. Selbst im Haus hörten es alle, und die Kinder des Kämpfers, den alle Abu Ramzi nannten, blickten verstört umher, klammerten sich an ihre Mutter und die älteste Schwester.

Salameh kam spät am Abend, Ziad hörte nur das Schlagen der Autotüren vor dem Gartentor, sah, wie Abu Ramzi hinausstürzte. Hastige Schritte bewegten sich auf das Haus zu – und dann war er da, begleitet von zwei grimmig und entschlossen dreinschauenden Männern, die sofort das Haus inspizierten und dadurch die Kinder erneut in Angst versetzten.

Die Nummer Eins hatte sich seit ihrer letzten Begegnung in Deutschland nicht verändert. Er stand im Raum, und wieder gruppierten sich sämtliche Leute um ihn, ließen ihn nicht aus den Augen, als wären sie in ein Kraftfeld geraten. Ziad entnahm dem Getuschel von Fuad und Imad, dass dieser Mann, der jetzt so nah bei ihm stand, zur Zeit die Frau des französischen Botschafters vögelte, die so verrückt nach ihm war, dass man sie aus Sicherheitsgründen beschatten musste, damit sie ihm, liebeskrank wie sie war, nicht folgte, wenn er sie nachts verließ.

Im Laufe des Abends erfuhr Ziad, dass die libanesische Armee Panzer und anderes schweres Gerät in die Stadt beförderte. Alle, auch Salameh, warteten auf den großen Knall, der unmittelbar bevorzustehen schien. Die Nummer Eins war sogar der Meinung, diese Explosion sei notwendig und würde ihrer Sache nützen. Es sei ja nicht das erste Mal, dass man versuche, die Palästinenser zu vertreiben, verkündete er, und einige der Anwesenden im Raum lachten bitter auf. Diesmal aber würden sich aller Wahrscheinlichkeit nach irgendwann die Israelis daran beteiligen, und damit würde in den Augen der Welt die eigentliche Frontlinie wieder sichtbar. Es sei schließlich auch nicht hinnehmbar, hier, er wies mit großer Geste um sich, in diesem engen kleinen Land in Lagern und im Elend dahinzuvegetieren und allmählich von der Welt vergessen zu werden. Manchmal sei die Eskalation eben der einzige Ausweg.

Ziad stand wieder ganz im Bann dieses Mannes, hatte die Lehren des Imam bereits vergessen, als die Nummer Eins plötzlich an ihn herantrat und spielerisch den Kragen seiner neuen Lederjacke ergriff, um ihn in eine hintere Ecke des Raumes zu ziehen. Hier bekam Ziad von seinem Idol persönlich einen Auftrag, der wie eine Initiation wirkte.

»Wir wollen die Amerikaner ein wenig ärgern«, sagte Salameh leise zu ihm. »Du kennst doch die Amerikaner, oder?«

»Einen, ja …«

»Genau um diesen geht es. Schau nicht so erschrocken, du sollst ihn nicht umbringen.«

Salameh schnippte mit den Fingern, und einer seiner Leibwächter reichte ihm ein Foto.

»Das ist seine Tochter«, fuhr er fort und hielt dabei das Foto wie eine Spielkarte zwischen zwei Fingern vor Ziads Gesicht. »Du holst sie. Wir sagen dir, wann und wo.«

»Aber wie?«

Die Nummer Eins steckte Ziad das Foto in die Hemdtasche und packte seinen Unterkiefer.

»Wie auch immer – du holst sie, bringst sie zum Wagen und verschwindest. Aber Vorsicht: Uncle Sam ist ein dummer, fauler Hund, wenn man ihn jedoch tritt, beißt er instinktiv.«

Ziad versuchte zu nicken, und plötzlich streichelte ihm sein Idol die Wange, lächelte ihn sogar an, wobei sich der Ausdruck seiner dunklen Augen allerdings nicht veränderte.

»Es ist eine kleine Sache. Zeig mir, dass du es kannst, dann finden wir Besseres für dich.«

Etwa zwei Wochen später erfuhr Ziad Anlass, Ort und Zeit für seine Aktion. Am Nachmittag bereits stand er im Apartment und entstaubte die Lederjacke. Da ihm das nicht genügte, wischte er sie danach noch feucht ab. Er legte sie neben die Makarow auf seine Matratze und dachte darüber nach, welches seiner inzwischen sechs besseren Hemden er dazu tragen würde. Er holte sie alle und platzierte jedes einzelne nacheinander auf der Jacke. Die Auswahl fiel ihm schwer, lenkte ihn aber auch ab von der Aufregung, die sich seiner bemächtigt hatte. So sehr er es auch versuchte, er konnte seine Kurzatmigkeit und Nervosität nicht überwinden. Als er sich endlich für sein zimtfarbenes Hemd entschieden hatte, wurde es so schlimm, dass er dringend einen Joint rauchen musste.

An der Balkontür stehend, sagte er sich immer wieder, es gehe um nichts weiter, als eine Frau kennenzulernen. Das war ihm in letzter Zeit öfter gelungen. Eine war die Tochter reicher Geschäftsleute, die Spaß haben wollte, nichts Ernstes. Die andere aber, Funda, eine Palästinenserin, hatte er fast schon so weit und: Sie empfand etwas für ihn, da war er sich sicher. Und ihre Gefühle verstärkten sich mit jeder Woche, die er sie warten ließ, um sich dann, wenn sie sich trafen, in Andeutungen zu ergehen über das, was er tat. Je geheimnisvoller er ihr erschien, desto mehr mochte sie ihn.

Als er sich vor dem schmutzigen Spiegel mit viel Gel die Haare so zu legen versuchte, wie die Nummer Eins sie trug, versetzte er sich wieder in die Situation in der Honeymoon-Nische, wo er Funda gegenübergesessen und den Druck seiner Makarow im Rücken gespürt hatte. Er rief sich den Anblick ihres Halses in Erinnerung, die Wölbung ihrer Brüste unter der bestickten Tunika, und wollte die ganze Energie der Vorfreude, welche er da empfunden hatte, nutzen, um zu diesem Ort zu fahren, der Le Bateau hieß, die amerikanische Frau zu finden und bei all dem hochgestimmt, aufmerksam und geheimnisvoll zu wirken.

Zwei Stunden später fand er sie. Ganz so, wie man es ihm angekündigt hatte, saß sie im Kreise ihrer Studentenfreunde und plauderte angeregt. Das schüchterte Ziad sofort ein, als er in diesen Saal trat, der sich unweit der Amerikanischen Universität im hinteren Teil eines Kebab-Restaurants befand, versteckt wie ein geheimer Ort. Der Raum war voller junger Leute, die Luft schwer vom Haschischrauch, der wie ein Nebel durch das Licht der Ziegenlederlampen strömte. Stimmen und Gelächter übertönten die Musik, die aus der Richtung des grob gezimmerten Tresens drang.

So unauffällig wie möglich suchte sich Ziad einen Platz in der Nähe von Natalies Gruppe. Das war nicht ganz einfach, weil alle, trotz der Sitzbänke an den Wänden, auf dem Boden Platz genommen hatten. Um nicht weiter um sie herumgehen zu müssen, setzte sich Ziad schließlich einfach dazu. Im Schneidersitz, gelegentlich direkt zu ihr blickend, meist aber nur aus dem Augenwinkel, beobachtete er die Amerikanerin.

Das also ist Victors Tochter, sagte er sich. In der einen Hand ein Glas Rotwein, in der anderen immer mal wieder den herumgereichten Joint, lachte und redete sie viel, und ihre männlichen Kommilitonen hingen an ihren Lippen. Nicht nur, weil sie hübsch war, wie Ziad nach einem erneuten Seitenblick feststellte. Sie schien unter ihren Leuten auch etwas Besonderes zu sein, jedenfalls drückte ihr ein junger, europäisch aussehender Mann eines der auf den Sitzbänken herumliegenden Kissen in den Rücken und postierte sich so, dass sie sich zurücklehnen konnte.

Gegenstand ihres Gespräches war der US-Imperialismus vor allem hier im Mittleren Osten. Natalie nahm einen tiefen Zug von dem riesigen Joint und hielt lange die Luft an, nur ganz allmählich entwichen zwei dünne Rauchfahnen durch ihre Nase, während sie das Weinglas erhoben hielt und so die Runde zum Verstummen gebracht hatte. Als sie endlich ausgeatmet hatte, verkündete sie das Ergebnis ihrer Überlegungen.

»Mein Vater ist genau so einer. Seit wir hier sind, erzählt er mir davon, wie großartig es sei, dass Amerika sich in diesem Land engagiere. Wie es vorangehe mit der Wirtschaft und so.«

»Was macht er?«, wollte einer der Männer wissen.

Natalie zögerte kurz.

»Er ist als Firmenberater unterwegs.«

»Na, da wird er auch nur Ausländer treffen. Wie viele libanesische Firmen gibt es denn, die größer sind als eine Bar oder ein Restaurant?«, entgegnete der Mann.

»Ein paar Hotels gibt es schon«, warf ein anderer ein.

»Leute, Leute«, sagte Natalie laut. »Dieses Land rutscht ins Chaos. Ihr wünscht euch hier mehr Kapitalismus, aber dafür muss es erst vorbereitet werden. Und wir, die guten alten Imperialistischen Staaten von Amerika, tun das gerade mit Gewalt. Wollt ihr das wirklich? Oder seid ihr einfach nur im Auftrag Israels hier unterwegs?«

»Was redest du?«

»Na, dann müsst ihr blind sein. Nur, weil es uns gut geht,

sind wir nicht im Recht. Da helfen auch keine großartigen Dinnerpartys in der Botschaft.«

Ihr Gesicht zeigte einen angeekelten Ausdruck. Ziad überlegte, ob das eine Möglichkeit bot, sie in ein Gespräch zu verwickeln. Schließlich war er nie zu einer dieser Dinnerpartys eingeladen worden. Langsam und unauffällig rückte er näher an sie heran und tat das im Laufe der nächsten Stunde beharrlich weiter, bis er schließlich tatsächlich neben ihr saß.

Die Leute redeten sich weiter die Köpfe heiß, es ging um Marx, Lenin und Mao und immer wieder um den Imperialismus und die Idiotie ihrer aller Eltern. Wieder wurde ein Joint herumgereicht, und Ziad war schon benommen von dem vielen Rauch, als es endlich so weit war. Natalie war immer weiter gegen ihren Begleiter gesunken, so geriet Ziad in ihr Blickfeld. Ruckartig wandte sie den Kopf und sagte:

»Warum starrst du mich so an? Wer bist du?«

Ziad schreckte zusammen und strich sich unwillkürlich über das fettige Haar. Überrumpelt und unsicher antwortete er:

»Ich bin ein Libanese. Ich war noch nie bei einer der berühmten Dinnerpartys in der Botschaft.«

»Soso. Und?«

»Ich fand es wichtig, das zu sagen«, stammelte Ziad, »als einziger Einheimischer in dieser Runde.«

Natalie lächelte.

»Seht ihr, genau das habe ich gemeint«, sagte sie und klatschte Ziad mit der flachen Hand auf den Ärmel der Lederjacke.

Das war, worauf er hingearbeitet hatte, und er hätte zufrieden sein können, wenn er nicht genau in diesem Moment den Blick eines jungen Mannes an der Bar aufgefangen hätte. Dieser hatte sich in der nächsten Sekunde bereits fortgedreht und begann sogar ein improvisiertes Gespräch mit Leuten in der Nähe, doch Ziad war hellwach. Ihm wurde bewusst, dass dies eine der Gestalten war, auf die zu achten man ihm immer wieder eingehämmert hatte: Natürlich in Zivil, aber dazu noch klein und stämmig und so unauffällig, dass man sie einfach übersehen musste. Nur sein Blick herüber hatte den Mann verraten, das war Glück, und Ziad wusste das. Er überlegte, was er tun sollte, denn Natalie zog ihn zu sich.

»Erzähl mir mehr von dir«, sagte sie und gab ihrer Stimme einen verruchten Ton.

Sie kam ihm dabei so nah, dass er die Gelegenheit nutzte und kurz seine Wange an die ihre legte. Er hoffte, das würde erst einmal genügen, denn gleich darauf erhob er sich und ging zur Bar hinüber. Schritt um Schritt kam er dem unauffälligen Mann näher, der jetzt, als er ihm kurz entgegenblickte, doch ein auffälliges Merkmal, nämlich einen großen Leberfleck auf der Stirn, sehen ließ. Diesen Fleck behielt Ziad im Auge, als er auf den Mann zuging. Der zeigte keine Spur von Nervosität, drehte sich langsam zur Bar hin um. Erst im letzten Augenblick tauchte er förmlich fort, als Ziad sich neben ihn stellen wollte. Gemächlich, aber zielstrebig entfernte sich der kleine Mann durch den Rauch und das schwache Licht zum Eingang hin.

Ziad überlegte, ob er ihm folgen sollte, doch im nächsten Moment spürte er Natalies Arme, die sich von hinten um ihn schlangen. Er erstarrte, eine ihrer Hände fuhr seinen Rücken hinab und legte sich auf seine Waffe, griff zu, lockerte den Griff wieder. Nah an seinem Ohr flüsterte Natalie:

»Wir Amerikaner lieben Waffen, das weißt du harter Junge bestimmt, oder?«

»Da seid ihr wie wir.«

Die plötzliche körperliche Nähe nahm Ziad fast den Atem. Und so sehr er es auch versuchte, er konnte diese Situation nicht beherrschen.

»Du hast mich die ganze Zeit über angeglotzt. Gefalle ich dir etwa?«

Sie umklammerte seinen Arm und zog ihn herab. Ziad stand gebeugt da, Natalies Mund war seiner Wange sehr nah. Hilflos nickte er.

»Und, zeigst du mir auch noch, wie sehr?«, hauchte sie.

Ziad wusste, dass er in Gefahr war, starrte immer wieder zum Ausgang und erwartete, dort jeden Moment Leute vom Geheimdienst oder der Polizei auftauchen zu sehen. Er wandte sich ruckartig um, und Natalie fiel ihm in die Arme. Plötzlich sackte sie in sich zusammen und legte ihren Kopf an seine Brust.

»Du bist erschöpft«, stellte Ziad fest.

»Ja, du könntest mich von hier fortbringen.«

Ein paar Sekunden standen sie so da, dann packte Ziad sie an den Schultern, und Natalie hob den Kopf. Er blickte in ihre graublauen, tatsächlich müde wirkenden Augen, betrachtete ihre glatte Stirn und ihr braunes nach Sandelholz riechendes Haar, hielt sie noch einen Moment länger, als er hätte sollen, um ihren erwartungsvollen Blick zu genießen.

»Wir sollten nicht zusammen von hier fortgehen«, sagte er schließlich.

»Warum nicht?«, fragte sie verblüfft und drängte sich noch näher an ihn.

»Es ist besser so«, sagte er so begütigend wie es ihm möglich war. »Wir gehören nicht zusammen.«

Damit schob er sie sachte von sich und verließ den Saal, wohlwissend, dass Fuad und der Fahrer ihn dafür verfluchen würden, dass er sie zwei Stunden im Auto hatte warten lassen.

Es war nicht recht, einem unbescholtenen und gottesfürchtigen Mann das anzutun, dachte Munir und steuerte das Taxi an den Straßenrand, wo er hielt und den Motor abstellte. Immer wieder hatte ihn dieser Gedanke in den letzten Monaten heimgesucht. Er war nicht nur bedroht und an seinem Körper verletzt worden. Ihm ging es auch um die Gerechtigkeit. Seit diese Sache im Keller der Sûreté passiert war, noch dazu im Beisein des Fremden, der so tat, als hätte er mit alldem nichts zu tun, all seine Qualen aber mit ansah und ihn immer wieder befragte, war für Munir die Welt aus den Fugen geraten.

Diese Leute in dem Keller, vor allem aber der stumme Junge mit dem Leberfleck auf der Stirn und dieser gefühllose Amerikaner, sie suchten ihn in seinen Träumen heim. Meine Seele ist davon krank geworden, dachte Munir, ich kann kein normales Leben mehr führen. Er sah seine Frau und seine Kinder vor sich und erinnerte sich daran, wie er seinen Schwager angefleht hatte für diesen neuen, schlecht bezahlten Job als Taxifahrer, nur um von ihnen fortzukommen, weil er den Alltag, die Stille nicht mehr ertrug. Seine Stelle als Nachtwächter hätte ihn dazu gezwungen, viele Stunden allein zu verbringen. Er hätte die Brandnarben auf seiner Brust und an anderen Körperstellen wieder so gespürt, als wollten sie aufbrechen unter dem inneren Druck, der ihn keine Ruhe mehr finden ließ. Im Taxi konnte er wenigstens in Bewegung bleiben, sah die Lichter der Stadt an sich vorüberfliegen, sah den Hafen und das dunkle Meer und konnte sich einbilden zu entkommen.

Sein Schwager Hussein hatte gute Beziehungen zu den Amerikanern, seine verlässlichsten und auch verschwiegensten Fahrer brachten hochrangige Leute zu den Bars und Hotels, manchmal sogar auch zu den verruchten Orten, dem L'Odalisque und dem Plume. Man konnte dabei mehr verdienen, und da Munir zur Familie gehörte und zudem noch etwas Englisch sprach, kam Hussein bald auf den Gedanken, ihn zu solchen Schichten einzuteilen.

Die Aufregung vor seinen ersten Einsätzen ließ Munir kaum Schlaf finden. Er fuhr bis Sidon oder Byblos hinaus und wieder nach Beirut zurück, er plauderte mit diesen Männern und manchmal auch mit ihren Gefährtinnen, betrachtete vorsichtig im Rückspiegel ihre wohlgenährten, mal von der Sonne, mal vom Alkohol geröteten Gesichter, und nie gab es ein lautes Wort, einen Streit gar, und auch beim Trinkgeld waren diese Leute nicht knauserig. Munir erwartete es jedes Mal, doch dem blonden Kerl in seinem Leinenanzug und mit den gefühllosen Augen begegnete er nicht. Die Amerikaner hatten ihn längst vergessen, für sie war er ein Niemand in dieser Stadt voller Niemande, jemand aber, auf den man sich verlassen konnte.

Doch Munir hatte nichts vergessen. Eines Tages wurde er zu einem der Militärstützpunkte der Libanesischen Armee beordert. Er sollte dort einen wichtigen Mann abholen, bekam zu diesem Zweck von Hussein eine genaue Wegbeschreibung und die ausdrückliche Anweisung, diskret zu sein. Munir fuhr auf das Gelände, stieg aus und ging zu einer großen, schäbigen Nissenhütte, in der ein Casino untergebracht war. Gleich am Eingang warfen ihm zwei Militärpolizisten einen etwa fünfzigjährigen Mann in die Arme, der so betrunken war, dass er kaum noch gehen konnte. Der Mann klammerte sich an ihm fest, und die Militärpolizisten schoben sie beide in Richtung des Taxis.

Munir schleppte den Mann zum Wagen und legte ihn auf die Rückbank. Da er nicht mehr sitzen konnte, ließ er ihn einfach dort liegen und fuhr los. Anfangs schnarchte der Mann, während der Fahrt jedoch wurde er allmählich wieder munter und setzte sich sogar auf. Lallend versuchte er ein Gespräch zu beginnen. Plötzlich aber schien er unter Atemnot zu leiden, griff sich an die Stirn und erbrach sich auf die Rückbank.

Munir brachte ihn ins Phoenicia Hotel, legte sich seinen Arm um die Schulter und schleppte ihn ins Foyer. Niemand wollte den vollgekotzten Amerikaner berühren, und so brachte schließlich er ihn bis hinauf in sein Apartment, warf ihn dort aufs Bett, woraufhin der Mann wieder erwachte. Munir verpasste den Moment und musste sich die wortreiche Entschuldigung dieses Mannes anhören und schließlich sogar noch einen Drink aus der Minibar mit ihm nehmen. Alles, was ihn an diesem Abend beschäftigte, war der Gestank in seinem Taxi und wie er ihn schnell wieder loswerden konnte.

Doch diese Begegnung hatte Folgen. Von nun an wurde er von den wichtigen Leuten immer öfter angefordert. Wenn es so etwas gab, dann war er in den Rang der sehr vertrauenswürdigen Fahrer aufgestiegen. Alle um ihn herum bemerkten es, nur er begriff es erst, als er überhaupt keine normalen Touren mehr fahren musste.

»Ich weiß nicht, wie du es gemacht hast«, sagte Hussein zu ihm, »aber alle wollen immer dich für ihre Fahrten.«

Zu dieser Zeit und in dieser Stadt verwunderte es Munir nicht, bald das Interesse ihm völlig fremder Leute zu wecken, die seine neue Position für ihre Zwecke nutzen wollten. So traf er im Frühjahr in Husseins Büro auf zwei junge Männer, die dort mit seinem Schwager Tee tranken und rauchten und offensichtlich schon recht vertraut mit ihm waren. Munir hatte eigentlich nur eines der Mercedestaxis in die Werkstatt bringen wollen, doch während er im Hinterzimmer die Papiere zusammensuchte, fiel ihm auf, wie offenkundig einer der beiden Fremden bemüht war, Familienbande herzustellen, wo es keine gab. Irgendein Cousin von ihm war wohl einer Frau versprochen, welche sich als eine der besten Freundinnen von Hassans Tochter herausstellte. Das war durchsichtig und funktionierte selbst hier nur oberflächlich, aber es gab dem Gespräch eine persönliche Note.

»Munir, komm doch mal her«, rief sein Schwager. »Ich möchte dir jemanden vorstellen.«

Sie schüttelten einander die Hände, und Munir machte ein wenig Small Talk mit den beiden. Sie sahen gepflegt aus, waren noch jung, und er hätte sie für Studenten gehalten, wenn sie nicht diese dunklen Jacketts getragen hätten, die ihnen das Aussehen von Angestellten einer ausländischen Firma gaben. Er lehnte den Tee ab, stand in Husseins ewig unaufgeräumtem Büro, in dem sich neben Papieren und Kartons auch Autoteile stapelten und drei Auspuffe an der Wand lehnten wie zu große, verbeulte Gewehre. Er schaute durch die schmutzige Scheibe hinaus auf die Straße, wartete einfach ab, bis sie mit den üblichen Fragen nach Familie, Beruf und Wohlbefinden fertig waren, und verabschiedete sich dann.

»Überleg es dir, es lohnt sich für uns beide«, sagte ihm

sein Schwager ein paar Tage später. »Alles was du tun musst, ist ein paar Informationen weiterzuleiten. Wer, wann, wo, mit wem. Du schreibst einen kleinen Bericht und das war's. Ich will dich nicht unter Druck setzen, tu es oder lass es. Achtzig Dollar wollten sie dir für jeden Bericht zahlen, ich habe sie auf hundert hochgehandelt.«

»Ich glaube eher, du hast dich selbst um zwanzig Dollar runtergehandelt.«

»Was erwartest du? Mach mich jetzt nicht wütend«, sagte Hussein und fuchtelte mit der Hand herum. »Ich tue hier etwas für dich und deine Familie, an die du auch denken solltest. Nimm es oder lass es liegen.«

»Hast du ihnen erzählt, was die Sûreté mit mir gemacht hat?«

»Das wussten sie. Sie sind gut informiert.«

»Sind es Religiöse, was meinst du?«

»Nein. Vermutlich Linke. Und sie sollen Beziehungen zu Leuten im Ausland haben. Aber das muss dich nicht interessieren. Du hast nichts mit ihnen zu tun. Nimm einfach das Geld – wen kümmert es?«

»Was wurde eigentlich aus deiner ›Harun-Verschwörung‹?«, fragte Heller.

Victor und er standen herausgeputzt beim Abendempfang für den neuen Botschafter im Libanon beisammen und warteten darauf, dass sich die Unruhe im Saal legte. Der Botschafter hatte sich verspätet, doch es lag nur am Verkehr. Wie so oft zuvor schon tönte Frank Sinatras Stimme durch den Saal, diesmal aber war kaum etwas davon zu hören im Lärm der Gespräche und all der klingenden Gläser. Victor ließ den Blick schweifen, sah die vielen Damen der Gesellschaft und ihre männlichen Begleiter, all diese Leute, die hier zusammengekommen waren, um eine politische Normalität zu demonstrieren, die es längst nicht mehr gab. Victors Stimmung verdüsterte sich, als er daran dachte, wie ignorant es war, jetzt noch einen neuen Botschafter hierher zu schicken, einen zuvor in Guatemala stationierten Mann, der nichts von dieser Stadt, von der Region wusste. Für einen Augenblick sah er das bei Nacht hell erleuchtete Botschaftsgebäude vor sich, wie es die dunkle Stadt und das Meer beleuchtete. Wir wollen gesehen werden, dachte er, und sind ein riesiges, fast ungesichertes Ziel.

»Gar nichts ist daraus geworden, mein Freund. Du hattest wohl recht, es war ein Hirngespinst. Oder nennen wir es besser eine Arbeitshypothese.«

»Oh, wirklich? Wie schade.«

»Was meinst du?«

»›Die Harun-Verschwörung‹, das wäre ein guter Titel für einen Thriller gewesen, meinst du nicht?«

Margret winkte Victor vom anderen Ende des Saales her zu, doch es war, wie Victor erleichtert feststellte, kein forderndes, sondern ein grüßendes Winken. Sie stand mit Hassan Ali und einer Gruppe anderer Leute dort und unterhielt sich angeregt, Victor suchte sogleich nach Natalie und sah sie zu seiner Beunruhigung im Gespräch mit einem der Kellner. So sehr er auch versuchte, unauffällig auf dem Laufenden zu bleiben über das, was sie trieb, ob nun mit ihren Studentenfreunden oder in irgendeiner der politischen Gruppen an der Universität, sie lernte ständig neue Leute kennen und machte es ihm dadurch schwer. Bis heute war er nicht darüber hinweg, dass Hassan Alis Schüler, wie er nach langwieriger Befragung endlich zugab, sie beim Haschrauchen beobachtet hatte. Ihr das vorzuhalten, davor hatte er sich bis jetzt gedrückt, denn er wusste, sie würde es ihm nie verzeihen, dass er ihr nachspionieren ließ. Ich habe Angst vor meiner eigenen Tochter, dachte Victor. Zu Heller sagte er:

»Ich bin froh, dass dieser Aufenthalt hier bald vorbei ist.«

»Du machst dir zu viele Sorgen. Ich bin fest überzeugt davon, dass Amos mit seinem Prinzen etwas für uns ausgehandelt hat. Sonst würden wir hier gar nicht mehr stehen.«

»Hoffentlich hast du recht.«

Unruhe kam auf, weil der Botschafter endlich angekommen war. Noch im Staubmantel betrat er den Raum und breitete die Arme zur Begrüßung aus. Er war in Victors Alter, markant geschnittene Gesichtszüge, die früh ergrauten Haare militärisch kurz geschnitten, ein Mann, der in ungezählten Stunden des Berichteprüfens und Aktenstudiums, auf Meetings bei Kunstlicht und natürlich bei ebenso vielen Empfängen wie diesem blass geworden zu sein schien, beinahe pergamenten wirkte seine Haut hier zwischen den Anwesenden, stellte Victor fest.

»Du hast die ›Harun-Verschwörung‹ nicht deswegen unenträtselt gelassen, weil es sie nicht gab.«

»Wie meinst du das nun wieder?«, fragte Victor verwirrt. »Warst nicht du es, der sie mir ausreden wollte?«

»Ich habe über das, was du damals sagtest, nachgedacht. Wir sammeln Informationen, wir sortieren sie, überprüfen, was zu überprüfen ist – und das wird immer etwas Fiktives haben. Dein Ansatz war nicht falsch. Es hat in dieser Stadt ganz sicher eine Verschwörung gegeben.«

»Ich habe sie nur nicht aufdecken können.«

»Macht nichts, im Grunde ist die ganze Welt eine einzige

Verschwörung«, sagte Heller noch, bevor der Botschafter aus dem Stegreif eine Rede hielt.

Die Worte, die Gesten, der geschäftstüchtige Gesichtsausdruck und das Lächeln – die ganze Rede hätte er so auch in Kairo, in Damaskus, in Bagdad, ja selbst in D. C. halten können, dachte Heller, mit dem Unterschied nur, dass ein paar Kilometer entfernt just in diesem Moment Panzersperren errichtet wurden.

Nach der nicht sehr langen und mit einigen Witzchen aufgelockerten Rede sah Victor zu seinem Missvergnügen Fisher auftauchen. Diesmal trug er zu den Militärhosen einen sandfarbenen Parka. Gleich als er den Raum betrat, öffnete sich um ihn eine Gasse, Damen in schulterfreien Kleidern tänzelten ihm elegant aus dem Weg, und Herren in Abendanzügen wandten verstimmt den Blick von ihm. Niemand hatte diesem Frontschwein verboten, hier aufzutauchen. Aber Victor war sofort klar, dass dieser Mann nur herkam, um Ärger zu machen. Fisher trug etwas mit sich herum, und Victor war sich sicher zu wissen, was es war: ein gefährlicher und zuweilen aufsässiger Groll gegen alles, was ihn zu dem gemacht hatte, was er war.

Figuren wie er waren in dieser Stadt nicht selten gewesen. Früher wimmelte es in Beirut von gescheiterten Existenzen, entwurzelte, in die Jahre gekommene Ex Fremdenlegionäre, kriminelle Antiquitäten- und Drogenhändler und natürlich all jene von den Clans in ihren gewaltsam betriebenen Zwistigkeiten und Geschäften verschlissenen Handlanger. Dieser hier aber stand im Dienst der Vereinigten Staaten. Wer immer auf die Idee kam, ihn anzuwerben und aus Südostasien hierher zu schicken, musste von seinen Fähigkeiten sehr überzeugt gewesen sein. Hier erwies sich Fisher als ein nutzloser Trunkenbold, der sich auf Staatskosten den lieben langen Tag in der Stadt herumtrieb, Gott weiß, wen er traf, da er natürlich nur sehr unregelmäßig einen seiner selten mehr als stichwortartigen Berichte ablieferte.

Als er durch den halben Raum getrampelt war, stand er plötzlich direkt neben Margret, die ihn zwar, wie es ihre Art war, freundlich anlächelte, instinktiv aber einen der Puffärmel ihres neuen, am Rücken tief ausgeschnittenen Abendkleides an sich drückte, als müsste sie ihn in Sicherheit bringen. Gleich darauf stellte sich natürlich auch Natalie dazu, und das war der Augenblick, in dem Victor Hassan Ali und Heller, mit denen er soeben noch im Gespräch über die aktuelle Lage gewesen war, stehen ließ, um hinüberzueilen.

»Ja, ich kenne solche Festivitäten auch aus Vietnam«, sagte Fisher gerade, der in diesem Moment sein zweites Glas Whiskey hinunterstürzte.

Victor hörte jedes Wort, wurde kurz aufgehalten von seinen lieben Kollegen Gibbons und May, die sich, Laurel und Hardy zum Verwechseln ähnlich, vor ihm aufbauten, wimmelte diese ebenfalls ab, um schließlich bei den dreien anzukommen, die gerade klingend anstießen, Natalie und Margret mit Champagnergläsern, Fisher mit seinem leeren Whiskeyglas.

»Seit wann bist du drüben gewesen?«, fragte Natalie gerade.

»Seit dem Phoenix-Programm, sagt euch das etwas?«

»Nein, erzähle«, plapperte Natalie munter drauflos, während sich ihr Vater dicht neben Fisher stellte.

Der nahm sich vom Tablett eines der umhergehenden Kellner ein neues Glas, zündete sich eine Zigarette an und schien erfreut über die Neugier von Victors Tochter. Mit dem Daumen kratzte er sich seinen Bart und lächelte dabei sogar, was seine Augen jedoch vollends verschwinden ließ.

»Wir haben uns damals viele Freunde gemacht in den Dörfern südlich von Da Nang, aber nicht nur dort. Das war unsere Aufgabe, denn diese neuen Freunde unter den Dorfbewohnern, den Dorfältesten und deren Frauen führten uns zu deren Freunden oder auch nur weitläufig Bekannten. Kleine Gruppen von uns schwärmten aus, schwer beladen mit Geld, Geschenken und Versprechungen, und trafen sich mit diesen neuen Freunden. Das war der Tageseinsatz.«

»Und dann?«

Die Neugier trieb Natalie immer näher an Fisher heran, ihre Mutter allerdings hielt sie am Arm zurück.

Fisher stürzte das dritte Glas hinunter, rülpste leise und warf Victor einen kurzen Blick zu, bevor er fortfuhr:

»Nachts gingen wir die Freunde unserer neuen Freunde besuchen – und töteten sie. In ihren Hütten. Man muss sich das so vorstellen: Es riecht nach Regen, und du kriechst unter den Tentakeln riesiger Würgefeigen wie ein Insekt bis zu diesem Dorf. Und dann: Mr. Gook und Mrs. Dink und ihre Kinder! Mr. Gook verblutet manchmal stumm«, Fisher machte die Handbewegung des Halsabschneidens, »und manchmal lautstark«, Fisher führte die Hand den Bauch entlang hoch bis zum Brustkorb.

»Hör jetzt auf«, fuhr ihn Victor an, »du bist betrunken.«

»Ja, aber das ändert nichts daran«, entgegnete Fisher.

»Dad, lass ihn, ich will das hören«, ging Natalie dazwischen.

Margret presste wieder den Ärmel gegen ihren Körper und starrte diesen Mann, der noch immer nah bei ihr stand, wie ein Monstrum an.

»Und weißt du, das wird auch dich interessieren«, sagte Fisher zu Victor gewandt, »wenn Mr. Gook noch konnte, was ihm schwerfiel, da er seine Gedärme und seine Scheiße festhielt, dann wollte er etwas sagen, immer wollten diese Gooks noch etwas sagen, und so kurz vor dem Ende, denke ich mir, muss es wichtig gewesen sein.«

»Schluss jetzt!«, sagte Victor laut.

Er versuchte, Fisher abzudrängen, doch der Mann ließ sich nicht von der Stelle bewegen.

»Was wollte er sagen?«, fragte Natalie.

»Das ist ganz egal, junge Frau«, zischte Margret.

»Ich habe lange darüber nachgedacht«, fuhr Fisher ungerührt fort. »Ich glaube, in all dem Gestank und Kindergeschrei hatte Mr. Gook eine Nachricht für unseren Präsidenten, unseren Außenminister, unsere Sicherheitsberater: Egal, wie viele TV-Shows, Ehrendoktorwürden, Bankette, Golfspiele, Herrenausstatter und Kontoauszüge dich von dieser Hütte im Wald trennen – du bist und bleibst ein Mörder.«

»Richtig, genau so ist es«, rief Natalie.

Victor geriet außer sich.

»Du selbstgerechter Bastard hast das mit deinen eigenen Händen getan. Und jetzt kommst du aus dem Dschungel gekrochen, um das Leuten zu erzählen, die nichts damit zu tun haben.«

»Meine Hände«, sagte Fisher und entspannte sich plötzlich, wich sogar einen Schritt zurück, »aber eure Befehle, das weißt du sehr genau. – Aber leider muss ich mich nun von den Damen verabschieden, es war nett mit euch zu plaudern.«

Er drehte sich um und stampfte in Richtung Ausgang.

Victor hob die Hände und versuchte die Umstehenden zu beruhigen. Gleich darauf warf er einen besorgten Blick auf Natalie und sah sie triumphierend lächeln.

Munir hatte sich für einige Zeit an sein überraschend bequem gewordenes Leben und die üppigen Nebeneinkünfte gewöhnt, hatte seinen Schwager nach Monaten sogar dazu gebracht, die Anteile daran gerecht zu verteilen, da tauchten die zwei Männer wieder im Büro auf. Diesmal verbrachten sie den halben Tag dort, und Hussein war schon sichtlich angestrengt von dieser Belagerung, als Munir nach seiner Tagesschicht endlich dort auftauchte und auf sie traf. Diesmal wollten sie mehr als je zuvor von ihm. Und sie boten ihm auch mehr.

»Du bekommst tausend Dollar dafür, dass du dich einmal umziehst, eine Tour fährst und dann das Auto verlässt. Nichts weiter als das.«

»Warum sollte ich das Risiko eingehen?«

Munir war beunruhigt von diesem Ansinnen, zugleich aber ahnte er, dass die Zeit seiner bequemen Nebeneinkünfte vorbei war. Diese Leute hatten ihn von Anfang an für ihre Aktion vorgesehen.

»Hast du keinen Stolz? Wir wissen, was sie mit dir gemacht haben. Gut, es waren nicht nur die Amerikaner, aber sie stecken dahinter. Bist du ein Hund, der, geprügelt, die Hand ableckt, die ihn geschlagen hat? Sag mir das.«

Der Mann, der zu ihm sprach, war noch jung, seine Augen funkelten vor Zorn. Alles, was er sagte, brachte er aus tiefster Überzeugung vor, und Munir meinte, um seine breiten Lippen schon einen tief eingegrabenen Zug von Verachtung erkennen zu können. Er ließ die Schultern hängen und fiel förmlich in sich zusammen. Der Gedanke an jene Zelle, an den Amerikaner und an seine eigenen Schreie holte ihn wieder ein, das Gefühl der Demütigung in dieser Situation wurde so lebendig, er musste schnaufen, um Luft zu bekommen.

»Ich bin kein Hund«, sagte er leise.

»Das wusste ich doch«, erwiderte der junge Mann beschwichtigend. »Jetzt hast du die Möglichkeit, es ihnen heimzuzahlen. Und es ist einfach. Danach«, er rieb die ausgestreckten Finger beider Hände aneinander, »bist du frei und siehst uns nie wieder.«

»Wann gebt ihr mir das Geld?«, fragte Munir resigniert.

»Sofort«, antwortete der andere und wies auf seinen Begleiter, der einen prall gefüllten Briefumschlag aus der Sakkotasche zog und mit zwei Fingern in die Höhe hielt. Er wies auf Hussein und sagte:

»Er bekommt nichts. Diesmal ist alles für dich.«

»Wann soll es geschehen?«

»Du machst alles so wie bisher. Wir geben dir Bescheid.«

Als der Tag kam, konnte Munir feststellen, wie gut der Anschlag organisiert war. Am Morgen wartete ein Mann in Husseins Büro und fuhr ihn sogleich in die Nähe des Diplomatenviertels in der Avenue de Paris. An einem verwaisten Strandabschnitt hielt er, sie stiegen aus, und Munir bekam aus dem Kofferraum die Kleidung, die er während der Fahrt zu tragen hatte. Es waren ein dunkler Anzug und ein weißes Hemd, dazu gab es sogar noch passende Schuhe.

»Werden sie mich durchlassen?«, fragte Munir besorgt.

»Mach dir keine Sorgen, es ist alles geregelt. Wir haben dich ausgetauscht, und niemand wird es bemerken.«

Als sie fertig waren, fuhr ihn der Mann zum Gelände

der Botschaftsunterkünfte. Unweit des Zaunes hielt er und schaltete den Motor ab.

»Du kennst dich mit den Amerikanern aus. Rede wenig, lächle nicht zu auffällig und tu, was sie sagen. Du fährst den Botschafter und einen seiner höchsten Mitarbeiter. Heute um elf will er den neuen Präsidenten besuchen, das ist alles, was du wissen musst. Du fährst ihn nach Hazmiyeh und zwar über die Corniche El Mazra bis zum Krankenhaus. Dann wird euch ein Wagen stoppen. Du öffnest die Tür, steigst aus und gehst davon. Das ist alles«

»Wird es für den Botschafter keinen Begleitschutz geben?«

»Doch, aber sie fahren nicht bis in die Palästinenserviertel.« Der Mann lächelte kurz. »Denk nicht darüber nach, die Amerikaner tun seltsame Dinge.«

Er kramte aus seinen Taschen einen Autoschlüssel hervor.

»Das ist der Schlüssel und dort«, er zeigte durch das Fenster auf einen hellgrünen Chevrolet Impala, »steht der Wagen. Setz dich hinein und warte, bis der Botschafter kommt.«

Munir nahm den Schlüssel in seine verschwitzte Hand, blickte zu dem einzigen Wagen hinüber, der auf dem Parkplatz stand und zögerte.

»Mach jetzt, geh einfach hinüber, ganz langsam. Es ist geregelt.«

Und so war es, alles verlief nach Plan. Munir wartete keine halbe Stunde, dann öffnete sich die Tür der Unterkunft und zwei ältere Männer in langen, altmodisch aussehenden Mänteln eilten zu ihm herüber. Es war ein windiger Tag, Sand wurde über den Parkplatz geweht, und der Himmel über dem Meer war dunstig. Munir war mit diesen beiden wichtigen Männern vollkommen allein auf dem Parkplatz, und genau, wie ihm sein Auftraggeber vorhergesagt hatte, beachteten sie ihn so wenig, dass sie die Täuschung nicht erkannten. Als er losfuhr, waren sie in ein Gespräch über die Botschaftsfinanzen vertieft.

Munir gab erst auf der Corniche Gas und bemerkte sogleich den weißen Chevy, der sich an sie hängte. Er fuhr die beschriebene Route umsichtig genug, um nicht allzu scharf abbremsen zu müssen, aber doch in angemessenem Tempo. Ab und an warf er im Rückspiegel einen Blick auf seine Fahrgäste. Fast entspannte er sich, weil alles so leicht schien, nur das von den Palästinensern kontrollierte Gebiet machte ihm noch Sorgen.

Noch bevor sie es erreichten, sah er den weißen Chevy tatsächlich abbiegen und verschwinden. Er musste sich zwingen, nicht den Kopf zu schütteln. Die nächste Überraschung bestand darin, dass es keinerlei Straßensperren der Palästinenser gab. So etwas hatte Munir noch nie erlebt, und er bezweifelte, dass es am Diplomatenkennzeichen des Wagens lag.

Je näher er dem alten Berbir-Krankenhaus kam, desto mehr steigerte sich seine Anspannung. Ich bin kein Hund, sagte er sich, und ich werde euch nicht verzeihen. Noch heute schmerzen meine Wunden jede Nacht, so sehr meine liebe Frau sie auch versucht zu kühlen, noch heute durchdringt die glühende Spitze des Viehtreibers meine Träume, brennt Löcher in mich wie in einen Sack Reis.

Ein großer schwarzer Lastwagen, beladen mit rostigen Pfeilern, kam aus einer Seitenstraße hinter dem Krankenhaus und stellte sich ihnen quer in den Weg. Munir bremste, sagte leise »Sorry, Sir«, und ließ den Impala doch bis nahe an den Lastwagen ausrollen.

»Was ist denn los?«, schrie ihn der Botschafter an und schlug mit der Hand auf seine Schulter. »Fahr zurück, um Himmels willen.«

»Ich fahre nirgendwohin«, antwortete Munir in seinem besten Englisch, stellte den Motor ab, zog den Schlüssel und stieg aus.

Er achtete darauf, die Tür offen stehen zu lassen und wollte davoneilen. Drei Bewaffnete, durch Kefiyes unkenntlich, waren vom Laster gesprungen, zwei gingen zum Wagen, einer verfolgte ihn, als wollte er ihn einfangen. Munir ignorierte ihn, ging nur einfach rasch weiter, hörte noch das Geschrei hinter sich, dann Schüsse.

Das Letzte, was er sah, war eine der heruntergekommenen Straßen seiner Stadt mit den verwahrlosten Hütten, deren Dächer gegen den Wind mit sandgefüllten Plastiktüten beschwert waren. Ein kleiner Junge spielte mit dem Ball vor einem dieser Verschläge und blickte ihn plötzlich groß an, als wäre er eine Erscheinung aus einer anderen Welt. Munir betrachtete diesen Jungen, seinen davonhüpfenden Ball, dann schrumpfte dieses Bild wie ein verbrennendes Foto, kurz erhob sich unglaublicher Lärm um ihn, etwas stieß ihn in den Rücken, er wollte plötzlich die ungewohnte Jacke loswerden, doch wusste, dass ihm nicht einmal dafür noch Zeit blieb, denn das Bild des Jungen vor ihm war verbrannt, und nichts als Schwärze blieb davon übrig.

Epilog

(1983)

Weil er Ziad war, ein ehrloser Sohn, ein Ausreißer und inzwischen auch ein mehrfacher Mörder, so sagte er sich, würde er wahrscheinlich nie glücklich werden, eine Frau finden und eine Familie gründen. In all den Jahren des Krieges war er ein Soldat geblieben. Wenn er auf die letzten Jahre zurückblickte, sah er sich selbst nicht als jemanden, der die Partei gewechselt hatte. Vielmehr hatte der Krieg alles, was er zuvor kannte, nach und nach zerstört und ihn vor sich her getrieben.

Aus den Sitzungen mit den erzwungenen Selbstbeschreibungen und dem ideologischen Unterricht waren Predigten und Gebete geworden, und Ziad hatte erfahren, wie viel mehr Halt ihm das gab als jede Form von Unterweisung in Sozialismus. Er hatte gefunden, was er brauchte, und sei es nur in Zeiten des Krieges. Und er hatte auf der Straße und von den Fensterhöhlen all der zerstörten Häuser aus auf seine ehemaligen Genossen von der PLO geschossen und jedes Mal sich selbst fallen sehen. So begleiteten ihn Ehrlosigkeit und Trauer auch durch den Krieg, so lange, bis er nicht mehr wusste, wer er war.

So ist es gewesen, sagte er sich, als er jetzt in Süd-Beirut das Lager seiner Miliz bewachte, die Kalaschnikow im Arm und den Blick von seinem Wachturm aus auf das eingemauerte Gelände gerichtet, das seine Heimat geworden war.

Ein heftiger Wind wehte vom Meer heran, und über der

Stadt stiegen seltsame Nebelschwaden auf, viel heller als die sonst schon so gewohnten Rauchsäulen, aber ebenso bedrohlich. Fünf Jahre war es jetzt her, dass die Nummer Eins getötet worden war. Nicht in Europa oder sonstwo auf der Welt, sondern hier, mitten in dieser Stadt und noch dazu ganz in der Nähe des Apartments, welches er damals bewohnt hatte. Gleich nachdem sie von der Autobombe gehört hatten, vermuteten alle, Imad, Fuad und Ali, dass die Amerikaner die Nummer Eins an die Israelis verkauft hatten. Sogar Bulbul bestätigte es.

»Gott allein weiß, was sie dafür bekommen haben – wenn überhaupt etwas. Wahrscheinlich brauchten sie einfach seinen Schutz nicht mehr. Auf diesen Moment haben die Israelis jahrelang gewartet«.

Diese Deutung der Ereignisse war zumindest nicht von der Hand zu weisen, denn stets, darüber war sich jeder klar, wurde Salamehs Sicherheit garantiert durch den Schutz, den er wiederum den Amerikanern gewährte. Was immer die Parteioberen der Fatah dazu öffentlich verlauten ließen, am Boden wusste man Bescheid. Schließlich hatte die neue Einheit der Nummer Eins, die er die »Leibgarde« nannte, damals den Exodus des amerikanischen Botschaftspersonals, dazu einiger Engländer und Deutscher, eskortiert, nachdem der Botschafter und zwei seiner Begleiter in West-Beirut mitten auf der Straße getötet worden waren. Man fand ihre Leichen später auf einer Müllhalde an einem verlassenen Strandabschnitt. Sie wurden schnell identifiziert, nur bei dem einheimischen Fahrer blieben Zweifel. Gerüchte rankten sich alsbald um die Täter und ihr Vorgehen. Doch von Imad wusste Ziad sicher, dass die Gruppe, die später sowohl in Radiomeldungen als auch in Zeitungsberichten als verantwortlich benannt wurde, eigens für diesen Anschlag gegründet worden war. Jeder, auch die großen Mächte, jagte hier Phantome, das war Ziad im Laufe der Jahre klar geworden.

Er erinnerte sich daran, wie sich die Amerikaner im Sommer 1976 unter den Schutz des Prinzen stellten. Vor der Küste lag auf dem tiefblauen Wasser die USS Spiegel Grove, ein Landungsschiff der US Navy, und im verlassenen Beachclub des libanesischen Militärs drängelten sich Hunderte Leute aus der Botschaft und ihre Angehörigen, um auf das Boot zu kommen, das sie zum Schiff hinüberbringen sollte. Vom Riviera Hotel brachten die Briten weitere Ausländer herbei und all das unter den Augen der bewaffneten *Force 17*, zu der auch er, Ziad, gehörte.

Bulbul war so nah bei ihm postiert, dass sie amüsierte Blicke wechseln konnten. Es hieß, die Bestimmungen im Hafen von Piräus, wohin die Reise gehen sollte, ließen die Mitnahme von Haustieren nicht zu. Und so standen diese Ausländer da, riesige, frisierte Hunde an der Leine, dicke Katzen im Arm und sogar mit Papageien in Käfigen. Alle waren sie da, Ingenieure von Baufirmen, Ärzte vom Hospital der Amerikanischen Universität, amerikanische Mütter und ihre Kinder, sogar Stewardessen, die hierhergekommen waren, weil die Middle East Airlines kriegsbedingt ihren Flugverkehr eingestellt hatte, seit die Syrer den Beiruter Flughafen kontrollierten.

Warnschüsse ertönten. Die Matrosen auf dem Landungsboot gingen in Deckung, als einige von Ziads Kameraden ein britisches Fernsehteam auf Abstand hielten. Doch nichts erzeugte mehr emotionalen Aufruhr unter diesen Leuten als das Haustierverbot. Tränen flossen, Katzen wurden heftig an Wangen gedrückt und einer der Papageien unter dem Geschrei von Kindern in die Freiheit entlassen.

Damals war die Welt noch in Ordnung, dachte Ziad. Stolz stand er mit seinem Sturmgewehr im hellen Junilicht, war endlich nach harter Ausbildung in einem Lager südlich des Litani zum Teil der neuen Truppe geworden. Doch wenn er sich auch im Stillen erhofft hatte, wieder einmal nach Europa zu kommen oder sogar in andere Teile der Welt, so hatte damals bereits der Bürgerkrieg diese Hoffnung zunichtegemacht. Als das Morden durch fortwährende Anschläge und Gegenanschläge seinen Lauf nahm, wurden sie, so empfand es Ziad, zu einer Leibgarde degradiert, zu Aufpassern zum Beispiel für angsterfüllte, ausländische Tierliebhaber.

Und äußerlich war er noch immer ein Aufpasser. Aber die Dinge hatten sich geändert, er hatte sich geändert, hatte zu viele Leichen gesehen, hatte die Qualen von Entführten erlebt, die sie monatelang gefangen hielten, um sie schließlich doch zu töten, war weit genug gegangen, um nur noch weitergehen zu können, auch mit seinen neuen Herren, zu denen ihn Bulbul geführt hatte. Zielstrebig machten sie aus der Miliz eine Armee und brachten Unmengen von Waffen und Sprengstoff ins Land.

Ziad blickte auf die Uhr und hielt dann Ausschau nach der Ablösung, die auch schon auf dem Weg war. Er wechselte ein paar Worte mit dem Mann, und unterwegs zur Besprechung erinnerte er sich noch einmal an die drei Dinge, die geschehen waren und ihn zu einem neuen Menschen hatten werden lassen. Die Israelis waren im Land und schlachteten mithilfe ihrer christlichen Verbündeten massenhaft Palästinenser ab. Das hatten die Amerikaner zugelassen, lange nachdem sie den Roten Prinzen verkauft hatten. Und ganz sicher waren sie auch verantwortlich für das Verschwinden des Imams in Libyen, der sich zwar, wie Ziads neue Herren alle wissen ließen, wahrscheinlich nur wie der zwölfte Imam der Schia verbarg, dennoch aber von seiner Reise nie zurückkam. Zum Dank für all das stand in einer Garage im Manaraviertel die bisher größte je von den Technikern konstruierte Bombe bereit. Und ein Junge aus den Slums im Süden Beiruts, den er, Ziad, ausgebildet hatte, würde den mit ihr beladenen Chevy Express fahren. Denn die Amerikaner waren in ihrer Naivität nach Jahren tatsächlich in ihre Botschaft zurückgekehrt und hatten sich dort verschanzt.

Jakob stand am Frankfurter Hauptbahnhof auf dem Bahnsteig. Noch immer schmal von Gestalt, wirkte er auf Theresa jetzt, nach so vielen Jahren, beinahe schon hinfällig. Er trug eine Art Trenchcoat, verbarg die Hände in den Taschen. In seinem Mundwinkel brannte eine Selbstgedrehte, und zwischen seinen Schuhen lag eine schwarze Sporttasche. Theresa war auf dem Weg zu ihren Eltern nach Wetzlar. Sie stand auf dem benachbarten Bahnsteig und betrachtete Jakob lange genug, dass dieser allmählich unruhig wurde, den Blick schweifen zu lassen begann, sie schließlich erblickte und erkannte. Theresa war es, als zuckte er kurz zusammen, seine Schultern fielen nach vorn, als wollte er sich ducken. Das war eine Reaktion aus Überraschung und Schwäche zugleich, aber sie rührte Theresa keineswegs. Unbeirrbar behielt sie ihn im Auge, verfolgte jede seiner Bewegungen, bis er, wie sie es erwartet hatte, die Zigarette auf den Bahnsteig warf, die Sporttasche griff und versuchte davonzukommen.

Theresa blickte auf die große Bahnhofsuhr. Wenn sie diesen Zug ausließ, konnte sie eine Stunde später noch fahren. Das stets pünktliche Abendessen zu Hause würde sie zwar versäumen, was wiederum zwei Sätze der Entschuldigung nötig machen würde. Zwei Sätze, dachte sie, was ist das schon im Vergleich zur Möglichkeit dieser Wiederbegegnung. Also beschloss sie, Jakob zu folgen, der bereits das Ende des Bahnsteigs erreicht hatte und eiligen Schritts unterwegs zur Bahnhofsbuchhandlung war.

Er will sich zwischen Büchern verstecken, dachte Theresa, das passt zu ihm. Auch sie ging rasch, doch bemerkte, wie ihre Schritte langsamer und schwerer wurden. Da waren sie, die Erinnerungen an ihre damalige Zeit, vor allem der Gedanke an Alexander. Aber nicht nur das Gewesene holte sie jetzt ein, sondern auch die Furcht davor, wie diese Begegnung mit Jakob ihre Erinnerungen daran verändern würde. Natürlich hatte sie, nach einer Phase der Heulerei und der Selbstanklagen, ihre Trauer umgemünzt in tiefe Verachtung all jener, die sie für verantwortlich hielt und mit denen sie nie wieder etwas zu tun haben wollte. Das hätte ihre Arbeit für SAMED und die Sache der Palästinenser eigentlich nicht beeinflussen müssen. Doch Imad verstand ihre Wandlung nicht recht, und sie kränkte ihn offensichtlich. Das zeigte sich, wenn er ihr von all jenen erzählte, die gute Freunde und Freundinnen von ihm waren und die er hatte sterben sehen.

»Ist es, weil er dein Liebhaber war?«, fragte er sie irgendwann, und es klang tatsächlich, als wäre er eifersüchtig.

»Nein, es ist, weil wir Amateure waren, Kinder des Olymp, wie du immer sagst. Ich glaube, wir haben etwas gespielt und sind zu weit gegangen.«, erwiderte sie.

»Ihr habt einfach nicht mit der Möglichkeit des Sterbens gerechnet«, sagte Imad kopfschüttelnd. Theresa blieb nichts, als zu bejahen. »Was tust du dann hier in diesem Land des Todes, schau dich doch um«, beendete er das Gespräch verbittert, und sie wusste bereits damals, dass ihn seine Enttäuschung über sie von ihr forttreiben würde.

Jakob stand ganz hinten im Buchladen. In der Hand hielt er, versonnen darin blätternd, Emily Brontës »Sturmhöhe«.

Vermutlich hielt er das für eine gute Tarnung, obwohl in seinen Händen gerade dieses Buch so unpassend aussah wie ein Lebkuchenherz.

»Du musst dich nicht vor mir verstecken«, sagte Theresa, noch bevor sie bei ihm war.

Jakob riss den Kopf hoch, kniff die Augen zusammen und antwortete sofort:

»Ich verstecke mich nicht vor dir, sondern vor dem, was du mitbringst.«

Dazu schwieg Theresa, bis Jakob das Buch endlich auf einen Stapel zurücklegte und offensichtlich resigniert einwilligte, mit ihr einen Kaffee trinken zu gehen.

In der Nähe des Bahnhofs mussten sie buchstäblich über eine Gruppe von Drogensüchtigen steigen, die sich mit einer großen Plastikfolie vor dem einsetzenden Nieselregen schützten. Unter dem durchsichtigen Plastik sahen diese Leute aus, als wären sie in einem Eisblock gefangen. Theresa und Jakob gingen ein gutes Stück wortlos nebeneinander und entschieden sich schließlich für ein kleines Café im Gutleutviertel.

»Wie geht es dir eigentlich?«, begann sie, als sie endlich am Tisch saßen.

»Gut, es geht mir gut«, antwortete Jakob, setzte seine unpassende Basketballkappe ab, zupfte sein Hemd aus dem Hosenbund und begann seine Brille zu putzen. »Wann haben wir uns zum letzten Mal gesprochen?«

»Nach Alexanders Tod«, sagte Theresa kühl.

Jakob schwieg, nichts an ihm ließ darauf schließen, dass ihn diese Feststellung in irgendeiner Weise berührte. Er setzte die Brille wieder auf.

»Kein Trotzki-Rahmen mehr?«

»Man geht mit der Zeit«, sagte Jakob und lächelte.

»Und, bist du noch aktiv?«

»Ich mache noch einiges für die Rote Hilfe hier, aber ansonsten ...«

»Und die Leute von früher, sind die noch da?«

»Klar. Die sind noch da, verbürgerlichen jetzt, du weißt schon, Lehrer- oder Uni-Job, Ehe, Kinder, Haus und Auto.«

Der Kaffee wurde serviert, und ein melancholischer Song von BAP auf Kölsch erklang.

»Wie ich diese Regionalisierung überall hasse, das kannst du dir nicht vorstellen«, sagte Jakob und wies mit dem Daumen in die Luft. »Alles nur noch ein einziges Klein-Klein, als würden die Menschen, als würden ihre Geister auf Zwergengröße schrumpfen.«

»Was meinst du«, fragte Theresa, »wann haben wir eigentlich verloren?«

Unbeholfen führte Jakob die Tasse zum Mund und schlürfte seinen Kaffee. Er zuckte mit den Schultern und ließ ein paar Sekunden verstreichen.

»Was weiß ich, in Stammheim, wir wahrscheinlich aber erst in Entebbe. Du kanntest die beiden, sie gehörten zu den besten von uns.«

»Haben sie nicht die Juden am Flughafen selektiert?«

Scheppernd setzte Jakob die Kaffeetasse ab.

»Das ist absoluter Blödsinn«, sagte er laut, und plötzlich schien sein durch die Falten um Nase und Mund früh gealtertes Gesicht wieder jung, wie damals. »Das war eine pragmatische Entscheidung und hatte nichts, aber auch gar nichts, mit Antisemitismus zu tun. Aber dieses Judending, das habe ich euch immer gesagt, damit werden sie uns kriegen, gerade uns deutsche Revolutionäre.«

Als er bemerkte, dass er zu laut sprach, blickte sich Jakob verstört um, lehnte sich über den Tisch und zog die Schultern hoch.

Theresa betrachtete ihn, der ihr jetzt in die Augen blickte.

»Merkwürdig«, sagte sie nachdenklich, »über dich habe ich immer am wenigsten gewusst. Ich glaube, das gilt für uns alle.«

»Gut. Mehr war nicht nötig, um trotzdem all das gemeinsam zu erleben, was wir erlebt haben, oder?«

»Ja, sehr seltsam, aber du hast recht.«

Sie drehte die leere Kaffeetasse in den Händen.

»Möchtest du noch etwas?«, fragte Jakob, und wirkte plötzlich beinahe unbeschwert.

Theresa schüttelte den Kopf.

»Eine Sache muss ich dich fragen: Damals, warum Alexander? Was ist passiert?«

Jakob warf sich in die Stuhllehne zurück, nahm die Brille ab und fuchtelte damit herum.

»Du weißt, dass ich niemanden danach fragen konnte. Es wird ein Unfall gewesen sein.«

»Ja, ich weiß schon, ein Modellflugzeug …«

»Bist du eigentlich noch mit deinem Araber zusammen? Ihn hättest du fragen können, vielleicht hat er etwas gewusst.«

»Ich habe es versucht.«

»Was ist aus ihm geworden?«, fragte Jakob, bemüht, das Thema zu wechseln.

»Er hat mich sitzen lassen, ist einfach verschwunden.«

»Für eine andere?«

»Nein, obwohl das zu ihm gepasst hätte. Er ist einfach untergetaucht wie so viele andere. Wahrscheinlich war es das Klügste, was er tun konnte.«

Theresa verstummte. Sie erzählte Jakob nicht, dass eine junge Frau es war, die ein israelisches Mordkommando nach Beirut gerufen hatte, wo sie ihre lange verfolgte Beute endlich zur Strecke brachte. In den Jahren danach hatte Theresa immer wieder an Elvy denken müssen, an all das, was sie ihre geheimnisvolle Freundin nie gefragt hatte. Sie schrieb es ihrer stetig anwachsenden retrospektiven Paranoia zu, die sie im Nachhinein beinahe jeden verdächtigen ließ, dem sie nicht nur in Beirut begegnet war, aber das strenge Gesicht Elvys erschien ihr mehr und mehr wie das einer heimtückischen Verräterin. Als das Auto seiner Nummer Eins in Stücke gerissen wurde, musste Imad es geahnt haben: durch die bloße Nähe Elvys zu ihr, Theresa, geriet er in akute Gefahr. Sie war sich sicher, dies war der eigentliche Grund für sein plötzliches Verschwinden. Die Gewalt und der Verrat verschonen nicht einmal unsere Erinnerungen, dachte sie.

»Du musst das hinter dir lassen«, sagte Jakob, der sich noch ein kleines Bier bestellt hatte. »Das alles war *Schwarzer September* und ist jetzt vorbei.«

Theresa spürte das dringende Bedürfnis zu gehen. Es war dunkel geworden vor den Fenstern des Cafés, und der Regen prasselte auf die Straße. Sie sehnte sich nach der feuchten Luft am Bahnsteig, blickte auf ihre Uhr und sagte:

»Wenn ich meinen Zug noch kriegen will, muss ich jetzt gehen.«

»Lass dich nicht aufhalten«, sagte Jakob und hob sein schmales Bierglas an. »Vielleicht auf irgendwann einmal.«

Schon im Flugzeug hatte Amos über seine speziellen Gefühle für Beirut nachgedacht. Er war an so vielen Orten vor allem des Mittleren Ostens gewesen, aber hier, in dieser zerrissenen Stadt am Mittelmeer, hatte sich, wollte man es pathetisch ausdrücken, sein Schicksal erfüllt.

Er blickte sich in der Kabine um, sah zwei der Mitreisenden rauchen, schwatzen und alkoholische Getränke genießen, während er nur ein Wasser trank. Er schaute aus dem Fenster, und beim Anflug auf die Stadt sah er das tiefblaue Meer und wurde plötzlich melancholisch. Salameh, der Rote Prinz, wie ihn die Israelis getauft hatten, war zwar schon lange tot, aber Amos dachte gern an ihn zurück. Immerhin, im Hinblick auf seine Karriere war dieser Mann wohl die bedeutsamste Zielperson von allen gewesen. Gewiss, er war verschlagen und ganz sicher zu allem fähig gewesen, aber seine offen zur Schau getragene, wilde Entschlossenheit hatte ihn förmlich leuchten lassen, wo immer er auftauchte. Ein geborener Anführer, dachte Amos, und es verwunderte ihn noch immer, dass er sich hatte wünschen können, einen solchen Mann, trotz all seiner Taten, zum Freund zu haben. Ihn gehen zu lassen, war ihm damals jedenfalls schwergefallen. Aber wenn er etwas über die Politik gerade auch in jener Zeit gelernt hatte, dann dass bis ganz nach oben die Befähigung zum Job daran gemessen wurde, wie wenig Loyalität man empfand, egal, wem gegenüber. Damals, in der größten Krise der Agentur und allen öffentlichen Verlautbarungen und Reuebekundungen zum Trotz, galt mehr als je zuvor: Jeder, wirklich jeder, ist Verhandlungssache. Dieser Mann, dieser Erzterrorist hätte auch Gandhi selbst sein können, wir hätten ihn im rechten Moment aufgegeben, sagte sich Amos. So gefiel es den Oberen damals sehr, später wieder nicht so sehr, und jetzt, unter Ronald Reagan, gefällt es ihnen wieder außerordentlich. An diesen etwas bigotten Ex-Schauspieler dachte er seltsamerweise auch gern, vor allem daran, wie er ihn immer wieder mit dem Talleyrand zugeschriebenen Zitat herausfordern, ja, empören konnte: Der Verrat ist eine Frage des Zeitpunkts.

Die Meetings der Agentur ausgerechnet im vollkommen unübersichtlichen Beirut stattfinden zu lassen, war, auch wenn es darum ging, Präsenz zu zeigen, einer dieser Pläne, die Amos, wäre er von den Politikern gefasst worden, niemals unterstützt hätte. Aber ein guter Freund aus dem oberen Stockwerk in Langley kam auf diese Idee, zu der er, inzwischen Leiter der gesamten Nahostabteilung, einfach nicht Nein sagen konnte. Das komfortable Leben in Washington, D. C., mit dem er seine große Familie glücklich gemacht hatte, brachte neue Zwänge mit sich. Die Politiker blickten auf Landkarten, ließen sich Übersichtsberichte geben, Konzentrate aus akademischen Studien zu Religion, Politik, Landwirtschaft, Kriegsereignissen und so fort. Kaum jemand dort hatte eine Vorstellung vom Leben vor Ort. Und bevor er sich noch selbst in einen dieser Politiker verwandelte, hatte er die Gelegenheit zu dieser Reise wahrgenommen.

Amos seufzte, warf wieder einen Blick aus dem Fenster und nahm seine Papiere zur Hand, um die Punkte der

Arbeitsbesprechung noch einmal durchzugehen. Gegenstand sollte natürlich unter anderem sein, was er vorhergesehen hatte: Das Erstarken der vom Iran gesteuerten schiitischen Milizen nach dem Abschluss des jüngsten Feldzuges der Israelis im Libanon. Sie, auf alttestamentarische Weise besessen von dem Gedanken, die PLO auszulöschen, hatten das Feld für diesen Aufmarsch ungeahnten Ausmaßes bereitet. Nach seinem Dafürhalten war dies eine Front der Zukunft in diesem Land, zumal sich immer mehr der säkularen Kämpfer von früher der Amalmiliz anschlossen. Was hätten sie auch sonst tun können, sie kannten nichts anderes, und dort gab es Geld, Waffen und Versorgung.

Plötzlich überkam Amos der Trübsinn. Er ließ die Papiere sinken und legte den Kopf zurück. Je näher er seinem Flugziel kam, desto mehr schien er sich von all seinen politischen Freunden in Washington zu entfernen. Auf nichts waren sie vorbereitet gewesen, trotz seiner damaligen Warnungen. Wie viele Berichte hatte er weitergeleitet, die sich mit den Schiiten im Iran und überall im Mittleren Osten befassten.

Immerhin würde er jetzt Heller wiederbegegnen, dem Mann, der es, trotz seiner anstößigen Lebensweise, immerhin zum Chef der wenn auch inzwischen winzigen Station in diesem winzigen Land gebracht hatte, weil aufgrund einer seiner Berichte die Idee entstanden war, den starken Mann des Irak zu einem Überfall auf den Iran zu verleiten. Nach der verschlafenen Revolution dort schien es eine gute Idee zu sein.

In Amos' Augen hatte es die Lage nur verschlimmert. Jetzt waren die USA und der Iran Todfeinde und hier im Libanon, nach der zweiten Invasion der Israelis, endgültig Steigbügelhalter der Zionisten. Und das nach den schrecklichen Verwüstungen, welche die Israelis und ihre christlichen Verbündeten angerichtet hatten, vor allem nach den grauenhaften Massakern in Sabra und Schatila. Das war, soweit Amos das einschätzen konnte, keine gute Basis für den neuen Friedensplan, den er im Auftrag des Präsidenten entwickelt hatte und hier in Beirut erläutern sollte.

Damit war er beim Hauptthema der Meetings, wahrscheinlich aber auch schon für die kleinere Willkommensrunde am Abend im Hotel. Ansonsten würde er sich morgen noch auf die guten alten Sowjets und ihr kleines Vietnam-Abenteuer in Afghanistan konzentrieren. Er schrieb den Satz: Von den Ölstaaten bis zum Hindukusch, der politische Islam – diese beiden Worte unterstrich er zweimal – gewinnt an Boden. Er las ihn, strich ihn durch und steckte den Stift in seine Hemdtasche.

Diese Art von Analyse passt nicht hierher, nach Beirut, sagte er sich, die Stadt, deren weiße Häuser er jetzt bereits im Fenster sehen konnte.

Nach der Landung fuhr er in Richtung Ras Beirut zum Mayflower Hotel in der Nähe der Amerikanischen Botschaft. Ganze Stadtviertel hatten sich in unüberschaubar große Flüchtlingslager verwandelt, überall waren Zerstörungen zu sehen, Häuserwände, von Einschusslöchern und Brandspuren übersät, eingestürzte Gebäude, aufgerissene Straßen, die Wracks von Autos und Panzern. Sein Herzschlag beschleunigte sich plötzlich, er wurde kurzatmig vor Aufregung und wusste, dass er an genau diesem verlorenen Ort nicht nur seine Karriere befördert, sondern auch etwas zurückgelassen hatte.

Als Victor am Morgen dieses Apriltages seinen alten Kollegen Heller nach langer Zeit wiedersah, war er nervös. Er hatte Bedenken, nicht wegen des anderen, er machte sich vielmehr um sich selbst Sorgen: Heller hatte überraschenderweise schließlich jene Position erreicht, von der er all die Jahre geträumt hatte. Als Stationsleiter konnte Heller hier in Beirut nun frei schalten und walten, auch wenn das bei der gegenwärtigen Lage schwerfiel. Wenn es ihm gelang, seine nächtlichen Eskapaden geheim zu halten, stand auch Hellers weiterem Aufstieg nichts im Wege.

Victor sah ihn auf dem langen Gang im ersten Stock des Botschaftsgebäudes schon von Ferne auf sich zukommen. Er nestelte an seinem Gürtel herum und schnallte ihn schließlich enger, bevor er sein gewinnendes Lächeln aufsetzte und auf den anderen zuging. Dabei eilte er vorbei an den großen, die Wände des Ganges schmückenden Bildern, das Capitol in Washington, die Skyline von Manhattan, der Bryce-Canyon-Nationalpark im Nachmittagslicht und, aus der Luft fotografiert, das Pentagon, flach über dem Boden wie eine steinerne Chiffre. Schließlich umarmten sie einander wie wirkliche alte Freunde.

»Gut siehst du aus«, sagte Heller und erkundigte sich nach Margret und Natalie.

»Du scheinst dich aber auch wohlzufühlen inmitten von Schießereien und Entführungen«, sagte Victor.

»Ich bin ein klandestiner Charakter, wie du weißt. Wie geht es in Jordanien voran, du bist doch in Amman, oder?«

Heller wusste natürlich, dass Victor dort den gleichen Posten innehatte wie hier und inzwischen wahrscheinlich alle Hoffnungen auf eine Beförderung aufgegeben hatte. Der aber nahm ihm die Nachfrage nicht übel.

»Der kleine König ist ein treuer Freund. Ich denke, wenn er so weitermacht, wird er an der Macht bleiben bis er hundert ist. – Ist Amos schon da?«

»Ja, der große Mann ist im Haus und hält schon sein erstes Meeting ab.«

Heller schaute auf die Uhr und überlegte kurz.

»Aber wir sind erst später dran. Wir könnten noch einen Imbiss nehmen. Die Cafeteria hier ist seltsamerweise das Einzige in Beirut, was sich wirklich verbessert hat.«

Sie eilten die Treppen hinunter in den ersten Stock, wo sie die Schlange der auf ihre Visapapiere wartenden Menschen sehen konnten. Victor blickte noch einmal zurück, als sie an ihnen vorbei waren.

»Es sind so viele Ausländer hier, obwohl das seit Jahren ein Kriegsgebiet ist.«

»Ja«, erwiderte Heller, »und trotz all dem, was hier passiert, sind die Geschäfte zumindest im Ras Beirut voll. Wenn du genug Geld hast und in die richtigen Läden gehst, bekommst du jeden Abend Champagner und Austern. Das ist, als würden sie alles, was sie vorher taten, einfach weiter tun, egal, wie viele Invasionen, Anschläge und Attentate es gibt. Ich weiß nicht, ob es traurig oder heroisch ist. Die Libanesen, wenn es so etwas überhaupt gibt, sind Meister im Überleben.«

Sie erreichten eine Flügeltür, durch deren Ritzen Lärm,

Licht und Dampf quollen. Heller schob sie behutsam auf, und der Blick in die Küche öffnete sich. Mindestens zehn weiß gekleidete Köche und Küchenhilfen waren hier am Werk. In all dem Dampf und Essensgeruch schwebten sie wie Geister umher, und niemand von ihnen sprach.

»Habe ich zu viel versprochen?«, fragte Heller.

»Ich bin ziemlich sicher, dass Amos sich hier mehr zu Hause fühlt als in Washington«, sagte Victor und atmete den Gewürzduft tief ein.

Bulbul schnitt gerade Gurken und Tomaten, da sah er die beiden Amerikaner am Eingang und versuchte sich zu beruhigen. Das ist ganz sicher ein gutes Zeichen, sagte er sich, nachdem er auf die Uhr geschaut hatte. Alle Teilnehmer an den großen Besprechungen dieses Tages waren wahrscheinlich inzwischen im Haus. Der Mittagstisch, ein größeres Menü als sonst, sollte bis um 14 Uhr fertig sein, alles ging also seinen Gang. Ausländer und sogar Leute aus Washington waren angereist, so jedenfalls hatten es die Köche angekündigt, und in der Tat, während seiner Zeit als Küchenhilfe in der Botschaft, hatte er noch nie eine solche Betriebsamkeit erlebt.

Noch früh am Morgen gab er die letzten Informationen über den Stand der Dinge weiter, und jetzt verspürte er neben der Erleichterung plötzlich auch Furcht vor dem, was geschehen würde. Nachdem er für den Hummus Kichererbsen püriert hatte, wollte er die Kürbisse schneiden, doch er hielt inne, legte das Messer fort und hob die Hände.

Noch einmal erinnerte er sich an die Predigten des Imams, der in die Verborgenheit verschwunden war. Wir Muslime sind vom Staub der Geschichte begraben worden. Vergessen, weil uns von früh an die Willkür der Macht aufgedrängt wurde, anfangs durch die Kalifen und später durch fremde Mächte. Nur ein im Glauben begründeter Staat kann uns befreien von all der Zerstrittenheit und der Gewalt unter den Muslimen, von den Diktatoren und ihren Folterkellern, die uns der Westen geschickt hat. Im Glauben werden Gerechtigkeit und Toleranz herrschen und nicht dieses grausame Chaos, in das uns die Ungläubigen gestürzt haben, unsere eigenen und die fremden.

Einer der Köche, ein Filipino, stieß ihn im Vorbeigehen in den Rücken. Er forderte ihn auf weiterzuarbeiten, schließlich dränge die Zeit. Bulbul nickte nur und senkte den Kopf, halbierte den Kürbis. Er sah den Lieferwagen vor sich und hätte viel dafür gegeben, wenn er derjenige hätte sein dürfen, der ihn fuhr.

Ziad beobachtete, wie der Fahrer den schwer beladenen Chevy Express vorsichtig die Corniche entlangsteuerte. Der Junge hatte noch nicht oft einen so großen Wagen gefahren, aber bis das Botschaftsgebäude in Sicht kam, schien er es zu genießen. Ziad sah seinen Unterarm im offenen Fenster der Fahrertür und meinte sogar zu erkennen, wie die Finger an den Rahmen trommelten. An diesem Tag war der Himmel bedeckt, dunkle Wolken zogen über das große Botschaftsgebäude und das Meer dahinter.

Als die Absperrung vor dem Botschaftsgelände in Sicht kam, verschwand der Arm aus dem Wagenfenster, der Fahrer packte das Lenkrad mit beiden Händen und trat auf das Gaspedal. Aber der Wagen war einfach zu schwer, um kurz vor dem Ziel noch Fahrt aufzunehmen. Noch vor dem Haupteingang riss der Junge das Lenkrad herum und durchbrach die Absperrung zu einer engen Einfahrt. Er schaffte es noch, den Lieferwagen um eine schwarze Diplomatenlimousine zu manövrieren, dann aber verlor er die Kontrolle und fuhr direkt in die Glasfront des Haupteingangs. Dort kam der Chevy Express zum Stehen, und für Sekunden herrschte Stille.

Ziad glaubte, der Zünder habe nicht funktioniert, und rannte in Richtung der Botschaft. Im Lauf griff er nach dem Knauf seiner Waffe hinten im Hosenbund, als müsste er sie vor der Explosion schützen. Gegenüber, auf der Meeresseite, stand ein Panzer, den er erst jetzt sah, ebenso wie einen VW-Bus, der sich dem Botschaftseingang näherte. Er dachte an seinen Freund Bulbul, der im Gebäude war, und verlangsamte seine Schritte. Außer Atem, blieb er schließlich stehen und stützte die Hand auf den Pistolengriff.

Jetzt sah er die schreienden Wachposten, Marines mit roten Streifen an den Außenseiten der blauen Hosenbeine, und im nächsten Moment wurde all das, als wäre es aus Papier, zerrissen, das Haus und alle, die darin waren, der Panzer, das Meer, der Himmel und Ziad selbst.

Als er sich erhob, sah er als Erstes, dass der Panzer bis ins Meer geschoben worden war, dann das völlig zerstörte Botschaftsgebäude. Ein paar Momente später vernahm er dumpf und leise dicht aufeinanderfolgende, krachende Geräusche, als die Etagenböden von oben nach unten einbrachen und der Reihe nach zu Boden stürzten. Ziad sah an sich hinab und stellte fest, dass er von Staub und Ruß vollkommen schwarz war. Er musste daran denken, wie sein Vater ihm vor vielen Jahren sagte, dass aus etwas Kleinem manchmal etwas ungeheuer Großes entstehen könne, und Stolz erfüllte ihn.

Er wischte sich den Dreck aus den Augen und griff wieder nach dem Pistolenknauf. So stand er da, in bedrohlicher Stille, und wiederholte die Worte Bulbuls:

»Wer immer ihr auch seid – wir sind die *Partei Gottes*.«

Dieses Buch ist auch als E-Book erhältlich.

MIX
Papier aus verantwortungsvollen Quellen
FSC® C014496
FSC
www.fsc.org

Verlagsgruppe Random House FSC® N001967

1. Auflage

in der Verlagsgruppe Random House GmbH,
Neumarkter Straße 28,
81673 München
Covergestaltung: buxdesign, München
Covermotiv: Getty Images / Harald Boback / EyeEm
(oben und unten); Getty Images / Xuanyu Han (Mitte)
Satz: Uhl + Massopust, Aalen
Druck und Bindung: GGP Media GmbH, Pößneck

ISBN 978-3-630-87475-3

www.luchterhand-literaturverlag.de
https://www.facebook.com/luchterhandverlag/
https://twitter.com/luchterhandlit